Perry Rhodan

Uwe Anton

Der programmierte Attentäter
Tempus Fugit

PERRY RHODAN-Planetenromane
© 2016 dieser Lizenzausgabe Zaubermond-Verlag, Hamburg
www.zaubermond.de
Lektorat: Rainer Nagel
Titelbild: Arndt Drechsler
Satz: Zaubermond-Verlag
Druck und Bindung: Scandinavian Book
Printed in Germany März 2016

Internet: www.perry-rhodan.net

Inhaltsverzeichnis

Uwe Anton

Der programmierte Attentäter

Krise am Rande der Milchstraße – der Kampf um Ruppet

Das Imperium zerfällt

Zwar hatte des Solare Imperium den letzten Angriff der Zweitkonditionierten und ihrer Dolans abwehren können, doch die Kosten waren hoch: Terra, die Mutterwelt der Menschen, lag in Trümmern, die Solare Flotte war auf einen Bruchteil ihres Vorkriegsbestandes reduziert – das Imperium befand sich in der größten Krise seit seiner Gründung. Allein auf Terra waren mehr als zwei Milliarden Opfer zu beklagen.

Bereits am 14. Oktober 2437 n. Chr., nicht einmal zwei Monate nach dem Ende der Kämpfe, führte die Abspaltung von mehr als 400 Sonnensystemen unter dem ertrusischen General Threndor Carsual senior zur Bildung des Carsualschen Bundes, des ersten sich von Terra abspaltenden galaktischen Machtblockes. Staatsmarschall Bulls fünfhundertster Geburtstag am 18. Mai 2438 ging vor diesem Szenario praktisch vollkommen unter.

Zwar ging es insbesondere technologisch schon bald wieder bergauf, und mit der serienmäßigen Verwendung des von den Zweikonditionierten übernommenen Paratronschirmes ab etwa 2500 erhielt die im Neuaufbau befindliche Solare Flotte viel von ihrer altern Schlagkraft zurück. Die Probleme aber blieben – und sie wuchsen noch. Die Abspaltung der erst nach dem Dolan-Angriff besiedelten Kolonien auf Nosmo sowie Rudyn stand bevor.

Mit dem Panither-Aufstand auf Plophos im Jahr 2931, in dem zahlreiche Kolonien und verbündete autarke Sonnensysteme von Terra abfielen, begann die eigentliche Krise des Solaren Imperiums. Einige der Herrscher der Gegner der Menschheit kamen in den Besitz von Zellaktivatoren, was nun auch ihnen eine längerfristige Planung ermöglichte,

Und so war Ende des dritten Jahrtausends nach Christus das Imperium unter der Führung der Erde, das bislang die meisten Menschen und Menschenabkömmlinge in sich vereinigte, endgültig zersplittert. Mit dem Imperium Dabrifa, dem Carsualschen Bund und der Zentral-Galaktischen Union standen Terra drei starke Machtblöcke gegenüber. Hinzu kamen kleinere Bündnisgruppen wie die Ross-Koalition, die Fracowitz-Systemstaaten, die Tarey-Bruderschaft und der Shomona-Orden.

Noch vermieden diese galaktischen Reiche einen offenen Konflikt mit dem Rest des Solaren Imperiums. Sie versuchten, ihre Macht zu konsolidieren oder auszudehnen. Welten, die sich bislang keinem Bündnis angeschlossen hatten, wurden offen (durch Okkupation) oder verdeckt (durch den Einsatz von Geheimdiensten, euphemistisch auch Nachrichtendienste genannt) dazu »bewogen«, sich auf die Seite eines der größeren Machtblöcke zu schlagen. Schon längst war hinter vorgehaltener Hand von einer »anti-terranischen Koalition« die Rede.

Die Lage in der Milchstraße war bereits explosiv; ein Funke konnte genügen, um das Pulverfass Galaxis zu zünden und einen offenen Krieg zwischen den Imperien zu entfesseln. Daher bemühte man sich auch auf nachrichtendienstlicher Ebene, den Status quo nicht allzu offensichtlich zu verändern …

(Aus: Hoschpians unautorisierte Chronik des 35. Jahrhunderts christlicher Zeitrechnung; Kapitel 34.3.14, Vorboten der Imperiumsdämmerung)

1

Nerval Rodrik
Eine eher bescheidene Kundgebung

Wla Ruppets Herkunft verliert sich im Dunkel der Geschichte. Manche Quellen deuten darauf hin, dass er gar nicht auf der Erde, sondern unter dem Namen Alw Teppur auf der Kolonialwelt Nembar geboren wurde; andere Historiker vertreten die Auffassung, dass er zwar von Terra stammt, aber der Name, unter dem er bekannt geworden ist, nur ein Anagramm bildet, das vielleicht auf seine wahre Abstammung hinweist.

Zweifelsfrei fest steht lediglich, dass Ruppet Angehöriger – und nach dem Tod seines Vorgängers Rudiga Karde Oberhaupt – des Konventikels Expandere universalis war, das das Ziel anstrebte, die gesamte Galaxis mit Menschen zu besiedeln. Selbst im 24. Jahrhundert widersprach diese Einstellung der offiziellen Haltung des Solaren Imperiums, und so kann man es nur als konsequent bezeichnen, dass die Mitglieder der religiös-konservativen Sekte im Jahr 2392 ihr gesamtes weltliches Hab und Gut veräußerten, ein kaum noch flugfähiges Raumschiff erstanden, es mit allem ausrüsteten, was sie zum Aufbau einer Kolonie zu benötigen glaubten, es nach ihrem Präses RUPPET *nannten und ihr Heil auf einem unbesiedelten Planeten suchten, den sie ebenfalls Ruppet tauften.*

Mikail Tyssen Kais (Hrsg.), Encyclopaedia Universalia, Eintrag: Ruppet, Wla (Auszug), Nembar: Verlag HDS 3000f.

Die Situation eskalierte unaufhaltsam.

Auf dem großen Platz im Zentrum von Ruppet City, auf dem sich die strahlförmig verlaufenden sechs Hauptdurchgangsstraßen kreuzten, waren die Prallfelder unter dem Ansturm der Menge zusammengebrochen. Vielleicht hatten die Ordnungskräfte sie auch vorsorglich ausgeschaltet, um im letzten Augenblick zu verhindern, dass die Demonstranten in die Energiefelder liefen und sich verletzten oder gar selbst töteten. Dort, im SEKTOR 1, dem historischen Stadtkern, verliefen sämtliche Fahrbahnen nur auf einem Niveau, der Bodenebene. Deshalb wurde dieser Bezirk auch oft und gern für Kundgebungen benutzt; denn was half es den Protestierenden, die auch durch ihre bloße Anzahl beeindrucken wollten, wenn sie über die erste bis vierte Straßenebene zogen und man sie aus der Luft gar nicht wahrnehmen konnte?

Nerval Rodrik betrachtete die Massen von Ruppetern, die sich unaufhaltsam aufeinander zu bewegten. Wie eine alles niederwalzende, schlammige Flut nach einem Dammbruch kamen sie ihm vor. »Ich hätte nicht gedacht, dass es so viele sind«, sagte er eher zu sich selbst als zu seinem Staatssekretär oder gar dem Gleiterpiloten vom Sicherheitsdienst.

»Schätzungsweise einhundertzwanzigtausend Demonstranten auf der einen, einhundertdreißigtausend auf der anderen Seite«, sagte der Pilot nach einem kurzen Blick auf seine Cockpitkontrollen. »Eine eher bescheidene Kundgebung. Wohl eine spontane. Ich frage mich, wie sie überhaupt zustande gekommen ist. Jedenfalls hat keine der beiden Parteien dazu aufgerufen. Da haben wir schon wesentlich Schlimmeres erlebt.«

Rodrik hörte den unterschwelligen Vorwurf aus der Stimme des Piloten heraus. *Du hast ja keine Ahnung,* wollte der Mann ihm sagen. *Du sitzt den ganzen Tag mit dem Arsch in deinem geräumigen Büro, aber wir, wir stehen hier draußen an der Front und müssen uns immerzu mit Aufwieglern, Konvertiten und Imperialisten befassen.*

Er sah seinen Stellvertreter fragend an. Didjeh Fohrtuhn zuckte mit den Achseln. Die Bewegung drohte die Nähte seines Anzugs zu sprengen. »Die Ordnungskräfte sind ganz anderes gewohnt als wir. Wir kommen ja nie aus unseren Büros raus und sehen immer nur Zahlen und Statistiken«, bestätigte er indirekt die Worte des Piloten. »So richtig vorstellen kann man sich das nur, wenn man es gesehen hat. Und wenn ich ganz ehrlich bin –

ich kann mir noch immer nicht erklären, wieso Sie das unbedingt sehen *wollen.*«

»Das müssen Sie sich doch denken können«, sagte Rodrik barsch. Wenn er sich vor dem Piloten vom Staatssekretär ungestraft tadeln ließ, konnte er gleich seine Demission einreichen. »Angesichts des bevorstehenden Staatsbesuchs ist diese Demonstration ein Sicherheitsrisiko, das die Regierung auf keinen Fall hinnehmen kann.«

Hatte Fohrtuhn in letzter Zeit nur noch breitgetretenen Quark im Kopf? Die Gegenwart seines Stellvertreters kam ihm überaus ungelegen. Aber das Gesuch um Kontaktaufnahme war so kurzfristig erfolgt, dass er den schon lange geplanten gemeinsamen Inspektionsflug nicht hatte absagen können, ohne starken und auch begründeten Verdacht zu erregen. Und nun brachte diese ungenehmigte Demonstration seine sowieso schon improvisierten Pläne vollends durcheinander. Andererseits bot sie ihm vielleicht die Möglichkeit, sich unauffällig von Fohrtuhn zu trennen.

»Können Sie den Ton zuschalten?«, wandte Rodrik sich an den Piloten.

»Jawohl, Herr Minister. Kein Problem, Sir«, antwortete der Mann servil. Er schien Rodriks Gereiztheit zu spüren und betätigte schnell einen Schalter, während er den Gleiter eine weitere Runde über die Innenstadt und die Protestler drehen ließ. Augenblicklich erfüllte ein so ohrenbetäubendes Getöse die Kabine des Antigrav-Schwebers, dass die Außenwände zu vibrieren schienen. »Leiser!«, brüllte Nerval.

Der Pilot gehorchte. Die Lautstärke wurde auf ein einigermaßen erträgliches Maß zurückgefahren. Nun konnte Rodrik auseinanderhalten, was die beiden Demonstrantengruppen skandierten. »Rhooo-dahn! Rhooo-dahn! Rhooo-dahn!«, intonierte die eine langgezogen, während die andere stakkatohaft das kurze »Wla! Wla! Wla!« anstimmte.

»Wann werden sie aufeinandertreffen?«, fragte Rodrik missmutig. »Und warum, zur Pille noch mal, haben die Sicherheitskräfte den Energieschirm ausgeschaltet, der sie voneinander trennt?«

Ein Schuss verhinderte, dass Fohrtuhn oder der Pilot ihm antworten konnten. Er war mit einer Energiewaffe abgegeben worden, doch der Strahl hatte sich in der Höhe, in der der Gleiter kreiste, so stark abgeschwächt, dass er, wenn überhaupt, nur minimale Beschädigungen an der Außenhülle hervorrief. Der Gleiter stammte aus terranischer Produktion, war deshalb den einheimischen Fahrzeugen weit überlegen. Es gab nur wenige solcher Modelle auf Ruppet, von denen die meisten der Regierung zur Verfügung standen, und Rodrik als Sicherheitsminister konnte nicht nur auf eine permanente Fahrbereitschaft, sondern auch auf eins dieser begehrten Vehikel zurückgreifen.

Auf der Planetenoberfläche geriet Bewegung in die Massen. Jene Staffeln der Sicherheitskräfte, die bislang nicht aktiv versucht hatten, einen direkten Zusammenstoß der Demonstranten zu verhindern, sondern die so unauffällig wie möglich im Hintergrund geblieben waren, griffen nun ein und drangen geordnet durch die Masse der Protestierenden vor. Über ihr Ziel bestand nicht der geringste Zweifel: Sie versuchten, des Schützen habhaft zu werden. Der Besitz von Waffen war auf Ruppet streng untersagt. Sollte der Delinquent ergriffen werden, drohte ihm eine lebenslängliche Haftstrafe. Die Vernichtung von fortpflanzungsfähigem Leben verstieß gegen alles, was Karde gelehrt und Ruppet verwirklicht hatte, und war unbarmherzig zu ahnden.

Rodrik hegte nicht den geringsten Zweifel daran, dass jemand aus den Reihen der Imperialisten geschossen hatte, auch wenn es sich bei ihnen, wie die Sprechchöre bewiesen, hauptsächlich oder ausschließlich um Rhodanisten handelte. Diese Ruppeter, die den Anschluss ans Solare Imperium forderten, waren in der Wahl ihrer Mittel wesentlich zurückhaltender als diejenigen, die den Carsualschen Bund oder das Imperium Dabrifa favorisierten.

Verdammte Pille, dachte Rodrik. Dass die Demonstration nun gewalttätige Züge anzunehmen drohte, gefährdete sein eigentliches Vorhaben, machte es vielleicht sogar unmöglich. Doch er war noch nicht bereit, jetzt schon aufzugeben. »Wir gehen runter!«, befahl er. »Den Kerl will ich mir persönlich schnappen.«

»Aber Sir …«, protestierte Didjeh Fohrtuhn. »Sie können doch nicht …«

Rodrik warf ihm einen scharfen Blick zu, und Fohrtuhn verstummte augenblicklich. Der Staatssekretär wusste genau, dass seine Position im Augenblick nicht die beste war. Über ihn häuften sich die Beschwerden: Wichtige Korrespondenz blieb unerledigt, dringende Entscheidungen wurden aufgeschoben. Wenn Fohrtuhn nicht schlicht und einfach hoffnungslos überfordert oder durch die Mühen seines Amts abgenutzt war, verschwendete er auf jeden Fall mit privaten Belangen zuviel Aufmerksamkeit und Energie. Dieser Zustand war auf Dauer nicht haltbar.

Der Pilot hatte kurz gezögert, aber als Fohrtuhn verstummte und seinen Einwand nicht zu Ende brachte, gehorchte er und ging langsam tiefer. Zu Rodriks Überraschung hielt er nicht auf die Ballung der Rhodanisten zu, sondern auf die *EUs* – die Anhänger des *Expandere universalis* oder Wlawisten, wie sie nach dem Großen Ruppet auch genannt wurden.

»Der Schuss wurde nicht von einem Rhodanisten abgegeben?«, fragte Rodrik verwirrt.

»Nein, Sir«, erwiderte der Pilot. »Ich bin mir ganz sicher. Die Energieorter lassen keinen Zweifel, und die Bordpositronik hat eindeutig eine Gruppe von achtzehn Individuen ausgemacht, von denen eins den Schuss abgegeben hat.«

Wer war Nerval, dass er der terranischen Technik misstraute – oder zumindest der des Solaren Imperiums, denn wer konnte schon genau sagen, auf welcher Welt der Gleiter hergestellt worden war? Und diesem Imperium schienen ja Hunderte davon anzugehören, auch wenn es sich vor Kurzem gespalten hatte und das Imperium Dabrifa davon abgefallen war und der Carsualsche Bund und …

Rodrik schüttelte den Kopf. Für eine Auffrischung seines Crashkurses über die Entwicklung der Menschheit in den letzten 600 Jahren, von denen die Ruppeter über 550 versäumt hatten, blieb jetzt wirklich keine Zeit. Er musste sich endlich von Fohrtuhn loseisen und das in Angriff nehmen, weshalb er tatsächlich hierher gekommen war.

Andererseits … diese Sache konnte eventuell warten, der Staatsbesuch des Großadministrators des Solaren Imperiums nicht. Dessen Ankunft stand – Rodrik warf einen Blick auf sein Chronometer, es war kurz nach Mittag – in weniger als vierundzwanzig Stunden bevor. Und daran war nicht mehr zu rütteln.

»Es muss ein *Agent provocateur* sein«, sagte er. »Jemand, der sich bei den regierungstreuen Demonstranten eingeschlichen hat und sie in Misskredit bringen will. Setzen Sie mich so nah bei der Gruppe ab, wie Sie können.«

»Ich muss wirklich protestieren, Sir«, wandte Fohrtuhn ein. »Das ist viel zu gefährlich. Es handelt sich um eine ungenehmigte Demonstration. Das Gewaltpotenzial der Aufrührer ist nicht zu unterschätzen.«

Der Staatssekretär hatte recht, dessen war Rodrik sich nur allzu gut bewusst. Aber er würde die Pille tun und versuchen, den Schützen persönlich zu stellen. Dafür waren seine Sicherheitskräfte da. Nein, er musste Fohrtuhn abschütteln und für ein paar Minuten untertauchen, wollte er eine Chance haben, das andere, wesentlich gefährlichere Sicherheitsrisiko noch vor dem Staatsbesuch des Großadministrators auszuschalten.

Und er musste es selbst tun. Wem konnte er in dieser Situation noch vertrauen? Er tastete nach dem nicht mal fingerkuppengroßen Impulsgeber, den er auf die Fläche seiner linken Hand geklebt und mit Theaterschminke überdeckt hatte. Das winzige Gerät war so gut wie nicht zu entdecken und konnte aktiviert werden, indem er es mit dem Mittelfinger derselben Hand kurz und kräftig berührte.

»Landen Sie endlich!«, sagte er zu dem Piloten.

Rodrik konnte nur hoffen, dass sein Kontaktmann ihn mithilfe dieses Geräts tatsächlich aufspüren konnte. Er würde sich zwar zur richtigen Zeit am richtigen Ort befinden, aber dass es hier zu einer ungenehmigten Demonstration kam, das hatte wirklich keiner ahnen können. Vielleicht sollte er die ganze Aktion lieber abblasen und stattdessen das gesamte für Rhodans Sicherheit zuständige Personal austauschen? Nein, das ließ sich in der kurzen Zeit nicht mehr bewerkstelligen, zumal er mit keiner vernünftigen Erklärung aufwarten konnte.

»Ich kann nicht in unmittelbarer Nähe der Menge runtergehen«, sagte der Pilot. »Ich würde die Sicherheit der Leute gefährden.« Ihm war deutlich anzumerken, dass ihm lediglich an der Unversehrtheit seines kostbaren Gleiters gelegen war.

»Lassen Sie mich da raus, wo Sie können!«, befahl Nerval. »Aber machen Sie schon!«

Der Pilot spürte die wachsende Ungeduld des Sicherheitsministers und zog es vor, sich auf keinen Fall seinen Unmut zuzuziehen. Sollte Rodrik ihn aus der Abteilung Fahrbereitschaft entlassen, würde er diverser Vergünstigungen verlustig gehen, die das Leben angenehmer machten und an die man sich sehr schnell gewöhnen konnte.

Er ließ den Gleiter senkrecht sinken; durchaus behutsam, wie Nervals Erfahrung ihm verriet. Für die Demonstranten in nächster Nähe musste der Vorgang dennoch bedrohlich wirken. So viele Gleiter gab es auf Ruppet noch nicht, dass sie alltäglich waren, und auch wenn sich kein feuerspeiender Drache mit mächtigen Schwingenschlägen aus dem Himmel senkte, mochten sie es doch mit der Angst zu tun bekommen, von dem Vehikel einfach zerquetscht zu werden. Sie stoben auseinander; immerhin kam es zu keiner Panik. Dafür waren die Ruppeter einfach zu sehr daran gewöhnt, sich in großen Massen zu bewegen und dem Strom anzupassen oder gar seine Richtung zu beeinflussen.

Rodrik sprang aus dem Fahrzeug, kaum dass es aufgesetzt und

der Pilot die Tür geöffnet hatte. Die Scheu der Menge hatte sich bereits gelegt; nur wenige Schritte, und das auch ihm noch sehr vertraute Gefühl, Schutz in der Masse zu finden, stellte sich wieder ein.

Ein weiterer Blick auf das Chronometer verriet ihm, dass es höchste Zeit war. Er krümmte den linken Mittelfinger und berührte die kleine Kunststoffscheibe auf der Handfläche. Nun konnte er nur noch hoffen, dass der im Millisekundentakt wiederholte Peilstrahl auch empfangen wurde.

Ein Blick über die Schulter verriet ihm, dass Didjeh Fohrtuhn den Gleiter ebenfalls verlassen hatte und ihm folgte.

Das hatte ihm gerade noch gefehlt! Sein Staatssekretär verstieß damit gegen ausdrückliche Anweisungen. Was war nur los mit dem Mann? Da hatte er in der Versandstelle angefangen, danach jahrelang als Außenagent Erfahrungen gewonnen, war dann in den politischen Innendienst versetzt worden, hatte die Karriereleiter fast zu zügig erklommen, und jetzt erlaubte er sich einen Fehler nach dem anderen. So konnte es nicht weitergehen …

Doch auch Rodrik war nicht von irgendwoher Sicherheitsminister von Ruppet geworden. Er hatte eine ähnliche Laufbahn hinter sich und war seinen Untergebenen nach wie vor einen Schritt voraus.

Zumindest hoffte er das.

Vierzig Sekunden später hatte er den Beweis erbracht. Zwei rasche Drehungen, das Eintauchen in die quer verlaufende Bewegung eines Stroms von Demonstranten, eine plötzliche Kehrtwendung und das Ausnutzen der daraus resultierenden kurzen Verwirrung, und er hatte Fohrtuhn abgeschüttelt.

Seinen Sekretär vielleicht, aber nicht die Person, die plötzlich die Hand auf seine Schulter legte. »Nicht umdrehen!«, flüsterte eine tiefe Stimme.

Daraus schloss Rodrik im ersten Augenblick, dass es sich um einen Mann handelte, korrigierte sich aber sofort wieder. Es gab Möglichkeiten, eine Stimme zu verzerren, dumpfer klingen zu lassen. Und wenn er sich durch den Kopf gehen ließ, welche Möglichkeiten seinen Kollegen von den galaktischen Imperien zur Verfügung stehen mochten, wurde ihm ganz schwindlig, und er hätte seinen Job am liebsten an den Nagel gehängt. Die Hand geleitete ihn unauffällig und geschickt. Binnen weniger Minuten hatten sie den Rand der Menschenmenge erreicht, die nun fort vom historischen Stadtzentrum strebte und SEKTOR 1 so schnell wie möglich verlassen zu wollen schien. Anscheinend hatten seine Sicherheitskräfte auf dem Ruppet-Platz – dort, wo die beiden Demonstrantenfraktionen aufeinandergestoßen und die sie trennenden Prallfelder zusammengebrochen waren – endlich durchgegriffen und die Auflösung des Gewimmels eingeleitet.

»Wohin gehen wir?«, fragte der Minister.

»Wir sind fast da«, antwortete die Stimme. Die Hand trieb ihn noch ein paar Schritte weiter, schloss sich dann fester um seine Schulter und drehte ihn zur Seite.

Nerval Rodrik schaute auf eins der Gebäude, die man auf ganz Ruppet nur noch im erhalten gebliebenen historischen Stadtkern fand. Kein Wohnsilo mit mindestens fünfundzwanzig Stockwerken und den Ausmaßen eines ganzen Gebäudeblocks, sondern ein dreigeschossiges Haus in einer ganzen Reihe solcher Bauwerke. Schon die sorgfältig restaurierte Fassade und die modernen Fenster verrieten jedoch, dass es sich um alles andere als ein Museum handelte. Auch wenn der Altstadtkern erhalten geblieben war – auf Ruppet konnte man sich den Luxus nicht leisten, wertvollen Raum zu verschenken. Selbstverständlich wurde das Gebäude bewohnt oder doch zumindest gewerblich genutzt. Man hatte ihr Eintreffen bemerkt. Die Haustür wurde einen Spaltbreit geöffnet. Rodrik wurde von dem Unbekannten hinter ihm gegen die Hauswand gedrückt, damit er den schier endlosen Strom der vom Demonstrationsort Fliehenden nicht behinderte oder gar mitgerissen wurde.

»Gehen Sie hinein«, sagte die Stimme.

Er zögerte. »Und darin finde ich …« Er vollendete den Satz nicht. Das war auch nicht nötig.

»Darin finden Sie die Beweise, die die undichte Stelle in Ihrer Organisation zweifelsfrei identifizieren.«

Rodrik zögerte. Er hatte seine Erfahrungen. Er war nicht von gestern. Auch wenn der Informant, der ihn hierherbestellt hatte, bislang immer zuverlässig gewesen war – die seltsamen Umstände ihres Treffens rochen nach einer Falle. Doch Rhodans bevorstehende Ankunft ließ ihm keine Wahl. Er musste das Sicherheitsrisiko ausschalten.

Er gab sich einen Ruck, schritt zur Tür und griff nach dem Knauf.

In diesem Augenblick bewegte die Tür sich, und er vernahm ein hohes Sirren. *Ein Schuss!*, dachte er noch, dann wurde alles dunkel um ihn.

»Sie haben ihn, Ka-Eins«, sagte Bridget Märchtehn leise auf Interkosmo. Dabei senkte sie weder den Kopf, noch drehte sie ihn zur Seite. Das auf ihre Stimme geeichte hochempfindliche Richtmikrofon entstammte nicht einmal siganesischer Herstellung; solch ein Aufwand wäre bei diesem Einsatz wahrhaftig übertrieben und bei dem ständigen Budgetmangel auch nicht zu rechtfertigen gewesen. Dennoch nahm es bei der von ihr gewählten Einstellung lediglich ihre Stimme auf, filterte sämtliche störenden Nebengeräusche aus und übertrug ihre Worte, gerafft und zu wenigen Mikrosekunden langen Impulsen gebündelt, abhörsicher zu ihrem planetaren Stützpunkt, von wo aus sie bei Bedarf praktisch ohne Zeitverlust und selbstverständlich überlichtschnell zu verschiedenen Basen außerhalb des Marneb-Systems weitergeleitet werden konnten.

»Bislang ist alles planmäßig verlaufen?«, vergewisserte sich ihr Führungsoffizier Kontakt-Eins, unnötigerweise, wie Bridget fand, denn andernfalls hätte sie längst Meldung gemacht.

»Ja.«

Beide wussten, was das bedeutete: Jetzt wurde es erst richtig kompliziert. Was nun folgte, war unter der Datei Glückssache abzuspeichern. Wie viele Positroniken auch immer Simulationen durchgeführt und Hochrechnungen vorgenommen hatten, bei einer so knappen Zeitspanne gab es einfach zu viele Unsicherheitsfaktoren, als dass man exakte Abläufe festlegen konnte. Eine einzige zögerliche Bewegung, ein Anschluss, der nicht haftenblieb, ein Stolpern: Zeitfaktoren von jeweils einer zehntel bis drei Sekunden Dauer, also rund anderthalb im Durchschnitt, auf einen Zeitraum von maximal vier Minuten, multipliziert mit drei bis fünf Beteiligten – achthundert Unsicherheitsfaktoren in zweihundertvierzig Sekunden, zweihundert pro Minute –, das überforderte sogar die modernsten Geräte. Selbst der begnadete Voss war bei Extrapolationen dieser Größenordnung hoffnungslos überfordert.

Natürlich dauerte die eigentliche Aktion, die nun anstand, wesentlich länger als vier Minuten, aber das war die kritische Zeitspanne, die über Erfolg oder Misserfolg entschied. Ihre Stoppuhr lief. Eine hochmoderne, aber in ein Gehäuse eingelassen, das keinem Ruppeter aufgestoßen wäre.

Außerdem, setzte Bridget ihren Gedankengang fort, konnte ihre Planung so perfekt sein, wie man es sich nur wünschen konnte – da war immer noch die Gegenseite, und wenn die aufmerksam wurde, war ihr Plan endgültig gescheitert. Es war schon sehr beruhigend, tröstete sie sich, dass kein überwältigender Schaden entstehen konnte, wenn dieser Einsatz scheiterte. Er war sozusagen die Tarr zum Quiliber, das Sahnehäubchen auf dem anregenden Heißgetränk – die Krönung einer von langer Hand vorbereiteten Aktion.

Natürlich standen diverse Leben auf dem Spiel – nicht zuletzt auch das ihre. Aber einerseits hatte sie gewusst, was sie tat, als sie ihre Berufswahl getroffen hatte, andererseits war sie dazu ausgebildet worden, ihr Leben effektiv zu schützen.

Sie trat näher an die Hauswand, um vom Sog der Ruppeter

nicht mitgezogen zu werden. Für sie als Terranerin war es immer wieder erstaunlich, wie gesittet sich dieses Volk auch in Massenansammlungen benahm.

Auf Terra hätte eine Demonstration dieser Größenordnung – mit immerhin über zweihunderttausend Teilnehmern, und das unangemeldet, ohne dass Zeit gewesen wäre, sich darauf vorzubereiten! – zu mittleren Nervenzusammenbrüchen der verantwortlichen Sicherheitskräfte geführt. Die Ruppeter hingegen waren von Kind an gewohnt, sich in Mengen zu bewegen, und die Ehrfurcht vor fortpflanzungsfähigem Leben, die die theokratische, wenn auch demokratisch gewählte Regierung auf ihre Flaggen geschrieben hatte, war mehr als ein Lippenbekenntnis. Die Bewohner dieses Planeten hatten die Lehren ihres Religionsstifters in Fleisch und Blut umgesetzt. Daran hielten sich auch diejenigen, die im Zug des Kulturschocks nach der Wiederentdeckung der Welt durch das Solare Imperium für ihre Verhältnisse radikale Positionen eingenommen hatten und die Angliederung der Welt an eine der galaktischen Gemeinschaften forderten.

Bridget hätte sich gewünscht, die von ihren Hilfskräften lancierte ungenehmigte Demonstration hätte noch weit mehr Verwirrung gestiftet, aber es war sinnlos, unerfüllbaren Wünschen nachzuhängen. Immerhin boten auch diese Menschenmassen eine gewisse Tarnung ihrer Aktion.

Jede Nervosität fiel von ihr ab, als sie Ka-Eins' Stimme wieder in dem in ihrer Ohrmuschel befestigten Sender hörte.

»Es geht los. Unsere Leute haben Position bezogen.«

Damit hatte er den entscheidenden Befehl gegeben, nicht nur für ihr Einsatzteam, sondern auch für über ein Dutzend weitere, die zeitgleich informiert wurden und an verschiedenen Orten auf Ruppet, im Marneb-System und in der Milchstraße zuschlugen.

Bridget setzte sich in Bewegung, ließ sich von den aus dem Stadtzentrum drängenden Massen ein Stück mitziehen. Unwillkürlich hielt sie Ausschau nach den angeheuerten Helfern und untergeordneten Agenten, die sich in dem Gewimmel aufhielten, doch deren Tarnung war von gewohnter Qualität. Wenn nicht mal sie sie erkannte, würden sie auch keinen Ruppetern auffallen.

Wenige Schritte nur, und sie machte das Zielobjekt vor sich aus. Die Tür des Gebäudes war geöffnet. Nun wurde sie einiger Kollegen gewahr, denen es gelang, sich anscheinend völlig unauffällig mit dem Strom der Masse zu bewegen, gleichzeitig aber keinen Schritt abgetrieben zu werden und in stets gleichbleibender Nähe zum Zielobjekt zu verweilen. Sie schaute hoch. Sheuren bestätigte ihr mit einem Nicken, dass seine Ortungen nichts ergeben hatten. Die Aktion konnte anlaufen.

Bridget griff in ihre Tasche, trat in die Mitte des Rings ihrer Mitarbeiter, schritt in deren Deckung zur Tür und warf mit einer fließenden Bewegung den Sprengsatz ins Haus. Dabei handelte es sich keineswegs um eine Waffe auf thermischer Basis, sondern um eine, die Schall- und Lichtemissionen erzeugte. Die Emissionen beraubten die Opfer kurzfristig jeglicher Wahrnehmungsfähigkeit und machten sie damit völlig orientierungs- und wehrlos. Die einzige Hitze, die freigesetzt wurde, diente dazu, die kleine Granate zu einem Häufchen Schlacke zu verbrennen, nachdem sie ihr Unheil angerichtet hatte. Das wiederum hatte den Vorzug, dass man keine Rückschlüsse auf ihre Herkunft mehr ziehen konnte. Zum Einsatz kam sie immer dann, wenn man auf den Gebrauch von Paralysatoren und die danach doch länger anhaltenden Lähmungserscheinungen der Betroffenen verzichten wollte oder musste, was hier der Fall war.

Dennoch hielt Bridget, als sie das Gebäude betrat, als Rückversicherung eine solche Waffe in der Hand. Ihre Vorsicht machte sich bezahlt: Aus den Augenwinkeln nahm sie eine zielgerichtete Drehung wahr. Sie schoss sofort, wusste aber im selben Moment, dass sie nicht getroffen hatte. Die Bewegung stammte von einer mindestens zwei Meter großen und unproportional dürren Gestalt, die gerade einen Nebenraum verlassen wollte, als die Granate explodiert war. Zumindest kehrte die Gestalt nun in diesen Raum zurück und riss die Tür hinter sich zu. Auch ein zweiter Schuss ging fehl.

Bridget lief zu der Tür, während ihre Kollegen sich nicht um den Flüchtigen kümmerten, sondern sich ihren jeweiligen Aufgaben widmeten. Damit befolgten sich nur die eindeutigen Anweisungen; schließlich kam es auf jeden Sekundenbruchteil an. Die Agentin zerrte an der Tür, doch sie war von der anderen Seite aus verriegelt worden.

Fluchend steckte Bridget den Paralysator ein und zog stattdessen den Thermostrahler. Das gebündelte Licht aus dem für das menschliche Auge nicht sichtbaren Infrarotbereich verließ den Lauf der Waffe als ultraheißer Strahl und schmolz jenen kleinen Teil der Tür, an dem sie am schwächsten war: das Schloss. Ein wuchtiger Tritt, und die Tür flog in den benachbarten Raum auf. Fast gleichzeitig sprang Bridget gekrümmt hindurch, rollte sich auf dem Boden ab und schnellte wieder hoch, mit dem schussbereiten Thermostrahler in einer Kreisbewegung sichernd.

Erst nachdem sie sich auf diese Weise überzeugt hatte, dass sich tatsächlich niemand mehr in dem kleinen Nebenraum aufhielt, sah sie es als gegeben an, dass der Flüchtige das Gebäude durch eine Tür in der gegenüberliegenden Wand verlassen hatte. Sie führte auf eine kurze, höchstens zwanzig Meter lange Gasse, wie Bridget aufgrund ihres Einsatzbriefings wusste, die an beiden Enden auf größere Querstraßen der Hauptdurchgangsstrecken im SEKTOR 1 mündete.

Es kostete sie wertvolle Sekunden – sie musste die gebotene Vorsicht walten lassen –, doch es blieb ihr nichts anderes übrig, als sich davon zu überzeugen, dass der eventuell bewaffnete Flüchtige nicht auf der anderen Seite der Hintertür darauf lauerte, sie angreifen zu können. Die Gasse war in beiden Richtungen verlassen. Über die dahinter liegenden Straßen eilten Ruppeter, die Bridget nicht die geringste Beachtung schenkten. Sie bewegten sich hektischer als vor kurzem; offenbar griffen die Sicherheitskräfte auf dem Ruppet-Platz nun energischer durch, und die Demonstranten wollten sich so schnell wie möglich aus der Gefahrenzone bringen.

Bridget zog den Kopf wieder zurück und schaute sich in dem Nebenraum um. Zwei, drei Blicke verrieten ihr, was hier geschehen war. Während sie noch nach dem Flüchtigen geschaut hatte, waren ihre Kollegen wie geplant vorgegangen und hatten alles Nötige in die Wege geleistet. Sie arbeiteten schnell, aber sorgfältig; jeder Handgriff saß.

»Sequester!«, rief ihr Stellvertreter sie mit dem für diesen Einsatz vereinbarten Kodenamen. »Schnell! Wir brauchen den Computer. Die Zeit rast uns davon. Wir haben höchstens noch drei Minuten.«

Sie zog das Minigerät hervor und drückte es ihm in die Hand. Obwohl ihr Stellvertreter nur rudimentäre Computerkenntnisse hatte, machte sie sich um diesen Teil ihrer Aufgabe keine Sorgen. Auf Jeremay Voss, der das Programm geschrieben hatte, das nun zum Einsatz kam, war absoluter Verlass; er war in stundenlangen Gesprächen sämtliche Möglichkeiten mit ihr durchgegangen, um ihr zu beweisen, dass er auch die unwahrscheinlichsten Schwierigkeiten in Betracht gezogen hatte.

Interfaces, Programmsperren, Passwörter – für ihn war nichts unüberwindlich. Ganz davon abgesehen, dass die primitiven Computer der Ruppeter einer terranischen Positronik so unterlegen waren wie ein Faustkeil einem Thermostrahler. Doch auch Geräte aus anderer Produktion konnten Jeremay nicht lange Widerstand leisten.

Bridget kehrte in den Nebenraum zurück, untersuchte die dort untergebrachten Geräte und sonstigen Gegenstände genauer und zerstörte sie dann mit drei gezielten Schüssen ihres Thermostrahlers.

Als sie in den Hauptraum zurückkehrte, hob ihr Stellvertreter bestätigend die Hand. »Fertig!«, rief er. »Es verlief alles nach Plan.«

Mit einem Blick nahm sie wahr, dass ihre Agenten die drei Männer und die Frau, die von der Schallgranate außer Gefecht gesetzt worden waren, gerade hinausführten. Sie konnte sich darauf verlassen, dass ihre Leute sie durchsucht, entwaffnet und aller technischen Geräte beraubt hatten.

Des weiteren hatten sie ihnen Injektionen verpasst, die ihre derzeitige geistige Verwirrung aufrecht halten würden, bis sie ein Gegenmittel verabreicht bekamen. Sie sollten von den ruppetischen Sicherheitskräften gefasst, aber erst nach Verabreichung dieser Substanz wirkungsvoll verhört werden können; aus diesem Grund hatten sie auch auf den Einsatz von Paralysatoren verzichtet, zumal mithilfe der Granate alle gleichzeitig außer Gefecht gesetzt worden waren.

Alle bis auf denjenigen, dem die Flucht gelungen war. Bridget knirschte wütend mit den Zähnen. Aber der Schaden hielt sich in Grenzen; *diese* Person würde sich kaum an die ruppetischen Sicherheitskräfte wenden. Es galt nur zu verhindern, dass sie Kontakt mit ihrem Führungsoffizier aufnehmen konnte.

Mit drei weiteren Schüssen zerstörte sie den Großteil der Gerätschaft im Hauptraum oder machte ihn zumindest unbrauchbar.

Nun war nur noch eins zu tun: Während ihre Kollegen den Hauptraum räumten, gab sie der bewusstlosen Gestalt, über die sie mehrmals gestiegen war, die vorbereitete Injektion und schleifte sie danach über den Boden, bis sie auf der Schwelle zu liegen kam. Dann noch wenige Schritte, und sie tauchte in der Menge der Ruppeter unter. Der erste Teil des Einsatzes war beendet. Dank Jeremays ausgeklügelter Planung hatte der ganze Spuk tatsächlich kaum fünf Minuten Rechnerzeit und insgesamt gesehen nicht mal die geplanten zwanzig Minuten gedauert.

Perry Rhodan töten … bei der Ankunft auf dem Raumhafen … die offizielle Begrüßung …

»Perry Rhodan töten …«, murmelte er. »Perry Rhodan töten.

Perry Rhodan töten.« Der kurze Satz schien nicht nur das Zentrum seiner Existenz zu sein, sondern sein gesamtes Universum, seinen *idios kosmos* auszufüllen. Es war weniger eine Aneinanderreihung von Worten als eine Tatsache, fest, unumstößlich, unwiderruflich. *Perry Rhodan töten.*

Er fühlte sich unglaublich erschöpft, doch das Diktum gab ihm seine Kraft rasend schnell zurück. Hätte er es vor Sekunden noch für unmöglich gehalten, sich zu bewegen, erhob er sich nun mühelos. Abgesehen von einem leichten Ziehen in seinem Kopf fühlte er sich ausgezeichnet.

Er schaute an sich hinab. Der Anzug, den er trug, war teuer gewesen, das sah er auf den ersten Blick. Er saß wie angegossen, war zweifellos maßgeschneidert. Einige helle Flecke beseitigte er fast vollständig, indem er leicht auf den Stoff klopfte; auch das sprach für die Qualität des Materials. Seine Schuhe waren modisch und sahen ebenfalls nicht billig aus.

Er hätte die Inspektion seiner Person gern fortgesetzt, doch irgendetwas trieb ihn an, sich umgehend zu entfernen, eine gewisse Distanz zwischen sich und den Ort zu bringen, an dem er erwacht war. Und so gern er diese seine Umgebung genauer erkundet hätte – eigentlich untersuchen musste, um sich dringend benötigte Informationen zu verschaffen –, so genau wusste er, dass er mit allem scheitern würde, woran ihm lag, wenn er noch länger hier verweilte. Es war höchste Zeit – er musste fort von hier.

Er schaute noch einmal kurz zurück, machte einen beträchtlichen Wirrwarr der Zerstörung aus und versuchte, sich das allgemeine Bild und einige wenige Einzelheiten einzuprägen. Auch den Weg, den er nahm, merkte er sich genau. Vielleicht konnte er zu einem späteren Zeitpunkt, wenn er sich von der Gefahrlosigkeit des Unternehmens überzeugt hatte, noch einmal hierher zurückkehren. Aber zuerst musste er etwas Wichtigeres erledigen.

Perry Rhodan töten …

Auf den Straßen herrschte dichtes Gedränge. Wirklich mühelos, völlig instinktiv, als hätte er sein Leben lang nichts anderes getan, mischte er sich unter die Menge, ließ sich von ihr mitziehen, verschmolz mit ihr und ging in ihr auf. Er beging nicht den Fehler, über die Schulter zurückzuschauen, ob ihm jemand folgte, ließ sich stattdessen an den Rand des Menschenstroms treiben, wo er unauffällig in eine andere Straße abbiegen konnte. Er wiederholte dieses Manöver drei- oder viermal, ging zügig, ohne durch allzu große Eile auf sich aufmerksam zu machen, und hatte nach zwanzig Minuten unbehelligt über zwei Kilometer zurückgelegt.

Nun ließ er es gemächlicher angehen, schlenderte fast, bog in eine breite Geschäftsstraße ein, blieb immer wieder vor Schaufensterfronten stehen. Hier am Rand des SEKTORS 1 gab es seit der Restaurierung des historischen Stadtkerns wieder dezentralisierte Ladenlokale, konnte man noch bummeln, wenn auch nicht unbedingt zu den Stoßzeiten nach den Schichtwechseln. Während er so tat, als würde er die Auslagen betrachten, hielt er im Glas Ausschau nach Spiegelungen von Personen, die stehenblieben, wenn er stehenblieb, und weitergingen, wenn er weiterging. Er konnte keine ausmachen.

Er wurde nicht verfolgt. Im Augenblick befand er sich in relativer Sicherheit.

Sicherheit wovor?

Ihm wurde klar, dass er über seine Lage nachdenken musste. Die ihm offenstehenden Möglichkeiten erörtern, Entscheidungen über sein weiteres Vorgehen treffen.

Was wollte er überhaupt?

Perry Rhodan töten, stellte der Gedanke sich uneingeladen bei ihm ein. *Bei der Ankunft auf dem Raumhafen … die offizielle Begrüßung …*

Also gut – wo bot sich ihm Gelegenheit für ungestörte Kopfarbeit? Er schaute sich kurz um, machte das grelle Neonreklameschild einer Singlebar aus, wie es sie überall auf Ruppet gab. Hier trafen sich die Alleinstehenden, die ohne festen oder die mit unwilligem Partner, die den Drang verspürten, dem Gebot des Großen Ruppet zu folgen. *Gehet hin und vermehret euch!,* dachte er. Zu dieser Zeit am späten Vormittag war in den Bars nicht viel los; diejenigen, die in der Nachtschicht arbeiteten und danach Anschluss suchten, hatten ihn schon längst gefunden, und die, die vor Beginn der Spätschicht ihren Teil zur Vermehrung der Ruppeter beitragen wollten, mussten sich ebenfalls schon so gut wie einig sein, wenn sie noch pünktlich zur Arbeit erscheinen wollten.

Er betrat die Bar. Wie er es sich gedacht hatte, war sie kaum besucht, und die wenigen Gäste, die sich in ihr aufhielten, hatten sich schon paarweise gefunden. Er steuerte einen der etwa fünfzehn unbesetzten Tische an und nahm Platz.

Kaum hatte er den obersten Knopf seines Hemdes gelockert, als auch schon eine Kellnerin neben ihm stand. Jung, gerade mal fünfundzwanzig, ein blonder, kurz geschnittener Pagenkopf, der kunstvoll auf unfrisiert getrimmt war, ein für seinen Geschmack zu voller Busen unter einer weißen Bluse, die eng um die schmale Taille lag, ein schwarzer Rock um einladende Hüften, der anderthalb Handbreit über den Knien endete, schwarze Strümpfe, hochhackige Schuhe. Arbeitskleidung, sicher, aber er bezweifelte, dass der Besitzer oder Geschäftsführer der Bar von ihr verlangte, die obersten drei Knöpfe der Bluse offen zu lassen und einen so kurzen Rock und so unfallträchtiges Schuhwerk zu tragen.

Sie gab ihm die Karte, und er warf einen kurzen Blick darauf. Das Übliche: sündhaft teures Mineralwasser garantiert natürlicher Herkunft, etwas billigere vitaminstrotzende Säfte mit einem gewissen Echtfruchtanteil, wesentlich billigere Soft Drinks mit naturidentischen – sprich künstlichen – Aromastoffen aus aufbereitetem Wasser sowie Letzteres pur und fast umsonst.

Als er aufblickte, bemerkte er, dass die Kellnerin noch neben seinem Tisch stand und ihn fast versonnen lächelnd ansah. Normalerweise hätte sie schon am nächsten Tisch für Umsatz gesorgt und sich zum Abschluss ihrer Runde nach seinen Wünschen erkundigt. Dass sie wartete, konnte zweierlei bedeuten: Entweder langweilte sie sich, weil sowenig zu tun war, oder er gefiel ihr. Fast erschrocken stellte er fest, dass er beinahe selbstverständlich vom Letzteren ausging.

Er drehte den Kopf zum Fenster und betrachtete sein Spiegelbild darin. Ein brauner, wegen der raschen Flucht auf natürliche Weise in Unordnung geratener Haarschopf, ein ebenmäßiges, wenn auch alles andere als markantes, geschweige denn kantig-maskulines Gesicht. Er wusste, dass sein Körper durchtrainiert und an Belastungen gewöhnt war, aber nichts an ihm kündete vom übermäßigen Besuch jener Studios, in denen die bedauernswerten Menschen, die ausschließlich einer sitzenden Tätigkeit nachgingen, den Eindruck zu erwecken versuchten, sie würden zwanzig Stunden am Tag an Hochöfen arbeiten und die restlichen viereinhalb im Boxring stehen.

Der Gedanke ließ ihn lächeln. Er konnte diese Bodybuilding-Fanatiker nicht ausstehen. Ausnahmen bestätigten die Regel. Einen kannte er, dem er nicht nur professionelle Hochachtung entgegenbrachte, er hielt ihn im Prinzip auch für einen netten Kerl. Wie hieß er noch? *Fe… Fu… Fo…*

»Es freut mich, dass es Ihnen bei uns so gut gefällt«, riss die Kellnerin ihn aus seinen Gedanken, »aber trotzdem wüsste ich gern, was ich Ihnen zu trinken bringen darf.«

Verwirrt sah er sie an. Dann begriff er. Sie hatte sein Lächeln völlig missverstanden. *Kartoffel, Kartoffel,* schimpfte er sich. »Ein Mineralwasser«, bestellte er automatisch. »Jennys Delight, bitte.«

»Aber gern«, sagte die Kellnerin, blinzelte – einmal zuviel – und bewegte ihre unbestritten langen Beine mit einer schier unnatürlichen Sicherheit auf dem hochhackigen Schuhwerk davon.

Er konnte nicht leugnen, dass ihm der Anblick gefiel. *Wie jedem echten Ruppeter,* dachte er. *Gehet hin und vermehret euch!*

Doch er hatte im Augenblick andere Sorgen. Zur Pille, wie

hieß dieser Bodybuilder gleich noch? Fe…, Fu… Er wusste es nicht mehr.

Dafür wurde ihm plötzlich klar, dass er das naturreinste – und dementsprechend beste und teuerste – Getränk auf der Karte bestellt hatte. Und nicht mal wusste, ob er überhaupt Geld bei sich hatte.

Eine rasche Durchsuchung seiner Taschen ergab zu seiner Beruhigung, dass dem so war. In den Futteralen seiner Hosen fand er nichts, aber in der Innentasche der Anzugjacke steckte eine Brieftasche, und als er sie herausgeholt und geöffnet hatte, stellte er fest, dass sich zehn Zehn-Rudiga-Scheine in ihr befanden.

Die Kellnerin hatte erneut einen halsbrecherischen Gang angetreten und kehrte zu seiner Überraschung direkt vom Bartresen an seinen Tisch zurück. Offenbar war wirklich nicht viel zu tun, und er hatte sein Aussehen – oder sein Charisma – gewaltig überschätzt. »Irgendwie kommen Sie mir bekannt vor«, sagte sie.

Eine klassische Gesprächseröffnung. Er korrigierte sich. Seine Chancen waren sprunghaft gestiegen. Er musste sich eingestehen, dass er Ruppets Dogma gern mit ihr erfüllt hätte.

Leider hatte er etwas anderes zu tun. *Perry Rhodan töten … Perry Rhodan töten … bei der Ankunft auf dem Raumhafen … die offizielle Begrüßung …*

Überrascht stellte er fest, dass es ihm alles andere als schwer fiel, ein Lächeln auf seine Züge zu zaubern. Eine geübte Geste, tausendmal wiederholt, jederzeit abrufbar. »Sie mir auch«, sagte er glatt.

»Nein, im Ernst. Ich hab Sie irgendwo schon mal gesehen.«

Die Antwort kam über seine Lippen, ohne dass er großartig nachdenken musste. »Man verwechselt mich oft«, sagte er. »Das passiert mir nicht zum ersten Mal. Aber leider habe ich noch nicht herausfinden können, mit wem.«

Sie ignorierte seinen Scherz nicht mal. »Nein, wirklich.« Hilflos zuckte sie mit den Achseln. »Vielleicht fällt's mir ja wieder ein. Das macht achtundneunzig Rudiga«, sagte sie. »Wir sind angehalten, sofort zu kassieren«, fügte sie hinzu und verdrehte entschuldigend die Augen.

Achtundneunzig Rudiga! Fast seine gesamte Barschaft. »Natürlich«, überging er sein Entsetzen gewandt. »Kein Problem. Ich kenne das. Manchmal haben Ihre Gäste es so eilig, das Lokal zu verlassen, dass sie zu bezahlen vergessen würden, hätten Sie nicht sofort abkassiert.«

»Ja, genau«, sagte sie und erneuerte ihr strahlendes Lächeln. »Ich habe übrigens erst um zwanzig Uhr Dienstschluss. Wir arbeiten zur Zeit zu zweit in drei Schichten. Unsere dritte Kollegin hat Mutterschaftsurlaub, und ich teile mir ihren Dienst mit der von der Nachtschicht. Sechslinge, hat der Arzt bestätigt. Die Schwangerschaft verläuft völlig normal. Die Glückliche!« Erneut das Verdrehen der Augen, diesmal noch übertriebener. »Ich beneide sie wirklich. Heute Abend habe ich noch nichts vor, und morgen ist mein freier Tag. Und übermorgen fängt die Aushilfskraft an, und wir haben wieder unseren normalen Achtstundentag in drei Schichten.«

War das eine bloße Information oder eine Einladung? Die Kellnerin verwirrte ihn. Er hatte den Eindruck, solche Gespräche normalerweise nicht zu führen, aber die Situation trotzdem problemlos handzuhaben. Er öffnete die Brieftasche wieder und reichte ihr die Scheine. »Stimmt so«, sagte er.

Er musste sich eingestehen, sie gefiel ihm. Er konnte sich keinen Reim darauf machen, ob sie unglaublich naiv war oder nur mehr oder weniger geschickt mit ihm anzubändeln versuchte. Andererseits störte sie ihn. Er hatte keine Zeit, mit ihr zu flirten. Er musste nachdenken, hatte ganz andere Probleme.

Perry Rhodan töten …

»Um zwanzig Uhr«, sagte er. »Gut, das zu wissen.«

»Ich heiße Kara«, sagte sie.

»Und ich bin …« Er verstummte. Zur Pille noch mal – wer war er?

Er wusste es nicht.

Er wusste nicht, wer er war.
Er wusste nur eins.
Perry Rhodan töten …

2

Didjeh Fohrtuhn
Ein Paradies für Agenten

Ruppet ist der dritte Planet der Sonne Marneb. Sie ist dem Kugelsternhaufen 47 Tucani vorgelagert, der auch als NGC 104 bekannt ist, etwa 15.000 Lichtjahre in Richtung Kleiner Magellanschen Wolke vom Solsystem entfernt. Es handelt sich dabei um eine Sternenballung älterer Generation, was bedeutet, dass man dort überdurchschnittlich viele alte Sonnen findet, hauptsächlich Rote Riesen, die nur selten bewohnbare Planeten haben. Aufgrund dieses Umstands und der Tatsache, dass die Zentralregion des Kugelsternhaufens eine enorm hohe Sternendichte aufweist, die den Raumverkehr zur damaligen Zeit wesentlich stärker behinderte, als es heute der Fall ist, blieb die Zahl der Schiffe, die zwecks Erkundung in ihn einflogen, eher gering. NGC 104 wurde niemals offiziell besiedelt; ob sich dort weitere »verlorene« Kolonien wie Ruppet befinden, ist auch heute noch unbekannt. Das Marneb-System verfügt über acht Planeten und ähnelt damit verblüffend dem Solsystem, von zwei Ausnahmen abgesehen: dem eingefangenen neunten Planeten Pluto und dem Asteroidengürtel zwischen Mars und Jupiter. Den vier inneren »schweren« schließen sich vier äußere »leichte« Planeten an. Ruppet ist der dritte und einzig bewohnbare Planet des Systems; die Welten I und II sind Glutböllen, IV ist zu klein und zu kalt für eine Besiedlung durch Menschen, V bis VIII sind Gasriesen – eine weitere Übereinstimmung mit dem Solsystem.

Mikail Tyssen Kais (Hrsg.), Encyclopaedia Universalia,
Eintrag: 47 Tucani, bewohnbare Welten (Auszug),
Nembar: Verlag HDS 3000f.

In seinem Kopf bemühte die Hälfte der Bevölkerung sich gleichzeitig, Ruppets Gebot gerecht zu werden, und ihre Bewegungen erzeugten dabei Schwingungen, die sich durch alle 1024 SEKTOREN von Ruppet City ausbreiteten. Dabei bildeten sie Interferenzen, die den Planeten auseinanderzureißen schienen, dann aber im letzten Augenblick von diesem Vorhaben abließen und sich stattdessen in eben seinem Gehirn zusammenfanden.

Als er die Augen öffnete, sah er in Didjeh Fohrtuhns Gesicht. Es war verschwommen, aber unverkennbar. Nach wenigen Sekunden hatte sein Blick sich so weit geklärt, dass er auch die breiten Schultern, muskulösen Arme und den massigen, aber alles andere als fetten Oberkörper ausmachen konnte.

»Wie haben Sie mich gefunden?«, knurrte er. »Ich war überzeugt, Sie abgeschüttelt zu haben.«

»Das haben Sie auch, Sir«, bestätigte Fohrtuhn. »Aber dann sind Schüsse gefallen, und ich bin einfach in die Richtung gelaufen, in der ich sie gesehen habe, und dann fand ich Sie hier.«

Nerval Rodrik schüttelte sich. Er konnte nur kurz ohnmächtig gewesen sein und auch keine gravierenden oder dauernden Schäden davongetragen haben, denn sein Gehirn arbeitete bereits wieder normal. *»Gesehen?«,* sagte er. »Sie haben Schüsse *gesehen* und nicht *gehört?*«

»Ja, Sir. Keine einheimischen Waffen, sondern Thermostrahler.«

»Thermostrahler«, wiederholte Nerval. Allmählich erfasste er die Situation im größeren Überblick. Ein ungutes Gefühl stellte sich ein. Nicht nur, dass die geheime Kontaktaufnahme jämmerlich gescheitert war, man hatte ihn bewusstlos geschossen, und dann war auch noch ein Thermostrahler ausgelöst worden.

Das ungute Gefühl entwickelte sich sprunghaft zu kaltem Grauen. Paralysatoren und Thermostrahler – Waffen, die auf Ruppet genauso selten waren wie Gleiter und Vurguzz. Seitdem ein Schiff der Explorer-Flotte sich im Vorfeld des Kugelsternhaufens 47 Tucani umgeschaut hatte und dabei zufällig auf die vor etwa fünfeinhalb Jahrhunderten »verloren gegangene Kolonie« Ruppet gestoßen war, hatte es zwar einen gewissen – eher einseitigen – Austausch von Technologie gegen Rohstoffe gegeben, doch die galaktischen Imperien hielten sich dabei sehr zurück.

Nerval konnte es ihnen eigentlich auch nicht verdenken. Alle Staatenbünde, die mittlerweile in Kontakt mit Ruppet standen – das Solare Imperium, der Carsualsche Bund, das Imperium Dabrifa, die Zentral-Galaktische Union –, legten großen Wert darauf, dass die Welt sich ihnen anschloss, doch noch war die Mehrheit der Bevölkerung entschlossen, Ruppets Gebote zu befolgen und einen eigenen Weg zu gehen. Trotzdem war es nach über fünfhundert Jahren zur Bildung einer Opposition gekommen, die den Anschluss an die galaktische Gemeinschaft forderte und rasante Zuwachsraten aufwies.

Dabei konnte die amtierende und demokratisch gewählte Regierung von Glück sagen, dass die Andersdenkenden untereinander unversöhnlich zerstritten waren – die Anhänger des Solaren Imperiums verabscheuten die der beiden anderen Machtgebilde mehr als die Lehren Ruppets, was ebenso umgekehrt galt. Daher stellte die Ruppet-Partei im Parlament die Mehrheit – aber keine absolute. Sie hatte etwa ein Drittel der Wählerstimmen auf sich vereinigt – genau wie die Fraktion, die den Anschluss ans Solare Imperium forderte – und war bei Gesetzesvorlagen auf stets wechselnde Koalitionen mit einer der anderen Parteien angewiesen.

Die Regierungsfähigkeit blieb einzig und allein deshalb gegeben, weil die anderen Fraktionen, die Dabrifisten, Unionisten und Carsualisten, eher der Auflösung der Ehe und dem pflichtweisen viermaligen Beischlaf pro Tag zugestimmt hätten als einem Gesetzesantrag der Solaristen. Wären die Imperialisten – die Bezeichnung für alle Anhänger der Öffnung gegenüber einem der galaktischen Reiche – sich einmal einig, müsste er von Stund an mit siebzig Prozent seiner Bezüge in den Ruhestand gehen.

Andererseits könnte er dann diverse der ihm immer wieder

angebotenen Beraterverträge akzeptieren, für große Konzerne tätig werden und sich eine Wohnung im Diplomatenviertel leisten, die zehnmal größer war als die, die er jetzt besaß …

»Sie sind verletzt, Sir«, sagte Fohrtuhn, der sein lange anhaltendes Schweigen offenbar völlig falsch interpretiert hatte. »Ich rufe eine Ambulanz.«

»Unsinn!« Nerval rappelte sich auf. »Thermostrahler«, wiederholte er. »Und Paralysatoren.« Er vermutete, mit einer solchen Waffe betäubt worden zu sein. »Das bedeutet …« Er verstummte.

So ganz war sein Denkvermögen offenbar noch nicht wiederhergestellt. Die wenige Hightech, die Ruppet importieren konnte, befand sich in Händen der Regierung oder weniger superreicher Industrieller. Ansonsten behielten die galaktischen Reiche sowohl ihre Technik als auch ihre Kenntnisse für sich. Er ging nicht davon aus, dass irgendwelche Konzernchefs ihn in diese Falle gelockt hatten; als Sicherheitsminister hätte er es eigentlich wissen müssen, wenn Regierungseinheiten hier aktiv waren.

»Das bedeutet«, nahm er den Faden wieder auf, »dass hier Außenweltler am Werk sein müssen. Aber das stand ja schon fest, als unser Gleiter beschossen wurde.«

»Was wollten Sie überhaupt hier, Sir?«, fragte Fohrtuhn.

Nerval lachte im Geiste kurz auf. Er würde die Pille tun und seinem Staatssekretär die Wahrheit sagen. Aber er musste ihm irgendeine plausible Erklärung für sein zugegebenermaßen ungewöhnliches und befremdliches Verhalten geben.

»Ich habe einen Hinweis bekommen«, stöhnte er gespielt gequält, um immer wieder Pausen einlegen und so noch etwas wertvolle Zeit gewinnen zu können. »Aus einer normalerweise gut unterrichteten Quelle. Konkrete Verdachtsmomente. Jemand plant ein Attentat auf Perry Rhodan.«

»Ein … Attentat auf Rhodan?«, echote Fohrtuhn fassungslos – oder zumindest gut gespielt. »Und da gehen Sie auf eigene Faust vor, anstatt Alarmstufe eins auszulösen?«

Der Einwand des Mannes war völlig glaubhaft und berechtigt. Im Prinzip war Didjeh Fohrtuhn ein zuverlässiger Mann, ein Könner auf seinem Gebiet, doch seit etwa einem halben Jahr war er außer Rand und Band. Rodrik glaubte, den Beginn seiner Veränderung sogar genau lokalisieren zu können: Angefangen hatte es bei einer Trainingseinheit – Nahkampf mit Messern –, bei der Didjeh ihn unabsichtlich verletzt hatte. Keine schwerwiegende Wunde, Ruppet bewahre, aber sie hatte stark geblutet, und einem Profi hätte so etwas niemals passieren dürfen. Didjeh schien die Kontrolle über sich verloren zu haben, und die Nachlässigkeiten hatten sich danach fortgesetzt, wenn nicht sogar noch verstärkt.

»Dazu ist noch Zeit genug«, erwiderte er und tastete sich schnell ab. Er war in der Tat unverletzt; auch der Thermostrahler aus der Produktion des Solaren Imperiums, mit dem er als Sicherheitsminister selbstverständlich ausgerüstet war, steckte noch an Ort und Stelle. Er konnte also nur für wenige Minuten oder gar nur Sekunden das Bewusstsein verloren haben.

Das widersprach allerdings den Kenntnissen, die er über die Wirkungsweise von Paralysatoren hatte …

Darüber konnte er sich später Gedanken machen. Jetzt galt es, den Schaden zu begrenzen und gleichzeitig Fohrtuhns eventuelles Misstrauen zu zerstreuen.

Rodrik zog seine Waffe. Die Tür des Hauses, auf deren Schwelle er außer Gefecht gesetzt worden war, stand noch immer offen. Zwar war damit zu rechnen, dass die Übeltäter längst ausgeflogen waren – falls sie sich überhaupt in diesem Gebäude befunden hatten –, doch er musste auf Nummer sicher gehen. »Ich sehe nach, was da los ist«, sagte er, »und Sie kehren zum Gleiter zurück und alarmieren die Sicherheitskräfte.«

Zu seiner Überraschung schüttelte Fohrtuhn energisch den Kopf. »Dazu ist später Zeit genug«, wiederholte er seine Worte. »Ich begleite Sie.«

»Auf keinen Fall«, sagte Nerval und trat neben die Tür.

»Ich habe schon mal Ihre Befehle befolgt und Sie allein ziehen lassen«, wandte sein Stellvertreter ein. Er hatte ebenfalls seine Waffe gezogen. Der fast versiegte Strom der Demonstranten, die aus der Innenstadt drängten, war ins Stocken geraten. Immer mehr Ruppeter blieben stehen und schauten neugierig zu ihnen herüber. »Wir beide wissen, was sich daraus entwickelt hat. Soll sich so etwas wiederholen? Vielleicht kommen Sie diesmal nicht so billig davon.«

Rodrik nickte knapp, stieß die Tür vollends auf und drehte sich in den dahinter befindlichen Raum, den schussbereiten Thermostrahler in beiden Händen. Ihm bot sich ein Bild der Zerstörung, das ihn im Augenblick jedoch nicht sonderlich interessierte. Eine weitere Tür führte in einen Hinterraum; auch dieser war, wie der vordere, verlassen und verwüstet worden. Durch die ebenfalls geöffnete Hintertür konnte man eine schmale Gasse betreten, auf der sich niemand aufhielt. Seine Vermutung hatte sich als richtig erwiesen – wer auch immer ihn überfallen hatte, er hatte das Weite gesucht.

Er kehrte in den Hauptraum zurück, der noch von Fohrtuhn gesichert wurde. »Keine unmittelbare Gefahr«, sagte er. »Hier ist niemand mehr.«

Sein Stellvertreter ließ den Strahler sinken. »Und was«, fragte er, »wenn der Raum mit einem Sprengsatz gesichert gewesen wäre, der beim Eindringen Unbefugter explodiert? Wir hätten Verstärkung rufen sollen. Sie sind unverantwortlich leichtsinnig vorgegangen.«

Nerval kniff die Augen zusammen. Wollte Fohrtuhn ihn herausfordern – hatte er es auf seinen Job abgesehen? Oder nahm er das Vorgehen seines Vorgesetzten als Anlass, von den Patzern abzulenken, die ihm in letzter Zeit unterlaufen waren?

Oder hatte er sich schlichtweg wieder gefangen und die Situation mit einer kalten Professionalität analysiert, an der Rodrik es im Augenblick zu mangeln schien?

Der Sicherheitsminister nickte erneut. Er war nicht so dumm, sich auf eine Diskussion einzulassen, in der er unhaltbare Positionen hätte verteidigen müssen. Und er durfte Fohrtuhn nicht den wahren Grund für seine Anwesenheit an diesem Ort verraten.

Ihm lagen zweifelsfreie Hinweise vor, dass es in seinem Ministerium in hoher Position eine undichte Stelle gab. Einen Verräter, der mit einem der galaktischen Machtblöcke zusammenarbeitete. Sein unbekannter Kontaktmann, der ihm schon öfter Informationen zugespielt hatte, die sich bislang stets als zuverlässig erwiesen hatten, hatte sich hier mit ihm treffen wollen, um ihm die Identität des Spitzels zu verraten. Er war nur darauf eingegangen, weil er einen Zusammenhang mit dem anstehenden hohen Staatsbesuch vermutete.

Dass man ihn in eine Falle gelockt hatte, war ihm mittlerweile klar. Nur verstand er die Natur dieser Falle noch nicht. Und Didjeh Fohrtuhn durfte nichts von diesen Hintergründen erfahren; schließlich war nicht ausgeschlossen, dass es sich bei *ihm* um den Überläufer handelte.

Oder hatte man ihn etwa lediglich hierher bestellt, um ihn mit der Nase auf die geheime Anlage im Inneren dieses Hauses zu stoßen? Aber wer würde so etwas tun? Und zu welchem Zweck?

»Sie haben recht«, gestand er seinem Stellvertreter ein. Hier war wirklich etwas oberfaul. Schon die flüchtigen Blicke, die er auf die Geräte in den beiden Räumen geworfen hatte, verrieten ihm, dass sie nicht – oder zumindest zum Großteil nicht – aus ruppetischer Fabrikation stammten. Zwar erschwerte der Umstand, dass sie mehr oder weniger rigoros zerstört worden waren, eine sofortige Erkenntnis über ihren Sinn und Zweck, aber ihre allgemeine Herkunft war eindeutig: Sie stammten aus einem der galaktischen Reiche.

Fohrtuhn hatte es ebenfalls erkannt. »Hier haben Fremdweltler ihr Süppchen gekocht«, sagte er.

»In der Tat«, stimmte der Minister zu.

»Was vermuten Sie?«, fragte der Staatssekretär. »Sind wir hier auf eine Spionagezentrale eines der galaktischen Reiche gestoßen?«

Täuschte Nerval sich, oder machte er tatsächlich Misstrauen in Fohrtuhns Augen aus? Argwohn darüber, dass sein Vorgesetzter völlig unprofessionell vorgegangen war und die Verfolgung eines Straftäters aufgenommen hatte, statt dies den Sicherheitskräften zu überlassen, von denen es in der näheren Umgebung geradezu wimmelte, und dabei *völlig zufällig* über die getarnte Basis einer fremden Macht gestoßen war?

»Es sieht so aus«, sagte Rodrik.

»Ruppet ist wirklich ein Paradies für Agenten«, sagte Fohrtuhn leicht knirschend.

Nerval wusste, was er damit meinte. Allein aufgrund der technischen Überlegenheit der Fremdweltler konnten Spione der galaktischen Reiche auf Ruppet nahezu ungestört schalten und walten, wie es ihnen beliebte. Mit der geringen Technologie, die Ruppet importierte, konnte man ihnen nicht Paroli bieten. Lediglich der Umstand, dass alle Machtblöcke das gleiche Ziel verfolgten – den Anschluss des Planeten an ihr jeweiliges Imperium – und aufmerksam über die Aktivitäten der anderen wachten und sie nach Möglichkeit zu durchkreuzen versuchten, verlieh seiner Arbeit überhaupt noch eine rudimentäre Aussicht auf Erfolg.

Nein, es gab nichts daran zu rütteln, und weder er noch die Regierung, der er angehörte, machten sich etwas vor: Ihr Planet war in der Tat ein Paradies für Agenten.

Er rief sich zur Ordnung. Er zauderte und hing seinen Gedanken nach, statt die notwendigen Schritte einzuleiten. Dieses Verhalten war völlig atypisch für ihn; so ging es nicht weiter. Er musste endlich handeln.

»Kehren Sie zum Gleiter zurück und schlagen Sie Alarm!«, befahl er seinem Stellvertreter. »Rufen Sie die Sicherheitsstufe eins aus!«

Mit einem schwachen Lächeln griff Fohrtuhn in die Innentasche seiner Anzugjacke, holte ein Funkgerät hervor, schaltete es ein und reichte es seinem Vorgesetzten.

»Hier Zentrale«, erklang die metallisch scheppernde Stimme des Einsatzleiters aus dem kleinen Lautsprecher.

»Hier Rodrik«, sagte er. »Von sofort an gilt Sicherheitsstufe eins. Gehen Sie nach Plan Delta vor. Bevollmächtigung Apso Lhasa Jenny eins.«

»Verstanden«, bestätigte der Einsatzleiter und wiederholte dann seine Anweisung, um jedes Missverständnis auszuschließen. »Sicherheitsstufe eins. Plan Delta. Bevollmächtigung Apso Lhasa Jenny eins.«

Aufgrund des bevorstehenden Staatsbesuchs – schließlich wurde kein geringerer Gast als Perry Rhodan persönlich erwartet, der Großadministrator des Solaren Imperiums und damit des bedeutendsten galaktischen Reichs – konnte Nerval diese durchgreifende Anordnung vertreten. Von diesem Augenblick an liefen alle Rädchen des Sicherheitsministeriums auf Hochtouren.

Sicherheitsstufe eins bedeutete die Mobilisierung sämtlicher eigentlich dienstfreier Einheiten des Sicherheitsministeriums, die Abschottung des Raumhafens und die Abriegelung des SEKTORS 1. Es war schlichtweg unmöglich, sämtliche Ruppeter aufzugreifen, die SEKTOR 1 verlassen oder betreten wollten, doch die Einsatzkräfte hatten Anweisung, sämtliche Personen, die sich in irgendeiner Hinsicht auffällig benahmen, festzunehmen und für die gesetzlich zulässige Dauer – maximal vierundzwanzigeinhalb Stunden – auch festzuhalten.

»Schicken Sie zwei Hundertschaften hierher«, fuhr er fort und nannte die Adresse. »Bevorzugter Gleitereinsatz. Die erste riegelt den Einsatzort auf fünfundzwanzig Meter hermetisch ab. Die Gleiter sollen unmittelbar vor dem Haus landen. Die zweite hält sämtliche Personen fest, die sich im Umkreis von einhundert Metern aufhalten.« Er bezweifelte zwar, auf diese Weise der Personen habhaft zu werden, die sich in diesem Bereich aufgehalten und ihn außer Gefecht gesetzt hatten, konnte sich in seiner jetzigen Situation aber kein potenzielles Versäumnis mehr leisten.

Kaum hatte er seine Anweisungen erteilt, als sich eine seltsame Kälte durch seinen Körper auszubreiten und ihm jegliche Kraft zu rauben schien. Er schloss die Augen und stöhnte – diesmal nicht gespielt – gequält auf. Als er schon glaubte, seine Beine würden unter ihm nachgeben, verschwand das Gefühl so abrupt wieder, wie es aufgetreten war.

Offensichtlich hatten die Ereignisse ihn doch stärker mitgenommen, als er es Fohrtuhn eingestanden hatte.

»Wir warten bis zum Eintreffen der Gleiter«, entschied er. »Sprechen Sie derweil Ihren Bericht auf Band. Dann gehen wir rein und sehen uns mal genauer an, worauf wir hier gestoßen sind.«

Bridget Märchtehn ließ den Blick kurz aus dem Fenster des Raums in der terranischen Botschaft schweifen, in dem sie sich zur Einsatzbesprechung zusammengefunden hatten. Irgendwo dort draußen war Urx-Moxiva auf der Flucht.

Das Botschaftsgebäude – das vollständig vom Solaren Imperium angemietet worden war – war eins von etwa einem Dutzend Hochhäuser in diesem Viertel. Allerdings handelte es sich nach ruppetischem Maßstab dabei um eher kleine, ja fast schon zierliche Bauwerke, die keinen Vergleich mit den riesigen Wohnklötzen zuließen, die ansonsten das Bild des Planeten bestimmten. Dennoch fielen sie im Botschaftsviertel auf, einem der ganz wenigen SEKTOREN, in denen sich Wohnblocks moderater Höhe mit freistehenden Villen abwechselten und die Straßen lediglich ebenerdig verliefen und nicht vier- bis sechsbahnig übereinander errichtet waren.

Aufgrund dieses Umstands galt das Diplomatenviertel – das erst nach der Wiederentdeckung des Planeten zu einem solchen gemacht worden war – als eins der exklusivsten auf Ruppet überhaupt. Keine Frage, dass auch der Carsualsche Bund, die ZGU und das Imperium Dabrifa ihre Botschaften in Hochhäusern in diesem SEKTOR unterhielten – sie wohnten praktisch Tür an Tür –, während einige wenige andere galaktische Völker, die Gataser und Swoons etwa, wesentlich bescheidenere Vertretungen in Villen unterhielten. Und Bridget war natürlich bekannt, dass auch die anderen großen Vertretungen in ihren Botschaften Spionagezentren besaßen, in denen sie ihre Aktivitäten auf Ruppet koordinierten.

Als sie sich wieder vom Fenster abwandte, erhaschte sie die Reflexion ihres Gesichts auf dem Glas. Sie trug die Haare ganz kurz geschnitten. Jetzt, während eines Einsatzes, wiesen sie ihre natürliche dunkelblonde, ins Hellbraune gehende Färbung auf; zwischen Aufträgen oder in ihrer Freizeit trug sie die Haare gern bunt gesprayt. Mit ihrer Nase war sie nicht zufrieden; sie war der Ansicht, sie habe einen Haken, wenn auch nur einen ganz leichten. Immerhin war sie zierlich, wie es ihrem gesamten Körperbau entsprach. Bridget war nur einen Meter und fünfundfünfzig groß und brachte knapp siebenundvierzig Kilo auf die Waage. Wer sie deshalb unterschätzte, wurde im Bedarfsfall schnell eines Besseren belehrt. Sie war in zahlreichen Kampfsportarten ausgebildet und – zumindest bescheinigte ihre Personalakte ihr dies – eine energische Persönlichkeit, die manchmal etwas zu bestimmend und beharrlich und zuwenig diplomatisch war.

»Das ist das Geltungsbedürfnis nicht gerade besonders groß gewachsener Menschen«, zog ihr Führungsoffizier sie gern und regelmäßig auf. Manche Kollegen nannten sie – nicht mal zu ihrem Leidwesen – hinter ihrem Rücken oder auch ganz offen »Hakennase«. Der einzige, der es einmal gewagt hatte, sie als »Giftzwerg« und »laufender Meter« zu bezeichnen, hatte diesen Ausdruck nie wieder in den Mund genommen, nachdem er auf der Krankenstation erwacht war und Stein und Bein schwor, er sei von einem wesentlich zu klein und zu schmal geratenen Zwerghaluter umgerannt worden.

Die Tür wurde geöffnet, und ihr Führungsoffizier betrat als letzter Teilnehmer der Einsatzbesprechung den Raum. Er war hochgewachsen, schlank und hatte dunkles Haar. Zur Zeit ähnelte er im Aussehen ein wenig ihrem obersten Chef Galbraith Deighton, doch das konnte sich schon bald wieder ändern. Ka-Eins bevorzugte es, sein Äußeres mehr oder weniger regelmäßig operativ verändern zu lassen.

»Entschuldigen Sie die Verspätung. Ich habe gerade mit Terrania gesprochen. Perry Rhodans Flug verläuft planmäßig. Die WURIU SENGU kreuzt bereits in 47 Tucani und wird den Kugelsternhaufen bald wieder verlassen«, sagte er, nahm Platz und kam dann sofort zur Sache. »Es gibt Schwierigkeiten?«

»Die Aktion war kein voller Erfolg, Ka-Eins«, bestätigte sie ihrem Vorgesetzten. »Urx-Moxiva hielt sich im Zielobjekt auf und konnte fliehen.« Trotzig schob sie ihren Kopf vor. »Bei seiner Überwachung muss ein Fehler unterlaufen sein.«

»Den Sie nicht zu verantworten haben«, bestätigte Ka-Eins ihre unterschwellige Rechtfertigung. »Kann er einen Transmitter benutzt haben?«

Der für die ortungstechnische Überwachung zuständige Sheuren schüttelte den Kopf. War die Hakennase für den langweiligen Durchschnitt etwas zu kurz geraten, stellte er das genaue Gegenteil dar. Er war groß und so schlank, dass ein unvoreingenommener Beobachter befürchten konnte, er würde zerbrechen, wenn er sich allzu rasch bewegte.

Die beiden arbeiteten sehr häufig zusammen, und man munkelte, dass Sheuren es darauf abgesehen hatte, nicht von Bridget Märchtehn getrennt zu werden, und deshalb Beförderungen oder Versetzungen gezielt torpedierte. Andererseits war er ein Mann, der kein Blatt vor den Mund nahm. Seinen letzten Beförderungsstopp hatte er sich eingefangen, als er einem seiner Meinung nach nicht besonders fähigen Vorgesetzten unterstellt hatte, er sei imstande, aus Exkrementen – er hatte ein wesentlich unfeineres Wort benutzt – »Frikadellen zu machen«, was gleichzeitig auf seine Vorliebe für die einfache, aber klassische terranische Küche hinwies.

»Wir haben keinerlei Emissionen festgestellt«, sagte er nun. »Auch ein Deflektorschirm scheidet aus. Wir hätten es auf jeden Fall angemessen.«

»Außerdem haben wir im Zielobjekt keinen Transmitter gefunden«, fügte Bridget hinzu.

»Sind Sie sicher, dass es sich bei dem Flüchtigen um Urx-Moxiva gehandelt hat?«, fragte Ka-Eins seine Agentin.

Bridget zuckte mit den Schultern. »Er hat sich nicht ausgewiesen«, sagte sie auf die ihr eigene schnippische Art. »Ich habe eine über zwei Meter große, sehr hagere und feingliedrige Gestalt mit fast farbloser Haut ausgemacht, die das Zielobjekt fluchtartig verließ, und könnte beschwören, dass es ein Ara war. Unseres Wissens ist Urx-Moxiva zur Zeit der einzige Vertreter dieser Spezies auf Ruppet. Und er arbeitet für das Imperium Dabrifa und hat entscheidenden Anteil an deren Operation. Das sind mir einige Zufälle zuviel. Wenn seine Überwachung funktioniert hätte …«

»Die Aufzeichnungsgeräte haben ihn nicht erfasst«, warf Sheuren ein, womit er einerseits die nächste Frage des Führungsoffiziers vorwegnahm und andererseits verhinderte, dass seine Kollegin erneut auf dem leidigen Thema herumritt. »Bridget hat den Raum als erste betreten. Außer ihr hat ihn keiner gesehen.«

»Seine Überwachung hat funktioniert«, meldete Nerge Nau sich zu Wort. Der etwa sechzig Jahre alte und eigentlich viel zu früh ergraute, etwas schwerfällig wirkende Kollege war für die Observation der Gegenseite verantwortlich. »Er ist nicht in der Nähe des Zielobjekts ausgemacht worden. Dafür lege ich meine Hand in den Konverter. Allerdings«, gestand er ein, bevor man ihn darauf ansprechen konnte, »haben meine Leute ihn knapp eine Stunde vor Beginn der Aktion aus den Augen verloren.«

»Hat er bemerkt, dass er beschattet wurde?«, fragte Ka-Eins.

Nau schüttelte den Kopf und verdrehte die Augen. »Ein Verkehrsstau«, sagte er. »Er hat eine Ampel geschafft, unsere Leute nicht mehr. Danach ging nichts mehr. Sie hängen noch immer fest. Eine Auswirkung der von Kollegin Märchtehns Abteilung inszenierten ungenehmigten Demonstration«, konnte er sich einen kleinen Seitenhieb nicht verkneifen.

Für Ruppet ein ganz normaler Vorgang, befand Bridget allerdings. Gegen die absolut chaotischen Verkehrsverhältnisse auf dem Planeten waren alle machtlos. Sie würden sich wohl niemals an diese Zustände gewöhnen können, während sie für die Ruppeter naturgemäß völlig alltäglich waren.

»Wie dem auch sei«, rief Ka-Eins sie zur Ordnung und beendete damit den kleinen Zwist unter den Kollegen, »das Kind ist in den Brunnen gefallen. Was nun?«

»Der zeitliche Rahmen ist vorgegeben«, sagte Sheuren. »Nach Rhodans Abflug kann Urx-Moxiva so laut Zeter und Mordio schreien, wie er will. Er wird es aber nicht tun. Dann müsste das Imperium Dabrifa nämlich eingestehen, auf Ruppet eine verdeckte Aktion durchgeführt zu haben, und die Ruppeter verstehen in dieser Hinsicht keinen Spaß. Die Delegation müsste mit der Ausweisung rechnen. Ganz abgesehen von dem galaktopolitischen Skandal, dass das Imperium Dabrifa tatsächlich versucht hat, den Großadministrator des Solaren Imperiums zu ermorden.«

Ka-Eins nickte. An diese ungeschriebenen Gesetze hielten sich sämtliche Abwehrdienste. Alle unternahmen solche Aktionen, und die Dienste aller anderen Reiche wussten davon – nur erwischen lassen durfte man sich nicht.

»Ich sehe es ähnlich. Das einzige Problem sind die nächsten« – er schaute auf das Chronometer – »gut dreißig Stunden.«

»Urx-Moxiva wird versuchen, seine Kollegen zu warnen«, sagte Nerge Nau.

»Davon können wir ausgehen«, gab Bridget ihm recht. »Die Gegenseite weiß längst, dass sie ihren Plan nicht wie vorgesehen durchziehen kann und ihre Aktion in höchstem Maß gefährdet ist. Sie weiß allerdings nicht genau, was in dem Labor geschehen ist. Aber für jedwede Korrekturen ist es zu spät. Sie kann nur darauf hoffen, dass der Attentäter sein Ziel erreicht, und wird sich darauf beschränken, alle Spuren zu verwischen, falls er doch scheitern und ergriffen werden sollte. So gesehen ist die Anwesenheit und Flucht des Aras kein Beinbruch.«

»Zumal wir seit Beginn der Aktion die Frequenz stören, auf der der Funkverkehr zwischen der Dabrifa-Einsatzzentrale und ihren Außenagenten abgewickelt wird«, warf Sheuren ein. »Das bietet zwar keine absolute Sicherheit, aber zumindest Anlass zur Hoffnung, dass Urx-Moxiva nicht einfach einen Funkspruch abstrahlen kann. Nur diese Frequenz ist gesichert, auf allen anderen könnte jeder mithören, und das ist dem Ara zu riskant. Er wird es zumindest nicht wagen, ins Detail zu gehen. Aber du vergisst unseren Maulwurf«, fügte er hinzu. »Er befindet sich an vorderster Front und ist über das Geschehen vollständig informiert.«

»Rodrik hat die Sicherheitsstufe eins ausgelöst«, hielt Bridget dagegen. »Es dürfte dem Maulwurf schwerfallen, sich unter diesen Umständen an uns oder die Dabrifa-Abwehr zu wenden, für die er ebenfalls tätig ist.«

»Gerade diese Umstände erleichtern es ihm, Kontakt mit seinen Auftraggebern aufzunehmen«, widersprach Sheuren.

»Die Gegenseite wird versuchen zu retten, was zu retten ist«, sagte Ka-Eins. »Sie muss aktiv werden und alles daransetzen, den ursprünglich von ihr herbeigeführten Zustand wiederherzustellen. Das ist unsere Chance. Wir haben genaue Kenntnisse über Struktur und Vorgehensweise der gegnerischen Organisation. Nau, Sie verstärken die Überwachung der feindlichen Agenten und setzen alles daran, jede Kommunikation zwischen ihnen, dem Maulwurf und Urx-Moxiva zu verhindern. Sheuren, Sie und Ihre Leute halten den Maulwurf unter Beobachtung und versuchen, den Ara zu finden. Verhindern Sie unter allen Umständen, dass der Maulwurf und Urx-Moxiva Kontakt mit Dabrifa-Agenten aufnehmen.«

»Und was, wenn wir Urx-Moxiva finden?«

Bridget Märchtehn bedachte ihn mit einem strahlenden Lächeln. »Mein Lieber, dann liquidierst du ihn kurz und schmerzlos. Verdient hat er es allemal.«

Er ließ sich von der Menge treiben, bemühte sich, einerseits so unauffällig wie möglich zu wirken und andererseits festzustellen, ob er verfolgt wurde. Aus irgendeinem Grund tat er dies ganz automatisch, als wäre es ihm in Fleisch und Blut übergegangen, als widmete er seiner Umgebung stets mehr Aufmerksamkeit, als ein Normalsterblicher es tat. Aber es blieb bei dem Versuch; er konnte sich nicht darauf konzentrieren. Seine Gedanken galten etwas ganz anderem. *Perry Rhodan töten …*

Seiner mehr als nur merkwürdigen Situation.

Bei der Ankunft auf dem Raumhafen … die offizielle Begrüßung …

Er rekapitulierte, zum fünfzigsten Mal in genauso vielen Minuten, ohne auch nur einen Schritt weitergekommen zu sein. Er wusste, wo er war. In SEKTOR 1 von Ruppet City. Er hatte ihn soeben verlassen, hielt sich nun im benachbarten SEKTOR 9 auf. Er kannte sich also hier aus; die Stadt war ihm vertraut.

Aber er wusste nicht, wer er war. Er kannte seinen Namen nicht; er wusste nicht, ob er verheiratet war, wie viele Kinder er hatte, womit er sich seinen Lebensunterhalt verdiente, wo er wohnte. Alle persönlichen Daten schienen aus seinem Gedächtnis gelöscht worden zu sein.

Oder hatte es solche Daten nie gegeben? Nicht einmal das war ihm bekannt.

Er kniff die Lider zusammen, als sich eine weitere Welle von Kopfschmerzen ankündigte. Es begann stets mit einem schwachen Pochen irgendwo in seinem Hinterkopf, das dann schnell an Stärke und Intensität gewann und sich ausdehnte, bis es seine Augen erreichte und er glaubte, alles doppelt zu sehen.

War er verletzt worden? Hatte er einen Schlag auf den Kopf abbekommen? Einen Schock erlitten?

War seine partielle Amnesie Folge eines Unfalls? Was war geschehen?

Die Antwort blieb die gleiche. Er wusste es nicht.

Was wusste er?

Perry Rhodan töten … bei der Ankunft auf dem Raumhafen … die offizielle Begrüßung …

Die Kopfschmerzen ließen allmählich wieder nach.

Er war irgendwo zu sich gekommen, hatte eine Singlebar betreten, automatisch ein sehr teures Getränk bestellt, gerade noch so viele Rudiga bei sich gehabt, dass er seine Zeche bezahlen konnte, sonst aber nichts, wie er mittlerweile festgestellt hatte. Die Brieftasche war bis auf die Geldscheine leer gewesen, hatte weder eine Identicard noch andere Dokumente enthalten. Er trug nichts bei sich, was ihm zu einer Identifizierung verhelfen konnte; er hatte sich auf einer öffentlichen Toilette in einer Kabine eingeschlossen und bis auf die Haut ausgezogen, seinen Körper abgesucht. Er hatte auf Tätowierungen gehofft, aber nur überdurchschnittlich viele Narben entdeckt und ansonsten festgestellt, dass er zwar durchtrainiert und athletisch war, kein Gramm Fett am Leib zuviel hatte, aber nicht gerade auffällig muskulös war.

Dann hatte er sich seine Kleidung vorgenommen. Festgestellt hatte er lediglich, dass sie von exquisiter Qualität und dementsprechend kostspielig war, aber nicht den geringsten Fingerzeig auf ihre Herstellung bot. Sie war maßgeschneidert, und ihm war aufgefallen, dass man ein Etikett entfernt hatte. Er konnte allerdings nicht sagen, ob dies routinemäßig geschehen war oder man auf diese Weise verhindern wollte, dass er den Schneider aufspüren und so Hinweise auf seine Identität bekommen konnte.

Kaum hatte er die Toilette wieder verlassen, als er über die wie selbstverständliche Methodik gestaunt hatte, mit der er vorgegangen war. Seine Fähigkeit zum analytischen, logischen Denken war geschärft, und das war die erste echte und relevante Information über seine Person, die ihm vielleicht weiterhalf.

Ansonsten – Leere. Nur eins drängte sich immer wieder in den Vordergrund seines Empfindens, obwohl er nicht darum gebeten hatte und auch nicht recht etwas damit anzufangen wusste.

Perry Rhodan töten … bei der Ankunft auf dem Raumhafen … die offizielle Begrüßung …

Er wusste, wer Perry Rhodan war – der Großadministrator des Solaren Imperiums. Ein Schiff der Explorer-Flotte dieses Machtgefüges hatte Ruppet wiederentdeckt, über fünfeinhalb Jahrhunderte, nachdem Bewohner dieses Reichs aufgebrochen waren, diese Kolonie gegründet hatten, danach in Vergessenheit geraten waren und sich ohne Beeinflussung von außen hatten entwickeln können, dem Großen Ruppet sei's gedankt. Kurz nach dieser Begebenheit waren auch andere galaktische Reiche vorstellig geworden, die ein Interesse hatten, dass die eigentlich völlig unbedeutende Welt sich ihnen anschloss. Immerhin war Ruppet – zumindest nach dem aktuellen Wissensstand – die einzige Welt im weiten Umfeld des Raumsektors 47 Tucani, die von Menschenabkömmlingen besiedelt war. Wer sie seinem Machtgefüge anschließen konnte, beherrschte automatisch den Kugelsternhaufen oder verfügte zumindest über eine Basis, um den Anspruch aller anderen Konkurrenten wirksam zurückzuweisen.

Allerdings verspürte die Mehrzahl der Ruppeter – noch – nicht das geringste Interesse daran, sich einem Machtblock anzuschließen, der nicht bereit war, die religiöse Überzeugung der Ruppeter zu übernehmen. Schließlich hatten ihrer aller Vorfahren das damalige Einflussgebiet der Menschheit verlassen, um das Gebot *Gehet hin und vermehret euch!,* zu verwirklichen.

Er wusste, wo der Raumhafen lag – weit entfernt, ganz am Ende von Ruppet City. Einerseits war dieser Standort gewählt worden, um den Großteil der Stadt von dem Lärm zu verschonen, der bei der Landung und dem Start von Raumschiffen einer Größe entstand, die den Ruppetern noch immer schlicht als wundersam vorkam. Andererseits hatte die Infrastruktur der

Stadt gar keine andere Möglichkeit zugelassen, und drittens – und das war der ausschlaggebende Faktor gewesen, auch wenn er nicht wusste, wieso er dies wusste – hatte die damalige Regierung gar keine andere Möglichkeit gehabt, als sich für diesen Standort zu entscheiden. Damals, als die Entscheidung anstand, einen Raumhafen zu erbauen, waren gerade sämtliche Gebäude dieses SEKTORS abgerissen worden, um Wohnblocks zu errichten, die doppelt so hoch waren wie die, die sich zu diesem Zeitpunkt dort befanden; kein anderes Gelände hatte zur Verfügung gestanden.

Die Bewohner dieses SEKTOR-Teils waren kurzerhand auf andere SEKTOREN verteilt worden.

Er wusste, er hätte den Raumhafen mit der Summe in seiner Brieftasche bequem mit öffentlichen Verkehrsmitteln erreichen können, hätte er sich in der Singlebar nicht das teuerste Getränk auf der Karte bestellt.

Die Qualität seiner Kleidung und seine Konsumgewohnheiten verrieten ihm, dass er normalerweise nicht darauf achten musste, wie viel Rudiga er ausgab.

Und er wusste, dass Perry Rhodan am morgigen Tag um zwölf Uhr mittags mit seinem Schiff auf dem Raumhafen landen und die offizielle Begrüßung unmittelbar darauf stattfinden würde.

Aber ihm passte gar nicht der letzte – oder vielmehr erste – Bestandteil der Gedanken, die ihm ständig durch den Kopf gingen.

Perry Rhodan töten …

Mit Erschrecken hatte er festgestellt, dass ihm der Gedanke, einen Menschen zu töten, nicht fremd, sondern vertrauter war, als ihm lieb sein konnte. Er hegte nicht den geringsten Zweifel daran, schon einmal – öfter! – selbst getötet oder den Tod anderer Menschen angeordnet oder zumindest gebilligt zu haben. Und sosehr er in sich hineinhorchte, er empfand kein Entsetzen darüber.

Und dieser Umstand erfüllte ihn nicht mal mit Entsetzen.

Wer war er, dass er ohne Bedauern getötet hatte? Und bereit war, wieder zu töten?

Denn er hatte bereits festgestellt, dass seine analytische Denkfähigkeit sehr gut entwickelt war. Besser entwickelt als bei anderen Menschen oder Ruppetern – welche Bezeichnung auch immer man vorzog. Er war nicht dumm. Jedenfalls nicht so dumm, nicht schon nach einer kurzen Weile bemerkt zu haben, dass ihn etwas geradezu zum Raumhafen trieb. Etwas, dass diese unnatürlichen Kopfschmerzen in ihm auslöste, bei denen jeder neue Anfall schlimmer war als der vorherige.

Perry Rhodan töten … bei der Ankunft auf dem Raumhafen … die offizielle Begrüßung …

Er sah ein, dass er keine andere Wahl hatte, als sich zum Raumhafen zu begeben. Damit gestand er sich noch lange nicht ein, dass er bereit war, tatsächlich ein Attentat auf den Großadministrator zu unternehmen. Aber er war überzeugt, dass der Raumhafen der Ort war, an dem er am ehesten Antwort auf die brennende Frage erhalten würde, die im Augenblick seine gesamte Existenz bestimmte.

Wer war er?

Um die letzte Gewissheit zu bekommen, wandte er sich noch einmal gegen den Strom der Menge. Die Kopfschmerzen wurden augenblicklich stärker.

Er drehte sich um und ließ sich treiben. Das Pochen zwischen seinen Augen ließ nach.

Er hatte den Rand des SEKTORS 9 erreicht. Vor ihm gabelte sich die breite Durchgangsstraße. Er konnte sich entscheiden, ob er sich nun in Richtung SEKTOR 72 oder 73 wenden wollte. Er entschied sich für den letzteren; bei SEKTOR 72 handelte es sich um das Diplomatenviertel, und dort war die Überwachung durch die Sicherheitskräfte wesentlich sorgfältiger und genauer als in dem benachbarten Wohnsektor. Das Botschaftsviertel war eigentlich so etwas wie eine grüne Oase in verhältnismäßiger Nähe der historischen Altstadt von Ruppet City und der ringförmig darum angeordneten Geschäfts-SEKTOREN 2 bis 9. Dort würde er schneller auffallen als in den Wohnsilos und fünfstöckigen Straßenebenen des SEKTORS 73.

Er wusste nicht viel über sich, aber er wusste eins: Er musste zum Raumhafen – koste es, was es wolle.

3

Vinzenz Vermol
Ampelschock

Im Gegensatz zur Erde, bei der Land und Wasser etwa im Verhältnis von 30 zu 70 aufgeteilt sind, machen die Landmassen auf Ruppet nur elf Prozent der Planetenoberfläche aus. Überdies weist Ruppet zahlreiche topografische Besonderheiten auf. Die Landmasse besteht praktisch aus einem einzigen Kontinent (zahlreiche winzige Inseln kann man prozentuell vernachlässigen und gehören sowieso seit Jahrhunderten zum Privatbesitz der finanziellen Elite des Planeten). Durch die ungewöhnlich schnellen und starken Bewegungen der tektonischen Platten Ruppets kam es auf dem einzigen Kontinent zu einer beträchtlichen Auffaltung, die ein kreisförmiges Gebirgsmassiv erzeugte, dessen Gipfel eine Höhe von bis zu fünfzehntausend Metern erreichen. Damit kommen gut sechzig Prozent der Landmasse für eine Besiedlung nicht in Frage. Die bewohnbare Fläche des Planeten beschränkt sich auf einen – allerdings mehrere hundert Kilometer breiten – Streifen an der Küste des Kontinents.

Als die RUPPET *mit knapp eintausend Kolonisten an Bord auf dem Planeten landete, sah man eine mögliche Übervölkerung lediglich als eine kaum vorstellbare Extrapolation des kurz vor dem Ausfall stehenden Bordrechners an. Natürlich war der bodenständige Impuls noch völlig unbekannt. Doch selbst wenn man ihn hätte anmessen können, wäre ein Start von Ruppet nicht mehr möglich gewesen – das Raumschiff des Konventikels war schlicht und einfach nicht mehr flugfähig. Das erklärt auch, wieso die Ruppeter sich nicht für einen an Landmassen reicheren Planeten in 47 Tucani entschieden haben – ihnen blieb gar nichts anderes übrig, als auf der Welt zu bleiben, auf die sie mehr oder weniger abgestürzt waren.*

Mikail Tyssen Kais (Hrsg.), Encyclopaedia Universalia, Eintrag: Ruppet, Planet (Auszug), Nembar: Verlag HDS 3000f.

Die Nachricht kam im Lokalfunk SEKTOR 73 und ließ nicht den geringsten Zweifel übrig.

»Ampelschock!«, schimpfte Vinzenz Vermol. Und das gut eine Stunde vor Beginn seiner Fahrschicht! Daran trug diese verpillte ungenehmigte Demonstration im historischen Zentrum die Schuld, über die sämtliche Fernseh- und Hörfunksender ununterbrochen berichteten. Sie war unter Einsatz von Gewalt aufgelöst worden, und die aus SEKTOR 1 fliehenden Ruppeter hatten das hochempfindliche und genau ausbalancierte Gleichgewicht der Verkehrsführung nachhaltiger gestört, als das System es verkraften konnte.

Er fuhr mit der Hand durch den Bart, um den Sitz der Atemmaske zu überprüfen, die er stets umgeschnallt, aber nicht aufgesetzt hatte, wenn er Bereitschaft hatte oder wenn sich der Beginn seiner Schicht näherte, und spurtete zur Eingangstür der geräumigen Anderthalb-Zimmer-Wohnung.

Er war nicht der Einzige, der die Rundfunkwarnung mitbekommen hatte, und auch nicht der Schnellste. Auf dem breiten Korridor wimmelte es von Ruppetern, die allesamt auf die Fahrstühle zuhielten.

Der Andrang war so groß, dass er sich nur mit knapper Mühe in die Kabine zwängen konnte und danach den Eindruck hatte, nicht mehr vernünftig durchatmen zu können.

Also musste es wirklich sehr eng sein. Bis zu seiner letzten Beförderung hatte er mit seiner Familie in einem vierstelligen SEKTOR gelebt, also in einem wesentlich schlechteren, da dichter bewohnten Viertel, und die Massen an Ruppetern, die sich normalerweise hier drängten, konnten ihm nicht mal ein schwaches Lächeln abgewinnen. Im Vergleich zur alten Heimat war dieser SEKTOR die reinste Landpartie.

Er hatte ganz automatisch, wie jedes Mal, wenn er das Haus verließ, einen der Fahrstühle gewählt, die direkt zur dritten Fahrbahnebene fuhren. Als er den Wohnblock 73-91 verließ, benötigte er einen Augenblick, um sich zu orientieren. Vorsorglich schob er die Filtermaske hoch, bis sie Mund und Nase bedeckte, und aktivierte sie.

Auf der Straße – der mittleren von insgesamt fünf horizontalen Fahrspuren – standen die City-Flitzer vor- und nebeneinander, so weit das Auge reichte, auf allen fünf Parallelfahrbahnen einschließlich der beiden Parkspuren, die die Abschleppwagen erst vor sechs Stunden gesäubert hatten. Wie bei allen Fahrwegen erster Kategorie in SEKTOR 73 handelte es sich um Einbahnstraßen. Die ungeraden Ebenen führten aus dem SEKTOR hinaus, die geraden hinein; aber der Verkehrsfluss konnte vom SEKTOR-Leitwerk nach Bedarf gesteuert werden, je nachdem, wie er sich entwickelte.

Überdies herrschte für einen Zeitraum von jeweils zwei Stunden um die Schichtwechsel – also von abends elf bis morgens ein Uhr, dann wieder von sieben bis neun und erneut nachmittags von drei bis fünf Uhr – auf den Ein- und bei entgegengesetzter Schaltung Ausfallstraßen absolutes Parkverbot, das strengstens überwacht und im Allgemeinen auch mit bewundernswerter Disziplin eingehalten wurde.

Kein Wunder bei den drastischen Strafen, dachte Vinzenz Vermol bei sich. Aber sie waren notwendig: Ein einziger Wagen konnte die Standspur und damit zwanzig Prozent der Kapazität der Ausfallstraße blockieren; ein unabsehbares Chaos wäre die Folge. Und es gab immer wieder Unverbesserliche, oder an Fahrzeugen traten Schäden auf, und sie blieben einfach liegen. Deshalb patrouillierten bereits anderthalb Stunden vor der dreimal täglich auftretenden Rushhour und damit dem Beginn des zeitlich begrenzten Halteverbots Polizeifahrzeuge durch alle betroffenen Straßen und ließen jedes Fahrzeug abschleppen, das gegen das Gebot der Schilder verstieß.

Einen Augenblick lang arbeitete die Filtermaske vor Vinzenz' Mund und Nase auf Hochtouren; dann hatten die Sensoren, die den Grad der Luftverunreinigung maßen, festgestellt, dass die Werte im Normbereich lagen und keine unmittelbare Gefahr drohte. Das Arbeitsgeräusch der Maske wurde gedämpfter, verwandelte sich von einem hohen Sirren in ein dumpfes Rasseln, als würde direkt vor seinem Mund ein anderer Mensch mit Smoghusten oder Asthma aus- und einatmen.

Es wird Zeit, dass du den Filter wechselst, mahnte er sich.

Auf den Bürgersteigen wimmelte es von hastenden Menschen, deren Fahrschicht – genau wie bei ihm – in Kürze begann und die nun ihre Wagen suchten. Aber es verwunderte ihn nicht, dass die Atemmaske die einströmende Luft mit halber Kraft aufbereiten und von den Abgasen befreien konnte: Die meisten Fahrer hatten die Motoren ihrer City-Flitzer abgeschaltet und die Fahrzeuge kurz verlassen, um sich die Beine zu vertreten oder einen kleinen Plausch mit ihrer Ablösung zu halten.

Vinzenz entdeckte den Wagen kaum zweihundert Meter entfernt, ein graues Kompaktmodell, zweiundvierzig KW, aber ein Viersitzer, mit besonders großem und familienfreundlichem Kofferraum und mit allem Luxus ausgestattet. Auch wenn er sich kaum von den anderen City-Flitzern unterschied, die die Straße kilometerweit verstopften, war er stolz auf *ihr* Fahrzeug.

Jasho hatte es also fast bis nach Hause geschafft, als ihn der Ampelschock ereilte. Auch er hatte den Wagen verlassen und hielt bereits nach der Ablösung Ausschau.

Sie begrüßten sich, wie jeden Werktag, mit kurzem Handschlag. Das war kein Ausdruck von Freundschaft, sondern eher einerseits einer der Erleichterung darüber, es wieder ohne Zwischenfälle geschafft zu haben, und andererseits der Beglückwünschung dazu. Sie wussten genau, sie waren aufeinander angewiesen; ohne eine Fahrgemeinschaft kam in diesem SEKTOR keiner mehr aus, der sich noch einen Rest von Privatleben bewahren wollte. In den Rand-SEKTOREN mochte es vielleicht angehen, aber hier nicht.

»Alles klar?«, fragte Vinzenz.

»Alles klar«, sagte Jasho und nickte bekräftigend. Dieses Ritual war keine bloße Floskel, sondern der Austausch existenzwichtiger Informationen. Nicht auszudenken, was aus ihnen werden sollte, wenn ihr Fahrzeug liegenblieb. »Du musst tanken, sonst schafft Lasapo es morgen vielleicht nicht mehr bis zum Büroparkhaus. Und prüfe vorsichtshalber den Reifendruck und den Ölstand.«

»Mach ich«, sagte Vinzenz leicht pikiert. Er war doch kein Anfänger. »Sind wertvolle Minuten«, sagte er.

Jasho schüttelte den Kopf. »Ich glaube, er braucht wirklich Öl.«

»Mist«, sagte Vinzenz.

»Hast du genug Geld dabei?«

Vinzenz nickte.

»Na gut. Hol dir die Rudiga aus der Gemeinschaftskasse zurück!« Jede Fahrgemeinschaft schmiss für die notwendige Wartung ihres Fahrzeugs zusammen und bildete Rücklagen für die Anschaffung eines neuen.

»Also dann.« Jasho zögerte. »Sei mir nicht böse, aber ich muss gleich weg. Dabra will heute unbedingt ins Kino. Sie spricht schon seit Tagen davon und reißt mir den Kopf ab, wenn ich nicht pünktlich zum Essen komme. Sie hat mich extra zweimal im Büro angerufen, um mir zu sagen, dass der Babysitter pünktlich kommen wird. Pech, das mit dem Ampelschock. Ausgerechnet jetzt, da deine Schicht anfängt. Na, vielleicht hast du ja Glück, und der Stau löst sich schnell wieder auf.«

»Vielleicht«, sagte Vinzenz abweisend. Er bezweifelte es.

Drohte der Verkehr aufgrund unvorhersehbarer Störungen, wie diese verpillte Demonstration eine war, endgültig zusammenzubrechen, blieb dem SEKTOR-Leitwerk nichts anderes übrig, als sämtliche Ampeln im SEKTOR auf Rot zu schalten, dem Verkehrsleitsystem praktisch einen gezielten Schock zu versetzen. Danach konnte es schrittweise wieder hochgefahren werden; doch es dauerte seine Zeit, bis die computergesteuerten und genau aufeinander abgestimmten Ampelschaltungen wieder vollständig aktiviert waren. Und niemand konnte sagen, welche

Hauptverkehrsstraßen als erste wieder freigegeben wurden, da dazu genaue Abstimmungen mit den benachbarten SEKTOREN erforderlich waren. Manchmal konnte man schon nach wenigen Minuten weiterfahren, manchmal saß man stundenlang fest.

In letzter Zeit hatten sich manche der gefürchteten Ampelschocks sogar über einige Tage erstreckt, da das Computersystem beim Hochfahren immer wieder zusammengebrochen war. Aber eine so gut organisierte Fahrgemeinschaft wie die seine war – im Rahmen des Möglichen natürlich – auch auf so einen Verkehrsgau vorbereitet.

Jasho nickte ihm aufmunternd zu und setzte sich in Marsch. Er wohnte in dem Block, in dem auch Vinzenz Vermol mit seiner Familie Unterkunft gefunden hatte und in dem ihnen als fünfköpfiger Familie immerhin anderthalb Zimmer plus Küche-Dusche-Bad zur Verfügung standen. Vinzenz hatte Jasho in der Firma kennengelernt und dann nach dem Jobsharing auch dem Fahrsharing zugestimmt. Die Initiative war von Vinzenz ausgegangen, doch Jasho hatte sich sofort einverstanden erklärt; die Vorteile, die sich durch die Bildung einer Fahrgemeinschaft aus drei Familien ergaben, lagen auf der Hand.

Früher hatte sich Jasho von seiner Frau Dabra ablösen lassen, aber ihr Eheleben hatte darunter gelitten, dass sie sich immer weniger sahen, weil der eine in den vier Wänden hockte oder schlief, während der andere unterwegs war oder arbeitete. Da sie auf diese Weise Ruppets Gebot nicht mehr befolgen konnten, hatten sie kurz vor der Trennung gestanden; lediglich durch die Bildung der Fahrgemeinschaft war ihre Ehe gerettet worden, und nun erwartete Dabra zum dritten Mal Nachwuchs. Es war bald soweit.

Vinzenz konnte nicht begreifen, wieso die Idee des Fahrsharings sich in den niedrigeren SEKTOREN noch nicht so stark durchgesetzt hatte wie in den höheren. Vielleicht, weil es dort – trotz aller gegenteiliger Versicherungen der Regierung – tatsächlich mehr Parkraum gab als in denen mit hoher Ziffer. Dort, wo er früher gewohnt hatte, war es durchaus üblich, dass man vier, fünf Stunden durch den SEKTOR kurven musste, bis man endlich einen Parkplatz fand. Und in den ärmsten SEKTOREN – das behaupteten zumindest glaubhafte Gerüchte – war gar kein Parkraum mehr vorhanden. Dort mussten die Autos unablässig in Bewegung gehalten werden, dort war auch die Idee der Fahrgemeinschaften geboren worden. Wenn man sich zu dritt ein Fahrzeug teilte, war man auch nur jeden dritten Tag dafür verantwortlich, es zu parken.

Selbst wenn man keinen Parkplatz fand und es die gesamte Freischicht über bewegen musste, blieben einem die Freischichten an den beiden anderen Tagen erhalten.

Lasapo war der Dritte in ihrem Bunde. Er wohnte im selben Block und arbeitete im selben Gebäude wie sie. Seit er sich ihren angeschlossen hatte, stand es in ihrer aller Ehen wieder sehr gut. Und nicht nur in den Ehen …

Vinzenz blickte sich nach Mellicint um, konnte sie aber noch nicht ausmachen. *Mist,* dachte er. Wahrscheinlich hatte der Ampelschock sie überrascht, und sie hing irgendwo fest, ohne auch nur einen Meter voranzukommen. Oder ihre Ablösung hatte sich verspätet, und sie kam nicht aus ihrem Wagen raus. Schließlich konnte sie ihn ja nicht einfach mitten auf der Straße stehen lassen. Nachdem der Ampelschock sich aufgelöst hatte, würde er ihren vereinbarten Treffpunkt anfahren und sie dort vielleicht an Bord nehmen können.

Falls der Schock in acht Stunden überhaupt schon beseitigt sein sollte. Aber so lange dauerte es hier in diesem SEKTOR-Umfeld nur selten. Vermol entsann sich nur an einen einzigen Zwischenfall, an einem Wintertag kurz vor dem Ruppetfest vor zwei Jahren, an dem alle Bewohner der näheren und ferneren SEKTOREN gleichzeitig zum SEKTOR 1 aufgebrochen zu sein schienen, um ja rechtzeitig auf dem Ruppet-Platz zu sein und den Beginn der jährlichen Zeremonie nicht zu versäumen.

Damals hatte Vinzenz den Wagen während eines Ampelschocks übernommen und während des gleichen Schocks wieder abgegeben. Und bei diesem bis dahin – zumindest für ihn – einmaligen Ereignis hatte er Melli kennengelernt. Sie hatten nebeneinander im Stau gestanden …

Er grinste. Nach zwei Stunden im Gespräch mit ihr hatte er keinen Gedanken mehr an seine gültige und an sich glückliche Ehe, sein geregeltes Leben und auch nicht an die Kinder verschwendet. Sie hatten schnell herausgefunden, welcher ihrer Wagen besser gefedert war. Natürlich der seiner Fahrgemeinschaft, aber das nur am Rande.

Er schob sich hinter das Steuer, tippte den Diebstahlsicherungskode ein – der absolut neueste Schrei, er kannte keinen einzigen anderen City-Flitzer-Besitzer, der schon darüber verfügte – und drehte den Zündschlüssel. Auf dem Armaturenbrett leuchteten die Daten auf. Bremsflüssigkeit okay, Luftdruck in den Reifen etwas zu gering, Öl musste in der Tat nachgefüllt werden, und Benzin war für seine Fahrschicht noch genügend vorhanden, aber dann würde es morgen wirklich knapp für Lasapo. Außer der Ampelschock hielt tatsächlich acht Stunden an, und er verbrauchte während seiner Schicht kein Benzin. Dann würde Lasapo es bequem zum Büro und auch wieder zurück schaffen, und Jasho konnte auf seiner Fahrschicht tanken. Dann würde er ganz schön wütend sein …

Danach überprüfte Vermol den Pegelstand der Zusatzbatterie. Musste auch mal wieder aufgeladen werden. Reichte aber auch im Stand völlig aus für die Grundausstattung, also den Fernseher, die Fensterabblendung, die Kühlbox und das Leselicht. Was wollte er mehr?

Als er den Beifahrersitz zurückklappte, um die darunterliegende chemische Toilette zu überprüfen, schlug ihm ein leicht modriger Geruch entgegen. Warum wechselten die Burschen die Filter immer so spät? Das könnte ihm nicht passieren. Er klappte die Toilette wieder zu und beschloss, Lasapo zu bitten, einen

Zehnerpack Filter mitzubringen. *Und direkt auch welche für die Atemmasken,* dachte er.

Ein Klopfen gegen die Fensterscheibe ließ Vinzenz aufschrecken. Er schaute hoch und sah Mellicints kurz geschnittenen roten Haarschopf. Sie blinzelte ihm zu und öffnete bereits die Tür, während sich noch ein erfreutes Lächeln auf sein Gesicht legte.

»Gerade noch geschafft«, flüsterte sie, während sie sich auf den Beifahrersitz schob und die Tür wieder zuzog. Dann drückte sie sich gegen ihn, und während er sie in die Arme nahm, spürte er, wie ihre warme Hand in Höhe seines Bauchnabels einen Knopf seines Hemds öffnete und kreisend tiefer wanderte, immer tiefer.

Er richtete sich abrupt auf, als er die Fensterabblendung aktivieren wollte und dabei zufällig in den Rückspiegel schaute. Auf dem Bürgersteig näherte sich ein mit einer Hand hektisch winkender Jasho dem Wagen; mit der anderen stützte er seine Frau Dabra, deren Gesicht vor Schmerz verzerrt war.

»Ach, du Pille!«, fluchte er und zerrte Mellis Hand aus seinem Hemd hervor. »Da kommen Jasho und Dabra«, erklärte er seiner Geliebten. »Wenn sie dich hier sehen, weiß spätestens zu Beginn der nächsten Freischicht meine Frau von uns!«

»Fremdweltler«, sagte Didjeh Fohrtuhn. »Die hier verwendete Technik lässt nicht den geringsten Zweifel zu. Von Ruppet stammt dieses Zeug jedenfalls nicht.«

Nerval Rodrik gab ihm recht. Mehr noch: Sie konnten sich bei dem Großteil der hier aufgefundenen Geräte nicht mal einen Reim darauf machen, welchem Zweck sie dienten. Fohrtuhn versuchte, ihn zurückzuhalten, aber der Minister schob den Wachtposten vor dem Hauseingang einfach zur Seite und warf einen Blick in das Gebäude. Die Feuerwerker und Labortechniker der Spurensicherung waren noch an der Arbeit.

Es war das jahrzehntealte Problem, gestand Rodrik sich ein. Nach der Wiederentdeckung Ruppets durch das Solare Imperium hatten ihre Vorfahren – oder besser gesagt deren Nachkommen – ihnen sofort angeboten, sich dem Machtgefüge anzuschließen und sämtliche Vorteile, etwa Technologietransfer, aber auch Pflichten – in erster Linie einen Sicherheitsbeitrag, sprich die Stationierung von Flotteneinheiten auf Ruppet – einer Mitgliedswelt in Anspruch zu nehmen. Ähnliche Vorschläge hatten auch die anderen galaktischen Imperien unterbreitet, denen die Existenz Ruppets nicht mehr lange verborgen geblieben war.

Die Ruppeter hatten damals sämtliche dieser Vorschläge bei Volksbefragungen mit überwältigender Mehrheit abgelehnt. In der Folge hatte die Bereitschaft der großen Reiche, Ruppet bei der Bewältigung seiner zahlreichen Probleme zu unterstützen, sprunghaft abgenommen. Autarkie und Nichteinmischung lauteten nun die bevorzugten Schlagworte der Fremdweltler.

Dass die Ruppeter überhaupt den Kulturschock der Begegnung mit technisch wesentlich weiter entwickelten fremden Welten mit verhältnismäßig geringen Schäden verkraftet hatten, lag einerseits an der Tatsache, dass die Existenz dieser Welten ihnen durchaus bekannt gewesen war – schließlich hatten ihre Geschichtsbücher auch schon damals mehr oder weniger konkret von dem Exodus ihrer Vorfahren aus der galaktischen Gemeinschaft berichtet –, andererseits an ihrer enormen Glaubensfestigkeit. Das Solare Imperium hatte ihren Vorfahren nicht erlaubt, Ruppets Wort zum Gesetz zu erheben; nun wollten die Nachkommen im Prinzip nichts mehr mit diesem Machtgefüge zu tun haben, auch mit keinem anderen.

Die Liberalisierung war zuerst langsam, über Jahrzehnte hinweg verlaufen. Doch schließlich hatte sie eine eigene Dynamik entwickelt, die bis hin zur Gründung unabhängiger politischer Parteien geführt hatte, die nun die Trennung von Staat und Kirche und den Anschluss an das ihr jeweils nahestehende galaktische Reich forderten.

Nerval war Ruppeter; er war mit den Lehren des Großen Ruppet aufgewachsen und hatte sie verinnerlicht. Mehr noch, er war als junger Mann zum Sicherheitsdienst gegangen und hatte sich bis an dessen Spitze hochgearbeitet, womit ihm automatisch die Position des Sicherheitsministers zustand und gewährt wurde. Dennoch war er weder dumm noch blind; er erkannte die schier unüberwindlichen Probleme, die sich vor den Ruppetern auftaten.

Und nun, ausgerechnet zur Feier des sechshundertjährigen Bestehens einer menschlichen Zivilisation auf dieser Welt, meldete der geradezu legendäre Perry Rhodan sich zu einem Staatsbesuch an. Es wurde gemunkelt, er habe ein Gerät im Gepäck, das den erst vor wenigen Jahrzehnten entdeckten *bodenständigen Impuls* und damit das dringlichste Problem der Ruppeter einfach so beseitigen konnte. Vorausgesetzt natürlich, Ruppet gelang es, entweder eigenständig die überlichtschnelle Raumfahrt zu entwickeln, oder die Welt schloss sich einem der galaktischen Imperien an.

Doch trotz all der Probleme, deren Nerval sich durchaus bewusst war – als Sicherheitsminister gehörte es schlicht und einfach zu seinen Pflichten, über das Selbstbestimmungsrecht der Ruppeter zu wachen und zu verhindern, dass Fremdweltler die Bevölkerung mit verdeckten Aktionen manipulierten oder Entwicklungen in von ihnen gewünschte Bahnen lenkten. Wegen der technischen Überlegenheit ihrer Verwandten von anderen Planeten stand Rodrik dabei vor einer Sisyphusarbeit; wie Fohrtuhn ganz richtig erkannt hatte, musste den Agenten der fremden und haushoch überlegenen Mächte Ruppet aufgrund seines in ihren Augen zurückgebliebenen technischen Entwicklungsstands tatsächlich wie das reinste Paradies vorkommen.

Ein Feuerwerker verließ das Haus und trat zu ihm. »Keine unmittelbare Gefahr mehr, Sir.«

»Also haben Sie keine Sprengsätze gefunden?«, fragte Rodrik.

»Doch, Sir. Aber sie sind entschärft worden.«

»Entschärft?«, warf Fohrtuhn ein. »Von wem?«

Der Feuerwerker zuckte mit den Achseln. »Fachkundige Arbeit, mehr kann ich dazu nicht sagen.«

Nerval nickte und betrat gemeinsam mit Fohrtuhn das Haus. Sie betrachteten die fremdartigen Geräte, genauer das, was von ihnen noch übrig war. Die meisten waren fachkundig und, so hatte er den Eindruck, gezielt zerstört worden: Man sollte erkennen, dass es sich um Einrichtungen handelte, die nicht von Ruppet stammten, aber nicht, welchem Zweck sie dienten. Die Schüsse aus dem Thermostrahler hatten diesen Zweck erfüllt.

»Das hier ist interessant.« Fohrtuhn deutete auf einen Gegenstand, den die Labortechniker gerade von allen Seiten fotografierten. Er hatte zwar ebenfalls einen Schuss abbekommen, aber man konnte ihn unschwer als Überrest eines Helms erkennen. Seltsam daran waren nur mehrere Kontakte, Elektroden ähnlich, die durch Kabel mit ihm verbunden waren. Ein weiteres, dickeres Kabel führte zu einer Konsole, die einen Computer beherbergt hatte.

Nerval schritt durch den Hauptraum und zählte insgesamt fünf solcher Computergehäuse mit zerstörtem Innenleben.

»Hier hat jemand jede Menge Rechnerkapazität eingesetzt«, sprach Didjeh Fohrtuhn seinen Gedanken aus. »Aber zu welchem Zweck? Dieses geplante Attentat auf Rhodan ... wollte jemand unsere SEKTOR-Rechner übernehmen und ein Verkehrschaos auslösen, um es zur Flucht zu nutzen – oder das Attentat überhaupt erst starten zu können?«

Der Sicherheitsminister lachte innerlich auf. Das Attentat auf Rhodan hatte er sich aus den Fingern gesogen, um Fohrtuhn keinen reinen Wein einschenken zu müssen. Aber wenn er diesen Raum betrachtete – war es möglich, dass er zufällig tatsächlich auf potenzielle Attentäter gestoßen war? Jedenfalls beglückwünschte er sich im Nachhinein zu dem Entschluss, die Sicherheitsstufe eins ausgerufen zu haben.

»Überprüfen Sie das«, sagte er zu seinem Stellvertreter. »Techniker sollen die Zentralrechner untersuchen und feststellen, ob sie angezapft oder ihre Sicherheitssperren überwunden wurden. Und die Labortechniker sollen nach einem Interface suchen, das eventuell aus diesem Haus führt.«

Während Fohrtuhn seine Anweisungen weitergab, trat Rodrik in den Nebenraum. Erst jetzt bemerkte er, dass der Boden mit einer dünnen Wasserschicht überzogen war. Er ging in die Hocke, fuhr mit den Spitzen von Daumen und Zeigefinger über die Fliesen und rieb sie aneinander. Die Substanz war klebrig. Er hatte vorschnell geurteilt, um Wasser handelte es sich dabei jedenfalls nicht.

»Analysieren Sie diese Flüssigkeit«, wies er einen Labortechniker an.

Der Mann nickte und öffnete seine Tasche.

Zahlreiche Fragmente einer glasähnlichen Substanz – ihre Größe variierte von winzigen Splittern bis hin zu mehreren Scherben, von denen einige einen Durchmesser von etwa einem halben Quadratmeter hatten – verrieten ihm, dass sich in diesem Raum ein riesiger oder mehrere nicht ganz so große Behälter befunden hatten. Auch sie waren durch Schüsse aus einem Thermostrahler zerstört worden. Er vermutete, dass sie Flüssigkeit enthalten hatte, die durch die starke Hitze verdampft war; lediglich ein winziger Rest war an den Scherben haften- und somit erhalten geblieben und hatte sich danach langsam in dem Raum ausgebreitet. Er konnte sich nicht entsinnen, die Flüssigkeit bemerkt zu haben, als er einen Blick in den Raum geworfen hatte, nachdem er gerade wieder zu sich gekommen war.

»Und nehmen Sie sich auch dieses Material da vor«, sagte er zu dem Techniker und deutete auf eine Scherbe. »Ich muss wissen, woher es stammt.«

Er wusste, dass er damit fast Unmögliches forderte. Den galaktischen Imperien standen nahezu unendliche Ressourcen zur Verfügung. Er konnte doch nicht allen Ernstes erwarten, dass sich mit den ihren Laboratorien zur Verfügung stehenden Mitteln ein Hinweis auf die Herkunft dieser Objekte finden ließ – vielleicht sogar ein Herstellernachweis, »Konzern Bayer, Geschäftsführer R. Shephard, Terrania«?

Er fuhr zusammen, als er unmittelbar hinter sich Fohrtuhns

Stimme vernahm. Einen Augenblick lang schien sich wieder diese unheimliche Kälte in ihm auszudehnen, als wären seine Körperzellen schlichtweg überfordert, den Betrieb aufrecht zu halten, und würden ihre Wärme und Energie verlieren. Doch das Gefühl verging schnell wieder.

»Was ist hier geschehen?«, fragte Fohrtuhn. »Wer hat diese … Anlage errichtet und zu welchem Zweck? Und wer hat sie zerstört?«

Rodrik drehte sich zu ihm um. »Und welchen Zweck verfolgt diese zweite, uns bisher noch unbekannte Partei wohl damit?«, spann er den Faden weiter.

»Meinen Sie nicht, es sei an der Zeit, mich über die Hintergründe zu informieren?«, fragte sein Stellvertreter. »Von wem stammt der Hinweis auf das Attentat auf Rhodan? Wer hat Sie hierhergelockt?«

Ja, wer hat mich hierhergelockt?, dachte Rodrik. *Ein mir nicht bekannter Informant, dessen Hinweise sich bislang ausnahmslos als richtig erwiesen haben. Aber es ging nicht um ein Attentat auf den Großadministrator des Solaren Imperiums, sondern um eine undichte Stelle in meinem Ministerium, um einen Verräter.*

Die Sache wurde immer undurchsichtiger. Allmählich bekam er es mit der Angst zu tun, dass sie ihm über den Kopf wachsen könnte.

Aber er ließ sich seine Unsicherheit nicht anmerken. »Das werden wir herausfinden«, sagte er energisch, ohne auf Fohrtuhns Fragen einzugehen. »Stellen Sie fest, wem dieses Gebäude gehört. Oder an wen diese Räume vermietet wurden. Lassen Sie die jeweiligen Personen sofort verhaften und zum Verhör in die Zentrale bringen. Holen Sie die Ergebnisse der Ringfahndung ein, die bei Ausrufung der Sicherheitsstufe eins automatisch ausgelöst wurde. Ich will Ergebnisse sehen.«

Fohrtuhn betrachtete seinen Vorgesetzten mit einer Mischung – wie Rodrik unwillkürlich dachte – aus Misstrauen, Verwunderung und Spott. Doch er verkniff sich jede Bemerkung und nickte. »Natürlich, Sir«, sagte er dann. »Ergebnisse!«

»Und wenn uns das nicht weiterhilft«, fügte Nerval Rodrik aus einem Grund hinzu, der ihm selbst nicht klar war, »werden wir eben zu ungewöhnlichen Maßnahmen greifen und die Pille mit dem Kondom austreiben.«

Vinzenz Vermol drückte Mellicints Kopf auf seinen Schoß hinab und hoffte, dass Jasho die zweite Person im Wagen noch nicht bemerkt hatte. Um Dabra machte er sich weniger Sorgen; sie schien nicht mehr imstande zu sein, ihrer Umgebung große Beachtung zu schenken. Sie hatte sogar die Augen geschlossen, wie Vinzenz bei einem weiteren raschen Blick in den Rückspiegel feststellte, während sie, auf ihren Mann gestützt, mühsam und schwerfällig einen Fuß vor den anderen setzte.

Normalerweise hätte Melli ihn in solch einem Augenblick glatt um den Verstand gebracht, doch nun galten seine Gedanken einzig und allein dem Problem, wie er die junge Frau unbemerkt aus dem Wagen hinausbekam. Hektisch zerrte er am Griff der Fahrertür. Endlich gelang es ihm, sie zu öffnen, und er schob Melli, die noch immer nicht ganz mitbekommen zu haben schien, worum es ging, über seine Oberschenkel und den Unterleib hin zur Tür.

Fast hatte er den Eindruck, dass sie das alles für ein neues Spiel hielt und sich aufreizend an ihm rieb, doch dann wurde ihr endlich klar, worum es ging, und rutschte schnell ein Stück weiter. »Deine Frau?«, fragte sie. »Deine Frau ist da?« Sie wollte sich aufrichten.

Er drückte ihren Kopf wieder hinab. »Unten bleiben!«, zischte er und verzichtete darauf, ihr zu erklären, dass nicht seine Frau sich dem Wagen näherte, sondern ein Arbeitskollege mit dessen hochschwangerer Gattin, was aber letztlich auf dasselbe hinauslief. Auch Jasho und Dabra gehörten den Konventionalisten an und würden ihre Kenntnisse auf keinen Fall für sich behalten.

Ein weiterer Blick in den Rückspiegel verriet ihm, dass die beiden den Wagen fast erreicht hatten. In diesem Augenblick kam ihm der – so hoffte er zumindest – rettende Einfall. Er hieb mit der flachen Hand auf den Schalter, mit dem er die Fensterabblendung einschaltete, und sofort wurde es dunkel im Wagen.

Diese Abblendung gehörte keineswegs zur Standardausstattung eines normalen City-Flitzers, sondern fiel eindeutig unter den Oberbegriff »Luxus«. Allein hätte er sie sich niemals leisten können, doch die Fahrgemeinschaft mit Jasho und Lasapo führte natürlich zu einer Dreiteilung der Kosten und ermöglichte ihnen, sich das eine oder andere Extra zu leisten. Die Abblendvorrichtung spiegelte die Scheiben in eine Richtung; man konnte ungehindert hinaus-, aber nicht mehr hineinsehen. Das war überaus praktisch, wenn man stundenlang im Stau stand und zum Beispiel die chemische Toilette benutzen oder essen oder fernsehen oder sich, ohne beobachtet werden zu können, auf andere Art und Weise beschäftigen wollte, zum Beispiel mit Mellicint.

Täuschte er sich, oder hatte sich weit vor ihm der Verkehr wieder in Bewegung gesetzt? Um ihn herum stand jedenfalls noch alles. Er schob Melli vollends auf die Fahrbahn. Sie landete auf Händen und Füßen. »Verschwinde schnell!«, flüsterte er ihr zu. »Ich hol dich zur üblichen Zeit am Treffpunkt ab.«

Sie hatte endgültig begriffen. Geduckt schlich sie vorn um den Wagen herum, lief dann hinter den nächsten. Dessen Fahrer betrachtete sie einen Augenblick lang kopfschüttelnd und wandte dann desinteressiert den Blick ab. Er sah ihr nicht mehr nach, als sie sich hinter dem nächsten Fahrzeug erhob und auf den Bürgersteig trat.

Vinzenz atmete auf. Das war knapp gewesen. Er musste in Zukunft vorsichtiger sein, durfte sich mit Melli nicht mehr in unmittelbarer Nähe seines Wohnblocks treffen. Welche Pille hatte ihn da nur geritten?

Er zog die Fahrertür zu und schaltete die Abblendung ab. Dann öffnete er schnell die Beifahrertür und beugte sich hinaus. Er überlegte fieberhaft, um sich eine Ausrede einfallen zu lassen, falls Jasho doch eine zweite Person im Wagen gesehen hatte oder ihn fragen sollte, wieso er plötzlich die Scheiben verspiegelt hatte. Sein Kollege ging weder darauf ein, noch schenkte er dem Umstand Beachtung, dass Vinzenz mit fahrigen Bewegungen Hemd und Hose zuknöpfte. Der Grund dafür wurde Vermol im nächsten Augenblick klar.

»Bei Dabra ist es soweit«, sagte Jasho atemlos. »Wir müssen sie sofort ins Krankenhaus bringen.«

Vinzenz riss die Augen auf und schnappte tief nach Luft. »Aber …« Mit einer hilflosen Geste deutete er um sich. »Hier tut sich nichts. Wir können noch stundenlang im Stau stehen. Ruf doch einen Krankenwagen!«

Jasho achtete nicht auf seinen Einwand und öffnete die hintere Tür. »Und wie soll ein Krankenwagen hier durchkommen, du Armleuchter?«, konterte er, während er Dabra umständlich auf den Sitz half. Die Frau stöhnte schwach auf und drehte sich, damit ihr Ehemann ihre Beine auf der Rückbank hochlegen konnte.

»Dann eben einen Gleiter!«, sagte Vinzenz. »Ein Nottransport! Es geht doch um …« Er zögerte, wusste es in der Aufregung nicht mehr genau. »… um vier neue Ruppeter! Da werden sie doch wohl einen Flugwagen schicken!«

»Um fünf«, korrigierte Jasho ihn. Er schloss die hintere Tür, öffnete die vordere und nahm neben Vermol Platz. »Glaubst du etwa, ich hätte nicht angerufen? In der Warteschleife des medizinischen Notdiensts hatte ich Position zweitausendachtunddreißig. Aber sie schalten die Straßen wieder frei. Es kam im Radio. Unsere ist bei den ersten. Es kann nicht mehr lange dauern.«

Wenn der Computer des SEKTOR-Leitwerks nicht wieder zusammenbricht, dachte Vinzenz mit wachsender Verzweiflung. Dann standen sie morgen früh noch hier. Natürlich hatte er den obligatorischen Kurs in Geburtshilfe mitgemacht, aber das war schon Jahre her, und er hatte seine theoretischen Kenntnisse niemals in die Praxis umsetzen müssen, und die Auffrischungskurse … Na ja, irgendwie war immer etwas dazwischengekommen, und …

Diesmal war er sicher, dass er sich nicht täuschte. Vor ihm erklang lautes Hupen. Der Stau löste sich auf! Der Ampelschock war überwunden!

»Na, was hab ich gesagt?« Ein triumphierendes Grinsen legte sich auf Jashos Züge. »Auf unser Leitwerk ist Verlass!«

Er redete Blödsinn, aber das nahm Vinzenz ihm nicht übel. Zu groß war die beiderseitige Erleichterung, dass Dabra nun noch mit fachkundiger Hilfe ihren Beitrag zur Befolgung von Ruppets Gebot leisten konnte – sowohl die seine als auch die Jashos.

»Da vorn!«, sagte sein Kollege und wedelte hektisch mit den Armen. »Da geht es weiter. Siehst du? Da fahren sie schon!«

Vinzenz kniff die Augen zusammen und erkannte in der Tat, dass Bewegung in die Reihen der City-Flitzer gekommen war. Jetzt ging es ganz schnell; man musste fast gleichzeitig mit dem Vordermann anfahren können, wenn man die Fahrprüfung bestehen wollte.

»Auf geht's!«, sagte Vinzenz und drehte den Zündschlüssel. Mit dem gewohnten, zufrieden-schnurrenden Geräusch sprang der Motor an.

Vinzenz nahm den Gangschalter aus der Parkstellung und legte ihn ein. Nun hielt nur noch sein Fuß auf der Bremse den Wagen an Ort und Stelle. Selbstverständlich verfügte ihr City-Flitzer über ein hochmodernes Automatikgetriebe. Auf der Rückbank wurde Dabras Stöhnen lauter.

»Nun mach schon, fahr zu!«, drängte Jasho ungeduldig. Wer wollte es ihm verdenken?

»Immer mit der Ruhe«, murrte Vinzenz. Konzentriert schaute er nach vorn. Der zehnte Flitzer vor ihm setzte sich in Bewegung, der fünfte, der dritte …

Vermol nahm den Fuß von der Bremse – und senkte ihn sofort wieder, als die Beifahrertür aufgerissen wurde. Hinter ihm erklang Gehupe. Es war lächerlich, aber Vinzenz kam es vom ersten Augenblick an wütend vor.

Entgeistert drehte er den Kopf zur Seite. Wer wagte es, einfach beim Anfahren von außen die Tür zu öffnen? Wer wagte es überhaupt, ihren City-Flitzer anzufassen?

War es etwa Mellicint, die nicht warten konnte und zu ihm zurückgekehrt war, obwohl er ihr eingeschärft hatte …

Nein, es war nicht Mellicint. Es war überhaupt keine Frau, sondern ein Mann. Groß, schlank, durchtrainiert, braunes Haar, unauffälliges Gesicht, gut gekleidet – mehr konnte er in der Kürze der Zeit nicht erkennen. Der Mann packte Jasho bei den Schultern und zerrte ihn mit einer mühelos anmutenden Bewegung vom Sitz hoch. Bevor Vinzenz' Kollege reagieren konnte, lag er auf dem Rücken auf dem Bürgersteig und strampelte mit Armen und Beinen.

Auf der Rückbank stieß Dabra einen hohen, entsetzten Schrei aus. Der Eindringling schaute nach hinten. Vinzenz glaubte, kurz Irritation und ein gewisses Zögern in seinem Blick auszumachen, als er die Schwangere sah. Dann drehte er den Kopf wieder zu Vermol.

»Raus aus dem Wagen!«, befahl er.

»Was soll das?«, fragte Vinzenz. »Was erlauben Sie sich? Sie können doch nicht einfach …«

Er sah den Schlag gar nicht kommen, der ihn in die Magengrube traf, doch er trieb ihm die Luft aus den Lungen. Vinzenz hätte nie gedacht, dass Schmerzen so stark sein könnten. Stärker, als er es sich je hatte träumen lassen. Er krümmte sich zusammen und nahm unwillkürlich den linken Fuß vom Bremspedal.

Der Wagen machte einen Satz nach vorn. Das Hupen hinter ihnen wurde lauter und steigerte sich in seiner Einbildung zu einem Crescendo. Vinzenz streckte das linke Bein wieder aus und trat das Pedal so tief durch, wie es ihm möglich war. Gleichzeitig berührte sein wild um sich tretender rechter Fuß das Gaspedal, und der Motor kreischte protestierend auf. Der City-Flitzer vibrierte heftig, die Reifen drehten auf dem Bodenbelag durch, und in seinem Entsetzen darüber, was er dem geliebten Fahrzeug antat, nahm Vinzenz den Fuß wieder vom Pedal.

Leider den falschen.

Den linken.

Den vom Bremspedal.

Der City-Flitzer schoss mit einem Aufbäumen vor und prallte gegen den vor ihm stehenden Wagen, der zwar schon Fahrt aufgenommen hatte, aber bei Weitem nicht mit einer solchen Beschleunigung wie der, die Vinzenz' unfreiwillige Aktion bewirkt hatte. Ein Scheinwerfer zerbrach, Metall ächzte, und die Motorhaube sprang mit einem Geräusch auf, das im Fahrer eiskaltes Entsetzen auslöste.

Ihr City-Flitzer! Ihr Luxusmodell!

Wenigstens ist die Windschutzscheibe nicht zerbrochen, dachte Vinzenz. Wenigstens blieb ihnen die sauteure Reparatur des Spiegelglases erspart.

Der Motor stotterte und setzte dann aus.

Er hatte einen Unfall gebaut! Und das unmittelbar nach einem Ampelschock! Wegen ihm kam der Verkehr auf der Fahrspur hinter ihm nun zum Erliegen, und das mochte ausreichen, um die Bemühungen des SEKTOR-Leitwerks zunichtezumachen und einen Folgeschock auszulösen! Er war erledigt. Die Fahrgemeinschaft würde ihn rauswerfen, und er würde sich deshalb einen anderen Job suchen müssen, und …

Ihm wurde die Absurdität seiner Gedanken bewusst. *Das ist der Schock,* sagte er sich. Er drehte sich nach dem Fremden um, der den Unfall durch sein Eindringen verschuldet hatte. Doch die Wucht des Aufpralls hatte den Mann aus dem Wagen geschleudert. Vinzenz sah, dass der andere sich bereits auf dem Bürgersteig aufrappelte, kurz umschaute und dann das Weite suchte, ohne dass irgendjemand ihn aufhielt.

»Verdammte Pille!«, fluchte er. Aber es gab Zeugen für den Unfall – die Menschen in den Fahrzeugen unmittelbar hinter ihm, während die auf den vier anderen Spuren an ihm vorbeirauschten, als sei gar nichts geschehen. Die Versicherung würde also eintreten und den Schaden ersetzen.

Aber die vergnügliche Fahrschicht mit Mellicint konnte er sich aus dem Kopf schlagen. Und Jasho und Dabra ihren Kinobesuch.

Dabra …!

Ein gellender, durch Mark und Bein gehender Schrei auf dem Rücksitz machte ihm klar, dass er wirklich keine Zeit damit verschwenden konnte, über Schäferstündchen oder Kinobesuche nachzudenken.

4

Piota Pichard
Ein schöner Tag am See

Bewirkt der genverändernde Einfluss einer der Strahlungskomponenten von Gladors Stern, dass jede neugeborene Generation von Kolonisten auf dessen Planeten Siga körperlich kleiner und langlebiger als die vorangegangene ist, so löst eine ähnliche Komponente der Sonne Marneh den bodenständigen Impuls aus. Dabei kann man durchaus den Begriff Sucht verwenden – wie gewisse Substanzen zu einer starken Abhängigkeit und bei Entzug zu Schmerzen, wenn nicht gar dem vollständigen körperlichen Zusammenbruch fuhren, ruft auch der bodenständige Impuls eine medizinisch eindeutig nachweisbare Gewöhnung hervor.

Die komplexen chemischen Abläufe im Körper konnten bis heute nicht vollständig geklärt werden. (Was weniger an der Leistungsfähigkeit der Galaktomediziner liegt als an der Isolation der Ruppeter und der nachfolgenden Weigerung, sich in dieser Hinsicht helfen zu lassen.) Fest steht jedoch, dass diese Strahlungskomponente der Sonne in die Homöostase des menschlichen Körpers eingreift und sie kalibriert. Bei unter dem Licht dieser Sonne Geborenen blockieren die Neurotransmitter bestimmte Rezeptoren im Limbischen System.

Lediglich die natürlich aufgenommene Strahlung Marnehs hebt diese Nervenblockade wieder auf; Versuche, sie künstlich zu beseitigen, sind bislang gescheitert. Einheimische, die ihren Planeten verlassen, leiden dementsprechend zwangsläufig unter Entzugserscheinungen, deren Spektrum von überaus starken Krämpfen über vollständige körperliche Bewegungsunfähigkeit bis hin zum Tod reicht. Es verwundert daher nicht, dass die Ruppeter es vorziehen, auf ihrer Heimatwelt zu verbleiben.

Zahlreiche Indizien weisen darauf hin, dass Strahlungskomponenten von Sonnen, die das genetische Erbgut verändern, mit Vorliebe paarweise auftreten. Die Siganesen wurden nicht nur kleiner, sondern auch langlebiger; die Ruppeter wurden nicht nur buchstäblich von ihrer Sonne abhängig, son-

dern auch fruchtbarer. Bereits nach fünf Generationen waren Drillingsgeburten die Regel und Sechslingsgeburten keine Ausnahme mehr.

Mikail Tyssen Kais (Hrsg.), Encyclopaedia Universalia, Eintrag Strahlungskomponenten (Auszug), Nembar: Verlag HDS 3000f.

»Papi, Papi!«, kreischte Timo durch die Filtermaske und stampfte mit dem Gummistiefel auf, dass die Kunsthecke zum Nachbargrundstück erzitterte. Sein Gesicht war zornesrot angelaufen. »Du hast mir versprochen, wir fahren zum Geburtstag an den See. Timo will zum See!«

Tika und Tiwe fielen automatisch in das Gebrüll ein. Wenn einer der Drillinge etwas durchsetzen wollte, erklärten die beiden anderen sich sofort solidarisch, auch wenn sie sich sonst stritten, dass die Fetzen flogen.

Und das am frühen Morgen! Der Himmel über SEKTOR 72 war noch rot gefärbt. Normalerweise hätten die Kinder sich in ihrem Fernsehzimmer darüber gestritten, welches Programm sie verfolgen wollten, und die Eltern ein Weilchen schlafen oder Ruppets Gebot befolgen lassen, doch der Umstand, dass heute ihr Geburtstag war, brachte alles durcheinander.

»Natürlich habe ich das gesagt«, räumte Piota Pichard schnell ein, als er sah, dass Timo wieder die Luft anhielt.

Beim letzten Wutanfall war der Junge blau angelaufen und einfach umgekippt.

Der eilends herbeigerufene Notarzt, der hier im Diplomatenviertel tatsächlich umgehend zur Stelle war, hatte einen Mangel an roten Blutkörperchen diagnostiziert und ein Medikament verschrieben, das weder Timos Wutanfälle noch den Mangel beseitigte, dafür aber von der sowieso bankrotten Gesundheitsfürsorge nicht anerkannt wurde und aus eigener Tasche bezahlt werden musste. Im SEKTOR 72 war das üblich. Wer hier ein Haus besaß, konnte sich auch Arzneien leisten, von deren Existenz die überwältigende Mehrheit der Bevölkerung nicht einmal etwas ahnte.

Dass die staatliche Gesundheitsfürsorge kurz vor dem Zusammenbruch stand, wusste Pichard als Staatssekretär im Gesundheitsministerium wohl am besten. Er hatte, dank Yokus Erbschaft, private Vorsorge treffen können. Nur durfte man ihm nicht auf die Schliche kommen. Das würde zu einem Verweis, wenn nicht sogar einer Rückstufung oder gar seiner Entlassung führen. In dieser Hinsicht verstand die Regierung keinen Spaß. Sie forderte absolute Treue von ihren hochrangigen Beamten.

»Papi!«, jaulte Timo erneut.

Pichard seufzte. »Sicher, das habe ich gesagt, aber …«

»Versprochen ist versprochen«, nuschelte Timo. *Wenigstens atmet er wieder durch,* dachte Pichard erleichtert und zuckte zusammen, als die Luftfiltermaske vor Timos Mund beim nächsten Atemzug aus ihm unerfindlichen Gründen besonders laut rasselte.

Wie er diese freien Tage hasste! Könnte er doch in seinem Amt versuchen, unlösbare Probleme zu lösen, und die Erziehung der Kinder wie sonst auch seiner Frau überlassen!

»Der Junge hat recht«, sagte Yoku und warf ihm einen gestrengen Blick zu. »Du hast es ihm versprochen. Und außerdem«, fuhr sie fort und holte mit den Armen aus, als wolle sie ihren gesamten Eigenheimgarten von vier mal fünf Metern Umfang umfassen, »wie wollt ihr hier Verstecken spielen? Wo wollt ihr euch verstecken?«

Pichard hob den Blick von der gebräunten Grasnarbe zu seinen Füßen und schielte verstohlen zum einzigen Baum im Garten hinüber. Zwei volle Monatsgehälter hatte er dafür ausgeben müssen, was ihm aber wenig ausmachte, da er reich geheiratet hatte, und das entsprach zehn Jahresgehältern eines Ruppeters, der nur den gesetzlich vorgeschriebenen Mindestlohn verdiente. Yoku hatte die Unsumme gezahlt, ohne mit der Wimper zu zucken.

Er hatte den Baum täglich gedüngt, gebürstet und gestriegelt, aber trotzdem hatte er im Herbst alle Blätter verloren – was ja noch ganz natürlich war – und im nächsten Frühjahr keine neuen bekommen, was allerdings nicht mehr so natürlich, sondern krankhaft war. Jetzt stand er grau in grau da, die kahlen Äste hingen mit mehr als nur einer Spur von Traurigkeit herab, und insgesamt gesehen war ihr Baum in der Tat kein Objekt, das geradezu danach schrie, beim Versteckspiel als Versteck zu dienen.

»Na ja«, sagte Pichard.

»Heißt das, wir fahren zum See?«, murmelte Tiwe, ihre Tochter. Sie war etwas kleiner gewachsen als ihr Drillingsbruder Timo und gab sich gern als etwas zurückgebliebener und kindlicher Nachkömmling, obwohl sich, was die Raffinesse betraf, ihre beiden Brüder bei ihr eine Scheibe abschneiden konnten. Sie tat zwar so, als fände sie als einziges Mitglied der Familie noch eine gewisse Freude daran, im Garten Verstecken zu spielen, ließ sich aber immer wieder Ausreden einfallen, nicht an dem Spiel teilnehmen zu müssen, wenn sie es gelegentlich übertrieb und die anderen dazu brachte, diesem Zeitvertreib nachzugehen. Dann bereitete es ihr hämisches Vergnügen, Tika und Timo zu beobachten, wie sie immer im Kreis um den Baum hetzten, wenn aus dem Versteck- schon nach wenigen Sekunden ein Nachlaufspiel geworden war.

»Wir haben doch immer hier gespielt«, setzte Pichard zu einer schwachen Entgegnung an, aber sein Widerstand war bereits gebrochen.

»Das ist doch langweilig«, maulte Timo, und auch Tiwe schien diesmal eher zu ihrem Bruder als zum Vater halten zu wollen. Wahrscheinlich war sie die treibende Kraft hinter dem von Timo so vehement geäußerten Wunsch und hatte ihm versprochen, ihm ihren Nachtisch abzugeben, wenn er den Ausflug durchsetzte.

Typisch, dachte Pichard. Es mangelte ihm an der notwendigen Raffinesse, um zu erkennen, dass Tiwe das Versprechen sowieso nicht halten und Yoku schließlich allen drei Kindern doppelte Portionen zugestehen würde, weil ihr an einem harmonischen Familienleben lag und sie nicht schon wieder stundenlanges Geschrei und Gezeter ertragen wollte. *So erzieht man Tyrannen,* fügte er in Gedanken hinzu und schämte sich sofort. Was war er nur für ein Ruppeter? Kinder waren ihr ruppetgewolltes höchstes Gut und außerdem der Garant für den Erhalt der staatlichen Gesundheitsfürsorge – zumindest bis zum Ende dieser Legislaturperiode.

Yoku versetzte ihm den endgültigen Gnadenstoß. »Versprochen ist versprochen«, wiederholte sie energisch den Ausspruch ihres Sohnes, den Tiwe ihm wahrscheinlich eingeflüstert hatte. »Dann können wir auswärts essen, und ich habe auch etwas vom Geburtstag der Kinder!«

Es war entschieden. Widerstand war sinnlos. »Einverstanden«, sagte er, »wir fahren zum See.«

»Au fein!«, schrie Timo. »Wir fahr'n zum See, wir fahr'n zum See!«

Er schrie so laut, dass ihr Nachbar Pantehl hinter der Kunsthecke auftauchte, die die beiden Grundstücke voneinander trennte, um nach dem Rechten zu sehen. Er nickte ihnen freundlich zu. Pantehl war ein ehemaliger Lehrer, der im Bildungsministerium Karriere gemacht und, wie man in der Nachbarschaft flüsterte, angeblich ein paar Bücher geschrieben hatte, deren Erlöse im den Kauf seiner Villa erst ermöglicht hatten. Pantehl hatte diesen Block des SEKTORS seit mehreren Jahren nicht mehr verlassen; die hiesige Versorgungszentrale bot ihm alles, was er brauchte und sich mit seiner Rente leisten konnte.

Piota zuckte zusammen und lächelte leicht säuerlich, als Pantehl ihm, unbefleckt von jeglicher Sachkenntnis, einen schönen Tag wünschte.

Er war eben ein Ruppeter der alten Schule, während Piota sich fragte, was an einem Tag, den man mit drei Kindern verbringen musste, schön sein konnte.

»Auf geht's, Kinder«, sagte Pichard mit falscher Fröhlichkeit, und die sowieso schon aufbruchbereite Familie marschierte geschlossen los.

Es vergingen keine drei Minuten, als Timo sich schon meldete. »Mir tun die Füße weh«, maulte er.

»Wollte ich an den See oder du?«, fragte Pichard hämisch.

»Piota!«, sagte Yoku zornig. »Vor den Kindern!«

»Ist doch wahr«, knurrte Pichard. »Erst will der Junge unbedingt zum See, dann ist ihm schon der kleine Weg zum Auto zu weit.«

»Du hättest den Wagen ja auch holen können!«

»Das könnte euch so passen!«, murmelte Pichard so leise, dass niemand ihn verstehen konnte.

»Auto«, krähte Tiwe. »Auto!«

»Wir sind ja gleich da«, tröstete Yoku ihre Tochter. »Wir können von Glück sagen, dass wir nicht in den Ballungszentren wohnen. Giba hat mir erzählt, dass in ihrem SEKTOR wegen der chronischen Parkplatzprobleme in diesem Jahr schon die vierte Verkehrskommission zum Rücktritt gezwungen wurde.«

Pichard drehte sich der Magen um, wenn er nur diesen Namen hörte. Yokus Freundin war bei gleichzeitigem Übergewicht beträchtlich untergroß, und das kompensierte sie durch eine riesige Klappe. Aus der allerdings nur Unsinn kam, mit dem sie sich interessant machen wollte. Die SEKTOREN verfügten gar nicht über Verkehrskommissionen; das waren nur Gerüchte, genau wie die Existenz dieses Hyper … dieses Hyperinmestrons oder wie auch immer, das der Großadministrator des Solaren Imperiums bei seinem bevorstehenden Staatsbesuch angeblich der Regierung zum Geschenk machen wollte. Beschwerden über Parkplatzprobleme! Yoku hatte ja nicht die geringste Ahnung, wie es in den anderen SEKTOREN wirklich aussah.

Im Schritttempo fuhr ein City-Liner an ihnen vorbei. Der Fahrer hielt Ausschau nach einem Parkplatz – vergeblich. Obwohl man sämtliche Fahrwege dieses Blocks des Diplomatenviertels in Einbahnstraßen und die so überflüssig gewordene linke Fahrspur in Parkstreifen verwandelt hatte, stand Wagen an Wagen, Stoßstange an Stoßstange. Man bekam nur dann einen Parkplatz, wenn man das Glück hatte, gerade zur Stelle zu sein, wenn jemand seinen Wagen aus einer Lücke bugsierte.

Oder wenn man es sich leisten konnte, »standesgemäß« zu leben. Pichard hatte ganz in der Nähe zur Schnellstraßenauffahrt eine Parknische angemietet; sie war eigens für ihn reserviert und kostete ihn fast die Hälfte seines Monatseinkommens, aber bei Yokus Vermögen … Nun ja, wenn sie unbedingt so leben wollte, wie es ihren »Verhältnissen« entsprach. Aber wer war er, dass er sich darüber beklagte? Immerhin war ihm damit ein Parkplatz sicher – kaum drei Kilometer von seinem Haus entfernt!

Zwar war dieser Parkplatz trotz der ausdrücklichen Warnung, ein solches Tun werde mit Abschleppen und einer Geldbuße nicht unter drei Tagessätzen belegt, jedes Mal besetzt, wenn Pichard den Wagen einmal bewegt hatte, aber er hatte mit einem nahe gelegenen Abschleppunternehmen einen Vertrag geschlossen: Ein Anruf genügte, und das Unternehmen entfernte den Parksünder, woraufhin es den konfiszierten Wagen – meist verstießen die Besitzer dieser widerlichen kleinen City-Flitzer gegen bestehendes Recht – erst nach Bezahlung der staatlich vorgeschriebenen Aufwandsentschädigung freigab. Pichard bekam fünfzehn Prozent der dabei anfallenden Summen auf sein Konto überwiesen, was die Parkplatzgebühren fast wieder einbrachte.

So gesehen war es ein Glück, dass er damals, zu Beginn ihrer Ehe, keinen Widerspruch erhoben hatte, als Yoku darauf bestanden hatte, die Parknische anzumieten; heutzutage waren sie sogar im Diplomatenviertel nur noch erhältlich, wenn der Vorbesitzer verschied. Die Wartelisten waren geradezu kilometerlang, und alle paar Wochen berichteten die Zeitungen in den benachbarten SEKTOREN darüber, dass man einen Mörder verurteilt hatte, der sein Opfer beseitigt hatte, um in der Warteliste vorzurutschen oder gar direkt eine Parknische anmieten zu können. Was allerdings nach vertraulicher Auskunft seines Bekannten, des Sicherheitsministers, frei erfunden war und nur Neid wecken sollte …

Aber andererseits hätte er auch schon damals nicht die geringste Chance gehabt, sich bei einer Entscheidung durchzusetzen, bei der Yoku anderer Meinung war als er …

»Giba hat erzählt«, sagte Yoku, nachdem sie die zweite Querstraße hinter sich gebracht hatten, »dass ihr Mann mit zwei Kollegen eine Fahrgemeinschaft gebildet hat.«

»Ja, die kommen jetzt auch bei uns in der Nähe immer mehr in Mode«, sagte Pichard desinteressiert.

Es kümmerte ihn herzlich wenig, was Gibas Mann trieb, solange er es nicht mit Yoku trieb. Außerdem hatte er schon längst bemerkt, dass die Kinder mit ihrem Nörgeln innehielten und die Ohren spitzten, um etwas aufzuschnappen, was nicht für sie bestimmt war. Kein Wunder; Yoku erzählte fast ununterbrochen von den wechselnden Beziehungen ihrer Freundin oder ihren Beziehungsfehden, wenn sie zufällig gerade mal wieder einen festen Partner hatte und nicht in Singlebars herumhing, um Ruppets Gebot mit größerem Enthusiasmus zu folgen, als der gute Mann es sich je hätte träumen lassen. Obwohl die Kinder sich noch nichts darunter vorstellen konnten, erkannten sie intuitiv, dass die Eltern dieses Thema in ihrer Gegenwart zu meiden pflegten. Pichard war allerdings klar, dass es sie genau aus diesem Grund natürlich ganz besonders interessierte.

Yoku war nicht gewillt, das Thema damit auf sich beruhen zu lassen. »Du weißt ja, sie wohnen in SEKTOR 73«, sagte sie.

»Da müssen die Parkplatzprobleme geradezu katastrophal sein«, entgegnete Pichard lapidar.

»Und ob«, holte Yoku aus. »Schatzi« – so hieß Gibas derzeitiger Schwarm natürlich nicht, aber alle nannten ihn so, weil er eben einer war – »ist neulich von der Arbeit nach Hause gekommen und einen halben Tag lang um den Block gefahren, ohne einen Parkplatz zu finden. Als er dann in einen Ampelschock geriet, ist Giba zu ihm in den City-Flitzer gestiegen und hat mit ihm den Platz getauscht, damit der Arme sich ins Bett fallen lassen und ein wenig schlafen konnte. Als er wieder zur Arbeit musste, hatte Giba noch immer keinen Parkplatz gefunden. Ein paar Idioten hatten ihre Wagen mitten auf der Straße stehen lassen oder waren hinter dem Steuer eingeschlafen, und der Stau hielt bis zum nächsten Morgen an, da die Polizei nicht zum Einsatzort durchkam. Als er sich dann auflöste, ist Schatzi zu ihr ins Auto gestiegen, hat den Platz mit ihr getauscht und ist wieder zur Arbeit gefahren. Weißt du noch, das war letztes Jahr kurz vor dem Ruppetfest, als der Verkehr in der Stadt vier Tage lang zusammengebrochen war. Tagsüber hat Giba geschlafen, um abends Schatzi am Steuer ablösen zu können. Aber nach dem Fest hat sich die Situation ja schnell wieder beruhigt. Ist ja jedes Jahr dasselbe.«

Und Schweine können fliegen, dachte Pichard bei sich, *tun es aber nicht, weil sie nicht wollen, dass wir sie dabei beobachten.* Als Yoku diese Geschichte zum vorletzten Mal erzählt hatte, war dieses Missgeschick nicht Gibas Schatzi, sondern einem aus dessen Fahrgemeinschaft zugestoßen, und das mit den vier Tagen kam ihm ebenfalls übertrieben vor. Er wusste allerdings nicht, wie lange der Mann wirklich im Stau gesteckt hatte; schon damals hatten Gibas Sorgen ihn nicht die Pille interessiert.

»Ja«, sagte Piota laut und schlug sich im Geist auf die Schulter, weil er den Mietvertrag für die Parknische erst vor Kurzem verlängert hatte. Schon von Weitem sah er den Parkplatz: Er war die einzige unbebaute Fläche in ihrem Block, ein (aufgrund der unterschiedlichen Farben der hier abgestellten Wagen) bunter Klecks inmitten gleich großer, in gleichem Stil bebauter Grundstücke, auf denen gleich große, gleich hohe Häuser mit gleichen Türen, Fenstern und sogar Anstrichen standen.

Pichard hatte nie begriffen, warum der Parkplatzbesitzer nicht schon längst ein mehrstöckiges Parkhaus errichtet hatte. Jeder

Grundstücksbesitzer bekam von den Banken schier unbegrenzten Kredit, vor allem, wenn er Parkhäuser errichten wollte.

Keine einzige Nische des Areals war unbesetzt. In jeder standen Autos, die meisten mit örtlichen, aber auch zahlreiche mit fremden Kennzeichen oder Diplomatenschildern. SEKTOR 72 war recht exklusiv; nicht umsonst standen hier die Botschaften der Außenwelten.

Alle Parknischen waren mit kleinen Schildern versehen, auf denen die vom Mieter angegebene Nummer vermerkt war; manche ließen sich mit knöchelhohen Schranken versperren, deren Edelstahldornen jeden, aber auch jeden noch so gut geschützten Reifen zerfetzen würden.

Pichard schüttelte den Kopf. Die Leute, die diese Sperren anbrachten, mussten zuwenig Zeit und zuviel Geld haben. Sie konnten zwar darauf vertrauen, dass ihre Parknische leer war, wenn sie den Wagen darauf abstellen wollten, aber dafür verzichteten sie auch auf die Vertragsprämien, die der jeweilige Abschleppdienst zahlte. Und der kleine Zeitverlust, das Abschleppunternehmen anzurufen und zu warten, bis der Parksünder gebührenpflichtig entfernt worden war, war Pichard die Provision allemal wert.

Im sicheren Vertrauen, bei seiner Rückkehr eine weitere Prämie kassieren zu können, lud Pichard seine Familie in den Wagen – ein City-Liner, nicht zu vergleichen mit den ekelhaft kleinen Flitzern, knapp zwei Jahre alt und erst sechzigtausend gelaufen –, tippte den Zündsicherungskode ein und ließ den Motor anspringen.

»Juchhei!«, schrie Timo auf dem Rücksitz. »Wir machen unsern Ausflug!«

»Es wird bestimmt ein schöner Tag«, sagte Yoku beschwörend. »Ein schöner Tag am See.«

Pichard verdrehte die Augen und fuhr los.

Er hatte ungeschickt gehandelt, ja sogar unverantwortlich, aber die Kopfschmerzen hatten ihm nichts anderes zugestanden. Tatsächlich hatten sie nachgelassen, als er endlich aktiv geworden war; mehr noch, sie waren fast vollständig verschwunden. Nun kehrten sie allmählich zurück.

Natürlich hatte er abwarten müssen, bis nach dem Ampelschock der Verkehr wieder in Gang gekommen war. Es wäre völlig sinnlos gewesen, sich eines mitten im Stau steckenden Wagens zu bemächtigen. Zwar hätte er den Fahrer eines ruhenden City-Flitzers leichter überwältigen können als den eines Flitzers, der in Bewegung war – wie sein unrühmlicher Versuch unter Beweis stellte. Aber einerseits hätte er dann nicht gewusst, wann der Verkehr wieder in Gang kam, und eventuell noch stundenlang im Stau gestanden, andererseits hätte ein einziger Zeuge genügt, der den Vorfall beobachtete und die Sicherheitskräfte alarmierte, und er wäre festgenommen worden.

Dann hätte er sein Ziel niemals verwirklichen können.

Perry Rhodan töten … bei der Ankunft auf dem Raumhafen … die offizielle Begrüßung …

Noch einmal durfte er nicht so leichtsinnig vorgehen. Aber als er die schwangere Frau auf der Rückbank gesehen hatte, hatte er gezögert, und dieser kurze Augenblick hatte dem völlig verwirrten und eigentlich schon wehrlosen Fahrer des Flitzers genügt, um den Überfall in einer Panikreaktion abzuwehren. Oder zumindest das Fahrzeug unbrauchbar zu machen.

Was auf dasselbe hinauslief. Er konnte von Glück sagen, den Tatort unbeschadet verlassen zu haben.

Es überraschte ihn, mit welcher Brutalität er vorgegangen und wie leicht es ihm gefallen war, die beiden Männer auszuschalten. Wäre die Frau nicht gewesen … Er konnte offensichtlich auf Kampftechniken zurückgreifen, von denen er gar nicht wusste, dass er in ihnen geübt war. Beruhten sie auf langjähriger Erfahrung, oder hatte man sie ihm einfach programmiert? War er ein … programmierter Attentäter?

Perry Rhodan töten …

Gleichzeitig bestürzte ihn, wie kaltblütig er vorgegangen war. Er hegte keinen Zweifel daran, dass er notfalls rücksichtslos getötet hätte, um sich in den Besitz des Fahrzeugs zu setzen, wäre es nicht durch den Zusammenstoß beschädigt worden. Zumindest galt das für die beiden Männer. Was die wehrlose Frau betraf, so hoffte er, es niemals herausfinden zu müssen.

Doch irgendwie befürchtete er, dass diese Hoffnung sehr trügerisch war.

Es war ihm nicht schwergefallen, in dem Gewimmel unterzutauchen, das auf den Bürgersteigen herrschte. Zwar löste es sich mit dem Ende des Ampelschocks verhältnismäßig schnell auf, doch auf den Straßen Ruppets herrschte auch unter normalen Verhältnissen ein solcher Andrang, dass er ihm Deckung bot. Um etwaige Verfolger abzuschütteln, hatte er kurzfristig ein Gebäude betreten, es aber schnell wieder verlassen, als er feststellte, dass im Erdgeschoss ein rund um die Uhr geöffneter Kinderhort untergebracht war. Er wollte nicht von dem zahlreich vertretenen Personal angesprochen werden.

Nun war er erneut in der Menge untergetaucht. Doch diesmal ließ er sich nicht treiben, sondern schritt zielsicher aus. Sein misslungener Versuch hatte ihn nachdenklich gemacht. In SEKTOR 73 herrschten aufgrund des gerade überwundenen Ampelschocks nach wie vor Hochbetrieb und Unruhe; die Ruppeter hasteten zu ihren Fahrzeugen oder zurück zu ihren Wohnungen, waren aufgebracht oder erleichtert, aber auf jeden Fall aufgewühlt, und er brauchte relative Ruhe und Ungestörtheit für sein Vorhaben.

Vielleicht war es doch besser, einfach ein Fahrzeug zu *stehlen*, um damit zum Raumhafen zu gelangen, statt es zu *rauben* und dabei gegen den Besitzer tätlich werden zu müssen. Und im benachbarten SEKTOR 72, dem Diplomatenviertel, waren die Aussichten, unbemerkt ein stehendes Fahrzeug zu finden, größer, auch wenn dort wesentlich mehr Sicherheitskräfte zur Überwachung der Vertretungen der galaktischen Reiche eingesetzt waren. Wenn er umsichtig vorging, müsste es ihm gefahrlos möglich sein, einen geparkten City-Flitzer zu knacken, und wenn ihm erst mal ein Fahrzeug zur Verfügung stand, würde er den Raumhafen zeitig erreichen und Gelegenheit haben, vor Rhodans Ankunft die Lage zu sondieren.

Er fragte sich, wieso ihm der Unterschied zwischen Diebstahl und Raub so vertraut war, der vom Großteil der Bevölkerung eigentlich eher als ein rein juristischer angesehen wurde. Er fragte sich, wieso er als ganz selbstverständlich voraussetzte, dass er die Örtlichkeiten auskundschaften musste, bevor er handeln durfte.

Perry Rhodan töten … bei der Ankunft auf dem Raumhafen … die offizielle Begrüßung …

Aber all diese Fragen führten letztlich nur zu einer einzigen, der entscheidenden: Wer war er?

Die Kopfschmerzen wurden wieder stärker. Er bezweifelte nicht mehr, dass sie in einem ursächlichen Zusammenhang mit seiner partiellen Amnesie standen oder ihn zumindest dazu treiben sollten, seine Aufgabe zu erfüllen.

Doch wer war imstande, ihm dermaßen übel mitzuspielen? Und … was war mit ihm geschehen?

Fragen, auf die er, wenn überhaupt, die Antwort wohl nur am Raumhafen finden würde. Und er war keineswegs überzeugt, dass diese Antwort ihm gefallen würde.

Aber vorher musste er sich ein Transportmittel besorgen …

»Wag es ja nicht, mir Vorwürfe zu machen!«, sagte Yoku, als Piota Pichard das Handy zuklappte. »Ich trage keine Schuld. Ich kann nichts dafür. Und wehe, du sagst jetzt: ›Du wolltest ja zum See!‹«

»Du *wolltest* zum See«, wiederholte er unbarmherzig.

»Ich wollte *nicht* zum See!« Seine Frau ballte die Hände zu Fäusten. Auf ihrer zitternden Oberlippe hatten sich kleine

Schweißperlen gebildet. Ihre Lider zuckten hektisch, genau wie die Mundwinkel. »Du hast es den Kindern versprochen.«

»Weil du darauf bestanden hast.«

»Wetten wir?«, krähte Tiwe auf der Rückbank des City-Liners.

»Worum?«, fragte Timo.

»Um einen Nachtisch.«

»Neeiinn«, sagte Timo mit der engelgleichen Geduld, mit der er Eltern wie Geschwister manchmal zur Weißglut treiben konnte. »Ich meine, *worum* sollen wir wetten?«

»Ach so«, sagte Tiwe, als hätte sie es mit einem Schwachsinnigen zu tun, *»worüber.«* Mit dieser herablassenden Haltung bedachte sie Kinder wie Erwachsene gleichermaßen, als gäbe es keinen Unterschied zwischen ihnen. »Wetten wir, dass Mami gleich wieder um sich schlägt!«

»Aber sie tut doch immer nur so«, mischte Tika sich ein. »Sie trifft Papi doch nie. Immer schlägt sie haarscharf an ihm vorbei.«

»Leider«, sagte Tiwe lapidar.

»Wenn dahinten noch ein Wort fällt«, sagte Yoku, »schlage ich zu, aber nicht vorbei.«

»Sie droht nur«, sagte Tiwe.

»Wie immer«, fügte Tika hinzu.

»Ich weiß nicht«, warnte Timo. »Ich glaube, gleich schlägt sie wirklich zu.«

»Wenn ihr nicht sofort die Klappe haltet«, brüllte Piota, »schlage *ich* zu!«

Die wohltuende Ruhe gab Piota Pichard Gelegenheit, ihren schönen Tag am See Revue passieren zu lassen, während sie auf das Abschleppunternehmen warteten. Er hatte den City-Liner direkt hinter den unverschämten Verkehrssünder postiert, der ihren angemieteten Parkplatz mit Beschlag belegt hatte. Sollte der Mistkerl zurückkehren, bevor der Wagen des Betriebs eintraf, konnte er nicht im letzten Augenblick davonfahren und Pichard um die wohlverdiente Prämie bringen. Und auch nicht um den Genuss, einem asozialen Element wieder mal einen Denkzettel verpasst zu haben, der den rücksichtslosen Verkehrsteilnehmer im wahrsten Sinne des Wortes teuer zu stehen kam.

Der Ausflug hatte schon ausgezeichnet begonnen.

Direkt nach ihrem Aufbruch am frühen Morgen waren sie in einen Stau geraten, Auswirkung einer ungenehmigten Demonstration in SEKTOR 1, die zu einem Ampelschock geführt hatte, der den Verkehr in über 160 SEKTOREN beeinträchtigt hatte. Als er sich nach verhältnismäßig kurzer Zeit – sie hatten die Kinder lediglich zwei Stunden mit improvisierten Spielen bei Laune halten müssen – wieder auflöste, war die Stimmung der Eltern schon säuerlich, die der Kinder aber ungebrochen gut gewesen.

»Zum See!«, krächzte Timo ununterbrochen vor sich hin. »Wir fahr'n zum See!«

Eine knappe halbe Stunde später war der Verkehr erneut zusammengebrochen – nun aufgrund einer Polizeiaktion, über die das Radio ausführlich berichtete, auch wenn die Nachrichtensprecher keine Einzelheiten mitzuteilen wussten. Immerhin bekam Pichard mit, dass Sicherheitsstufe eins ausgerufen worden und es zu zahlreichen präventiven Verhaftungen gekommen war und noch immer kam. Die Bevölkerung wurde eindringlich aufgefordert, Ruhe zu bewahren.

Diesmal kamen sie zweieinhalb Stunden lang keinen Meter weiter.

Piota grinste die ganze Zeit über unentwegt vor sich hin, während Yokus Gemütsverfassung sich langsam, aber stetig dem Siedepunkt näherte. Schließlich hatte er doch vor der Fahrt zum See gewarnt, die eindeutig auf dem Mist seiner Frau und der Kinder gewachsen war. Und der Tag war sowieso schon hinüber; da war es ihm gleichgültig, ob er im Stau stand oder sich sonst wie mit den Kindern beschäftigen musste. Er war auf keinen der Versuche Yokus eingegangen, ein Gespräch mit ihm zu beginnen, und hatte sie mit hämischem Vergnügen der Aufgabe überlassen, die Kinder daran zu hindern, aus Langeweile den City-Liner auseinanderzunehmen oder sich gegenseitig umzubringen.

Danach war die Fahrt eine Weile verblüffend problemlos verlaufen. Sie hatten ohne weitere Zwischenfälle das Schutzgebiet um das Gewässer erreicht. Der Berelfeld-See war als Naherholungsgebiet ausgewiesen; er wurde streng geschützt, und angeblich sollte es noch *Fische* in ihm geben. Offiziell stand er uneingeschränkt der gesamten Bevölkerung zur Verfügung; in der Praxis wurde er jedoch fast ausschließlich von Einwohnern des Diplomatenviertels oder anderen Wohlhabenden genutzt. Dafür sorgte schon der Umstand, dass das Parken in der Peripherie des Sees lediglich in Parkhäusern möglich war, die exorbitante Gebühren verlangten. Ein vier Stunden lang gültiges Ticket verschlang im Durchschnitt – die Summen, die verlangt wurden, variierten – einen halben staatlich vorgeschriebenen Mindestlohn. Pichard begrüßte diese Preisgestaltung; er war voll und ganz damit einverstanden, dass die, die es sich leisten konnten, unter sich blieben.

Allerdings musste er feststellen, dass es entweder mehr Ruppeter gab, die es sich leisten konnten, als er es sich vorgestellt hatte, oder die, die es sich eigentlich nicht leisten konnten, so bescheuert waren, wochen-, monate-, wenn nicht sogar jahrelang darauf zu sparen, ihrem krakeelenden Nachwuchs einen schönen Tag am See bieten zu können.

Schon die Zufahrtswege zu den Parkhäusern waren hoffnungslos verstopft.

Während die lieben Kleinen sich nun ernsthaft anschickten, der kostbaren Innenausstattung des City-Liners irreparable Schäden zuzufügen, und Yoku in immer kürzeren Abständen auf den Inhalt der Pillendose zurückgriff, die sie bei Ausflügen stets mit sich führte, kam Piota auf die seines Erachtens geniale Idee, direkt zum teuersten, also seenächsten Parkhaus zu fahren, weil sich wohl nur eine exklusive Minderheit die dort erhobenen Gebühren leisten konnte und ergo dort ausreichend Parkraum zur Verfügung stehen würde.

Leider musste Pichard feststellen, dass diese Minderheit so exklusiv nicht war. Das Parkhaus schloss wegen endgültiger Auslastung, als zwischen ihnen und dem Kassenhaus nur noch drei City-Liner standen.

Die Kinder *tobten.* Piota achtete nicht darauf. Er war zu sehr damit beschäftigt, den Fehler in der Logik seiner Gedankenkette zu suchen, gab schließlich jedoch entnervt auf.

Immerhin war die Zufahrtsrampe zum Parkhaus erhöht, sodass die Kinder den See wenigstens sehen konnten.

Die Rückfahrt war in entsprechend gereizter Stimmung verlaufen. Den Kindern hätte man keine spitzen Gegenstände in die Hände geben dürfen; Yoku betrachtete schließlich mit einem Blick, aus dem schiere Verzweiflung sprach, die letzte Pille in ihrem Döschen. Lediglich Piota pfiff manchmal vergnügt vor sich hin; es bestand begründete Hoffnung, dass dieser Ausflug für geraume Zeit der letzte blieb, zu dem man ihn nötigte.

Doch als sie nun vor dem von einem Fremdparker gesetzwidrig benutzten Parkplatz auf das Abschleppunternehmen warteten, schlug das Klima im City-Liner plötzlich auf seltsame Weise um. Timos, Tikas und Tiwes Zerstörungsdrang löste sich auf einmal auf, und sie sprachen aufgeregt, wenn nicht sogar begeistert von ihrem schönen Tag und übertrafen sich gegenseitig in ihren Schilderungen, dass sie den See sogar gesehen hatten, leibhaftig und mit eigenen Augen ... wie aufregend braun und trüb das Wasser doch gewesen sei und wie hoch die Wellen und ob die *Fische* im See diese Wellen erzeugten und was ein Fisch überhaupt sei und wie er aussah ... Und bei Yoku schien die Wirkung des Zeugs, das sie bei solchen Anlässen immer in sich hineinschmiss, endlich einzusetzen, denn sie lächelte ihn tatsächlich an und sagte: »Eigentlich ist der Tag doch sehr schön gewesen, meinst du nicht auch?«

Pichard knurrte etwas Unverständliches und schüttelte sich. »Lass uns schon mal aussteigen«, sagte er. »Der Abschleppdienst müsste jeden Augenblick kommen.«

Aus reiner Macht der Gewohnheit aktivierte er die Zündsicherung. Dann wartete er, bis Yoku und die Kinder den City-Liner verlassen hatten, da man den Einfallsreichtum und die spontane Zerstörungswut der Kleinen niemals unterschätzen durfte, und stieg ebenfalls aus.

Was dann geschah, bekam er gar nicht richtig mit. Aus einem Augenwinkel nahm er eine Bewegung wahr. Im nächsten Moment flammte ein so heftiger Schmerz in seinem Nacken auf, dass die Beine ihm den Dienst versagten, ihm Tränen in die Augen schossen und sein Blick sich trübte. Er brach auf den Gehweg zusammen, rollte sich hilflos herum und wartete einzig und allein darauf, dass die unerträgliche Pein, die sich rasend schnell in Kopf und Schultern ausdehnte, etwas nachließ.

Wie aus weiter Ferne hörte er einen gellenden Schrei, der abrupt wieder verstummte. Er glaubte, Yokus Stimme erkannt zu haben, war sich aber nicht sicher. Das Geplärre der Kinder erkannte er allerdings ganz genau; doch nun wohnte ihm eine neue, noch nie wahrgenommene Qualität inne. Es war nicht das übliche Geschrei, mit dem sie nur ihren Willen durchsetzen wollten; nein, diesmal sprach echte Angst daraus.

Die Kinder! Es erstaunte ihn übermäßig, doch der Gedanke an Timo, Tika und Tiwe verlieh ihm irgendwie die Kraft, sich aufzurappeln und zu ihrem City-Liner zu torkeln. Er konnte kaum etwas erkennen. Die Tränen ließen alles verschwimmen, und der Schmerz engte sein Sichtfeld auf einen schmalen Tunnel ein, in dem braune und rote Schlieren wogten. Er machte lediglich eine gut gekleidete Gestalt aus, die hinter dem Lenkrad des Fahrzeugs saß und hektisch versuchte, den Motor anspringen zu lassen.

Die Zündsicherung! Er hatte die Zündsicherung aktiviert! Um den Wagen zu starten, musste man einen vierstelligen Kode eingeben. Der neueste Schrei auf dem City-Liner-Markt, eine einfache, aber wirksame Diebstahlsicherung.

Er spürte eine Bewegung an seinem Bein. Eins der Kinder war zu ihm gelaufen oder gekrabbelt und suchte hinter ihm Schutz.

Die Gestalt hinter dem Lenkrad schien die Sinnlosigkeit ihres Unterfangens eingesehen zu haben. Sie kam mit einer geschmeidigen Bewegung dahinter hervor und stand groß und bedrohlich vor ihm.

»Der Kode!«, hörte Pichard wie durch Watte, ein dumpfes, kaum verständliches Grollen. »Nenn mir den Kode!«

Seine Gedanken flossen träge wie Sirup. Erst jetzt wurde ihm vollends klar, dass der Mistkerl allen Ernstes versuchte, seinen City-Liner zu klauen, und das hier, mitten im Diplomatenviertel! Wo waren die Sicherheitskräfte, die solchen Abschaum eigentlich von den Botschaften der galaktischen Mächte fernhalten sollten? Beschweren würde er sich, bei seinem Freund, dem Sicherheitsminister persönlich …

Pichard konnte die Gestalt noch immer nicht genau ausmachen. Schemenhaft kam sie näher, ein verschwommenes Etwas. Aber die Gefahr, die von ihr ausging, war alles andere als verschwommen. Sie war höchst real.

Und plötzlich hatte Pichard den rettenden Einfall. Auf einmal wusste er, wie er ihr begegnen konnte. Oder hoffte es zumindest.

Er ging in die Hocke, tastete blindlings nach seinem Kind, das sich in panischer Angst an sein Bein klammerte, bekam es zu fassen, löste den Griff um seinen Oberschenkel und riss es hoch. Er wusste nicht, ob es einer der Jungs oder das Mädchen war, aber das war ihm in diesem Augenblick völlig gleichgültig.

Er hielt das Zeter und Mordio schreiende Kind schützend vor seinen Kopf und Oberkörper. »Komm und hol dir den Kode!«, sagte er oder wollte es zumindest sagen, aber seine Worte waren sogar für ihn selbst unverständlich, und sein Gegenüber würde wohl nur ein abstruses Nuscheln vernehmen.

In der Ferne erklang eine Sirene.

Die Polizei!, dachte er elektrisiert. *Jemand hat den Überfall beobachtet und gemeldet, und endlich kamen die Sicherheitskräfte angerollt! Das wurde auch höchste Zeit!*

Aber nein … Er erkannte das Geräusch. Es war die Sirene des

von ihm bestellten Abschleppwagens, der den Fremdparker von seinem Parkplatz entfernen sollte. Handelte es sich bei dem Angreifer etwa um den Besitzer des von ihm zugeparkten schäbigen City-Flitzers? Wollte dieser Verbrecher etwa lediglich den City-Liner beiseite fahren, damit er den Parkplatz danach ungehindert verlassen konnte, ohne die Abschleppgebühren zu bezahlen?

Dieser Tour würde er ihm vermasseln!

Pichard ließ das Kind unsanft fallen und stürzte sich, noch immer fast blind, mit einem Aufschrei auf den Parksünder. Erst im letzten Augenblick sah er die Handkante, die sich seinem Gesicht – nein, seinem Hals – näherte. Dann brach sein Tunnelblick vollends zusammen, und als er eine Sekunde oder eine Ewigkeit später wieder zu sich kam, sah er Yoku ins Gesicht. In ihren Augen lag eine Besorgnis, von der er gar nicht gewusst hatte, dass sie nach all diesen Ehejahren überhaupt noch existierte.

Vielleicht hatte er sich auch getäuscht, denn die Sorge verschwand sofort wieder aus ihrem Blick. Sie richtete sich auf, und er stellte fest, dass er von mehreren Personen umgeben war, darunter die Kinder und der Fahrer des Abschleppwagens.

»Was hatte denn das zu bedeuten?«, keifte Yoku.

Verständnislos schüttelte er den Kopf, aber nur kurz, dann mahnten pochende Schmerzen ihn, jede Bewegung zu unterlassen.

»Wieso hat er uns überfallen? Wieso hat er dich zusammengeschlagen? Was hast du ihm getan? Wieso hast du dich überhaupt zusammenschlagen lassen?«

»Was?«, krächzte er. »Wer hat mich zusammengeschlagen?«

»Jetzt behaupte bloß nicht, du hättest ihn nicht erkannt! Es war dein angeblich so guter Freund, der Sicherheitsminister!«

5

Bridget Märchtehn
Unser Mann in Terrania

Wenn man die selbstgestellte Aufgabe des Konventikels Expandere universalis – die vollständige Besiedlung der Galaxis durch Menschen – berücksichtigt, das die Verwendung von Verhütungsmitteln sowie andere Formen der Geburtenkontrolle strikt untersagt, ja sogar unter Strafe stellt, muss dem aus den Angehörigen des Konventikels hervorgegangenen Volk der Ruppeter vor allem die zweite Wirkung der Strahlungskomponente der Sonne Marneh – die gesteigerte Fruchtbarkeit – wie die Bestätigung ihres Glaubens und das Erhören ihres religiösen Flehens vorgekommen sein. Wie ein grausamer Fluch mutet hingegen die primäre Wirkung der Strahlungskomponente an, der bodenständige Impuls. Konnten die Ruppeter nun das Diktum Gehet hin und vermehret euch! so erfolgreich erfüllen, wie es ansonsten nur den Blues möglich ist, waren sie aufgrund des Impulses praktisch Gefangene ihrer eigenen Welt geworden. Betrachtet man ihr Schicksal, ist man geneigt, an die Existenz einer grausamen Gottheit zu glauben, die aber einen köstlichen, wenn auch verdrehten Sinn für Humor unter Beweis stellt. Zusätzlich verschärft wurde die Lage für die Ruppeter noch durch die geografischen Eigentümlichkeiten ihrer Welt, sprich den Mangel an bewohn- und bebaubarem Land. Binnen weniger Jahrhunderte wurde die kaum vorstellbare Extrapolation einer möglichen Übervölkerung zu einer katastrophalen und albtraumhaften Realität.

Mikail Tyssen Kais (Hrsg.), Encyclopaedia Universalia,
Eintrag: Ruppet, Planet (Auszug), Nembar:
Verlag HDS 3000f.

Nerval Rodrik fühlte sich wesentlich wohler. Die seltsame Kälte und Kraftlosigkeit, die Unentschlossenheit und das Zaudern waren nun, da die Maschinerie seiner Organisation angelaufen war, schlagartig von ihm abgefallen. Er war in seinem Element.

Oder lag es nur daran, dass diese Maschinerie, einmal in Bewegung gesetzt, fast von allein lief?

Sie hielten sich noch immer bei dem mittlerweile großflächig abgesperrten Gebäude auf, in dem eine fremde – und leider noch unbekannte – Macht eine Art Labor errichtet hatte. Denn wenigstens das stand nun fest: Im Hinterraum hatten sich tatsächlich mehrere Behälter mit den Kantenlängen zwei mal einen Meter befunden, dazu zahlreiche Computer und weitere Geräte. Auch der Vorderraum hatte über eine beträchtliche Rechnerpower verfügt, bevor er der Zerstörungswut der Unbekannten anheimgefallen war.

Über Sinn und Zweck der Geräte rätselten die Experten noch immer; das schloss auch den seltsamen Helm im Vorderraum ein. Fest stand nur: Sie stammten nicht von Ruppet. Wie Nerval jedoch befürchtet hatte, waren seine Labortechniker bislang nicht imstande gewesen, die Herkunft der Geräte zu bestimmen, und er bezweifelte, dass ihnen dies in Bälde gelingen würde.

Zumindest nicht in den – er schaute auf das Chronometer – jetzt noch gut achtzehn Stunden bis zu Perry Rhodans Ankunft.

Aber wenigstens hatten sie in anderer Hinsicht erste Erfolge erzielt. Nerval schaute zu einem Fachmann von der Spurensicherung hinüber, der den Kopf schüttelte, um ihm anzudeuten, dass noch keine neuen Erkenntnisse vorlagen, und verließ den Hauptraum mit den geschäftig wirkenden Labortechnikern wieder. Er kniff kurz die Augen gegen die tief stehende rote Sonne zusammen und schritt zu der mobilen Einsatzzentrale, einem Kastenwagen, der mit den modernsten Kommunikationsgeräten ausgerüstet war, die die ruppetische Technik zu bieten hatte.

Der Posten trat respektvoll zur Seite, als Rodrik die drei Stufen erklomm, die zum Wagen hinaufführten. In dem winzigen Innenraum arbeiteten drei seiner Leute zusammen, ohne sich bei jeder Bewegung anzurempeln. Das ließ sich von Didjeh Fohrtuhn nicht sagen; sein Stellvertreter stand, die Arme eng an den prächtig gestylten Körper gedrückt, mitten im Raum, umgeben von Computern, Funk- und Faxgeräten und sonstigem in die Wände eingebauten Instrumentarium, und wagte sich nicht zu rühren, um die Kollegen nicht zu stören.

Für fünf Personen war die mobile Zentrale entschieden zu klein, befand Rodrik. Er gab Fohrtuhn ein Zeichen und verließ den Wagen wieder.

Sein Stellvertreter kam kurz darauf mit einem dicken Stapel Papier unter dem Arm zum Vorschein. Er schien erleichtert aufzuatmen, wieder unter freiem Himmel zu stehen.

»Hat die Ringfahndung neue Ergebnisse gebracht?«, ging Rodrik sofort in medias res.

»Achtzehnhundert Vorfälle«, antwortete Fohrtuhn. »Unsere Leute sortieren noch aus. In ein paar Minuten haben sie die neue Prioritätsliste erstellt.«

Wie angenehm, dachte Nerval, *wenn die Räder sich wie geschmiert drehen.* »Was ist mit diesen vier Verdächtigen?«, fragte er.

Sie hatten auf der ersten Liste ganz oben gestanden. Nachdem für sämtliche Sicherheitskräfte die Alarmstufe eins ausgerufen worden war, hatte es mehrere tausend Verhaftungen gegeben. Jeder, der sich in irgendeiner Hinsicht auffällig benommen hatte, war festgenommen worden.

Darunter auch vier Personen, drei Männer und eine Frau, die unabhängig voneinander völlig orientierungslos und ohne Papiere aufgegriffen worden waren. Sie hatten nichts bei sich getragen, was zu einer Identifizierung führen konnte. Erste Untersuchungen hatten ergeben, dass sie weder unter dem Einfluss von Alkohol noch unter dem irgendwelcher Drogen standen, jedenfalls keinen, die mit den ihnen zur Verfügung stehenden Mitteln nachgewiesen werden konnten. Dennoch waren sie nicht ansprechbar; sie lallten völlig unverständliches Zeug vor sich hin, wenn sie überhaupt etwas sagten.

Eine solche Person, das hätte Nerval noch angehen lassen.

Aber gleich vier von ihnen, die zwar an unterschiedlichen Orten, aber alle in der Nähe des Tatorts aufgegriffen waren, und das auch noch in etwa der gleichen Entfernung davon – das konnte kein Zufall sein. Zu diesem Schluss war nicht nur Rodrik, sondern auch der Computer gekommen, der sie folglich an die Spitze der Liste gesetzt hatte, in der sämtliche Festnahmen erfasst und auf ihre Plausibilität abgeklopft wurden.

»Noch nichts Neues«, brummte Fohrtuhn nach einem Blick auf das oberste Blatt seines Papierstapels. »Ihr Zustand ist unverändert.«

»Hat man bereits feststellen können, ob es sich um Ruppeter oder Fremdweltler handelt?«

Sein Stellvertreter schüttelte den Kopf. »Das dauert«, sagte er.

»Ich weiß. Ich hatte nur gehofft ...« Nerval brach ab und horchte in sich hinein. Verspürte er tief in sich – in seinen Zellkernen, hätte er fast vermutet, aber ihm war klar, das war Unsinn – wieder diese lähmende Kälte und Schwäche? Er riss sich zusammen. »Erkundigen Sie sich, ob die Liste schon fertig ist«, sagte er zu Fohrtuhn und versuchte, sich wieder zu konzentrieren.

Die vier Verdächtigen ... Ruppeter oder Fremdweltler? Diese Untersuchung war überaus schwierig, da die Ruppeter von Menschen des Solaren Imperiums abstammten und sich in knapp sechshundert Jahren genetisch kaum verändert hatten – abgesehen vom *bodenständigen Impuls*. Doch die Genomuntersuchung der vier Verdächtigen war kompliziert und langwierig. Bei der Analyse des einfachen Chromosomensatzes einer Zelle, der deren Erbmasse darstellte, stieß die ruppetische Wissenschaft an ihre Grenzen. Rodrik verfluchte erneut den Umstand, dass ihm nicht die Technik der galaktischen Reiche zur Verfügung stand. Deren Wissenschaftler hätten ihm wahrscheinlich in zwei Minuten sagen können, ob es sich bei den vier Festgenommenen um Ruppeter handelte oder nicht.

Ansonsten hatten sich auf der ersten Liste lediglich Blindgänger befunden. Keine brauchbaren, jedenfalls nicht besonders vielversprechenden Hinweise. Dennoch gingen seine Leute im Rahmen ihrer Möglichkeiten den aussichtsreichsten Spuren nach. Fohrtuhn kam aus der mobilen Einsatzzentrale und schwenkte einige Ausdrucke. Die zweite Liste war endlich fertig.

»Nur ein aussichtsreicher Vorfall«, nahm er Rodriks Frage vorweg. »Und der ist erst vor wenigen Minuten gemeldet worden. Besser gesagt, eigentlich zwei. Aber sie hängen zusammen, und der Computer hat sie sofort an die Spitze der Liste gesetzt.«

»Was denn nun?«, fragte Nerval.

»Zwei Überfalle. Beide Male wollte der Täter – falls es überhaupt derselbe ist – sich in den Besitz eines Fahrzeugs bringen. Das Vorgehen und die Beschreibung des Delinquenten stimmen in etwa überein.«

»Lassen Sie mal sehen.« Rodrik überflog den ersten Bericht. In SEKTOR 73, einem reinen Wohnbereich, der an den Geschäftsgürtel um SEKTOR 1 grenzte, hatte ein Unbekannter sich gewaltsam Zutritt in einen City-Flitzer verschafft, als der auf den Ampelschock folgende Stau sich gerade aufgelöst hatte. Der Fahrer hatte schnell und kaltblütig reagiert und den Unbekannten in die Flucht geschlagen. Dabei war sein Flitzer leicht beschädigt worden.

»Was wissen wir über diesen« – Nerval warf einen Blick auf den Ausdruck – »Vinzenz Vermol?«

Fohrtuhn schaute auf ein anderes Blatt. »Ein kleines Licht«, sagte er. »Hat ein furchtbares Theater um die leichten Schäden an seinem Flitzer gemacht. Er ist Konventionalist. An seiner Aussage stimmt etwas nicht. Wir haben herausgefunden, dass sich unmittelbar vor dem Vorfall eine weitere Person in seinem Fahrzeug aufhielt, wahrscheinlich eine Frau, die allerdings spurlos verschwunden ist. Vermol bestreitet das energisch.«

Nerval Rodrik nickte. Die Konventionalisten zählten zu den strenggläubigsten Ruppetern. Sie befolgten zwar inbrünstig Ruppets Gebot, aber nur innerhalb der Ehe, die ihnen heilig war.

Ehebruch ahndete die Sekte mit sofortigem Ausschluss. Wahrscheinlich hatte sie genau deshalb in letzter Zeit so stark an Mitgliedern und Bedeutung verloren, überlegte Rodrik zynisch.

»Was ist mit dieser Frau, die beim Überfall im Flitzer der Fahrgemeinschaft war?«, fragte er. »Hat man sie schon verhört?«

Fohrtuhn schüttelte den Kopf. »Sie wurde gerade von gesunden Fünflingen entbunden«, sagte er. »Zwei Jungen, drei Mädchen. Die Polizeikräfte haben einen Krankengleiter angefordert. Der Zwischenfall war ihr Glück. Es war höchste Eisenbahn. Mit dem City-Flitzer hätte sie es nicht mehr rechtzeitig ins nächste Entbindungsheim geschafft.«

»Jemand soll mit ihr sprechen«, ordnete Rodrik an. »Wir brauchen auch ihre Täterbeschreibung. Die der beiden anderen Hauptzeugen sind nicht sonderlich genau. Und der zweite Vorfall?«

»In SEKTOR 72.«

Rodrik merkte auf und runzelte die Stirn. »Im Diplomatenviertel«, sagte er.

»In einer Entfernung vom ersten Tatort, die man in der Zeitspanne zwischen den Überfällen bequem zu Fuß zurücklegen kann«, ergänzte Fohrtuhn. »Ein ganz ähnliches Vorgehen. Das Opfer behauptet übrigens, Sie zu kennen.«

»Ach ja?«

»Piota Pichard, Staatssekretär im Gesundheitsministerium.«

Dienstlich hatte er noch nie mit ihm zu tun gehabt, aber Nerval erinnerte sich dunkel, den Mann gelegentlich auf Empfängen gesprochen zu haben. Niemals sehr ausführlich; erstens war Pichard ein Vollidiot und zweitens überaus unsympathisch. Er hatte eine reiche Erbin geheiratet, der jede Menge Grundbesitz im Diplomatenviertel in den Schoß gefallen war, mit ihr drei verzogene Kinder bekommen und machte aus seiner Arroganz keinen Hehl. Außerdem hatte Rodrik ihn im Verdacht, insgeheim ein Imperialist zu sein und Geburtenkontrolle zu praktizieren.

»Ein ausgesprochener Verhüter«, sagte er zu seinem Stellvertreter.

»Das können Sie laut sagen. Er hat ein furchtbares Theater gemacht und sich direkt auf Sie berufen. Wahrscheinlich verlangt er noch immer lauthals, mit Ihnen persönlich zu sprechen.«

»Darauf kann er lange warten.« Nerval überflog den Bericht. Der Raub war nur gescheitert, weil Pichard natürlich das neueste City-Liner-Modell besaß – eins der wenigen, die bereits mit einem Zündsicherungskode ausgestattet waren.

Die spärliche Beschreibung des Täters stimmte tatsächlich in Grundzügen mit den Beschreibungen überein, die die Zeugen des anderen Tatorts geliefert hatten. Schon früh am Anfang seiner Karriere hatte Nerval die Problematik solcher Angaben erkannt, und jetzt war er bereit, von einer Übereinstimmung auszugehen, wenn bei drei Zeugenbeschreibungen die Größe des Delinquenten nicht um mehr als zwanzig Zentimeter voneinander abwich und die Haarfarbe ähnlich geschildert wurde, also hell oder dunkel. »Aber die Aussage von Pichards Frau ist doch seltsam, meinen Sie nicht auch?«, fragte Fohrtuhn. Er hatte wieder dieses eigentümliche Funkeln in den Augen.

Rodrik wurde plötzlich wieder kalt. »Worauf wollen Sie hinaus?«, fragte er.

»Ach, sind Sie so weit unten im Bericht noch nicht angelangt?« Fohrtuhn zuckte mit den Achseln. »Yoku Pichard behauptet, *Sie* hätten sie überfallen.«

»Ich habe die Frau noch nie im Leben gesehen«, knurrte Rodrik. Dann las er die Aussage der Frau Wort für Wort. Sie hatte tatsächlich behauptet, ihn erkannt zu haben, aber die Beamten, die das Verhör geführt hatten – und wohl noch immer führten, denn trotz aller Proteste des Staatssekretärs waren die Pichards mitsamt ihrer drei Kinder gemäß der Vorschriften der Sicherheitsstufe eins vorläufig festgenommen worden –, waren gewissenhaft vorgegangen und hatten trotzdem eine Beschreibung verlangt. »Braunes Haar, groß, schlank, gut gekleidet, unauffälliges Gesicht«, zitierte er. »Im Prinzip völlig unbrauchbar. Ich kann in einer halben Stunde in der näheren Umgebung drei Millionen Ruppeter zusammentrommeln, auf die diese Beschreibung zutrifft.«

Fohrtuhn bemerkte, dass er sich auf dünnem Eis bewegte. »Natürlich«, sagte er beflissen. »Eine absolut dürftige Beschreibung. Und Sie haben ein ausgezeichnetes Alibi. Schließlich waren wir ja zur Tatzeit zusammen. Das können außerdem fünfzig Kollegen bezeugen.« Er lachte hohl. »Und außerdem«, fügte er hinzu, »hat Pichard selbst den Angreifer überhaupt nicht erkannt, und seine Frau hat eingestanden, ihn kaum gesehen zu haben, höchstens eine Sekunde lang. Alles ging viel zu schnell.«

»Trotzdem«, sagte Rodrik. »An der Sache könnte etwas dran sein. Die Beschreibungen sind zwar ungenau, stimmen aber einigermaßen überein. Was schließen Sie daraus?«

Sein Stellvertreter sah ihn fragend an. Nerval war plötzlich davon überzeugt, dass er seine Hypothesen für sich behalten würde, falls er überhaupt welche entwickelt hatte.

»Wir wissen noch nicht, was in diesem Labor« – Rodrik zeigte mit dem Daumen über die Schulter – »geschehen ist, wollen es der Einfachheit halber aber ruhig als Tatort bezeichnen. In der Nähe dieses Tatorts also versucht eine Person zweimal, sich in den Besitz eines Fahrzeugs zu bringen. Warum?«

»Weil sie vom Tatort fliehen will?«

»Entweder das oder weil sie dringend an einen bestimmten Ort gelangen muss, aber aufgrund der Vorfälle hier und wegen der überstürzten Flucht keine andere Möglichkeit dazu hat, als ein Fahrzeug zu stehlen. Wobei das eine das andere nicht ausschließt.«

»Und wohin will diese Person gelangen?«

Rodrik zuckte mit den Achseln.

Fohrtuhns Augen wurden größer. »Sie meinen doch nicht … etwa dieser Anschlag auf Rhodan, auf den Sie Hinweise erhalten haben? Vermuten Sie etwa, dass es sich bei dieser Person um den Attentäter handelt?«

Hinweise, die er frei erfunden hatte. Aber wenn er alles in Betracht zog – vor allem die Beteiligung einer der galaktischen Mächte, die aufeinander nicht gut zu sprechen waren und wohl auch kaum vor einem Attentat auf fremdem Boden auf einen herausragenden Würdenträger eines der anderen Reiche verzichten würden …

»Fordern Sie einen Gleiter an!«, befahl Rodrik seinem Stellvertreter. »Eine Staatskarosse, die etwas hergibt. Auf keinen Fall ein Modell, das wir aus dem Solaren Imperium importiert haben. Eins, das aus irgendeinem der anderen galaktischen Reiche stammt. Aus welchem, ist mir egal.«

»Was haben Sie vor?«, erkundigte sich Fohrtuhn. »Wenn ich mir die Frage erlauben darf«, fügte er schnell hinzu.

Nerval Rodrik sah seinen Untergebenen an. »Wie ich schon sagte, ich bin bereit, die Pille mit dem Kondom auszutreiben. Und der geeignete Augenblick dafür ist jetzt gekommen.«

»Wir haben Probleme«, sagte Bridget Märchtehn zu dem Mann auf dem Bildschirm. Sie konnte einigermaßen frei sprechen; die Verbindung war kodiert, zerhackt, gerafft und verschlüsselt und damit absolut sicher. Jedenfalls für ihren Zweck; knacken konnte man natürlich jedes kodierte Funkgespräch, aber eben nicht in dem Zeitraum, auf den es ankam. Dennoch war diese Möglichkeit Grund genug, bei der Wahl ihrer Worte zurückhaltend zu bleiben. Schließlich wollten sie vermeiden, dass die Gegenseite ihnen irgendwann handfeste Beweise auf den Tisch knallte, die ihre Verwicklung in diese Angelegenheit belegten.

»Sicherheitsminister Nerval Rodrik steht vor der Tür und erbittet meine Mitarbeit, da er ein Attentat auf Rhodan befürchtet. Und da meinte Ka-Eins, ich sollte lieber mal nachfragen, was unser Mann in Terrania von dieser Entwicklung hält.«

Jeremay Voss konnte seine Überraschung nicht verbergen und zog die Augenbrauen unter dem blonden Haarschopf hoch. Seine Antwort klang dennoch völlig gelassen. »Verdammtes Kondom! So sagt man doch bei Ihnen, nicht wahr?«

»Verdammte Pille!«, berichtigte sie ihn. »Und das mit der Tür ist nicht wörtlich zu nehmen«, fügte sie hinzu.

Sie wusste, Jeremay konnte so logisch – und schnell, behaupteten manche Eingeweihte – wie die modernste Positronik denken, legte aber Wert auf präzise Informationen. Sie begriff einfach nicht, wieso er sich für eine Tätigkeit in der Solaren Abwehr entschieden hatte; bei seiner Affinität für Positroniken und andere Computer hätte er sich in der freien Wirtschaft eine goldene Nase verdienen können. Übrigens behauptete Voss, für dieses sein Talent nichts zu können, und brachte auf Aufforderung sogar Beweise bei. Er hatte eine Ahnentafel zusammengestellt, die bis in die Mitte des zwanzigsten Jahrhunderts zurückreichte, und jeder, aber auch wirklich jeder seiner Vorfahren in direkter Linie hatte beruflich mit solchen Geräten zu tun gehabt. Seine Gabe sei ihm also in die Wiege gelegt worden, versicherte er glaubhaft.

»Das habe ich auch nicht angenommen«, behauptete Voss. »Ich vermute, ihr habt ihn hereingelassen und ihm einen Kaffee angeboten.«

»Genau«, sagte Bridget. »Er kam übrigens mit einem Prachtstück von Gleiter angerauscht. Leuchtend grün, ein offizielles Renommier- und Vorzeigemodell, das beste, was die Regierung von Ruppet zu bieten hat. Ein gerissener Kerl, dieser Sicherheitsminister. Er hat sich für einen Typ aus der Zentral-Galaktischen Union entschieden, um direkt klarzustellen, dass er keineswegs als Bittsteller, sondern als gleichberechtigter Kollege hier ist.«

Jeremay Voss nickte, um ihr zu bedeuten, dass er verstanden hatte. »Und er wendet sich an Sie in Ihrer Eigenschaft als Sicherheitsbeauftragte des Solaren Imperiums für den Staatsbesuch des Großadministrators?«

»Sie haben es erfasst. Sie wissen ja, ich kenne Rodrik. Ich weiß zwar nicht, ob er mich wiedererkennt, aber vielleicht könnten Sie ja ein Programm schreiben, das …« Sie ließ den Rest des Satzes unausgesprochen, als er erneut nickte, diesmal energischer, als wolle er sagen: *Ja, schon gut, ich weiß, was Sie meinen und worum es geht, ich bin ja nicht blöd oder Alkoholiker.*

Es erstaunte sie immer wieder, wie verzögerungsfrei solche Relaisbrücken wie diese arbeiteten, die sie nun mit Terrania City in der Wüste Gobi auf der Erde verband, dem Nervenzentrum des Solaren Imperiums – und der Solaren Abwehr. Fünfzehntausend Lichtjahre waren zwar nicht das Universum, aber eben auch keine Strecke, über die man Informationen austauschen konnte, indem man einfach laut genug brüllte.

»Ich nehme nicht an, dass Sicherheitsminister Nerval Rodrik Sie wiedererkennt, wenn Sie nun mit ihm sprechen«, sagte Voss.

»Da sind Sie sich einigermaßen sicher?«

Schon sein Blick war der personifizierte Tadel. Auf seine Worte hätte er ruhig verzichten können. »Da bin ich mir völlig sicher.«

Ein Sakrileg, dachte Bridget. *Mir ist ein Sakrileg unterlaufen. Ich habe die Worte des begnadeten Voss angezweifelt.* Ihr wurde tatsächlich mulmig zumute.

»Vertrauen ist gut, Kontrolle ist besser«, murmelte sie.

»Wie bitte?«

»Ach, nichts. Ich habe nur einen bedeutenden Philosophen des neunzehnten Jahrhunderts zitiert. Und was ist mit seiner Bitte um Hilfe?«

Jeremay Voss musste nur kurz überlegen. »Wenn er befürchtet, das Leben des Großadministrators sei in Gefahr, sollten Sie ihm bis zu Rhodans Ankunft selbstredend die Hilfe gewähren, die Sie für richtig halten.« Das Computergenie runzelte die Stirn. »Es ist übrigens möglich, dass der Großadministrator etwas später als geplant eintrifft. Er kreuzt mit der WURIU SENGU bereits durch 47 Tucani und nutzt die Zeit zu einigen kartografischen Vermessungen. Sie wissen ja, der Kugelsternhaufen wurde praktisch niemals erkundet.«

Damit war alles gesagt. Bridget wusste, was sie wissen musste, und konnte das Gespräch beenden. Auf Jeremay Voss war Verlass.

»Da sind Sie ja«, sagte Nerval Rodrik, als Bridget den kleinen Salon betrat. Man hatte ihm ein aromatisches Heißgetränk kredenzt, dessen Geruch den Raum ausfüllte und Assoziationen an Entspannung und Behaglichkeit hervorrief. »Man hat Ihnen ausgerichtet, dass es dringend ist?« Es war ein überaus seltsames Gefühl, ihm die Hand zu reichen. Aber Bridget hatte nicht die geringsten Gewissensbisse; Sicherheitsminister Rodrik war absoluter Profi und wusste genau von den möglichen Gefahren seines Berufs. Und er war ein eiskalter Machtmensch; seine Loyalität galt seinem Beruf und seinem Posten. Um die Gefühle anderer Personen gab er rein gar nichts; dafür verstand er sich um so besser darauf, die, die sie ihm entgegenbrachten, für sich zu nutzen. Sie sah in ihm weniger eine Person als einen bloßen Gegner bei ihrem Spiel, bei dem es darum ging, die Figuren am Ende so auf dem Feld postiert zu haben, dass der Kontrahent sich in das Schachmatt ergeben musste und ihm keine Möglichkeit zu einem weiteren Zug blieb.

Zweifellos sah er sie genauso.

»Ich musste mich noch angemessen ausrüsten«, sagte sie. »Ein Attentat auf Perry Rhodan ist immer eine dringende Angelegenheit. Als Sicherheitsbeauftragte der Botschaft des Solaren Imperiums auf Ruppet gewähre ich Ihnen in diesem Zusammenhang selbstverständlich jegliche nur erdenkliche Unterstützung.«

Er musterte sie mit einem süffisanten Grinsen, das sie mit ihrem lange antrainierten strahlenden Lächeln erwiderte. Natürlich wusste er genauso gut wie sie, dass sie nicht als »Sicherheitsbeauftragte der Botschaft«, sondern in gehobener Position für die Solare Abwehr tätig war. Aber dieses Taktieren gehörte zum Spiel, und Rodrik beherrschte es nicht schlechter als sie. Stünden dem Sicherheitsminister andere Mittel zur Verfügung, wäre er ein ernst zu nehmender Gegner. Aber auch so hatte er sie in eine überaus brisante Position gebracht.

Vielleicht haben wir zu gute Arbeit geleistet, dachte sie.

»Jegliche Unterstützung?«, fragte er.

Sie wusste, worauf er anspielte. Dieses Thema hatten sie bereits angesprochen, und für sie war es erledigt.

Der Status quo konnte nicht aufgegeben werden: Ruppet forderte Unterstützung von den technisch höher entwickelten galaktischen Mächten, doch ein jedes dieser Reiche war erst bereit, sie zu gewähren, sobald der Planet sich ihm offiziell angeschlossen hatte. Bis dahin erfolgten ein gewisser Kulturaustausch auf unterstem Level und ein beschränkter Austausch von Technologie gegen Rohstoffe. Im Prinzip konnte Ruppet aber an den Folgen der katastrophalen Übervölkerung untergehen, die galaktischen Reiche würden nicht nachgeben.

Und sie konnten auch nicht insgeheim helfen, selbst wenn sie es gewollt hätten: Imperium Dabrifa, Zentral-Galaktische Union, Carsualscher Bund und Solares Imperium belauerten sich aufmerksam und würden energisch durchgreifen, sollte einer der Konkurrenten im Kampf um den Einfluss in diesem Kugelsternhaufen gegen dieses ungeschriebene Gesetz verstoßen. Also beschränkte man sich auf die sorgsam geplante Umsetzung nachrichtendienstlicher Aktivitäten.

»Wenn es so dringend ist, sollten wir uns vielleicht auf den Weg machen«, wich sie der Frage aus und führte Rodrik auf den Gang. Sie nahmen einen Fahrstuhl, der sie direkt zum Dach brachte, auf dem der Gleiter gelandet war. Damit war auch gewährleistet, dass Rodrik nichts zu sehen bekam, was er nicht sehen durfte.

»Wird Rhodan uns Unterstützung anbieten?«, nahm Rodrik den Faden beharrlich wieder auf.

Sie sah ihn fragend an.

»Gerüchten zufolge«, erklärte Nerval Rodrik, »will er Ruppet zur Sechshundertjahrfeier ein sogenanntes Hyperinmestron zum Geschenk machen, das die Strahlungskomponente von Marneb korrigiert, die für den *bodenständigen Impuls* verantwortlich ist. Diese Parolen haben einen Großteil zu den Unruhen beigetragen, die derzeit unsere Welt in Unordnung und Aufruhr stürzen.«

Das konnte sie sich gut vorstellen. Schließlich hatten Mittelsmänner dieses Gerücht auf ihr Geheiß in die Welt gesetzt, als Vorbereitung für die Ablenkungen, die sie für die derzeit laufende Aktion vorbereitet hatte. Aber das konnte sie schlecht eingestehen.

»Das Hyperinmestron«, antwortete sie, »ist eine Waffe, die Materie abrupt in Antimaterie verwandelt und wegen ihres ultimaten Charakters vom Solaren Imperium lediglich zweimal eingesetzt wurde.« Sie hatten das Dach erreicht und begaben sich zum Gleiter. »Wenn Sie jedoch einen dritten Einsatz wünschen …«

»Sie wissen, was ich meine«, sagte Rodrik äußerlich gleichmütig, während sie den Gleiter betraten. »Die Möglichkeit, den *bodenständigen Impuls* aufzuheben, würde Ruppet ins Chaos stürzen.«

Bridget nahm Platz und betrachtete ihr Gegenüber. Der Gleiter startete.

»Ruppet wird nicht mehr lange überlebensfähig sein«, sagte sie hart. Sie wusste, dass sie mit ihren Worten keinen dauerhaften Schaden anrichten würde, und konnte daher verhältnismäßig offen sprechen. Überdies hatte Sheuren ihr bedeutet, dass seine Leute den Gleiter gescannt und keinerlei Abhörgeräte bemerkt hatten.

»Nicht der *bodenständige Impuls* richtet die Welt zugrunde, sondern die Weigerung der Ruppeter, sich dem Solaren Imperium anzuschließen und helfen zu lassen«, fuhr sie fort. »Gemeinsam würden wir eine Möglichkeit finden, den Impuls auszuschalten. Dann könnten die Ruppeter sich auch auf anderen Welten niederlassen und im Rahmen der freizügigen Gesetze des Solaren Imperiums ihre Religion ausüben.«

»Bislang haben wir es noch ganz gut allein geschafft«, widersprach Rodrik.

»Die Disziplin der Ruppeter ist bewundernswert«, gestand Bridget ein. »Sie haben ihre Gesellschaft optimal organisiert. Ein Leben rund um die Uhr, in drei Schichten, kein Leerlauf in der

Produktion oder Versorgung, die Ausnutzung aller Ressourcen zum Wohl des Gesamten … dazu ein hervorragend angepasstes soziales Netz, das die Versorgung der Kinder garantiert und den Eltern ermöglicht, weiterhin berufstätig zu sein … das ist schon eine Leistung. Möglich wurde sie in erster Linie durch den Wunsch der meisten Ruppeter, möglichst viel Nachwuchs in die Welt zu setzen. Dafür werden die eigenen Ansprüche rigoros zurückgeschraubt. Doch Ruppet wird den endgültigen Zusammenbruch nur hinauszögern, aber nicht verhindern können.«

»Wir haben alle Maßnahmen ergriffen, die in unserer Macht stehen. Die Reorganisation alter Strukturen ist angelaufen. Wir werden höhere Gebäude errichten, in denen die Menschen nicht nur wohnen, sondern auch arbeiten können. Das erhöht die Effizienz zusätzlich. Lange Arbeitswege fallen weg, die jetzt vom Verkehr vereinnahmten Flächen können neuen Zwecken zugeführt werden …«

»Und wenn Sie das Zentralgebirge abtragen und damit neuen Lebensraum im Meer schaffen«, wandte Bridget ein, »und immer modernere Technologien entwickeln, die die Umwelt schützen und ihre Belastung reduzieren – das System ist zum Untergang verurteilt. Eine Welt kann nur eine bestimmte Anzahl von Bewohnern ernähren. Diese Zahl ist auf Ruppet längst überschritten worden. Ihre Achtung vor dem menschlichen Leben ist überaus bewundernswert, Ihr Wunsch, das ganze Universum damit zu bevölkern, überaus töricht und auf lange Sicht selbstmörderisch. Die Selbstzerstörung des geschlossenen Systems Ruppet ist unausweichlich. Es gibt nur eine Lösung: Sie müssen das System nach außen öffnen und seine Belastung rigoros reduzieren.«

»Im Klartext heißt das, Anschluss an ein galaktisches Reich …«

»Selbstverständlich an das Solare Imperium«, unterbrach ihn Bridget.

»… und Geburtenkontrolle«, vollendete Rodrik den Satz. »Nur so wird Ruppet eine Zukunft haben.«

»Wir können nichts dafür, dass wir eine neue Welt besiedelt haben, in Vergessenheit gerieten und in die teilweise Primitivität zurückfielen. Wir sind stolz auf das, was wir in den letzten Jahrhunderten aus eigener Kraft geleistet haben.«

»Sie können auch stolz darauf sein«, gestand sie ein. »Aber Ihre Vorfahren haben das Solare Imperium aus freien Stücken verlassen.«

»Auf welchem Entwicklungsstand befindet sich Ruppet zur Zeit?«, wechselte er abrupt das Thema. »Auf dem der Erde des Jahres … zweitausend?«

Sie schüttelte den Kopf. »Da hatte Perry Rhodan schon längst das arkonidische Raumschiff auf dem Mond entdeckt und die Dritte Macht gegründet. Nein, vielleicht auf der des Jahres neunzehnhunderteinundsiebzig, unmittelbar vor seiner Mondlandung. Aber das lässt sich so genau nicht sagen. Sie sind schon etwas weiter. Vielleicht wäre die Erde des Jahres zweitausend genauso weit entwickelt gewesen, wie Ruppet es jetzt ist, wäre es nicht zu der Begegnung auf dem Mond gekommen.«

»Aber mit der Ihnen zur Verfügung stehenden Technologie könnten Sie das System Ruppet stützen«, sagte Rodrik. Ihr wurde klar, worauf er hinauswollte. Sein Themenwechsel war doch nicht so drastisch gewesen. »Ach, was sage ich da!« Zum ersten Mal während ihres Gesprächs konnte sie eine Emotion bei ihm erkennen, heftigen Zorn. »Sie könnten es auf ewig aufrechterhalten.«

»Das könnten wir nicht«, widersprach sie. »Selbst wenn wir eines Tages imstande sein sollten, ohne schädliche Auswirkungen unendlich viel Energie aus dem Hyperraum abzuzapfen, ändert sich nichts an der Tatsache, dass eine menschliche Gesellschaft, die einzig und allein auf Vermehrung ausgerichtet ist, früher oder später zusammenbrechen wird. Nein, es gibt keine andere Möglichkeit. Sie müssen sich dem Solaren Imperium anschließen.«

»Sollen wir alles aufgeben, woran wir glauben?«, fragte Rodrik verbittert.

Bridget war erleichtert, dass der Gleiter landete und sie damit einer Antwort enthob. Sie schaute sich um und gab vor, sich brennend für die ihr vermeintlich unbekannte Umgebung zu interessieren.

Rodrik erhob sich. »Bitte warten Sie einen Augenblick«, sagte er. »Ich will mich nur vergewissern, dass Ihre Sicherheit nicht gefährdet ist, und lasse Sie dann holen.«

Sie nickte stumm. Ihr war völlig klar, dass er schon längst alle nötigen Sicherheitsvorkehrungen getroffen hatte. Nein, er wollte sich von seinen Leuten nur kurz auf den neuesten Stand bringen lassen. Sie wäre im Prinzip genauso vorgegangen, vielleicht nur etwas geschickter.

Bridget musste ihre vor dem Verlassen des Botschaftsgebäudes getroffene Einschätzung revidieren. Natürlich war Nerval Rodrik letztlich nur ein Gegenspieler, aber hätten sie sich unter anderen Umständen kennengelernt … Der Mann hatte Charisma und Charakter und übte auch eine gewisse Anziehungskraft aus. Wäre sie Ruppeterin, hätte sie auf dem Flug hierher wahrscheinlich versucht, ihn zu bewegen, auf den Sitzen des Gleiters eine Handvoll Sprösslinge zu zeugen.

Nur gut, dass Sheuren lediglich Experte für das Orten von Gegenständen, aber nicht von Gedanken war …

Sie rief sich zur Ordnung. Eine Agentin, die Gefühle in ihren Beruf einfließen ließ, war nicht nur schlecht ausgebildet und unglaublich dumm, sondern auch so gut wie tot. Gefühle waren nicht berechenbar; sie konnten die am sorgfältigsten ausgeklügelten Aktionen wie ein Kartenhaus in sich zusammenbrechen lassen. Der menschliche Faktor war die große Unbekannte in ihrer Branche, und diese Tatsache nutzten gute Agenten für sich aus.

Bridget hielt sich für eine gute Agentin. Und sie war überzeugt, dass der Sicherheitsminister in dieser Hinsicht genauso dachte wie sie. An den Menschen in seiner beruflichen Umgebung interessierte auch ihn nur, wie leicht manipulierbar sie waren.

Nein, sie hatte sich keine Vorwürfe zu machen. Zudem wurde dieser Begriff in ihrem Beruf immer nur auf das ureigene Vorgehen bezogen: Man musste sich Vorwürfe machen, wenn man eine Aktion schlecht geplant hatte. Wer moralische Bedenken wegen seiner Handlungen hatte oder sogar Zweifel verspürte, war mittelfristig gesehen genauso dem Tod geweiht wie jemand, der Gefühle investierte oder sich gar verliebte.

Unwillkürlich musste sie an ihre erste Begegnung mit Nerval Rodrik kurz nach ihrer Versetzung auf diese Welt zurückdenken. Sie erinnerte sich noch genau daran. Nachdem sie die offizielle Begrüßung, die Vorstellung einiger Attachés und das festliche Diner hinter sich gebracht und dann Gelegenheit gehabt hatten, ein paar Worte unter vier Augen zu wechseln, hatte er sie aufmerksam gemustert und gesagt: »Nun erzählen Sie mir schon den Witz.«

»Wie bitte?«, hatte sie geantwortet.

»Den Witz«, hatte er wiederholt. »Bei offiziellen Anlässen in den Botschaften des Carsualschen Bundes, der Zentral-Galaktischen Union und des Imperiums Dabrifa vergehen allerhöchstens zehn Minuten, bis irgendwer sich befleißigt fühlt, einen Witz zu erzählen, der auf köstlichste Weise erläutert, um welche Trottel es sich bei den Konkurrenten um unsere Kooperation doch handelt. Ich bin überzeugt davon, dass auch bei Ihnen solche Witze kursieren.«

»Ich glaube nicht, dass dies der richtige Anlass ist, um …«

»Nein, ich will es hinter mich bringen«, hatte er sie unterbrochen. »Ich bestehe darauf. Sogar offiziell, wenn Sie unbedingt einen Antrag mit acht Durchschlägen stellen wollen.«

Sie hatte ihn kurz angesehen und sich dann daran erinnert, welche seltsamen Wege die Bürokratie auf einer dermaßen zurückgebliebenen Welt einschlug. »Na schön«, sagte sie. »Ein Ertruser …«

»Das Hauptvolk des Carsualschen Bundes«, unterbrach er sie.

Bridget nickte. Ihr war etwas eingefallen. »Sie wissen, was ein Hund ist?«, fragte sie.

Er nickte. »Wir haben bei unserer Auswanderung eine ganze Anzahl terranischer Tiere mitgenommen. Hunde, Kühe, Schweine, Katzen …«

»Natürlich«, sagte sie. »Wie dumm von mir, dass ich nicht daran gedacht habe.« Immerhin war ihr genau bekannt, dass er die Pointe des Witzes verstehen würde. Das, worum es dabei ging, hatte sie soeben als Beilage zum Hauptgericht des offiziellen Empfangs der ruppetischen Regierung in gebratener Form verspeist.

»Also«, sagte sie, »ein Ertruser, ein Marsianer und ein Terraner schleichen sich ohne Tickets an Bord eines Kurzstrecken-Shuttles. Ausnahmsweise befindet sich jedoch Sicherheitspersonal an Bord, das die Tickets der Fahrgäste überprüft. Die Kontrolleure treiben die drei blinden Passagiere immer weiter vor sich her, bis sie sich schließlich im letzten Raum des Shuttles befinden, im Frachtraum.«

Sie wartete auf eine Reaktion Rodriks, doch der Sicherheitsminister verzog keine Miene.

»Auch dort sieht eine Sicherheitskraft nach, und die drei Fahrgelderschleicher können sich in letzter Sekunde in leeren Säcken verstecken, die dort herumliegen. Der Kontrolleur kann sich nicht erinnern, solche Säcke an Bord genommen zu haben, und tritt gegen den ersten, in dem sich der Terraner versteckt hat. Der Terraner schaltet schnell und macht Wau, wau, wau!«

»Ein Hund«, sagte Rodrik.

»Genau. *Ein Hund,* denkt der Sicherheitswächter und wendet sich beruhigt dem zweiten Sack zu, in dem der Marsianer sich versteckt hat. Er tritt dagegen, und der Marsianer macht Miau, miau!«

Sie sah Rodrik an, und der Sicherheitsminister nickte.

»*Eine Katze,* denkt der Kontrolleur und tritt gegen den dritten Sack, in dem der Ertruser sich versteckt hat. Und was sagt der Ertruser?«

Rodrik zuckte mit den Achseln.

»Kartoffel, Kartoffel«, sagte Bridget.

Kaum wahrnehmbar zuckten die Mundwinkel des Sicherheitsministers. »Köstlich«, war jedoch der einzige Kommentar, zu dem er sich hinreißen ließ. »Und welche Witze erzählen Sie über uns Ruppeter?«

Bridget Märchtehn schenkte ihm ein entwaffnendes Lächeln. »Es würde uns nicht im Traum einfallen, irgendwelche Witze über die Ruppeter zu verbreiten. Genauso wenig«, fügte sie hinzu, »wie die Ruppeter Witze über Völker des Solaren Imperiums erzählen würden.«

»Natürlich nicht«, sagte er. »Sie wissen doch, wie viele Normoner man braucht, um eine Glühbirne einzuschrauben?«

Sie hatte die Augen verdreht. »Das weiß nun wirklich jedes Kind. Man braucht …«

»Und wie viele Terraner benötigt man dafür?«

Unwillkürlich waren ihre Mundwinkel ins Zucken geraten. »Glühbirne?«, hatte sie gesagt. »Was ist eine Glühbirne?«

Nerval Rodrik hatte schallend gelacht, und damit war das erste Eis gebrochen gewesen.

Allerdings konnte sie sich des Eindrucks nicht erwehren, dass es nach Beendigung dieses Einsatzes wieder dicker und stabiler denn je zwischen ihnen stehen würde.

6

Kara Dastinova
Zu dir oder zu mir?

Der Planet Ruppet wurde im Jahr 2392 von Terranern entdeckt und – ohne Kenntnis des Solaren Imperiums – besiedelt. Heute mag es unverständlich anmuten, dass Ruppet danach buchstäblich in Vergessenheit geriet, doch eine Kombination mehrerer Umstände führte in der Rückschau fast zwangsläufig zu dieser Entwicklung. Zum einen waren die Angehörigen des Konventikels Expandere universalis zwar nicht praktisch, aber doch theoretisch von ihrer Mutterwelt vertrieben worden oder mussten zumindest diesen Eindruck haben. Der offen ausgebrochene Konflikt zwischen den Mitgliedern der Religionsgemeinschaft und der Führungsspitze des Solaren Imperiums ließ den Ruppetern nach der Landung auf ihrer neuen Welt gar keine andere Wahl, als den Versuch zu wagen, ihr Dasein ohne Hilfe ihrer Mutterwelt, aber im Einklang mit ihrer religiösen Überzeugung zu fristen.

Zum anderen war es gerade einmal vierundsechzig Jahre her, dass Perry Rhodan das Vereinte Imperium und die Galaktische Allianz für aufgelöst erklärt und alle Beistandspakte zwischen dem Solaren Imperium und anderen Nationen gekündigt hatte. Daraufhin hatten etwa einhunderttausend von Akon ausgerüstete Schiffe der Blues, unterstützt von achthundert akonischen Einheiten, Arkon III zerstört. In der galaktischen Eastside kämpften nach wie vor die Völker der Blues um die Vorherrschaft, und das Solare Imperium war mit der Festigung seiner Macht und Sicherung der 1017 Sonnensysteme beschäftigt. Sieben Jahre später begann mit der Entdeckung der Sonnensechseck-Transmitter eine Entwicklung, die zu dem verhängnisvollsten Krieg führte, den das Solare Imperium bis dahin erlebt hatte – dem gegen die Meister der Insel.

Zum dritten zählten der Kugelsternhaufen 47 Tucani und seine weitere Umgebung nicht gerade zum bevorzugten Einsatzgebiet der Explorer-Flotte.

Hätten die Ruppeter Kontakt mit dem Solaren Imperium aufgenommen, hätte die Mutterwelt ihnen sicher hilfreich beiseite gestanden. Doch dieser Versuch blieb aus. Um so höher ist die Leistung der Ruppeter zu bewerten, nach dem unvermeidbaren Rücksturz auf ein primitiveres Niveau lediglich mit den ihnen zur Verfügung stehenden Mitteln und dem Erbe der ausschlachtbaren Technologie an Bord der RUPPET in so kurzer Zeit einen so beträchtlichen industriellen und technologischen Aufschwung eingeleitet zu haben, dass sie schon an der Schwelle der selbstentwickelten Raumfahrt standen, als sie vom Solaren Imperium mehr oder weniger zufällig wiederentdeckt wurden.

Mikail Tyssen Kais (Hrsg.), Encyclopaedia Universalia,
Eintrag: Die galaktopolitische Situation im 24. Jahrhundert (Auszug),
Nembar: Verlag HDS 3000f.

Er bezweifelte allmählich, dass er zum Attentäter taugte. Die Situation war schlichtweg widersinnig.

Ruhig und gelassen ging er weiter, ließ den Ort des Überfalls hinter sich. Aufgrund seiner teuren Kleidung fiel er im Diplomatenviertel nicht weiter auf. Aber es war mehr als das; irgendwie bewegte er sich mit einer selbstverständlichen Abgeklärtheit, als gehöre er hierher oder hielte sich zumindest öfter hier auf.

Verfolgt wurde er jedenfalls nicht, davon hatte er sich bereits überzeugt. Sicher, man hätte das Gebiet großräumig abriegeln und Straßensperren errichten können; aber welchen Grund hatten die Sicherheitskräfte, wegen eines simplen versuchten Raubs so massiv vorzugehen?

Während er sich vom Tatort entfernte, zum belebteren SEKTOR 73 zurückkehrte, der ihm wesentlich mehr Möglichkeiten bot, unauffällig unterzutauchen, konnte er in Ruhe über seine Lage nachdenken. Falls das Pochen im Schädel ihn nicht daran hinderte.

Perry Rhodan töten …

Er wusste genau, er konnte töten, hatte bereits Leben genommen, nicht nur einmal, sondern öfter. Ohne die leisesten Gewissensbisse, mit der Überzeugung, das Richtige getan, unvermeidbare Prozesse zu Ende geführt zu haben. Für … Ja, für wen? Für Volk und Vaterwelt? Für den Großen Ruppet? Für seinen Auftraggeber, um wen auch immer es sich dabei handelte?

Anscheinend kam es darauf an, wen er töten musste. Unbeteiligte Frauen und Kinder fielen wohl nicht darunter. Als dieser Verhüter plötzlich das Kind hochgerissen und schützend vor sich gehalten hatte, hatte er nur noch Abscheu für diesen Feigling empfunden – und Entsetzen bei der Vorstellung, ein Kind zu töten.

Und seine Auftraggeber … wer waren sie? Warum hatten sie ihm seine Erinnerungen genommen, zumindest teilweise? Damit er seinen Auftrag besser erledigen konnte? Damit er sie nicht verraten konnte, falls er ergriffen werden sollte? Aber … wie war so etwas überhaupt möglich? Wer war dazu imstande? Und … gab es diese hypothetischen Auftraggeber überhaupt?

Oder arbeitete er immer so? Entfernte er selbst einen Teil seines Gedächtnisses, bevor er einen Job ausführte, um sich nicht unnötig zu belasten? Um Beruf und Privatleben zu trennen? Verschwand so, wie jetzt die Erinnerung an seine Identität nicht mehr vorhanden war, das Wissen um seine Taten, wenn nach Erledigung eines Auftrags sein Erinnerungsvermögen zurückkehrte und er wieder sein alltägliches Leben aufnahm?

Fragen über Fragen. Und keine Antworten.

Nur pochende Schmerzen in seinem Gehirn, die ihn vorantrieben.

Jedenfalls war er nicht so skrupellos, wie er dachte. Er schreckte davor zurück, Frauen und Kinder zu töten.

Und auch nicht so fähig, wie er es angenommen hatte. Der zweite Versuch, sich in den Besitz eines Transportmittels zu bringen, war soeben gescheitert. Sicher, es gab stets Unwägbarkeiten, aber als er nach der … Bewusstwerdung in der Singlebar über seine Fähigkeiten nachgedacht hatte, war er über sie erstaunt und gleichzeitig überzeugt gewesen, die nötigen Qualifikationen für seinen Auftrag mitzubringen.

Nach den beiden Debakeln mit den Fahrzeugen war dem nicht mehr so. Die Situation wurde immer verwirrender.

Der pochende Schmerz hinter seinen Augen immer stärker. *Perry Rhodan töten ... bei der Ankunft auf dem Raumhafen ... die offizielle Begrüßung ...*

Er ignorierte die Dringlichkeit, die der Schmerz ihm einflüstern sollte, und versuchte, die Situation mit der Gelassenheit zu analysieren, die er normalerweise an den Tag legte. Ging er usuell ruhig und analytisch vor? Er war überzeugt davon. Aber woher wusste er das? Fragen über Fragen. Keine Lösungen.

Doch, eine. Er hatte sich selbst soeben sozusagen mit der Nase darauf gestoßen.

Als er ein schwaches Brummen hoch über sich hörte, schaute er auf. Ein grüner Gleiter flog über das Diplomatenviertel hinweg, näherte sich zielstrebig einem Hochhaus, in dem eine Botschaft untergebracht war – die des Solaren Imperiums –, und setzte dann mit einer unwirklichen Leichtigkeit, die allen Gesetzen der Schwerkraft zu trotzen schien, auf dem Dach des Gebäudes auf.

Einen kurzen Moment lang – nicht einmal eine Sekunde – spielte er mit dem Gedanken, solch ein Vehikel zu stehlen. Damit wären seine dringlichsten Probleme gelöst.

Aber er rief sich sofort wieder zur Ordnung. Dieses Unterfangen war schlichtweg utopisch.

Die Lösung, mahnte er sich. *Oder zumindest eine aussichtsreiche Alternative.*

Seine beiden Versuche, sich mit Gewaltanwendung in den Besitz eines Fahrzeugs zu bringen, waren kläglich gescheitert. Aber was, wenn er jemanden dazu brachte, ihm ein Fahrzeug zur Verfügung zu stellen?

Er kannte eine Person, die eindeutig Interesse an ihm gezeigt hatte. Dieses Gefühl musste er ausnutzen.

Er schaute hinauf. Der Himmel färbte sich allmählich mit einer kräftigen Tönung dunkelrot. Rot war die Farbe des Blutes, des Lebens, der Leidenschaft, der Kraft. Natürlich nahm der Himmel auf dieser Welt jeden Abend diese Färbung an, einen unbewölkten Himmel vorausgesetzt, aber ihm kam diese Schattierung aus irgendeinem Grund wie ein Symbol vor.

Neuer Mut schien ihn zu durchfluten. Er beschleunigte seine Schritte, und er war überzeugt, dass sie von einem Augenblick zum anderen energischer wirkten.

Der grüne Gleiter kehrte hoch über ihm auf dem Weg, den er gerade erst genommen hatte, wieder zurück, als er das Diplomatenviertel verließ und ins ewige Gewimmel von SEKTOR 73 eintauchte.

Der Himmel war bereits rot getüncht – eine Folge atmosphärischer Eigenarten des Planeten und der Vielzahl von Roten Riesen, die im nahe gelegenen Kugelsternhaufen 47 Tucani dicht an dicht standen –, als ein Wachtposten Bridget Märchtehn höflich bat, ihn zu begleiten, und sie zu dem großräumig abgeriegelten Gebäude führte. Sicherheitsminister Nerval Rodrik erwartete sie an der Tür. Außer ihm hielten sich sein Stellvertreter Fohrtuhn und eine Handvoll Techniker, die noch immer mit Untersuchungen beschäftigt waren, in dem Raum auf.

Der Minister nickte Fohrtuhn zu, und dieser aktivierte ein Aufzeichnungsgerät, einen ungeschlachten Kasten, der auf einem Tisch stand und sowohl Bild als auch Ton aufnahm.

Sie schüttelte den Kopf. »Ich bin nur inoffiziell hier«, wandte sie ein. »Ich möchte nicht, dass unser Gespräch aufgezeichnet wird.«

»Natürlich«, entgegnete Rodrik. »Das verstehe ich. Schalten Sie den Kasten wieder aus, Fohrtuhn.«

Der übermäßig muskulöse Mann tat wie geheißen.

Bridget bedankte sich mit einem freundlichen Lächeln. Sie war überzeugt davon, dass sowohl der Vorder- als auch der Hinterraum mittlerweile mit verborgenen Kameras und Mikrofonen gespickt waren, die jeden Piepser und jede Bewegung erfassten.

Rodrik setzte sie kurz und knapp darüber in Kenntnis, was an diesem Ort geschehen war. Bridget blieb natürlich nicht verborgen, dass er einiges ausließ.

»Meine Leute haben in der kurzen Zeit, die ihnen zur Verfügung stand, verhältnismäßig viel in Erfahrung bringen können«, fuhr Rodrik fort.

Bridget vermutete, dass sie hektisch in Lehrbüchern oder Computerprogrammen geblättert hatten, die von Angehörigen irgendwelcher Botschaften auf Ruppet trotz des allgemein anerkannten Technologieexportverbots eingeschmuggelt worden waren. Für solche Informationen zahlte die ruppetische Regierung gut, obwohl sie sich eigentlich der Aussichtslosigkeit des Unterfangens bewusst sein musste: Was nutzte es, über den Bauplan eines Ultraschlachtschiffs mit Linearantrieb zu verfügen, wenn man mit den zur Verfügung stehenden technischen Mitteln nicht mal ein hoffnungslos veraltetes Transitionstriebwerk konstruieren konnte?

Sie tat interessiert, als sie sich im Hauptraum umschaute.

»Dieser Helm zum Beispiel«, sagte Rodrik und trat zu dem zerstörten Gerät, auf das er zeigte, »könnte dazu benutzt worden sein, an jemandem eine Hypnoschulung vorzunehmen.«

Bridget nickte. »Eine uralte arkonidische Technik, mit der man Wissen praktisch im Schlaf vermitteln kann. Ganz so einfach ist es natürlich nicht. Hypnoschulungen brauchen ihre Zeit, und man darf den Schüler nicht überfordern.«

Sie war froh, dass die Ruppeter allen gesicherten Kenntnissen zufolge niemals Telepathen oder andere Mutanten hervorgebracht hatten. Ein einziger Gedankenleser, der in ihrem Gehirn herumstöberte, und der Sicherheitsminister hätte sie in Ketten gelegt. Fesselfelder und Traktorstrahler hatten sie ja noch nicht entwickelt; ihre technische Höchstleistung bestand in Projektoren zum Aufbau von Energie- beziehungsweise Prallfeldern, die aber nach höchstens zehn Minuten regelmäßig wieder in sich zusammenbrachen.

»Ist es nicht möglich, die Effektivität dieser Hypnoschulungen zu steigern oder die benötigte Zeitspanne zu verringern? Unsere Labortechniker sind sich ziemlich sicher, dass in diesem Raum mehr Computer untergebracht waren, als man für eine einfache Schulung benötigt.«

»Möglich schon«, bekannte sie, »aber das wäre ein recht sinnloses Unterfangen. Hypnoschulungen brauchen Zeit, um richtig ... nun ja, einzusickern, und wenn man sie verkürzt vornimmt, würde das vermittelte Wissen nach und nach wieder verschwinden.«

»Wann?«, fragte Rodrik.

Nach höchstens sechsunddreißig Stunden, dachte sie. Sie zuckte mit den Achseln. »Wissen Sie, aus welcher Herstellung dieses Gerät stammt? Aus ruppetischer ja wohl kaum.«

»Und aus terranischer wohl auch nicht.«

»Auf keinen Fall«, sagte sie mit zuckersüßem Lächeln.

»Kommt es Ihnen bekannt vor? Können Sie uns einen Hinweis darauf geben, welche galaktische Macht es hier eingeschmuggelt hat?«

Bridget schüttelte den Kopf. »Wäre es nicht so stark beschädigt worden, vielleicht. Aber so ... Wir müssten es in die Botschaft bringen und dort von Experten untersuchen lassen.«

»Das kann ich nicht zulassen«, widersprach Rodrik. »Es handelt sich um ein Beweisstück.«

»Das verstehe ich sehr gut«, sagte sie. »Auch wir haben unsere Vorschriften.«

»Es liegt in Ihrem Interesse, dass Sie uns helfen. Schließlich geht es um Perry Rhodans Sicherheit.«

»Und die ist gefährdet, weil jemand einer Hypnoschulung unterzogen wurde? Eventuell unterzogen wurde, denn noch nicht einmal das steht mit Sicherheit fest.«

»Kommen Sie mit!« Rodrik führte sie in den Hinterraum. Dort

hatten seine Techniker versucht, die zerstörte Einrichtung so weit wieder zusammenzusetzen, dass man sich mit viel Fantasie einen Überblick verschaffen konnte, wie es einmal hier ausgesehen haben musste.

Splitter und Scherben bildeten drei große Becken – oder zumindest Andeutungen davon, denn jeder Tropfen Wasser, den man in sie goss, würde augenblicklich wieder hinausfließen. An einer Wand verdeutlichten fragmentarische Computergehäuse mit klaffenden Löchern und völlig zerstörtem Innenleben, dass man hier eine beträchtliche Rechnerkapazität hatte nutzen können; an der gegenüberliegenden waren Tische aufgestellt worden, auf denen sich nun Überreste von Geräten türmten, die Bridget unwillkürlich an einen Schauplatz eines Klassikers der menschlichen Literatur erinnerten, fast so alt wie Homers *Odyssee,* Shakespeares *Hamlet* oder Palmers *Flucht vor der Unsterblichkeit:* Mary W. Shelleys *Frankenstein,* genauer gesagt an das Labor in Ingolstadt, in dem der Wissenschaftler sein aus Leichenteilen zusammengesetztes Geschöpf wieder zum Leben erweckt hatte.

»Was sagen Ihnen diese Tanks?«, fragte Rodrik.

Bridget trat zu ihnen. »Darf ich?«, fragte sie.

Der Sicherheitsminister nickte.

Sie zog ihr Spiel durch und berührte ein großes Fragment. »Glassit«, sagte sie. »Ein glasähnlicher Kunststoff, der praktisch auf allen Welten der galaktischen Imperien Verwendung findet. Man kann unmöglich feststellen, woher er stammt.«

Rodrik widersprach nicht und drehte sich zu den Laborgeräten um, die aufgrund ihrer Beschädigungen kaum noch als solche erkennbar waren. »Was wir hier gefunden haben, kommt uns wesentlich aufschlussreicher vor«, sagte er.

»Und was haben Sie gefunden?«

»Organische Substanzen«, entgegnete der Sicherheitsminister. »Besser gesagt, winzige Spuren davon. *Manipulierte* Substanzen, so viel haben wir immerhin herausfinden können.«

»Was soll das heißen, manipulierte Substanzen?«

Der Sicherheitsminister betrachtete sie nachdenklich. »Ich will Ihnen erklären, was das heißen soll«, sagte er dann. »Wir vermuten, dass in diesem Raum gentechnisch gearbeitet wurde. Hier hat man einen Klon erzeugt. Ein künstlich hergestelltes organisches Wesen, das eine identische Kopie des Originals darstellt. Die dazu erforderlichen Techniken sind dem Solaren Imperium doch schon seit Jahrhunderten geläufig, nicht wahr?«

»Das ist doch Unsinn!«, entgegnete Bridget. »Auch wenn die dazu nötigen Techniken bekannt sein sollten, hat das Solare Imperium aus ethischen Gründen alle Forschungen in diese Richtung schon längst eingestellt.«

»Ich habe nur gefragt, ob diese Techniken zur Verfügung stehen«, sagte Rodrik scharf, »und nicht behauptet, dass Sie solche Experimente oder was auch immer durchführen. Das würde das Solare Imperium natürlich niemals tun und auf keinen Fall auf fremdem Territorium.«

»Natürlich nicht«, bestätigte Bridget. *Ich habe den Sicherheitsminister unterschätzt,* wurde ihr klar. *Er hat zwar keine Beweise, aber ein verdammt gutes Gespür für Zusammenhänge.*

Nun ja, so gut war es nun auch wieder nicht, beruhigte sie sich. Dabei hatte sie sich völlig in der Gewalt; äußerlich war ihr nicht das Geringste anzumerken.

»Aber es gibt noch andere Mächte auf Ruppet, die technisch genauso weit entwickelt sind«, fuhr Rodrik fort.

Sie zuckte mit den Achseln. »Es tut mir leid, Sie enttäuschen zu müssen«, sagte sie, »aber in diesem … Hobbykeller könnte man niemals einen Klon erzeugen.«

»Aber man könnte ihn hier aufbewahren. Bis zu dem Zeitpunkt, da man ihn braucht.«

»Und warum sollte man das tun?«

»Zum Beispiel, um ihn unbemerkt einsetzen zu können. Ich bin sicher, der Nachrichtendienst der …« Er zögerte kurz. »… Zentral-Galaktischen Union weiß genau Bescheid, was der des Imperiums Dabrifa zur Zeit anstellt. Gehen wir einmal von der völlig hypothetischen Voraussetzung aus, dass diese Nachrichtendienste hier auf Ruppet aktiv sind … Was Sie sich natürlich auch nicht vorstellen können«, sagte er schnell, als sie die Stirn runzelte, und hob eine Hand, um sie gar nicht erst zu Wort kommen zu lassen. »Dann wäre es verhältnismäßig schwierig, einen Klon, der ein Attentat auf Perry Rhodan ausführen soll, unmittelbar vor dessen Staatsbesuch aus einer den anderen Diensten bekannten Einsatzzentrale zu schmuggeln. Aber wenn man unbemerkt einen kleinen Stützpunkt errichtet hat …«

»Eine interessante Spekulation«, sagte sie. »Und weiter?«

Rodrik bedeutete ihr, ihm in den Vorraum zu folgen. Zwei Labortechniker traten respektvoll zur Seite.

Er deutete wieder auf den Helm. »Und dann hat man diesem geklonten Attentäter mittels Hypnoschulung das nötige Wissen gegeben, das er zur Ausführung seines Auftrags braucht.«

»So einfach geht das nicht«, wandte Bridget ein. »Wie ich schon sagte, eine Hypnoschulung ist ein kompliziertes Unterfangen. Sie braucht Zeit und …«

»Wir wissen nicht, wie lange die unbekannte Macht diesen Stützpunkt hier betrieben hat«, unterbrach er sie.

Bridget hatte den Eindruck, dass sein Blick immer misstrauischer wurde. Seine anschließenden Worte bestätigten ihre Vermutung.

»Wollen Sie mir nicht helfen?«, fragte er. »Ich lege Ihnen Indizien vor, die auf ein geplantes Attentat auf den Großadministrator des Solaren Imperiums schließen lassen, und Sie stellen sich stur und verweigern jede Kooperation?«

»Davon kann nicht die Rede sein«, widersprach sie. »Ich bin bereit, Ihnen zum Schutz Perry Rhodans jede Unterstützung zukommen zu lassen.«

»Das ist doch Unsinn«, sagte er, »und Sie wissen es auch. Ihr Verhalten lässt nur einen Schluss zu.«

Sie wich seinem Blick nicht aus, betrachtete ihn kühl. »Und der wäre?«

Im Nebenraum erklang Gepolter, dann ein dumpfer Schrei. Bridget erkannte das Geräusch sofort als höchst atypisch und damit potenziell gefährlich und wirbelte herum; die jahrelange Ausbildung und Erfahrung ließ ihr gar keine andere Wahl. Noch während der Bewegung nahm sie aus dem Augenwinkel eine Gestalt am Türrahmen zum Nebenraum wahr, die ihr zwar vertraut war, aber nicht hierhergehörte, jedenfalls jetzt nicht: über zwei Meter groß, unproportional hager, haarloser, schimmernder Eierkopf.

Rodrik reagierte fast genauso schnell wie sie und hechtete zur Seite. Aus gutem Grund, wie Bridget erkannte: Die Gestalt hielt einen Thermostrahler in der Hand und zielte auf den Sicherheitsminister.

Bridget schoss, noch während sie in die Hocke ging, einfach durch ihre Jacke hindurch. Der glutheiße Strahl versengte den speziell präparierten Stoff, entzündete ihn jedoch nicht. Er verfehlte sein Ziel weit, doch damit hatte sie rechnen müssen. Immerhin zwang ihr Schuss den Angreifer zum Ausweichen, und das hatte zur Folge, dass der Strahl aus dessen Waffe den im Augenblick völlig wehrlosen Rodrik ebenfalls verfehlte.

Ihr zweiter Schuss saß. Der hektische Rückwärtssprung des Angreifers verschaffte ihr die Sekundenbruchteile, die sie benötigte, um gezielt zu feuern. Der Thermostrahl fuhr dem Eindringling in die Brust und brannte ein Loch hindurch. Der Mann brach zusammen und war tot, noch bevor er den Boden berührte.

Die Terranerin rappelte sich auf und ging zu der auf dem Bauch liegenden Leiche. Rodrik trat neben sie.

Bridget kniete nieder und drehte den Kopf des Toten so, dass sie ihn sehen konnte, obwohl sie genau wusste, um wen es sich handelte.

Ein Problem weniger, dachte sie. *Aber zahlreiche Fragen mehr. Zum Beispiel … wie ist der Angreifer hierhergekommen?*

Sie schaute ins Gesicht des soeben von ihr liquidierten Aras Urx-Moxiva.

Er fragte sich bang, ob er noch rechtzeitig gekommen war. Es war kurz nach zwanzig Uhr, als er die Singlebar betrat. Wie bei seinem ersten Besuch hier, der ihn seine gesamte Barschaft gekostet hatte, herrschte nur schwacher Betrieb. Schließlich war gerade Halbzeit zwischen den Schichten; der größte Trubel herrschte natürlich jeweils unmittelbar nach Schichtende, wenn ein Drittel der werktätigen Bevölkerung Feierabend hatte und Anschluss suchte.

Um so erleichterter war er, als er Kara am Bartresen erblickte, zumal sein Aufbruch bei ihrer ersten Begegnung eher eine Art Flucht gewesen war. Das Erstaunen darüber, nicht zu wissen, wer er war, hatte ihm einen Schock versetzt, einen Tiefschlag. Er hatte etwas gemurmelt, das man mit gutem Willen als »Ich muss weg – also bis acht Uhr!« interpretieren konnte, und die Bar überstürzt verlassen.

Kara hatte sich umgezogen, ihre Arbeitskleidung gegen eine noch aufreizendere getauscht: ein noch knapperer Rock, falls das überhaupt möglich sein sollte, und eine dünne, durchscheinende Bluse, aber nicht in klassischem Schwarzweiß, sondern auffallend bunt gehalten, knallrot und transparentblau.

Mach dir keine Illusionen, mahnte er sich. *Das ist ihre Freizeitkleidung, mit der sie zur Arbeit gekommen ist. Sie hat das nicht für dich angezogen, ganz im Gegenteil. Sie hat schon heute Morgen durchblicken lassen, dass ihr an einem Kontakt gelegen ist, und wenn du nicht gekommen wärst, hätte sie sich einen anderen gesucht. Vielleicht erinnert sie sich überhaupt nicht mehr an dich.*

Aber da täuschte er sich. Als sie ihn sah, lächelte sie sofort und winkte ihn zu sich.

»Schön, dass Sie doch noch gekommen sind«, sagte sie.

»Fast hätte ich es auch nicht mehr geschafft«, sagte er leichthin. »Im letzten Augenblick gelang es mir, mich freizumachen. Ich hätte es sehr bedauert, wenn Sie schon fort gewesen wären.«

Sie zuckte mit den Achseln. »Etwas zu trinken?«

Ihm war bewusst, dass er keinen einzigen Rudiga bei sich hatte, doch sie trat hinter den Bartresen, und so vermutete er, dass er eingeladen war, und nickte.

»Was machen Sie so?«, fragte sie, als sie ihm ein Glas reichte, dessen Inhalt sie aus einem Hahn einer ganzen Palette auf der Theke gezapft hatte.

»Ich bin für die Regierung tätig«, kam es ihm glatt über die Lippen.

Sie zog die Brauen hoch. »Klar, dass Sie sich da nicht leicht freimachen konnten«, sagte sie. »Bei dem bevorstehenden wichtigen Staatsbesuch …«

Perry Rhodan töten … bei der Ankunft auf dem Raumhafen … die offizielle Begrüßung …

Sie hob das Glas und stieß mit ihm an. Aus dem Augenwinkel sah er, dass ihre Ablösung, eine nicht minder hübsche Kollegin, die gerade an einem Tisch bediente, ihr anerkennend zunickte. Seine Einschätzung, Chancen zu haben, schien also doch richtig zu sein.

»Ich heiße Dastinova«, sagte sie. »Meinen Vornamen kennen Sie ja schon.«

Er hatte sich auf dem Fußweg hierher vorbereitet und nannte ihr einen frei erfundenen Namen, der unauffällig und wenig einprägsam klang. »Wla Sheuren.« Wla war der häufigste Name auf Ruppet. Es hatte in der Geschichte ihres Planeten Zeiten gegeben, da zwei Drittel der männlichen Bevölkerung von ihren Eltern nach dem Stifter genannt worden waren, bis die damalige Regierung schließlich das Edikt erlassen hatte, dass Jungen nur in Verbindung mit einem zweiten Vornamen auf Wla getauft werden durften. Der Nachname war ihm einfach zugeflogen; er hatte ihn irgendwo einmal aufgeschnappt.

»Sind Sie ein Konventionalist?«, plauderte Kara gezielt drauflos.

Er wusste, was der Ausdruck zu bedeuten hatte, und schüttelte den Kopf.

»Aber ein EU sind Sie doch?«, fragte sie.

Auch dieser Begriff sagte ihm sofort etwas – ein Anhänger des *Expandere universalis,* ein gläubiger Ruppeter, der sich der Aufgabe verschrieben hatte, das Universum mit menschlichem Leben zu füllen, bis es aus allen Nähten platzte oder in den Exkrementen seiner Bewohner ertrank. »Nein.« Er schüttelte den Kopf.

Ein Fehler. Sie kniff die Augen zusammen und betrachtete ihn misstrauisch.

Er hatte schon zuviel investiert, zuviel wertvolle Zeit, zuviel Energie. Zwar hielt er es für unproblematisch, den eingeschlagenen Weg noch einmal zu verfolgen, bei einer anderen Frau, von denen sich in der Bar ja bald genug aufhalten würden, aber warum sollte er das bereits Erreichte einfach wieder aufgeben? Ganz abgesehen davon, dass er über kein Geld verfügte und nicht hier verweilen konnte, ohne früher oder später unangenehm aufzufallen. Und wegen Zechprellerei verhaftet zu werden ... das wäre das Ende seines Vorhabens.

Perry Rhodan töten ...

Er setzte bewusst die Körpersprache ein, entspannte sich überdeutlich, lächelte. Sie hatte ihm bereits gesagt, dass er ihr gefiel; schließlich wollte sie ihn ja nicht gleich heiraten. »Wissen Sie, woher die Bezeichnung *Expandere universalis* stammt?«, brachte er das Gespräch wieder in Gang.

Sie griff bereitwillig nach dem Friedensangebot. »Nein. Aus dem Lateinischen, vermute ich. Aber ich weiß, was sie bedeutet. Sich im gesamten Universum ausdehnen. Expandieren. Das Universum mit Leben füllen. Menschlichem Leben.« Sie schlug die Augen nieder, blinzelte. Eine kokette Geste, zweifellos. »Und meine Lust«, fuhr sie fort, »mich dieser Aufgabe umgehend und ausführlich zu widmen, wird immer größer. Es ist nicht weit zu meinem Apartment.«

Plötzlich verspürte er aus irgendeinem Grund Skrupel. *»Expandere universalis«,* sagte er ausweichend, »entstammt nicht mal dem Küchenlatein. Man hat einen Begriff aus dem Interkosmo genommen, ihm ohne Rücksicht auf Verluste, auf die Deklination und die Wortzusammensetzung einen lateinisch klingenden Anschein verpasst und ihn zum Schlagwort gemacht – allerdings zu einem, das nur unter Ruppets Anhängern Verbreitung fand.«

Ihm wurde klar, dass er schon wieder einen Fehler gemacht hatte. Dozentenhafte Besserwisserei und hinhaltende Antworten waren ganz bestimmt nicht das, was Kara hören wollte.

»Aber auch mir würde es Spaß machen«, fügte er schnell hinzu, »zu Ruppets Ruhm und Ehre beizutragen.«

»Wie ich schon sagte«, warf sie beschwichtigt ein, »ich wohne hier ganz in der Nähe.«

Er musste bluffen. »Ich auch«, sagte er.

»Dann haben wir ein Problem«, behauptete sie lachend.

Er sah sie fragend an.

»Na … gehen wir zu dir oder zu mir?«

»Diese Frage«, entgegnete er erleichtert, »werden wir bestimmt klären können.«

»Hast du einen Standardvertrag dabei?«

Auch dieses Wort rief sofort die passenden Assoziationen hervor. Bis zur Wiederentdeckung durch das Solare Imperium waren Standardverträge völlig überflüssig gewesen. Die Ruppeter waren hingegangen und hatten sich vermehrt, auch wenn sie keinen Ehevertrag geschlossen hatten, Konventionalisten einmal ausgenommen. Bei Ehepaaren hatte es nicht die geringsten Probleme gegeben; bei nicht verheirateten Partnern hatte, wie Ruppet es bestimmt hatte, die Frau automatisch das Sorgerecht über die Kinder bekommen. Die Unterhaltspflicht fiel zu gleichen Teilen an die beiden Eltern; war ein Elternteil nicht unterhaltsfähig, hatte die Staatskasse eingegriffen. War die Mutter nicht bereit oder nicht imstande, die Kinder aufzuziehen, erhielt der Vater die Möglichkeit dazu; lehnte er ab, wurde die Nachkommenschaft von einem staatlichen Kinderhaus aufgenommen und großgezogen.

Alle waren sich einig gewesen; es war so gut wie nie zu folgenschweren Streitigkeiten gekommen. Doch seitdem die Rhodanisten und die anderen Imperialisten die Trennung von Kirche und Staat forderten und einen gewissen Einfluss geltend gemacht hatten, war es zu unliebsamen Störungen der jahrhundertealten Ordnung gekommen. Elternteile prozessierten um das Sorgerecht; Konvertiten verhüteten mit oder ohne Kenntnis des Partners, was ebenfalls zu hässlichen gerichtlichen Auseinandersetzungen geführt hatte. Der von den Wlawisten ausgearbeitete Standardvertrag regelte alles hieb- und stichfest.

»Nein«, sagte er. »Dummerweise nicht.«

Sie lächelte, griff über den Tresen und legte ihre Hand auf die seine. »Ich hab immer ein paar davon zu Hause. Also zu mir.«

»Also zu dir«, sagte er.

Sie zögerte kurz. Offenbar war ihr Misstrauen, das seine Hinhaltetaktik ausgelöst hatte, noch nicht völlig verflogen. »Ich will nicht unverrichteter Dinge hierher zurückkehren müssen«, sagte sie. »Den Weg kann ich mir sparen. Damit das völlig klar ist: Du erhebst keine Ansprüche. Der Standardvertrag gilt.«

»Der Standardvertrag gilt«, wiederholte er.

Kara kam hinter der Theke hervor und hakte sich bei ihm unter. »Worauf warten wir?«, sagte sie, noch immer lächelnd.

7

Perry Rhodan
Ein freundlicher Empfang

Es kann nicht verwundern, dass die Wiederentdeckung Ruppets durch das Solare Imperium binnen kürzester Zeit zu umwälzenden Veränderungen auf dem Planeten führte. Wie die Psychohistorik zweifelsfrei nachweist, neigen in sich geschlossene Systeme nach ihrer Öffnung nach außen wie ein Pendel zum extremen Schwung in die andere Richtung. Dieses Verhalten wurde für Terra erstmals in großem Maßstab bei den zu Machtblöcken zusammengefassten und unterdrückten Nationalstaaten der Erde des 19. und 20. Jahrhunderts nachgewiesen. Nach der Zerschlagung der jeweiligen Machtblöcke betonten die Mitgliedsstaaten mit exzessivem Nachdruck ihre nationale Eigenständigkeit, was den Hass auf ihre ehemaligen Verbündeten wieder aufleben ließ, zu brutalen Kriegen führte und die Vereinigung der Menschheit nachhaltig hintertrieb.

Ruppet nimmt insofern eine Sonderstellung ein, als die Unterdrückung hier nicht politischer, sondern religiöser Natur war. Das über Generationen hinweg zum Staatsprinzip gewordene Konzept des Expandere universalis erfuhr seine Umkehr in einer rasend schnell an Bedeutung gewinnenden Opposition. Wollte etwa eine Hälfte der Bevölkerung weiterhin vom Rest der Galaxis abgeschieden und nach dem Prinzip Gehet hin und vermehret euch! leben, konnte die andere die Annäherung an eins der technologisch und soziologisch wesentlich höher entwickelten galaktischen Imperien nicht schnell genug betreiben, was zwangsläufig zu innenpolitischen Spannungen und gewalttätigen Auseinandersetzungen führen musste, die allerdings wegen der Ehrfurcht der Ruppeter vor menschlichem Leben zum Glück verhältnismäßig zurückhaltend geführt wurden.

Mikail Tyssen Kais (Hrsg.), Encyclopaedia Universalia, Eintrag: Psychohistorik und Kulturschock (Auszug), Nembar: Verlag HDS 3000f.

»War das nötig?«, fragte Nerval Rodrik. »Mussten Sie ihn gleich erschießen?«

Bridget sah den Sicherheitsminister an – entgeistert, wie sie hoffte. Jedenfalls hatte sie den Ausdruck so lange einstudiert, dass sie ihn eigentlich problemlos hinbekommen musste. »Dieser Mann wollte Sie umbringen!«

Rodrik funkelte sie wütend an. »Lehrt man die Agenten der SolAb nicht, einen Gegner lediglich kampfunfähig zu schießen, statt ihn sofort zu töten?«

»Ich weiß genauso wenig, was man Angehörigen der Solaren Abwehr beibringt«, erwiderte sie nicht minder zornig, »wie ich weiß, wer sich sonst noch dort befindet.« Sie deutete auf den Hinterraum.

Der Sicherheitsminister blieb völlig gelassen und ging nicht auf ihre Ablenkung ein. Fast gelangweilt zog er seinen Thermostrahler und betrat den Nebenraum.

Bridget folgte ihm.

Die beiden Techniker, die in dem Raum gearbeitet hatten, lagen auf dem Boden. Der eine atmete noch, der andere nicht mehr; sein Kopf stand in einem unnatürlichen Winkel vom Körper ab. Dagor, die uralte arkonidische Kampftechnik. Selbst Mediziner waren sich also nicht zu schade, sich darin ausbilden zu lassen, vor allem, wenn sie ihre Kunst im Umfeld von Nachrichtendiensten ausübten, in dem es doch etwas gefährlicher zuging als in Wartezimmern auf Aralon.

Die anderen technischen Spezialisten, die in Deckung gegangen waren, als die Schüsse fielen, riskierten nun zögerliche Blicke, hielten sich aber merklich zurück. Bridget konnte es ihnen nicht verdenken – schließlich wurden sie dafür bezahlt, Opfer von Gewalttaten zu untersuchen, und nicht, selbst zu welchen zu werden.

»Bergen Sie den Verletzten!«, sagte Rodrik allgemein in ihre Richtung. »Ansonsten rühren Sie nichts an. Ich will wissen, wie der Mann unbemerkt in diesen Raum gelangen konnte. Durch die Hintertür?«

»Wir haben das Haus abgeriegelt«, tat Didjeh Fohrtuhn kund, dass er auch noch vorhanden war. »Da kommt keine Maus durch. Dafür lege ich meine Hand in den Konverter.«

»Passen Sie nur auf, dass Sie sie nicht atomisieren«, sagte Rodrik abweisend und sah Bridget Märchtehn an. »Haben Sie eine Ahnung?«, fragte er sie.

Sie zuckte mit den Schultern und schaute ratlos drein.

Diesmal musste sie sich nicht verstellen; sie hätte brennend gern gewusst, wie Urx-Moxiva an den Ort seiner Schandtaten zurückgekehrt war.

»Ein ... Transmitter?«, fragte der Sicherheitsminister.

»Dafür braucht man eine Empfangs- und Sendestation«, sagte Bridget. »Eine, die noch funktioniert. Haben Sie so etwas darin gesehen?« Sie nickte zum Nebenraum hinüber. »Vielleicht war der Mann Teleporter?«

»Na klar, die gibt es wie Sand am Meer. Vor allem bei Aras.«

Rodrik runzelte die Stirn.

»Es ist nicht bekannt, dass die Aras jemals Teleporter oder andere Mutanten hervorgebracht haben«, erklärte sie geduldig. Manchmal vergaß sie, dass die Ruppeter nur über höchst rudimentäre Kenntnisse über die Galaxis verfügten, die ihre Vorfahren hinter sich gelassen hatten, um sich ganz ihrem Glauben und dem damit verbundenen schönsten Aspekt des Lebens zu widmen. Und diese spärlichen Informationen waren auch nur angelesen.

»Also, wie ist er hereingekommen?«, fragte der Sicherheitsminister.

»Um das herauszufinden«, riet Bridget, »sollten Sie vielleicht die verborgenen Aufnahmegeräte abspielen, die Sie zweifellos in dem Raum angebracht haben.«

Er betrachtete sie kurz, dann lachte er lauthals auf. »Für Ihre Größe sind Sie sehr clever«, versuchte er sie zu provozieren, um zu überspielen, dass er diese Runde ihres kleinen psychologischen Duells an sie verloren hatte.

Sie ging nicht darauf ein.

Nachdem Rodrik seinen Leuten die Anweisung erteilt hatte, wandte er sich wieder ihr zu. »Das ist also ein Ara«, sagte er. »Einer der berühmten Galaktischen Mediziner.«

»Die früher mit Vorliebe Seuchen zusammengebraut und auf Planeten freigesetzt haben, um dann horrende Summen für das Gegenmittel erpressen zu können«, sagte sie. »Und heute unter anderem für das Imperium Dabrifa arbeiten.«

»Sie kennen den Mann also?«

Sie hatte bereits darüber nachgedacht, ob sie ihm in dieser Hinsicht entgegenkommen sollte. Das Gespräch wurde aufgezeichnet und konnte später gegen sie verwendet werden. Es würde auffallen, wenn sie – die offizielle Sicherheitsbeauftragte für Rhodans Staatsbesuch – ihrem ruppetischen Gegenpart Informationen verschwieg, die Rodrik mit einem geringen Zeitaufwand auch selbst ausgraben konnte.

Außerdem konnte sie keinen Schaden anrichten, wenn sie ihn über den Ara aufklärte.

»Er heißt Urx-Moxiva«, sagte sie. »Und wir vermuten, dass er tatsächlich für den Dabrifa-Nachrichtendienst tätig ist.«

»So ein Ara kann doch außer Seuchen bestimmt auch Klone erschaffen?«

Es wäre unklug gewesen, ihm eine gewisse professionelle Anerkennung zu versagen. Rodrik hatte, was ein Agent unbedingt brauchte: Menschenkenntnis und Gespür für Zusammenhänge. Er hatte sofort die richtigen Schlüsse gezogen.

Sie nickte.

»Warum wollte er mich töten?«, wechselte der Sicherheitsminister abrupt das Thema und verblüffte sie damit innerhalb von Sekunden zum zweiten Mal. »Warum hat er auf mich geschossen? Und nicht auf Sie? Er hätte auch wild um sich schießen, versuchen können, uns alle zu töten. Aber nein, er zielte auf mich. Warum?«

Weil er versuchen wollte, für seine Auftraggeber zu retten, was noch zu retten ist, dachte Bridget. »Vielleicht, weil Sie der Sicherheitsminister sind?«

Rodrik schüttelte den Kopf. »Die ganze Sache stinkt zum Himmel. Nichts passt zusammen. Fohrtuhn!«, bellte er seinen Stellvertreter an. »Was ist mit den Besitzern dieses Hauses? An wen haben sie die Räume vermietet? Ich hatte Sie gebeten, Nachforschungen anzustellen.«

Der Staatssekretär eilte servil herbei. »Der gesamte Gebäudeblock gehört einer großen Immobilienfirma in SEKTOR 5. Sie hat einen makellosen Ruf. Diese beiden Büroräume wurden vor einem Monat an einen Geschäftsmann vermietet, der im Im- und Export tätig ist. Er verfügt über gute Verbindungen zu allen galaktischen Großmächten. Unsere Leute sind zu ihm unterwegs, um ihn zu befragen.«

»Wahrscheinlich wird er spurlos verschwunden sein«, sagte Bridget. »Das sind sie doch immer, nicht wahr?«

Rodrik warf ihr einen misstrauischen Blick zu.

»Wir sind soweit«, sagte ein Labortechniker. Er hatte auf einem Tisch ein – zumindest für Bridget Märchtehn – primitives Wiedergabegerät aufgebaut und schaltete es nun ein. Die Agentin betrachtete es mit echtem Interesse.

Der Mann spulte die körnige Schwarzweißwiedergabe im Schnelldurchlauf vor. Zuerst zeigte sie nur die beiden im Nebenraum befindlichen Techniker, die sich überraschend geschäftig ihren Aufgaben widmeten. Doch dann …

Während Rodrik leise pfiff, schüttelte Bridget nur den Kopf. Sie konnte es nicht fassen.

Dann öffnete sich im Boden des Raums eine Geheimtür. Eine simple, schlichte, wenn auch perfekt eingelassene Geheimtür, die nicht aufgefallen war, weil sie von kleinen Trümmerstücken und Scherben bedeckt war, die noch ihrer Untersuchung durch die Techniker harrten.

Der Ara war zwar durch den kleinen Spalt nicht auszumachen, aber Bridget wusste, dass er hervorlugte und auf eine günstige

Gelegenheit wartete. Die bot sich, als die Fußhaltung der beiden Techniker ihm verriet, dass sie ihm den Rücken zuwandten. Er schob die Klappe der Falltür geräuschlos hoch und schlüpfte mit einer Geschmeidigkeit hinaus, die sie dem langen, fast zerbrechlich hager wirkenden Körper nicht zugetraut hätte. Einer der Techniker hörte etwas und drehte sich um. Das war sein Verderben: Urx-Moxiva ging kein Risiko ein und tötete ihn mit einem Dagorgriff. Den anderen, der sich erst danach und langsamer umdrehte, schlug er lediglich bewusstlos.

Dann zog er einen Thermostrahler aus seinem Gürtel und verließ den Aufnahmebereich der Kamera. Was danach geschehen war, hatten sie selbst miterlebt.

»Das ist doch unglaublich!«, murmelte Bridget. Wie hatte sie nur so nachlässig sein können?

Ein klassischer Fall aus dem Lehrbuch – auch wenn es sich dabei um einen Datenspeicher handelte. Kein fiktiver, sondern ein tatsächlicher. Der Attaché eines Botschafters war auf feindlichem Gebiet festgenommen worden. Man hatte ihn hyperphysikalisch durchleuchtet, nach den ausgeklügeltsten Mikrogeräten siganesischer Bauweise durchsucht und mit den modernsten Mitteln nach verborgener Hightech abgeklopft. Leider hatte man die primitive Feile übersehen, die er in seinem Zylinder verborgen und mit der er in aller Ruhe die Gitterstäbe seiner Zelle durchgesägt hatte. Hochentwickelte Kulturen neigten bei Gegenspielern auf dem gleichen oder einem ähnlichen technischen Level dazu, nach den unglaublichsten technischen Gimmicks zu suchen und das Naheliegendste zu vergessen.

Zum Beispiel eine Falltür.

Jedenfalls hatte sie ein Problem weniger. Urx-Moxiva konnte die Aktion nicht mehr gefährden.

Dafür ließ das nächste nicht lange auf sich warten.

Rodrik drehte sich zu ihr um. Erneut stellte er seinen treffsicheren Instinkt unter Beweis, indem er sagte: »Sie wissen mehr, als Sie zugeben wollen, Märchtehn. Sie boykottieren meine Versuche, den Großadministrator zu schützen. Also reden Sie endlich.«

»Ich weiß wirklich nicht, was Sie meinen«, erwiderte sie.

Jegliche Verbindlichkeit war aus seinem Benehmen verschwunden. »Sie stehen zwar unter diplomatischer Immunität, aber ich fürchte um Ihre Sicherheit. Deshalb stelle ich Sie bis zu Rhodans Ankunft unter Schutzhaft. Selbstverständlich können Sie mit Ihrer Botschaft Kontakt aufnehmen. Man soll die Kleidung, die Sie beim Empfang tragen wollen, in mein Hauptquartier bringen. Da können Sie sich umziehen. Ansonsten weichen Sie nicht mehr von meiner Seite!«

»Aber Sie können doch nicht …«

»Fohrtuhn!«, bellte der Sicherheitsminister. Auf sie achtete er gar nicht mehr. »Worauf warten Sie noch? Stellen Sie fest, wohin der Geheimgang führt! Und lassen Sie ihn genau untersuchen.«

Bridget Märchtehn seufzte. Es würde eine lange Nacht werden. Und an Schlaf war nicht zu denken …

Verschlafen! Er hatte schlicht und einfach verschlafen! Es war ihm unbegreiflich, wie er überhaupt hatte einschlafen können, doch irgendwann war es geschehen. Die Anstrengungen des vergangenen Tages und vor allem der Nacht hatten ihren Tribut gefordert.

Er zwang sich zur Ruhe, obwohl alles in ihm danach schrie, aus dem Bett zu springen und zum Raumhafen zu laufen. Nur so würde sich das hartnäckige Pochen in seinem Kopf beruhigen. Aber er hatte keine Chance, sein Ziel auf diese Weise zu erreichen.

Damit würde er nur bewerkstelligen, dass die Schmerzen immer schlimmer und schließlich unerträglich würden.

Perry Rhodan töten … bei der Ankunft auf dem Raumhafen … die offizielle Begrüßung …

Zumindest hatte er die dringlichsten Fragen schon in der vergangenen Nacht geklärt. Kara Dastinova besaß einen City-Flitzer und hatte sich bereit erklärt, ihren heutigen freien Tag mit ihm auf dem Raumhafen zu verbringen und die offizielle Begrüßung Perry Rhodans zu beobachten.

Er rollte sich zu Kara herum und ließ seinen Finger um ihren Bauchnabel kreisen, um sie zu wecken. Sie rekelte sich wohlig und fasste nach seiner Hand, um sie tiefer zu führen.

Er befreite sich von ihrem Griff. Am liebsten hätte er sie niedergeschlagen und ihr einfach die Schlüssel abgenommen. Aber er hatte sie nicht fragen können, wo sie ihren City-Flitzer abgestellt hatte oder ob sie vielleicht sogar einer Fahrgemeinschaft angehörte. Das wäre doch etwas zu auffällig gewesen.

»Wir wollten doch zu Rhodans Empfang auf dem Raumhafen sein«, flüsterte er und kitzelte sie am Kinn.

»Ach, was interessiert mich Rhodan«, murmelte sie gähnend, öffnete aber wenigstens die Augen. »Ich wüsste was Besseres mit unserer Zeit anzufangen.«

»Dazu haben wir später noch Gelegenheit genug«, sagte er und küsste sie auf die Lippen. »Ich muss mich erst mal … erholen.«

Sie richtete sich auf die Ellbogen auf, doch der Anblick ihrer vollen Brüste bewirkte bei ihm derzeit nur, dass das Pochen in seinem Kopf stärker wurde. »Macht doch nichts, dass es beim letzten Mal nicht geklappt hat«, sagte sie. »Dafür war es die ersten drei Male richtig schön. Ich bin sicher, ich krieg das wieder hin.« Sie griff erneut nach ihm.

»Viermal … na ja, dreieinhalbmal … reicht mir«, sagte er und hielt ihre Hand fest. »Ich will Rhodan sehen. Der kommt nicht jeden Tag nach Ruppet.«

»Ernsthaft?«, fragte sie.

»Ernsthaft«, bestätigte er.

»Aber danach …«

»Danach machen wir da weiter, wo wir aufgehört haben«, versprach er ihr. Die Lüge kam völlig glatt über seine Lippen.

Kara zog einen Schmollmund, stand aber auf. Als sie ins winzige Bad ihres Ein-Zimmer-Apartments ging, löste der Anblick ihres prächtigen nackten Körpers nur einen Gedanken in ihm aus: *Perry Rhodan töten …*

Während sie einen Teil ihrer kostbaren Wasserration für die Körperreinigung aufwandte und er es ihr danach gleichtat, überlegte er unentwegt, was er unternehmen würde, wenn er den Raumhafen erreicht hatte. Zwar wurden Millionen von Schaulustigen erwartet, zwischen denen er untertauchen konnte, aber es würde Absperrungen geben, Sicherheitsvorkehrungen, die er überwinden musste, wollte er in die Nähe des Großadministrators gelangen. Seine Absicht, das Terrain in aller Ruhe zu erkunden, war Makulatur. Er konnte von Glück sprechen, wenn er überhaupt noch rechtzeitig dort eintraf. Er kam jedoch zu keiner Lösung; er würde improvisieren müssen …

Angesichts der Erfolge seiner bisherigen aus dem Stegreif ausgeführten Aktionen war diese Aussicht nicht gerade berauschend.

In seinem Kopf hämmerte es geradezu. Noch zwei Stunden bis zwölf Uhr mittags, dem vorgesehenen Zeitpunkt für Rhodans Landung auf dem Raumhafen.

Als er aus dem Bad trat, war Kara bereits angezogen. Nicht so auffallend bunt wie am Vorabend; aber diese Aufmachung hatte ihren Zweck ja erreicht: Nun war sie mit ihm zusammen, freute sich darauf, Ruppets Gebot nach dem lästigen Abstecher zum Raumhafen erneut ausgiebig befolgen zu können, und konnte darauf verzichten, das Interesse des männlichen Geschlechts auf sich zu lenken.

Er zog sich schnell an und versuchte dabei, seine zwar exklusive, aber doch mitgenommen wirkende Kleidung einigermaßen herzurichten. Zwar ließ sich nicht völlig verbergen, dass er darin zwei gescheiterte Versuche unternommen hatte, sich in den Besitz eines Fahrzeugs zu bringen, doch er wollte die Spuren so gut wie möglich beseitigen, um nicht von vornherein Aufmerksamkeit und Misstrauen zu erregen.

Zu seiner Überraschung stand Karas City-Flitzer – ein ziemlich klappriges Modell, das wohl keine weiteren vierhunderttausend Kilometer mehr durchhalten würde – in einer Parkbox der Tiefgarage ihres Wohnblocks. Solche Einstellplätze waren absolut rar und begehrt. Er wusste, dass wegen ihnen schon ältere, nicht mehr fortpflanzungsfähige Mitbürger ermordet worden waren.

»Ich verstehe mich ganz gut mit dem Parkhausverwalter«, erklärte sie auf seinen verwunderten, fragenden Blick.

Das bezweifelte er nicht. Dass sie eine überaus attraktive Frau war, hatte er in dieser Nacht dreimal bestätigt, den wegen schierer Erschöpfung gescheiterten vierten Versuch gar nicht mitgezählt.

Die Fahrt war der reinste Albtraum. Die Serie der Katastrophen und Fehlschläge schien nicht abreißen zu wollen; das Pech blieb ihm treu. Anderthalb Stunden vor Rhodans Landung gerieten sie in den ersten Stau, der sich wie durch ein Wunder nach zehn Minuten wieder auflöste. Der Grund dafür wurde ihm zehn Minuten später klar, als sie an einer Informationstafel des SEKTOR-Leitwerks vorbeikamen. Sämtliche fünf Fahrbahnebenen waren in ein und dieselbe Richtung freigeschaltet worden – in Richtung Raumhafen.

Ihm wurde mit buchstäblich schmerzhafter Deutlichkeit klar, dass er nicht der einzige Ruppeter war, der Perry Rhodan leibhaftig sehen wollte. Er bezweifelte allerdings, dass die anderen so dringliche Gründe hatten wie er.

Sein Kopf drohte mittlerweile bei der kleinsten Bewegung zu platzen. Kara warf ihm immer öfter verstohlene Seitenblicke zu. Er konnte es ihr nicht verdenken. Im Innenspiegel sah er, dass sein Gesicht bleich und schweißnass war, und er spürte selbst, dass er in immer kürzeren Abständen Krämpfe bekam, die ein heftiges Zittern seines gesamten Körpers auslösten. Die so lebens- und fortpflanzungsfreudige Kellnerin musste glauben, einen Verhüter – nein, das wohl gerade nicht, also etwas noch Schlimmeres, einen verrückten Mörder zum Beispiel – durch die überfüllten Straßen zu kutschieren.

Er versuchte, seine Gedanken wieder unter Kontrolle zu bringen.

Perry Rhodan töten …

Um halb zwölf brach der Verkehr vollends zusammen. Nichts ging mehr. Alle Radiosender wiederholten pausenlos die eindringliche Mahnung, den Raumhafen großräumig zu meiden.

Zwanzig Minuten später waren sie noch keine hundert Meter weiter gekommen. Dafür schien Kara drauf und dran zu sein, aus dem City-Flitzer zu springen und kreischend um Hilfe zu rufen.

Er nahm ihr die Entscheidung ab und verließ den Wagen fluchtartig, ohne ein weiteres Wort.

Zehn Minuten später erreichte er keuchend den Rand der Absperrungen. Das Herz drohte ihm aus der Brust zu springen, und die Kopfschmerzen waren mittlerweile so heftig, dass er kaum noch etwas sehen konnte.

Perry Rhodan töten … bei der Ankunft auf dem Raumhafen … die offizielle Begrüßung …

Es war aus und vorbei. Zwölf Uhr. In diesem Augenblick fand die Begrüßung statt.

Dann senkte sich ein gigantischer Schatten über das weite Areal des Raumhafens vor ihm, über die niedrigen Gebäude und die Menschenmassen auf der schier endlosen Fläche jenseits der Absperrung, und machte den Mittag kurz zur Mitternacht.

Rhodans Schiff hatte sich verspätet!

Unbändige Hoffnung brandete in ihm auf. Er taumelte weiter, zu dem über zwei Meter hohen Gitter der Absperrung. Zwei Posten standen dahinter, ein weiterer saß hinter dem Aggregat, mit dem im Notfall ein Prallfeld errichtet werden konnte.

Wie sollte er die Wachen überwinden? Wie sollte er noch rechtzeitig zu Rhodan gelangen?

Einer der Sicherheitsbeamten bemerkte ihn, legte sofort die Hand auf den Griff der Pistole in seinem Halfter. Er trat einen Schritt vor und riss die Augen auf, als würde er einen Geist sehen. »Aber … Sir …«, stammelte der Mann.

Er hätte schwören können, dass der Posten ihn erkannte.

Mehr noch. Plötzlich unsicher wurde. Zögerte. Hilflos überlegte, was er nun tun sollte.

Er hatte immer gewusst, dass er einen todsicheren Instinkt hatte, sich blitzschnell auf veränderte Situationen einstellen konnte. Diese Fähigkeit schien verloren gegangen zu sein, aufgesogen von dem unerträglichen Pochen in seinem Schädel. Deshalb hatte er sich bislang so dilettantisch angestellt.

Nun war sie zurückgekehrt, im gleichen Maß, wie die Kopfschmerzen nachließen.

»Schnell!«, herrschte er den Mann an. »Öffnen Sie das Tor!«

»Aber … Sir … ich darf nicht …«

»Sofort!«, brüllte er.

Der Posten trat zu der Tür im Gatter und öffnete sie tatsächlich.

»Kommen Sie mit!«, befahl er, um jede mögliche Initiative des Sicherheitsbeamten im Ansatz zu ersticken, und rannte weiter.

Der Wächter folgte ihm.

Hinter den Absperrungen kamen sie schnell voran, ohne von den Menschenmassen behindert zu werden. Dennoch schien es eine Ewigkeit zu dauern, bis er das erhöhte Podium ausmachen konnte, auf dem, wie er mit einem Mal wusste, der Großadministrator von Sicherheitsminister Rodrik begrüßt werden sollte. Sicherheitsminister Rodrik … *Perry Rhodan töten …*

Er lief weiter. Quälend langsam wurde das erhöhte Podest für ihn größer. Aus dem Raumschiff, das massig wie ein Berg, aber gleichzeitig leicht, fast schwerelos wie eine Feder, in der Luft hing, schwebten mehrere Gestalten.

Rote Schlieren wogten vor seinen Augen. Den Sicherheitsbeamten hatte er schon weit hinter sich gelassen. Da das Blut in seinen Ohren trommelte, vernahm er nur noch undeutlich sein besorgtes Rufen.

Dafür wurde es aber von drei Sicherheitsbeamten vernommen, die ein gutes Stück vor ihm standen. Sie drehten sich zur

Quelle des plötzlichen Aufruhrs um. Im Gegensatz zu dem Mann an der Absperrung schienen sie ihn nicht zu erkennen oder zumindest nicht von ihm beeindruckt zu sein, denn ihre Hände fuhren zu ihren Waffen. Einer zog den Thermostrahler.

Gut. Sie besaßen Waffen. Er nicht. Aber er brauchte eine.

Perry Rhodan töten … bei der Ankunft auf dem Raumhafen … die offizielle Begrüßung …

Also würde er sie dem Mann abnehmen. Er verspürte nicht den geringsten Zweifel daran, dass er problemlos dazu imstande war.

»Stehenbleiben!«, rief der Posten, der die Waffe gezogen hatte. Er lief weiter. Der Wächter hob den Thermostrahler, legte an, zielte auf ihn. Und zögerte ebenfalls. Schien ihn jetzt endlich zu erkennen.

Fassungsloses Erstaunen weitete die Augen des Mannes. Dann obsiegte seine Ausbildung, erinnerte er sich, genau wie seine Kollegen, wieder an die erhaltenen eindeutigen Befehle.

Aber der Mann schoss trotzdem nicht, setzte sich, genau wie seine Kollegen, in Bewegung, um ihn aufzuhalten, ohne ihn zu verletzen.

Während die drei Männer des Sicherheitspersonals auf ihn zustürmten, warf er noch einen Blick auf die erhöhte Tribüne. Dort hinauf hatte sich mittlerweile das ruppetische Empfangskomitee begeben, um Großadministrator Rhodan und dessen Begleiter zu begrüßen.

Er erstarrte. Was er dort sah, verblüffte ihn so absolut, dass sein Körper zu keiner Reaktion mehr fähig war. Ihm zitterten nicht einmal die Knie.

Der pochende Schmerz in seinem Kopf verschwand, als hätte es ihn nie gegeben.

Von einem Sekundenbruchteil zum anderen stürzte seine gesamte Welt ein, zerbrach das grundlegende Fundament seiner Existenz, als hätte es nie aus etwas anderem als Illusion bestanden, aus grausam trügerischem Schein.

Er schrie gellend auf, so laut, dass sich Tausende von Köpfen zu ihm umdrehten.

Dann waren die drei Sicherheitsbeamten über ihm.

Bridget Märchtehn kannte zwar die Qualitäten ihrer Kollegen und war überzeugt, dass Ka-Eins die Lage auch ohne sie unter Kontrolle halten konnte, doch es störte sie ungemein, von jeglichem Informationsfluss abgeschnitten zu sein. Im Lauf der Nacht und des Vormittags war bei ihr das Gefühl immer stärker geworden, dass Sicherheitsminister Rodriks unerwarteter Schachzug, einen Eklat zu riskieren und sie trotz ihrer diplomatischen Immunität einfach festzusetzen, eine ernsthaftere Gefährdung für die Aktion darstellte, als sie anfangs vermutet hatte.

Und als die WURIU SENGU über dem ihr zugewiesenen Landefeld auftauchte und Bridget noch immer nicht wusste, ob alles planmäßig verlaufen war, steigerte sich dieses Gefühl zu unverhohlener Besorgnis.

Die WURIU SENGU war ein Ultraschlachtschiff der Galaxis-Klasse, ein Kugelraumer von 2500 Metern Durchmesser, dessen Feuerkraft ausgereicht hätte, den einzigen Kontinent von Ruppet binnen weniger Sekunden in eine Gluthölle zu verwandeln. Benannt war sie nach dem während der Second-Genesis-Krise ermordeten Späher aus dem Mutantenkorps. Ob es nun psychologisch ratsam war oder nicht, Perry Rhodans Stab schien Wert darauf zu legen, der Regierung Ruppets nachhaltig die gesamte Machtfülle des Solaren Imperiums aufzuzeigen.

Allerdings senkte die WURIU SENGU sich mithilfe des Antigravitationsantriebs behutsam ab und verharrte hoch über dem Landefeld. Etwas anderes blieb ihr auch gar nicht übrig; der Raumhafen von Ruppet war lediglich für wesentlich kleinere Schiffe geschaffen und hätte den Raumriesen niemals aufnehmen können.

Bridget nestelte nervöser, als ihr recht war, an ihrem schlichten Kostüm herum. Unmittelbar vor dem Aufbruch zum Raumhafen hatte sie sich im Sicherheitsministerium umziehen dürfen; ihre Kleidung war selbstverständlich gründlich durchsucht worden. Rodriks Männer hätten sogar die berühmte Feile darin entdeckt. Am meisten störte sie, dass sie waffenlos war. In dieser Hinsicht hatte der Sicherheitsminister nicht mit sich reden lassen.

Wie tief Rodriks Misstrauen ihr gegenüber saß, bewies nicht nur die Tatsache, dass er sie höflich aufgefordert hatte, in seinem Gleiter mitzufliegen, sondern erst recht der Umstand, dass er sie von zwei Aufpassern bewachen ließ. Die beiden Männer standen je einen Schritt rechts und links hinter ihr und ließen sie nicht aus den Augen. Wie alle Offiziellen, die auf der Minister- und Staatssekretärebene ausgenommen, trugen sie bunte Fantasieuniformen, die lediglich zur Repräsentation gedacht und für ernsthafte Einsätze völlig untauglich waren.

Die Agentin ließ die Blicke schweifen. Menschen – oder vielmehr Ruppeter –, so weit das Auge reichte. Sie standen dicht an dicht, drängten sich an die konventionellen Absperrungen, die notfalls von Prallfeldern verstärkt werden konnten. Es waren zwei, wenn nicht sogar drei Millionen; solche Massen hatte sie selbst während ihrer Dienstzeit auf diesem Planeten noch nicht gesehen.

Und das, obwohl Rhodan hier nur eine kurze Ansprache halten würde und dann vom Sicherheitsminister zu Gesprächen mit dem Präsidenten von Ruppet zu dessen Amtssitz gebracht werden sollte.

Eine Schleuse der WURIU SENGU öffnete sich, und mehrere Gestalten in lindgrünen Uniformen schwebten auf eine erhöhte Bühne herab, von einem Antigravfeld getragen. Federleicht setzten sie auf dem Boden auf und formierten sich sofort. Der Großadministrator stand vorn, und hinter ihm bauten sich halbkreisförmig seine Stabsmitglieder und Angehörige des Sicherheitspersonals auf. Sie hielten einen Abstand von ein, zwei Metern zu ihm.

Bridget lächelte.

Schon allein die Tatsache, dass Rhodan – wenn auch, wie ihr bereits avisiert, mit leichter Verspätung – gelandet war, stellte für Bridget eine gewisse Beruhigung dar. Selbstverständlich standen die Personen, die die Reise über für seinen Schutz verantwortlich waren, mit Ka-Eins in Verbindung. Der oberste Leiter der Operation hatte also grünes Licht gegeben.

Die Agentin hatte Perry Rhodan schon mehrmals aus einiger Entfernung gesehen, konnte sich jedoch auch diesmal nicht der Faszination entziehen, die von dem Unsterblichen ausging. Körperlich war er eher unauffällig, schlank und hochgewachsen, mehr konnte man auf diese Entfernung nicht ausmachen; aber sein Konterfei war ohnehin jedem Kind bekannt. Vielmehr vermittelte er eine nur schwer fassbare Ausstrahlung. Ob es an der in über einem Jahrtausend gewonnenen Erfahrung lag, den Dingen, die er bereits gesehen und getan hatte – sie konnte es nicht sagen.

Aber wer ihn sah, wusste sofort: Diesem Mann war es bestimmt, der Menschheit die Brücke in die Unendlichkeit, ins Universum zu öffnen.

Plötzlich schien eine knisternde Spannung über der Menge zu liegen. Bridget war nicht die einzige, die sich dem Fluidum dieses Mannes nicht entziehen konnte.

In die Reihe der Würdenträger auf dem Landefeld geriet Bewegung. Angeführt vom Sicherheitsminister, schritten sie die Treppe zur Bühne hinauf.

Rodrik blieb vor Rhodan stehen und deutete eine Verbeugung an. »Es ist mir eine Ehre, Sie im Namen unserer Regierung auf Ruppet begrüßen zu dürfen.«

Hochleistungsmikrofone, die an der Uniform eines der Begleiter des Großadministrators befestigt waren, und überall auf dem Landefeld aufgebaute Lautsprecher sorgten gemäß den schon längst getroffenen Protokollvereinbarungen dafür, dass die auf der Bühne gesprochenen Worte überall auf dem Landefeld und darüber hinaus von den Millionen von Ruppetern verstanden werden konnten.

»Und mir ist es eine Ehre, mich auf Ruppet aufhalten zu dürfen«, gab der Großadministrator genauso salbungsvoll zurück.

»Sie wollten einige Worte an die Bevölkerung richten?« Rodrik trat respektvoll zwei, drei Schritte zurück.

Ein leises Geräusch erregte Bridgets Aufmerksamkeit. Unter normalen Umständen hätte sie es angesichts dieser Menschenmassen gar nicht wahrgenommen; das bloße Ein- und Ausatmen von mehreren Millionen Menschen hätte es übertönen müssen. Doch just in diesem Moment war es mucksmäuschenstill geworden; alles lauschte darauf, was der Großadministrator zu sagen hatte, und man hätte die sprichwörtliche Stecknadel fallen hören können. Sie drehte sich um.

Gut dreißig Meter von ihr entfernt, aber auf ihrer Seite der Absperrungen, also in dem der Öffentlichkeit nicht zugänglichen Bereich, war es zu einem Tumult gekommen. Drei Angehörige des Sicherheitspersonals rangen mit jemandem, den Bridget nicht erkennen konnte, da sie ihn verdeckten.

»Er hat eine Waffe!«, brüllte jemand aus der Richtung des Getümmels.

»Ein freundlicher Empfang wie dieser«, sagte Perry Rhodan im gleichen Augenblick, und Bridget drehte sich wieder zu ihm um, »gibt mir Anlass zur Hoffnung, dass eine vereinte Menschheit, die die Galaxis in Frieden unter allen Völkern besiedelt, kein Traum von nur wenigen ist …«

Weiter kam er nicht.

Sicherheitsminister Nerval Rodrik, der keine zehn Schritte vom Großadministrator entfernt stand, zog seinen Thermostrahler aus dem Halfter und richtete ihn auf den hohen Besucher.

Rhodan war als Sofortumschalter bekannt, doch angesichts der Umstände – schließlich wurde er aus geringster Entfernung mit einer tödlichen Waffe bedroht – blieb ihm nichts anderes übrig, als zu verstummen. Jeder Versuch, sich aus der Schussbahn zu werfen, konnte Rodrik zum Abdrücken provozieren.

»Er hat eine Waffe!«, wurde erneut in das Schweigen gebrüllt – aber nicht auf der Tribüne, sondern hinter den Absperrungen, dreißig Meter von ihr entfernt. Der Mann, der offensichtlich das Gerangel ausgelöst hatte, hatte die Sicherheitskräfte abgeschüttelt. Dann hatte er, wie der aufgeregte Rufer schon zweimal verkündet hatte, einem der drei Männer den Thermostrahler entrissen und zielte damit auf die Tribüne. Nun konnte sie ihn deutlich ausmachen.

Bridget kannte ihn.

Es war … Sicherheitsminister Nerval Rodrik.

8

Der Attentäter
Enthüllung

Der endgültige Niedergang des Solaren Imperiums wurde spätestens mit den Genesis-Krisen eingeleitet, die mehrere Mitglieder des Mutantenkorps das Leben gekostet haben. Bei der First-Genesis-Krise trat im Jahr 2907 bei acht Mutanten ein abnormes Hirnwachstum auf; bei der Second-Genesis-Krise zwei Jahre später wurden sie wahnsinnig, und die Zellaktivatoren von vier von ihnen wurden von dem abtrünnigen ertrusischen USO-Spezialisten Nos Vigeland geraubt. Einen behielt er für sich, und zwei übergab er an Runeme Shilter und Terser Frascati, den beiden Herrschern des Carsualschen Bundes, um von ihnen als Mitregent akzeptiert zu werden.

Doch der Carsualsche Bund war nicht das einzige neu entstandene Machtgebilde in der Galaxis, das von Terra-Abkömmlingen beherrscht wurde. Shalmon Kirte Dabrifa hatte sich zum Alleinherrscher des Normon-Systems aufgeschwungen und gleichzeitig dreißig weitere Systeme unterworfen. Auch er erhielt einen der geraubten Zellaktivatoren. Und in Richtung Milchstraßenmitte hatte sich die Zentral-Galaktische Union gebildet, die über 500 Welten beherrschte, die sich vom Solaren Imperium abgespalten hatten.

Die derzeitigen Beziehungen zum Carsualschen Bund, zum Imperium Dabrifa und zur Zentral-Galaktischen Union kann man nur als gespannt bezeichnen. Es bleibt zu hoffen, dass es dem Verhandlungsgeschick der Führungsspitze des Solaren Imperiums gelingt, die Wiedervereinigung aller Terra-Abkömmlinge in der Galaxis zu verwirklichen. Doch die Zeichen der Zeit stehen auf Sturm: In einem Kalten Krieg versuchen die drei großen Imperien offen oder verdeckt, ihren Machtbereich auszudehnen oder zumindest zu sichern.

Dieser Umstand wirft ein bezeichnendes Licht auf die Ereignisse während der Sechshundertjahrfeier Ruppets, wenige Jahrzehnte nach der Wiederentdeckung der Welt: Aufgrund der strategischen Lage – der Kugelstern-

haufen 47 Tucani liegt schließlich nur 15.000 Lichtjahre vom Solsystem entfernt – musste jeder der drei Machtblöcke daran interessiert sein, Ruppet seinem Einflussbereich anzuschließen, zumal der Sternenhaufen ansonsten nicht besiedelt war und Ruppet in der langfristigen Planung als hervorragend geeignete Basis angesehen wurde, von der aus sich die Kontrolle über die gesamte Region errichten ließ. Angesichts des damaligen – und auch noch heutigen – Machtgefüges in der Galaxis gerieten zahlreiche solcher eigentlich unbedeutenden Systeme für einen mehr oder weniger kurzen Zeitraum in den Brennpunkt des Interesses.

Doch selbst wenn Ruppet in der Andromeda-Galaxis liegen würde: Agenten des Solaren Imperiums, Carsualschen Bundes und Imperiums Dabrifa wären auch dort aktiv – ganz einfach, weil sie davon ausgingen, dass ihre Konkurrenten dort umtriebig seien und ausgeschaltet werden müssten. Manchmal wünscht man sich angesichts solch einer Situation in der Milchstraße wirklich, man könne sich, wie der Zwergenkönig Laurin es einst tat, eine Tarnkappe aufsetzen und für den Rest der Galaxis einfach verschwinden.

Mikail Tyssen Kais (Hrsg.), Encyclopaedia Universalia,
Eintrag: Die galaktopolitische Situation im 30. Jahrhundert (Auszug),
Nembar: Verlag HDS 3000f.

Bridget Märchtehn stockte der Atem, als der Sicherheitsminister auf der erhöhten Bühne – der Nerval Rodrik, der neben Rhodan stand – den Strahler weiterhin auf den Großadministrator gerichtet hielt. *Begnadeter Voss,* flehte sie in Gedanken, *hoffentlich hast du keinen Mist gebaut! Wenn du uns jetzt im Stich lässt …*

Dann wäre zumindest ihre Karriere im Eimer.

Ein Raunen ging durch die Menge, dehnte sich rasend schnell von der Absperrung über das gesamte Areal aus, obwohl gleichzeitig die Zeit noch immer seltsam gefroren zu sein, wesentlich langsamer abzulaufen schien. Dann geriet Bewegung in die Sicherheitskräfte an der Peripherie; die Leute, die sich dicht neben

Rhodan befanden, wagten sich nicht zu rühren, aus Angst, jede ungewollte und unbeabsichtigte Provokation könnte den anscheinend verrückt gewordenen Rodrik zum Abdrücken verleiten. Noch drohte keine Panik auszubrechen; die Millionen von Ruppeter waren wie gelähmt.

Aus dem Augenwinkel beobachtete Bridget den anderen Rodrik, denjenigen, der so unvermittelt aufgetaucht war. Er zielte mit der erbeuteten Waffe nun auf sein Gegenstück; trotz seiner offensichtlichen Verwirrung und Erschöpfung war seine Hand ganz ruhig.

»Waffe runter!«, brüllte er.

Einen Moment lang schienen die beiden Rodriks sich anzusehen. Bridget achtete nun ausschließlich auf den neben Rhodan. Sie stand zwar verhältnismäßig weit von ihm entfernt, glaubte aber trotzdem, in seinen Augen plötzlich ein Blitzen zu sehen, dann ein ungläubiges Staunen, als wären ihm auf einen Schlag alle Geheimnisse seiner Existenz enthüllt worden.

Bridget fragte sich, wie es sein musste, wenn man auf einmal sich selbst gegenüberstand, ohne Vorbereitung, ohne Warnung. Dann dachte sie überhaupt nichts mehr und ließ ihre Ausbildung ihr Denken übernehmen.

»Nicht schießen!«, rief der Rodrik neben Rhodan. »Ich habe eine Enthüllung zu machen …«

Weiter kam er nicht. Ein verdeckt ausgeführter Schlag mit der Handkante, und der noch immer maßlos verblüffte Sicherheitsbeauftragte rechts neben ihr riss die Augen auf und schnappte nach Luft. Die Agentin hatte die Kraft des Hiebs genau berechnet; sie hatte den anderen kurzzeitig bewegungsunfähig gemacht, ohne ihn so hart zu treffen, dass er sofort zusammenbrach. Noch bevor der Mann links neben ihr reagieren konnte, hatte sie die Waffe aus dem Halfter des vorübergehend zu keiner Regung mehr fähigen Sicherheitsbeamten gezogen.

Uniform und Halfter mochten bunt und auffällig und hauptsächlich zu Paradezwecken gedacht sein, die Waffe war es nicht.

Die Terranerin war mit dem Modell vertraut; es kam ihr nicht einmal wie eine Ironie des Schicksals vor, dass es sich um eins handelte, das Ruppet im Tausch gegen Rohstoffe aus dem Imperium Dabrifa importiert hatte.

Die Ereignisse überschlugen sich. Bridget wurde erst später so richtig klar, was alles gleichzeitig geschah.

Sie entsicherte die Waffe und schoss praktisch im gleichen Augenblick aus der Deckung heraus, die der von ihr ausgeschaltete Wächter bot. Sie war überzeugt, dass der Mann, der Rhodan bedrohte, gar nicht sah, wer seiner Existenz ein Ende bereitete. Es war ein gezielter Schuss; sie ließ dem Opfer nicht die geringste Chance. Der Strahl fuhr dem Rodrik neben Perry Rhodan, der noch immer die Waffe auf den Großadministrator gerichtet hielt, in die Brust.

Gut, dachte sie. Es war wichtig, dass der Kopf erhalten blieb.

Zeitgleich – nein, eigentlich ein paar Sekundenbruchteile vor ihrem Schuss, wurde ihr später klar, als sie in Ruhe über die Ereignisse nachdenken konnte – verschwand Perry Rhodan, löste sich einfach in Luft auf. Nach einer gewissen Verzögerung schien dort, wo er gerade noch gestanden hatte, die Luft zu knallen, und der von ihr niedergestreckte Nerval Rodrik brach genau dort zusammen, wo eben noch der Großadministrator gestanden hatte.

Unmittelbar darauf fiel ein weiterer Schuss – und fuhr für ihren Geschmack wesentlich zu dicht über ihren Kopf hinweg. Sie glaubte zu spüren, wie die Hitze des Thermostrahls ihr sowieso schon arg kurz geschorenes Haar versengte.

Das ist doch nicht zu fassen!, dachte sie entgeistert. *Dieser blöde Hund von Rodrik schießt auf mich! Er schießt auf mich!*

Sie warf sich zu Boden.

Endlich reagierten die Sicherheitskräfte. Bridget warf den Thermostrahler weit von sich und riss schützend die Hände über den Kopf, als sie spürte, wie sich brutal ein Gewicht auf sie warf. Im nächsten Moment wurde sie von drei, vier, fünf Händen ergriffen, die sich in ihrem Bemühen, sie festzuhalten, gegenseitig behinderten. Sie leistete nicht den geringsten Widerstand.

Die Sicht war ihr genommen, doch sie hörte, dass überall um sie herum die Hölle losbrach. Die feierliche Stimmung war abrupt beendet; Menschen liefen und riefen hektisch durcheinander. Sie vernahm trampelnde Schritte, aufgeregt gebrüllte, sich teilweise widersprechende Anweisungen. Kein Wunder, dachte sie. Das, was die Sicherheitskräfte Ruppets unbedingt hatten vermeiden wollen, war eingetreten – ein Attentat auf den Großadministrator des Solaren Imperiums. Und noch wusste niemand der Verantwortlichen genau zu sagen, was geschehen war. Woher kam der zweite Rodrik? Hatte Perry Rhodan überlebt? Was genau war gerade geschehen? Sie alle hatten es beobachtet, doch keiner wusste es.

Und das kam ihren Zwecken ausgesprochen entgegen.

Bridget blieb still liegen, bis nach einer Zeitspanne, die fast jeder nicht so gut ausgebildeten Person wie eine Ewigkeit vorgekommen wäre – sie hatte die Sekunden mitgezählt, es waren knapp einhundertundfünfzig –, eine vertraute Stimme neben ihr einen Befehl bellte und die Sicherheitskräfte, die sie mittlerweile an Armen und Beinen festhielten, sie unsanft hochrissen. Sie sah Rodrik ins Gesicht; ein solcher Ausdruck kaum beherrschter und beherrschbarer Wut war ihr bislang nur selten untergekommen. Sie konnte nur hoffen, dass der Sicherheitsminister in seiner Erregung keinen Fehler machte.

Doch er hielt sich in der Gewalt, wenn auch nur mit Mühe. »Führt die Frau ab!«, befahl er. »Einzelzelle! Niemand darf zu ihr, bis ich mit ihr gesprochen habe.«

Sicherheitsminister Nerval Rodrik – der echte – ließ Bridget fast vierzehn Stunden lang in der Zelle schmoren, bis er ihr endlich seine Aufmerksamkeit widmete. Er hatte die Zeit nicht untätig verbracht; seine Augen waren eingefallen, und er kam ihr noch hohlwangiger vor als während der Ereignisse auf dem Raumhafen. Sie ging davon aus, dass er sich einen so vollständigen Überblick über die Geschehnisse verschafft hatte, wie es ihm möglich gewesen war.

»Eine Ruppeterin will in einer Singlebar einen Terraner abschleppen«, sagte er ohne jedes Wort der Begrüßung, als er den kleinen, spartanisch eingerichteten Raum betrat. »Komm mit mir, sagt sie zu dem Terraner. Wir haben die ganze Nacht für uns, und wir treiben es, bis ich nicht mehr denken kann.«

Bridget Märchtehn sah ihn nur an, wusste, was nun folgen würde.

»Tut mir leid, antwortet der Terraner«, fuhr Rodrik fort. »Ich stehe nicht auf Quickies.«

Sie schwieg.

»Das ist einer der zündenderen Witze, die die Terraner natürlich niemals über die Ruppeter erzählen würden.«

»Kartoffel, Kartoffel«, versetzte sie lediglich.

»Sagen Sie, hat Rhodan eigentlich von Ihrem infamen Spiel gewusst? War er eingeweiht? Hat er sich willentlich dafür hergegeben?«

Sie zuckte mit den Achseln. »Ich weiß gar nicht, wovon Sie sprechen.«

»Es kann nicht anders gewesen sein«, sagte Rodrik wütend. »Die Art und Weise, wie er plötzlich verschwand, sich einfach in Luft auflöste …«

Ja, dachte Bridget, *erstaunlich, wozu ein unter einem Deflektorschirm verborgener Mausbiber namens Gucky imstande ist.* Zum Beispiel konnte er zuerst vortreten, damit das Deflektorfeld auch Rhodan einhüllte und unsichtbar machte, und dann konnte er einfach mit ihm zurück auf die WURIU SENGU teleportieren. Fest stand jedenfalls: Das Leben des Großadministrators war keinen Augenblick lang ernsthaft gefährdet gewesen, auch nicht ohne den Einsatz des Ilts.

»Aber kommen wir zum Wesentlichen«, fuhr der Sicherheitsminister fort. »Zu der Sache zwischen uns. Sie haben mich von

Anfang an benutzt und getäuscht. Wie sind Sie sich vorgekommen, als Sie in dem Labor mit dem von Ihnen umprogrammierten Klon sprachen? Wie haben Sie es nur geschafft, sich das Lachen zu verbeißen? Aber nein, Sie mussten ja noch eine Rolle spielen … Ihren Plan in die Tat umsetzen.«

Also hatte er sich die Aufzeichnungen angesehen, die während des Lokaltermins in dem geheimen Stützpunkt des Imperiums Dabrifa in SEKTOR 1 entstanden waren. Sie hatte nichts anderes erwartet.

»Sie können mich nicht festhalten«, sagte sie. »Ich stehe unter diplomatischer Immunität.«

Er schlug mit der Faust auf den Tisch, der – abgesehen von zwei Stühlen – die einzige Einrichtung darstellte. »Schluss mit den Spielchen«, sagte er. »Sie schenken mir jetzt reinen Wein ein!«

Sie schwieg.

»Dieser Raum ist abhörsicher«, sagte er. »Ich gebe Ihnen mein Wort, dass alles, was hier gesagt wird, unter uns bleibt.«

Sie lachte nur.

Er trat zur Tür und öffnete sie. Eins musste sie ihm zugestehen – er verstand sich darauf, Auftritte wirksam zu inszenieren. Die Überraschung war ihm gelungen.

Sheuren betrat den Raum und blickte sie gelassen an. »Sicherheitsminister Nerval hat mich gebeten, ihm Unterstützung zu gewähren und diesen Zellentrakt zu untersuchen. Hier befinden sich keine Abhörvorrichtungen. Um ganz sicherzugehen, hat er mich gebeten, einen Störsender mitzubringen.«

Er stellte das kleine Gerät, eine schlichte viereckige Metallschachtel, auf den Tisch und aktivierte es. Sie war mit dem Modell vertraut; eine rote Digitalanzeige bestätigte, dass es ordnungsgemäß funktionierte.

»Perry Rhodan ist übrigens wieder abgereist, ohne dass es zu weiteren Zwischenfällen gekommen ist«, fügte Sheuren hinzu. Dann nickte er knapp in ihre Richtung und verließ wortlos den Raum, und Nerval schloss die Tür hinter ihm.

»Können wir uns jetzt unterhalten?«, fragte er und nahm ihr gegenüber auf dem zweiten Stuhl Platz.

»Woher soll ich wissen, dass Sie meinen Kollegen nicht mit Drohungen gezwungen haben, einen defekten Störsender aufzustellen, damit Sie unser Gespräch aufzeichnen können, um das Solare Imperium später unter Druck zu setzen? Sie wissen bestimmt, wie man so etwas anfängt. Wenn Sie sie jemals lebend wiedersehen wollen …«

Rodrik beugte sich vor. »Vielleicht habe ich ihn auch schnell klonen lassen«, sagte er gehässig. »Müssen Sie eigentlich stets um die Ecke denken? Sie haben recht, ich kann Sie nicht auf Dauer festhalten. Glauben Sie etwa, ich wolle einen diplomatischen Eklat provozieren?«

»Ich soll Ihnen also vertrauen?« Sie lachte erneut.

»Sie haben Ihre Show durchgezogen«, sagte er. »Was kann jetzt noch passieren?«

Bridget zuckte mit den Achseln. Aber er hatte recht. Früher oder später wäre es auf jeden Fall zu diesem Gespräch gekommen; sie hätte es lediglich vorgezogen, wenn es in der Botschaft des Solaren Imperiums stattgefunden hätte und unter anderen Voraussetzungen. Nun befand sie sich in der Defensive und konnte kaum auf Überraschungsmomente zurückgreifen, um ihr Gegenüber aus dem Gleichgewicht zu bringen.

Er interpretierte ihr kurzes Zögern falsch. »Dann will ich Ihnen sagen, wie es sich zugetragen hat«, fuhr er fort. »Eine erstaunliche Erfahrung für Sie, nicht wahr? Der primitive Neandertaler vom Planeten der Hinterwäldler hat die Schachzüge der ihm haushoch überlegenen Vertreterin einer galaktischen Großmacht durchschaut.«

»Da bin ich aber gespannt.« Sie setzte ein zurückhaltendes Lächeln auf.

»Im Prinzip ist es ganz einfach: Die auch auf Ruppet aktive Solare Abwehr kommt mehr oder weniger zufällig dahinter, dass der Nachrichtendienst des Imperiums Dabrifa einen Besuch des

Großadministrators des Solaren Imperiums auf dieser Welt zu einem Attentat auf ihn nutzen will.«

Vielleicht war es auch ein wenig komplizierter, dachte sie. *Vielleicht hat die SolAb einen Doppelagenten im Geheimdienst des Imperiums Dabrifa damit beauftragt, seine Vorgesetzten mit der Nase auf den Staatsbesuch zu stoßen und ihnen die Gelegenheit, relativ ungefährdet ein Attentat durchführen zu können, erst so richtig schmackhaft zu machen. Vielleicht ist die Solare Abwehr nicht nur von Anfang an über die Aktion informiert gewesen, sondern hat sie sogar provoziert …*

»Die SolAb beobachtet die Aktivitäten des gegnerischen Geheimdienstes genau und erfährt auf diese Weise nicht nur, dass ein gewissenloser Ara, der nur an harten Rudiga – Pardon, Solar – interessiert ist, einen Klon herstellen soll, der Rhodan tötet, sondern auch, wo dieser Klon vor seinem Einsatz aufbewahrt wird.«

Vielleicht hat auch besagter Doppelagent die Gegenseite auf die Idee mit dem Klon gebracht … »Warum sollte der Dabrifa-Geheimdienst einen Klon einsetzen, statt einen erfahrenen Profi aus den eigenen Reihen mit dem Job zu beauftragen?«, fragte sie.

Rodrik lächelte kalt. »Um zwei Kondome mit einer Nadel zu stechen. Einerseits, weil dieser Klon keine Rückschlüsse auf seine Auftraggeber ermöglicht, falls die Aktion scheitern sollte, andererseits, um die Lage auf Ruppet entscheidend zu beeinflussen. Genau aus diesem Grund hat man den Klon aus meinem Zellmaterial geschaffen. Ich habe eine undichte Stelle in meinem Amt. Der Dabrifa-Geheimdienst hat einen Doppelagenten bei mir eingeschleust.«

Vielleicht hat dieser Doppelagent ebenfalls für uns gearbeitet, dachte Bridget. *Sozusagen ein Dreifachagent, der leider nicht begriffen hat, dass solche Spiele irgendwann so kompliziert werden müssen, dass man stolpert und sich den Hals bricht.*

»Dieser Verräter hat mich über einen gewissen Zeitraum mit korrekten Informationen gefüttert, um mein Vertrauen zu gewinnen, und mich dann mit einer gezielten Falschinformation in die Falle gelockt – in jenes Labor«, fuhr Rodrik fort. »Dort wollte man mich aus dem Verkehr ziehen, und dort wartete auch der Klon auf mich, den man dorthin gebracht hat, nachdem man mir zuvor auf irgendeine Weise Zellen entnommen und ihn daraus gezogen hatte. Aras wie Urx-Moxiva sind in dieser Technik bestens bewandert. Und wer wäre besser imstande, einen Anschlag auf den Großadministrator durchzuführen, als die Person, die für seinen Schutz verantwortlich ist? Oder zumindest eine, die genauso aussieht und per Hypnoschulung all seine wichtigen Erinnerungen und gleichzeitig einen genau definierten Auftrag bekommen hat? Deshalb ist Urx-Moxiva in jenes Labor zurückgekehrt. Die Aktion war außer Kontrolle geraten, und er wollte mein Gegenstück töten, bevor der Klon katastrophalen Schaden anrichten konnte.«

»Und die andere Fliege?«, setzte Bridget sich über seine Frage hinweg.

Rodrik sah sie verwirrt an.

»Der zweite Grund, wieso man den Klon aus Ihrem genetischen Material gezüchtet hat«, ergänzte sie.

Nun verstand er. »Wäre der Anschlag auf Rhodan geglückt, wäre das Imperium Dabrifa aller Sorgen ledig gewesen. Das Solare Imperium hätte sich von diesem Schlag nicht erholt. Aber man musste auch damit rechnen, dass das Attentat scheitert. In diesem Fall hätte der Doppelagent in meinem Ministerium mich in einer heldenhaften Aktion gerettet und später unter Druck gesetzt. In seiner Stellung wäre es für ihn ein Leichtes, Beweise zu fabrizieren, die meine Unfähigkeit, wenn nicht sogar meine Verstrickung in die Aktion belegen. Wäre das Attentat gescheitert, hätte man als Täter einen Klon unbekannter Herkunft präsentieren können, und das Imperium Dabrifa wäre schadlos aus der Aktion hervorgetreten. Mehr noch: Durch den Doppelagenten in meinem Amt wäre ich erpressbar gewesen, könnte man einen Minister zwingen, im Sinne der Hintermänner für einen Anschluss Ruppets an diesen Machtblock tätig zu werden.«

»Sie könnten einfach zurücktreten«, wandte Bridget ein. »Aber das würde Ihr Drang nach Macht niemals zulassen, nicht wahr?«

Der Sicherheitsminister überging ihren Einwand. »Aber dann kamen Sie ins Spiel. Sie wussten von der Aktion und haben genau im richtigen Moment eingegriffen. Sie sind in das Labor eingedrungen und haben die Programmierung des Klons dahin gehend geändert, dass er niemals imstande sein würde, Perry Rhodan zu verletzen, ihn das zum Scheitern verurteilte Attentat aber riskieren lassen. Ich bezweifle nicht, dass Sie mit Ihren Mitteln eine Verbindung zwischen dem Klon und dem Imperium Dabrifa nachweisen können. Und mir haben Sie mittels Hypnoschulung Teile der Erinnerung genommen und mich auf eine Odyssee durch Ruppet City geschickt. Würden Sie mir nun verraten, warum?«

Bridget atmete tief durch. »So funktioniert das nicht«, behauptete sie. »Mit einer Hypnoschulung kann man einem Menschen weder das Gedächtnis nehmen noch ihm falsche Erinnerungen aufpfropfen.«

Rodriks Miene zeigte nicht die geringste Regung. »Sie schon«, sagte er.

Er blufft, dachte Bridget. *Er kann nichts vom begnadeten Jeremay Voss wissen, der in jahrelanger Arbeit ein Computerprogramm entwickelt hatte, mit dem genau das möglich war – jedenfalls nach gründlichen Vorarbeiten. Ein Programm, das auf dem ähnlich funktionierenden Programm des Dabrifa-Geheimdienstes, das der Dreifachagent ihnen zugespielt hatte, basierte, es jedoch praktisch umpolte. Und das innerhalb weniger Minuten. Dazu war jede Menge Rechnerkapazität erforderlich … aber die hatte der feindliche Nachrichtendienst ja freundlicherweise schon am Einsatzort installiert. Natürlich hatte ein solches Programm keine anhaltende Wirkung auf den Delinquenten, der die paramechanische Beeinflussung früher oder später wieder abschütteln konnte, wenn sie sich nicht gar von selbst wieder verlor, aber eine Dauer von sechsunddreißig Stunden war in diesem Fall ja vollauf ausreichend gewesen.*

Nicht einmal die Gegenseite wusste von Jeremay.

Der Sicherheitsminister schwieg, wandte den Blick aber nicht von ihr ab. »Das Solare Imperium verfügte schon zur Zeit von Ruppets Aufbruch über sogenannte Hypnostrahler«, sagte er dann.

»Die schon zur Zeit von Ruppets Aufbruch nicht mehr eingesetzt wurden, weil sie sich als höchst unzuverlässig erwiesen haben und schädliche Nebenwirkungen hervorriefen.«

»Gemeinsam mit der Technik der Hypnoschulung kann man mit solchen Geräten einem Menschen oder auch einem Klon problemlos Teile des Gedächtnisses nehmen und falsche Erinnerungen aufzwingen.« Rodrik stellte es als Tatsache dar, doch sie wusste, dass es nur ein Schuss ins Blaue war.

»So einfach geht das nicht«, widersprach sie. »Das habe ich doch schon im Labor gesagt.« So einfach ging es wirklich nicht. Dazu waren hochkomplizierte Computerprogramme nötig, die nur ein Genie wie Voss schreiben konnte. Aber der Sicherheitsminister war auf der richtigen Spur.

Rodrik schwieg.

Bridget seufzte. Es war an der Zeit, zur Sache zu kommen. Doch zuerst musste sie seine Selbstsicherheit ein wenig ins Wanken bringen. »Was würden Sie dazu sagen, wenn ich Ihnen den Doppelagenten in Ihren Reihen ausliefere?«, fragte sie.

»Ich habe Staatssekretär Fohrtuhn bereits verhaften lassen«, sagte Rodrik. »Er hat ein Geständnis abgelegt und ist zur vollen Kooperation bereit.«

Der Schlag saß. Oder … war es nur ein zweiter Bluff? Es lohnte sich, ein wenig nachzuhaken. »Wie haben Sie ihn entlarvt?«

Rodrik nahm die Herausforderung an und lächelte selbstsicher. »Er hat sich in letzter Zeit sehr auffällig benommen.«

»Das ist ein völlig atypisches Verhalten. Gerade Doppelagenten sind darauf bedacht, sich völlig unauffällig zu benehmen, damit ja kein Verdacht auf sie fällt.«

»Er hat geglaubt, besonders schlau zu sein, wenn er sich nachlässig benimmt und seine Pflichten nicht mit der gewohnten

Sorgfalt erledigt, obwohl ich weiß, dass in meinem Ministerium eine undichte Stelle sitzt.«

»Das ist doch eine bloße Hypothese.«

»Hören wir endlich auf mit den Spielchen«, sagte der Sicherheitsminister ungeduldig. »Er hat seine Hintermänner bereits genannt. Wir werden in Kürze mehrere Attachés der Botschaft des Imperiums Dabrifa ausweisen.« Rodrik nannte drei Namen. Sie waren ihr bekannt; es handelte sich in der Tat um Fohrtuhns Führungsoffiziere aus dem Dabrifa-Geheimdienst.

Ihren Namen hatte Fohrtuhn noch nicht genannt; er hoffte, dass man nicht hinter seinen doppelten Verrat kam, und gab nur so viel zu, wie man ihm nachweisen konnte.

»Wie sind Sie darauf gekommen?«, fragte sie.

Rodrik überlegte kurz, ob er die Information preisgeben durfte. Gab schließlich sein Geltungsbedürfnis den Ausschlag? Wollte er unbedingt beweisen, dass er nicht der Neandertaler war, für den Bridget ihn halten musste? Oder hatte er noch einen Trumpf in der Hinterhand?

»Während der ungenehmigten Demonstration habe ich Fohrtuhn abgeschüttelt, um mich allein zu dem Treffpunkt zu begeben, an dem mein Informant mich treffen wollte – dem Labor. Dort wurde ich betäubt und der Gehirnwäsche mittels Hypnoschulung unterzogen …«

Sie unterbrach ihn: »Mit einer Hypnoschulung kann man nicht …«

Er tat es ihr gleich. »Lassen wir den Begriff in Ermangelung eines besseren einfach stehen. Als ich nach der Gehirnwäsche erwachte, hatte Fohrtuhn mich in diesem entsetzlichen Durcheinander gefunden … inmitten von über zweihunderttausend Demonstranten! Angeblich, weil er Schüsse aus einem Thermostrahler *gesehen* haben wollte. Diese Schüsse sind nachweislich nur *in* dem Labor gefallen … nämlich die, mit denen Sie die Einrichtung zerstört haben, um uns die Arbeit zu erschweren. Mein Klon hat ihn beauftragt, sofort einen Bericht über den Vorfall zu schreiben. Diesen Bericht habe ich selbstverständlich gelesen.

Der kleine Fehler ist Fohrtuhn zum Verhängnis geworden. Er konnte mich nur gefunden haben, weil er von Anfang an wusste, wo ich war. Weil er mich als unbekannter, aber bislang zuverlässiger Informant dorthin bestellt hatte, um den Agenten des Imperiums Dabrifa den Austausch zu ermöglichen!«

»Den wir dann durchkreuzt haben«, gestand sie ihre Niederlage ein. Rodrik war wirklich gut, sogar besser, als sie immer angenommen hatte. Aber sie hatte nur eine Schlacht verloren, nicht den Krieg. Den würde sie gewinnen, so oder so.

Rodrik glaubte jedoch, sich auf der Siegerstraße zu befinden. »Ganz genau«, sagte er. »Der Geheimdienst des Imperiums Dabrifa hat mich mithilfe des für ihn tätigen Fohrtuhn in dieses Haus in SEKTOR 1 gelockt. Dort befand sich ein aus meinen Körperzellen gezüchteter Klon, der über all meine Erinnerungen verfügte, die man mit der Hypnoschulung jedoch partiell manipuliert hat. Dieser Klon sollte sich für mich halten, um völlig unauffällig agieren zu können, bis er dann im geeigneten Augenblick zuschlug und das Attentat auf Rhodan verübte.« Der Sicherheitsminister legte eine rhetorische Pause ein. »Würden Sie Ihre hoch entwickelte Technologie nicht auf dermaßen pervertierte Weise einsetzen, könnte ich sogar Hochachtung vor ihr empfinden. Wozu sind Sie eigentlich noch fähig? Ich habe mit meinen Mitarbeitern gesprochen und ihre Berichte gelesen. Der Klon ist geradezu perfekt vorgegangen. Niemand hat einen Unterschied bemerkt. Ich bin überzeugt davon, er hat sich wirklich für mich gehalten.«

Das hat er, gab Bridget ihm in Gedanken recht. *Er hat bis zu der Begegnung am Raumhafen nicht einmal gewusst, dass er nur ein Klon war.*

»Mich selbst wollten die Dabrifa-Agenten bis nach dem Attentat festhalten«, fuhr Rodrik fort. »Wer weiß, vielleicht hätten sie auch mir diesen Helm aufgesetzt und mich in ihrem Sinne manipuliert.«

Bridget nickte. »Dem Geheimdienst eines diktatorischen Regimes wie dem Imperium Dabrifa ist alles zuzutrauen.«

»Doch bevor der Austausch vollzogen und der nach meinem Vorbild entstandene und wie auch immer mental manipulierte Klon an einen anderen Ort gebracht werden konnte«, fuhr Rodrik fort, »haben Sie zugeschlagen. Sie sind in den geheimen Stützpunkt mitten im SEKTOR 1 eingedrungen und haben die geistige Indoktrination des Klons erneut manipuliert. Nämlich dahin gehend, dass er seine Rolle wie geplant weiterspielte – aber nur bis zum Attentat. Sie haben dafür gesorgt, dass er gar nicht fähig war, Rhodan auch nur ein Haar zu krümmen, um ihn dann praktisch auf frischer Tat auffliegen lassen und dem Nachrichtendienst des Imperiums Dabrifa eine vernichtende Niederlage zufügen zu können. Aber irgendetwas ging schief, und Sie mussten den Klon töten.«

Nichts ist schiefgegangen, dachte sie. Von Anfang an war vorgesehen, den Klon zu liquidieren. Aber dies musste in Anwesenheit des echten Sicherheitsministers Rodrik geschehen. Den Rest würde die Legendenbildung dann schon allein erledigen. Außerdem hätte das künstliche Geschöpf sowieso nicht mehr lange gelebt; ein paar Stunden später hätte ein programmierter genetischer Kode bewirkt, dass seine Zellen implosionsartig in sich zusammenfielen. Sie wusste, in diesem Augenblick bestand das Beweisstück Klon nur noch aus einem amorphen Brei, der eilends in die Verwesung überging. Geheimdienste legten keinen Wert auf Zeugen und ließen nicht gern Beweise zurück.

Seltsam war nur die unerklärliche Enthüllung, die der Attentäter von sich geben wollte. Hatte Urx-Moxiva etwa schlechte Arbeit geleistet? Hatte der Klon im Augenblick der Begegnung mit seinem Original erkannt, wer er wirklich war? Oder war er durch Jeremay Voss' Kontraprogrammierung einfach überlastet gewesen und geistig zusammengebrochen? Sie würden es wohl nie erfahren. Jedenfalls war sie kein Risiko eingegangen und hatte ihn liquidiert, bevor er etwas verraten konnte.

»Auf die rückständige Technik des Imperiums Dabrifa ist eben kein Verlass«, sagte sie.

»Danach haben Sie mich mental manipuliert«, überging Rodrik ihren zynischen Einwand. »Sie haben mir die Erinnerung an meine Identität genommen und mich freigelassen. Zweifellos haben Ihre Leute mich die ganze Zeit über mit ihren überlegenen Mitteln so beschattet, dass ich nichts davon bemerkt habe, nicht wahr? Und sie haben auch die Agenten des Dabrifa-Geheimdiensts auf Ruppet abgeschirmt und unter Kontrolle gehalten, damit sie nicht mehr eingreifen und die von Ihnen so sorgsam geplante Aktion stören konnten.«

Bridget war beeindruckt davon, wie logisch er seine Gedankenkette aufgebaut hatte, ließ es sich jedoch nicht anmerken.

»Gleichzeitig haben Sie mir den Drang einprogrammiert, mich zum Raumhafen zu begeben«, fuhr er fort. »Sie kennen doch bestimmt die Worte, die mich, unterstützt von periodisch auftretenden Kopfschmerzen, dazu getrieben und gleichzeitig völlig in die Irre gelenkt haben? Stammen sie von Ihnen?«

»Eine Anweisung, die Sie gelegentlich auf die Dringlichkeit der Sache aufmerksam machen sollte«, wich sie seiner zweiten Frage aus. »Der vollständige Satz lautet: *Sie wollen Perry Rhodan töten, bei der Ankunft auf dem Raumhafen. Die offizielle Begrüßung bietet den idealen Anlass.* Wir haben die Botschaft auf das Wesentliche verkürzt.«

»Warum haben Sie mir nur hundert Rudiga gelassen?«, fragte Rodrik.

Den menschlichen Faktor konnte auch der begnadete Jeremay nicht hundertprozentig berechnen. Sie hatten dafür sorgen wollen, dass Rodrik dann, wenn das Pochen im Kopf zu stark wurde, den Raumhafen problemlos erreichen konnte. Schließlich wurde er dort gebraucht. Aber niemand hatte damit rechnen können, dass er seine gesamte Barschaft schon nach ein paar Minuten für ein einziges Getränk ausgab und sich danach in seiner Verwirrung zu diesen dummen Überfällen auf die Fahrzeugbesitzer gezwungen sah.

Zuviel Geld hatten sie ihm auch nicht lassen wollen, weil es ihm sonst vielleicht möglich gewesen wäre, Hinweise auf seine Identität zu finden.

Aber das würde sie ihm natürlich nicht auf die Nase binden. Sie beschloss, zum Gegenangriff überzugehen. »Ich hoffe, Sie haben der Botschaft des Imperiums Dabrifa die Ausweisungsbescheide noch nicht zugestellt«, sagte sie.

Er runzelte überrascht die Stirn. Erstmals hatte sie ihn aus der Fassung gebracht. »Wie bitte?«

»Sie sollten die in diesen Skandal verwickelten Personen nicht ausweisen, sondern festnehmen und Ihnen den Prozess machen, damit sich so etwas nie wiederholt. Stellen Sie ein für allemal die Souveränität Ruppets unter Beweis.«

»Sie wollen doch nur das Imperium Dabrifa bloßstellen«, erkannte Rodrik.

»Natürlich will ich das«, sagte sie mit einem zuckersüßen Lächeln. »Und Sie können Ihr Ansehen als Minister festigen und darüber hinaus Geltung als fähiger Sicherheitsexperte und Politiker gewinnen. Bei der nächsten Wahl könnten Sie als aussichtsreichster Kandidat für das Amt des Präsidenten von Ruppet antreten und diese Wahl auch gewinnen, da mächtige Verbündete hinter Ihnen stehen. Deshalb haben wir Ihnen Teile Ihrer Erinnerung genommen und Sie auf eine Odyssee durch Ruppet City geschickt, falls Sie sich noch an Ihre ursprüngliche Frage erinnern. Weil wir Sie für einen guten Mann halten. Schließlich sind Sie ein Held. Sie haben Perry Rhodans Leben gerettet. Zumindest könnte man es problemlos so hinstellen«, fügte sie etwas leiser hinzu.

Er horchte merklich auf; zwar versuchte er, es zu verbergen, doch es gelang ihm nicht ganz. Immerhin hatte er sich so weit in der Gewalt, es erst einmal mit einer klassischen Finte zu versuchen und das verlockende Angebot zurückzuweisen.

»Auf solche Verbündete pfeife ich«, sagte er. »Sie haben den Klon eiskalt getötet. Ermordet, falls dieser Ausdruck auf ein solches Wesen zutrifft.«

»Und Sie haben auf mich geschossen«, entgegnete sie. »Sie

hätten mich ebenfalls töten können. Ein gewisses Risiko gehört nun mal zu unserem Beruf, wie auch eine gewisse Entschlusskraft. Ich musste in Sekundenbruchteilen eine Entscheidung treffen. Rhodans Leben stand auf dem Spiel.« Sie war keineswegs erstaunt darüber, wie leicht ihr diese Lüge über die Lippen kam. Sie war von Experten ausgebildet worden.

»Ich habe in die Luft geschossen«, widersprach Rodrik. »Ich habe nicht auf Sie gezielt. Dafür standen meine Leute viel zu nah bei Ihnen.«

»Sie mussten auch eine Entscheidung treffen«, hielt Bridget dagegen. »Genauso gut hätte sie anders ausfallen können. Sie hätten sich entschließen können, gezielt auf mich zu schießen. Aber wie dem auch sei – was halten Sie von meinem Vorschlag?«, lenkte sie das Gespräch wieder in die richtigen Bahnen zurück.

»Ein Schritt nach dem anderen«, sagte er. »Wir wollen den Morgen nicht vor der Zeugung loben. Die Personen, von denen wir sprechen, stehen unter diplomatischer Immunität.«

»Nur eine von ihnen«, unterbreitete Bridget ihm. »Die beiden anderen nicht.«

»Fohrtuhns Aussage allein wird nicht reichen, sie zu verurteilen. Als Doppelagent kann jeder mittelprächtige Verteidiger ihn unglaubwürdig machen.«

»In Ihrem Gewahrsam«, fuhr sie fort, »befinden sich vier zur Zeit noch orientierungslose Personen, die vor etwa sechsunddreißig Stunden festgenommen wurden, drei Männer und eine Frau. Diesen Personen kann zweifelsfrei nachgewiesen werden, dass sie bei der Erzeugung des Klons mitgewirkt haben. Ihre Aussagen werden belegen, dass das Imperium Dabrifa Urheber einer nachrichtendienstlichen Aktion auf ruppetischem Boden ist.« Sie sah, dass es in seinen Augen funkelte. »Allerdings werden diese Personen erst zu einer Aussage fähig sein, nachdem sie ein bestimmtes Medikament erhalten haben.«

Seine Augen bewölkten sich wieder. »Und dieses Medikament bekommen wir natürlich von Ihnen.«

»Natürlich«, sagte sie. »Vorausgesetzt, wir werden uns einig. Aber daran zweifle ich nicht.« Falls überhaupt möglich, war ihr Lächeln diesmal noch strahlender. »Mehr noch«, fügte sie hinzu. »Einer Ihrer Leute steht bereit, um zu beschwören, dass Sie die Aktion dieses anderen Geheimdienstes« – sie zog verächtlich die Brauen hoch – »von Anfang an durchschaut haben und lediglich untergetaucht sind, um den Attentäter auf frischer Tat überführen zu können.«

Er schüttelte den Kopf. »Das wird nicht klappen. Es gibt zu viele Zeugen, die …«

»Die Familie Pichard?«, unterbrach sie ihn. »Vermol und seine Fahrgemeinschaft? Diese Kellnerin Kara?« Ein Achselzucken verriet ihm, was sie von diesen Zeugen hielt. »Wofür gibt es eine Hypnoschulung … wie Sie den Vorgang nennen?«

»Und wenn es tatsächlich klappen und man mich zum Präsidenten wählen sollte …«

»Werden Sie Ihren gesamten Einfluss dafür nutzen, Ruppet die einzige Zukunft zu eröffnen, die der Planet noch hat«, sagte sie eindringlich. »Den Anschluss an das Solare Imperium. Gemeinsame Forschungen, um den *bodenständigen Impuls* aus dem Genom der Ruppeter zu entfernen. Sie führen Ihr Volk in eine neue Ära, Rodrik. Sie erschließen ihm neue Welten. Auf die Ruppeter warten unzählige jungfräuliche Planeten. Himmelskörper, auf denen es keine Übervölkerung und Rohstoffknappheit gibt.«

»Wir müssen dafür nur unseren Glauben aufgeben«, sagte er leise.

Sie zuckte mit den Schultern. »Im Solaren Imperium herrscht Religionsfreiheit.«

»Ruppet ist damals mit seinen Anhängern ausgewandert, weil er seine Visionen nur in der Abgeschiedenheit verwirklichen konnte. Unbeeinflusst von der sogenannten Toleranz und Religionsfreiheit des Solaren Imperiums.«

»Visionen, die keinen Herausforderungen standhalten, taugen nichts«, entgegnete sie lapidar.

»Und wenn ich mich weigere? Wenn ich nicht bereit bin, meinen Glauben zu verkaufen?«

»Nun ja«, sagte sie. »Wie Sie ganz richtig vermutet haben, hat Fohrtuhn Beweise fabriziert, die Sie als Spion des Imperiums Dabrifa belasten. Diese Beweise wurden kodiert in Datenbanken der Regierung eingespeist. Leider hat irgendjemand die Dateien neu kodiert und verschoben.« Sie wusste, dass Rodrik sich wie kein zweiter Ruppeter auf die Kunst der Andeutung verstand. »Sie wollen doch sicher vermeiden, dass diese Dateien plötzlich wieder auftauchen?«

Er nickte langsam und nachdenklich.

»Außerdem wollen Sie sich doch nicht ausgerechnet von Fohrtuhn in den Untergang treiben lassen? Wollen Sie ihm diesen Triumph gönnen oder es ihm lieber heimzahlen?«, köderte sie ihn.

»Was heimzahlen? Dass er mich in diese Falle gelockt hat?«

»Einerseits das und andererseits, dass er diese Falle erst ermöglicht hat.«

Er sah sie fragend an.

»Sie erinnern sich doch sicher daran, dass Fohrtuhn Sie vor vielleicht einem halben Jahr bei einem Training – Nahkampf mit Messern, glaube ich – verletzt hat?« Er nickte. »Nur eine leichte Wunde, nicht wahr?«

»Und?«

»Aber sie hat geblutet.«

Allmählich dämmerte es ihm.

»Und mit dem Blut und den Zellen, die an diesem Messer klebenblieben, hat der Ara Urx-Moxiva den Klon gezüchtet, der das Attentat auf Perry Rhodan durchführen sollte. Klone zieht man nicht in Hinterhoflabors heran. Sie haben ganz recht gehabt, man hat ihn in dem Haus in SEKTOR 1 nur aufbewahrt. Es dauerte über fünf Monate, bis sie … nun ja … völlig entwickelt waren.«

Diesmal konnte Rodrik nicht verbergen, dass er blass um die Nasenspitze wurde. »Sie?«, fragte er.

»Die beiden anderen Klone, die gleichzeitig mit dem entwickelt wurden, der schließlich zum Einsatz kam, haben wir selbstverständlich vernichtet«, entgegnete sie lächelnd.

Rodrik schwieg lange. Sie war keine Telepathin, wusste aber, welche Gedanken ihm durch den Kopf gingen.

Wenn ich nicht mitspiele … wenn ich mich nicht zum Handlanger des Solaren Imperiums mache … werden sie dann nicht nur meine Karriere ruinieren, sondern mich auch töten und durch einen dieser Klone ersetzen? Was wird geschehen, wenn ich meinen … Drang nach Macht überwinden und doch zurücktreten sollte? Wird die Frau, die mir gegenübersitzt, mich dann vom Haken lassen? Oder wird sie mich liquidieren? Wie sie den geklonten Attentäter getötet hat und Urx-Moxiva und was weiß ich, wen sonst noch alles?

Zu Bridgets überwältigender Überraschung sprach Rodrik es aus und gestand damit seine absolute Niederlage ein. Damit hatte sie nun wirklich nicht gerechnet.

»Sagen Sie es mir.« Er kniff die Augen zusammen und musterte sie eindringlich. »Werden Sie mich töten?«

Sie wusste, dass er die Frage persönlich an sie gerichtet hatte, zog es aber vor, sie auf die SolAb insgesamt zu beziehen. »Sie töten? Wie kommen Sie darauf, dass wir auch nur eine Sekunde lang daran denken könnten, Sie zu töten?«, antwortete sie und lächelte Nerval Rodrik entwaffnend an. »So etwas würde vielleicht das Imperium Dabrifa in Erwägung ziehen oder eins der anderen galaktischen Reiche. Aber wir doch nicht. Gerade in Anbetracht unserer zukünftigen Zusammenarbeit dürfen Sie eins niemals vergessen, mein Lieber: *Wir sind die Guten.*«

Nachwort

Zum ersten Mal seit längerer Zeit liegt wieder ein Band der neuen Planetenromane vor, zu dem ich als Nachwort keinen Nekrolog schreiben muss, sondern mich tatsächlich an eine Vita setzen kann. Uwe Anton ist in dieser Reihe kein »neuer« Autor – wir haben bereits zwei Romane von ihm veröffentlicht, und zwar »Eisige Zukunft« (Band 5, März 2010) sowie »Tödliches Psychospiel« (Band 12, Mai 2011). Aber diese beiden Bände erschienen vor der Einführung der Nachwörter, weshalb wir den Autor erst in seinem dritten Band in gewohnter Manier beleuchten können.

Uwe Anton wurde am 5. September 1956 in Remscheid geboren. Bereits während seiner Schulzeit veröffentlichte er erste Romane. In dieses eher zarte Alter fällt auch seine Erstbegegnung mit PERRY RHODAN. Hierzu schreibt er in seinem Vorwort zu Band eins von Michael Nagulas »PERRY RHODAN – Die Chronik« auf Seite 20f.:

»PERRY RHODAN selbst lernte ich ungefähr 1966 kennen. Meine Großmutter, eine Frau, die sehr viel las, brachte mir irgendwann einen Schwung Heftromane mit. Western oder Liebesromane interessierten mich weniger. Stattdessen faszinierten mich auf den ersten Blick die fantasievollen, mitreißenden Titelbilder ›unserer‹ Serie. Um Band 250 stieg ich ein – und war sofort rettungslos verloren. Über eine Kleinanzeige in der örtlichen Tageszeitung bot jemand an, die komplette Serie zu verkaufen, und ich schlug zu.«

Es sollte aber noch viel Zeit vergehen, bis Uwe Anton beruflich für PERRY RHODAN arbeiten sollte. Nach einem Studium der Anglistik und Germanistik arbeitet er seit 1980 als Schriftsteller und Übersetzer zahlreicher Romane und Comics, die neben Science Fiction seine zweite große Leidenschaft sind. Das Spektrum seiner Veröffentlichungen reicht von zwei gemeinsam mit Thomas Ziegler verfassten Science-Fiction-Romanen, einer »Star Trek«-Enzyklopädie bis zu Werken über Stephen King und

Donald Duck. Er selbst sagt zu seinem PR-Werdegang am oben aufgeführten Ort (Seite 23):

»Nachdem ich über zwanzig Jahre meinen Lebensunterhalt als Schriftsteller und Übersetzer verdient hatte, ohne dass es jemals zu einem beruflichen Kontakt mit der ›größten Science-Fiction-Serie‹ gekommen wäre, erhielt ich schließlich das Angebot, ein PERRY RHODAN-Taschenbuch zu schreiben.«

Das Ergebnis war im April 1995 der bereits erwähnte Roman »Eisige Zukunft« als Band 385 der Planetenromane, angesiedelt im frühen Kampf gegen die negative Superintelligenz Seth-Apophis. Die Geschichte ist spannend erzählt, der Roman sauber in den Serienhintergrund eingepasst. Uwe Anton schreibt dazu a.a.O.: »Ich verspürte sofort wieder dieselbe Begeisterung, mit der ich als Jugendlicher die Serie gelesen hatte – nun aber eine Begeisterung praktisch von der anderen Seite des Schreibtisches aus.«

So nimmt es nicht wunder, dass in rascher Folge drei weitere Taschenbücher erschienen: Band 392, »Psychospiel« (ein Roman aus der Frühzeit des Solaren Imperiums; siehe oben) im November 1995; Band 407, »Der programmierte Attentäter« (wie gerade in praktisch unveränderter Form gelesen) im Juli 1997; und schließlich Band 414, »Statistiker des Todes« (ein Roman, der an Willi Voltz' »Ich, Rhodans Mörder« anknüpft, den wir im Mai 2013 bereits als Band 24 nachgedruckt haben) im September 1998. Dies war zugleich Uwe Antons letztes Taschenbuch – was weniger an ihm lag, sondern daran, dass mit Nummer 415 die Reihe eingestellt wurde.

Zu diesem Zeitpunkt hatte der Autor aber längst den begehrten »Sprung« in die Heftromanserie geschafft: Am 23. Juni 1998 erschien mit Nummer 1922 (»Die Solmothen«) sein erster PR-Heftroman. In »PERRY RHODAN Perspektive« 40 (einem leider längst vergessenen Fanzine, in dem von mehreren Kritikern zeitnah die aktuellen Romane besprochen wurden) vom August 1998 schreibt Thorsten Krietsch (nachdem er die Solmothen als Linguiden-Abklatsch klassifiziert hat):

»Nun ja, einmal davon abgesehen, bleibt die Feststellung, daß Uwe die ihm zugeteilte Aufgabe wirklich gut gemeistert hat. Ohne Schwierigkeiten und stilistische oder inhaltliche Brüche liest sich der Roman innerhalb der Reihe, als ob Uwe nie etwas anderes gemacht hätte. Ein größeres Lob für die Einarbeitung in eine komplett andere Form der Schriftstellerei könnte man kaum machen, oder? … Uwe hat die in ihn gestellten Erwartungen erfüllt, teilweise sogar übertroffen.« Und Mit-Rezensent Andreas Nordiek kommt zu dem Schluss: »Mir hat die Lektüre von Antons Einstiegsroman gefallen.«

Von den insgesamt vier Kritiken dieses Bandes (die anderen beiden sind von Ulrich Bettermann und Patric Achenbach) erhält »Die Solmothen« zweimal die Note »gut« und zweimal die Note »sehr gut«. Damit kassiert er nach Robert Feldhoffs »Rekruten für Zopherngorn« (Band 1926) die zweitbeste Bewertung der acht in dieser Ausgabe der PRP besprochenen Romane.

Und Herausgeber Jürgen Zimmermann stellt in seinem Leitartikel »Quo Vadis, Perryversum?« fest: »Neu-Autor Uwe Anton legte mit seinem Roman eine gute Arbeit vor, die durch eine schöne Beschreibung einer neuen friedvollen Rasse glänzte.«

Bis 2009 sollten 76 weitere Heftromane aus seiner Feder erscheinen (darunter wichtige Romane wie 2050 »SEELENQUELL« sowie die Abschluss-Doppelbände zum »Sternenozean«-, zum »TERRANOVA-« und zum »Negasphäre«-Zyklus), bis ihn der höchstmögliche Ruf ereilte: Mit Band 2508 übernahm er nach dem Tod von Robert Feldhoff die Exposésteuerung der PERRY RHODAN-Serie. In dieser Funktion zeichnete er verantwortlich für die Zyklen »Stardust« (2500 bis 2599) und »Neuroversum« (2600 bis 2699). Als Exposéautor sank sein Roman-»Ausstoß« verständlicherweise etwas: Er verfasste in diesen vier Jahren zwölf Bände, darunter den Abschluss-Doppelband zum »Neuroversum«.

Die Arbeit als Exposéautor kam nicht ganz überraschend: Schon von 2003 bis 2005 hatte Uwe Anton die Exposés der jeweils zwölfteiligen ATLAN-Miniserien »Omega Centauri«, »Obsidian«, »Die Lordrichter« und »Der Dunkelstern« erstellt.

Zu »Stardust« schrieb der PR-Experte Michael Thiesen im Juni 2011 im Vorwort zu seinem Band »Zeitraffer« 22, der diesen Zyklus ausführlich zusammenfasste: »Ein solches Erbe anzutreten war alles andere als eine einfache Aufgabe für Uwe Anton, der ad hoc Feldhoffs Tätigkeitsfeld übernehmen musste. Dass es ihm gelungen ist, stellt der vorliegende Zyklus unter Beweis. … Es bleibt zu wünschen, dass Exposéredaktion und Autorenteam das erreichte Niveau der PERRY RHODAN-Serie auch im nachfolgenden Zyklus zu halten vermögen.«

Auch Thiesens Fazit zum »Neuroversum« fällt positiv aus (»Zeitraffer« 23, Vorwort vom August 2013): »Uwe Anton und sein Autorenteam haben mit diesem Zyklus einen Kraftakt hingelegt, nicht nur eine Handlung konzipiert, die sich über fast 700 Millionen Lichtjahre Distanz und einen Zeitraum von 20 Jahrmillionen erstreckt, sondern auch den Mikrokosmos des Individuums nicht vernachlässigt, am beeindruckendsten vielleicht zu erkennen in der Figur des Journalisten Shamsur Routh, der zuerst ›nur‹ sein Kind retten will und am Schluss zum Geburtshelfer eines neuen Universums wird. Und der Zyklus, der dabei herausgekommen ist, ist unbestreitbar einer der besseren in der langen Geschichte der PERRY RHODAN-Serie.«

Selbst der in der Regel überaus kritische Rainer Stache findet als »Galaktischer Beobachter« in der »SOL« 71 (März 2013) zum Abschluss lobende Worte (Seite 10): »In jedem Falle liegt nun das furiose Finale eines intensiven Zyklus hinter uns, ein Finale, das für den Beobachter auch eines der stimmigsten der ganzen Serie war.« Und auf Seite 17: »Was bleibt, ist eine unglaubliche Ideenfülle, die dann doch weitgehend probabel, spannend und überraschend in den Schlussromanen zusammengeführt wurde. Dabei gelang das, was früher eben meistens nicht gelang, nämlich nicht nur die einzelnen Punkte abzuhaken, sondern eine bis zum Schluss spannende Erzählung zu liefern.«

Seit der Übernahme der Exposéredaktion durch Wim Vandemaan und Christian Montillon mit Band 2700 ist Uwe Anton wiederum »nur« als Autor tätig. In dieser Zeit sind (Stand Ende Oktober 2015) bislang weitere 17 Heftromane erschienen, darunter Band 2750 (»Aufbruch«), der die RAS TSCHUBAI, das aktuelle Fernraumschiff der Terraner, in der Handlung einführt.

Für Statistiker: Dies sind zum genannten Zeitpunkt 106 Heftromane. Zwei davon (2142 und 2143) verfasste er zusammen mit Rainer Castor, in Band 2538 (»Aufbruch der LEUCHTKRAFT«) hat er Textstellen aus dem Nachlass von Robert Feldhoff eingebaut.

Und erst kürzlich wurde Uwe Anton als Exposéautor für die zwölfbändige Miniserie PERRY RHODAN-Stardust tätig, in der er einige »liegengebliebene« Motive aus seinem gleichnamigen Zyklus der Erstauflage aufgreifen konnte.

Weitere Romane sind zu erwarten – und zu erhoffen …

Rainer Nagel

Uwe Anton

Tempus Fugit

Von Menschen und Außerirdischen – die Vielfalt des Universums

Inhalt

5792 v. Chr.
In den Augen tausend Sterne

Für Rainer Castor (1961 – 2015)

Die erdähnliche Welt Traversan ist der vierte von elf Planeten der Sonne Travs Stern. Sie liegt 12.002 Lichtjahre von Arkon entfernt am Rand des Sternenhaufens Brysch und wurde im Zug der arkonidischen Expansion im 9. Jahrtausend v. Chr. während der Herrschaft des Imperators Gonozal V. besiedelt.

Die Kolonie erlangte nie große Bedeutung, doch die Traversaner gerieten durch die Nähe zum Haus Gonozal während der Regentschaft von Imperator Orbanaschol in Misskredit. Zwar blieben größere Repressalien aus, doch den Traversanern haftete der Ruf an, widerspenstig und stolz und im Grunde Rebellen zu sein. Schließlich kam es doch zu einem Angriff des Imperiums auf die unliebsame Kolonie.

Genau in diese Zeit wurde am 2. August 1290 NGZ der unsterbliche Arkonide Atlan da Gonozal durch eine Zeitstation der Meister der Insel auf den Planeten verschlagen. Prinzessin Tamarena da Traversan, die Tochter von Kuriol da Traversan, dem Herrscher des Planeten, entdeckte ihn dort in einer Wüste. Nicht zuletzt, da Atlan sich zu Tamarena hingezogen fühlte, griff er schließlich zugunsten der Traversaner in das Geschehen ein.

Doch schon zwanzig Jahre zuvor hatte Tamarena da Traversan eine Begegnung, die ihren späteren Werdegang beeinflussen sollte …

(Aus: Hoschpians unautorisierte Chronik der Milchstraße; Abschnitt HHUA.I.1.2: Das Kristallimperium. Traversan.)

Als Tamarena den jungen Nomadenfürsten zum ersten Mal sah, leuchteten in seinen Augen tausend Sterne. Und deren strahlender Glanz nahm ihr die schreckliche Angst vor dem Unbekannten, das ihre Gegenwart war.

Als sie ihn zum letzten Mal sah, waren die Sterne erloschen, und die matte Leere in seinen Augen bereitete ihr schreckliche Angst vor dem Unbekannten, das die Zukunft war.

Tamarena schaute über den weiten Raumhafen von Erican hinaus, der sich schier endlos unter dem azurnen Horizont erstreckte. In einiger Entfernung standen mehrere Kugelraumer und bildeten einen starken Kontrast zu den Trichterbauten, die sich weit hinter ihnen abzeichneten.

Auf dem Hafen herrschte ein Andrang, wie sie ihn noch nie gesehen hatte. Man hatte ihr einen großen Bahnhof bereitet, wie er ihr gebührte. Schließlich war sie eine Prinzessin, die einzige Tochter von Nert Kuriol da Traversan, dem Beherrscher des Planeten, der nur dem Sonnenkur Pyrius Byt verantwortlich war.

Und dem Imperator auf dem fernen Arkon natürlich, dem 286. in der Geschichte des Tai Ark'Tussan, dem glorreichen Reomir VIII, Nachfolger des vor einem Arkonjahr verschiedenen siebenten Herrschers dieses Namens.

Sie war zwölf Arkonjahre alt. Und es war Sitte auf Traversan, wie auf vielen Welten des Großen Imperiums, dass die Kinder eines Nerts mit zwölf Arkonjahren für zehn Perioden mitsamt der fünf Pragos der Katanen ihre Ausbildung in der Keimzelle des Tai Ark'Tussan fortsetzten, in der Heimat aller Arkoniden, am Hof des Imperators.

Sie sollten die Gepflogenheiten auf dem Hügel der Weisen auf Arkon I kennenlernen, aber auch die subplanetaren Industriekomplexe des Handelsplaneten auf Arkon II. Und die riesigen Raumschiffswerften und Flottenstützpunkte auf Arkon III. Sie sollten *verstehen* lernen, was in dem Sonnensystem mit siebenundzwanzig Planeten fast genau im Zentrum von Thantur-Lok geschah, von dem aus das gesamte Imperium regiert wurde.

Allein. Ohne fremde Hilfe. Nur auf sich selbst angewiesen. Wollten sie irgendwann einmal über Traversan herrschen, mussten sie sich auch auf den drei Welten durchsetzen können, die sich mit gleicher Geschwindigkeit auf der gleichen Umlaufbahn um die Sonne bewegten und schon allein damit von der Größe und Unvergleichbarkeit des Imperiums kündeten.

Mit zwölf Arkonjahren war Tamarena fast erwachsen. *Fast.* Trotzdem hatte sie schreckliche Angst vor dem, was sie erwartete.

Nicht einmal unbedingt vor Arkon selbst. Eher vor dem Flug dorthin.

Diese Angst konnte auch die Kapelle nicht lindern, die vor der Tribüne, auf der ihr Vater, ihre Verwandten und weitere hohe Würdenträger Traversans saßen, auf und ab marschierte. Die Musiker waren Traversaner aus Fleisch und Blut, keine Roboter, und sie spielten ausschließlich fröhliche, schmissige Weisen, doch in Tamarenas Ohren klangen sie falsch und hohl.

Voneinander verabschiedet hatten sie sich im Palast im siebzig Kilometer entfernten Erican. Diese Feier war eine *offizielle* Angelegenheit. Das Volk, das sich so zahlreich eingefunden hatte, würde nie zu sehen bekommen, dass eine zwölfjährige Prinzessin sich von ihrem Vater in den Arm nehmen ließ und vielleicht sogar weinte.

Obwohl sie *fast* erwachsen war.

Nert Kuriol da Traversan hielt lediglich eine Rede, betonte, wie wichtig diese neue Phase ihres Lebens war. Und verlieh mehrmals seiner felsenfesten Zuversicht Ausdruck, dass sie sämtliche Herausforderungen, die die Zukunft bringen mochte, bewältigen würde.

Tamarena war sich da nicht so sicher. Doch sie winkte tapfer ein letztes Mal zu der Tribüne hinüber und raffte ihre blaugraue, bodenlange, von einem Gürtel gehaltene Robe im Stil der Dagortradition zusammen. Dann schlug sie die dunkelblaue, langzipflige Kapuze mit dem Schulterkragen hoch und ging gemessenen Schrittes und mit kerzengerader Haltung, ganz, wie es sich gehörte, zu dem Kugelraumschiff, das auf dem Landefeld direkt vor ihr stand.

Es hatte einen Durchmesser von fünfhundert Metern, war also genauso groß wie die TRAVERSANS EHRE, das Flaggschiff ihrer Heimatwelt.

Die RAGNAARI gehörte dem Zhymee-Clan, einer der bedeutendsten Familien der arkonidischen Raumnomaden, die allesamt Nachkommen jener Arkoniden waren, die einst Iprasa, den sechsten Planeten der Sonne Arkon, besiedelt hatten.

Nicht einmal die 12.002 Lichtjahre nach Arkon darf ich in einem Schiff meiner Heimatwelt zurücklegen, dachte Tamarena niedergeschlagen. *Dieses Jahr meiner Ausbildung beginnt hier und jetzt.*

Als sie vor sich ein kaum bemerkbares Flimmern in der Luft sah, blieb sie stehen, drehte sich noch einmal um und nickte ihrem Vater ernst zu. Dann trat sie in den Antigravstrahl, den man mithilfe eines Projektors in der Passagierschleuse hoch über ihr erzeugt hatte.

Wie majestätisch! Die Prinzessin schwebt ihrer Bestimmung entgegen.

Sie stieß sich leicht vom Boden ab, und der Antigravsog trug sie zur Schleuse hoch.

Dort wurde sie von einem hochgewachsen und sehr schlanken Raumnomaden in ihrem Alter in Empfang genommen. Sein unnatürlich blasses Gesicht war zart und fein geschnitten.

Er erinnerte sie ein wenig an sie selbst. Auch sie war schlank und hochgewachsen, aber sie trug die Haare in einem blonden Pagenschnitt, während seinen Kopf eine weißblonde Lockenpracht zierte. Sie hielt ihn zuerst für einen ganz normalen Schiffsjungen, doch als sie in seine Augen sah und dort tausend Sterne erblickte, schien etwas in ihrem Kopf zu explodieren, und sie ahnte, dass sie sich geirrt hatte.

Tamarena löste den Blick gewaltsam von den scheu wirkenden, großen Augen des Jungen. Verwirrt schaute sie zu Boden.

»Ich heiße Archetz«, sagte der Raumnomade. »Ich werde dich zu deiner Kabine geleiten, Tamarena. Willst du mir bitte folgen?«

»Archetz?«, wiederholte Tamarena.

Der junge Mann nickte zögernd. »Ich wurde nach jenem meiner Ahnen benannt, der den fünften Planeten der Sonne Rusuma entdeckt und seine Besiedlung eingeleitet hat. Heute ist dieser Planet die Hauptwelt der Springer.«

»Du bist kein bloßer Schiffsjunge«, sagte Tamarena. »Das habe ich …« Sie hielt inne. *In deinen Augen gesehen*, hätte sie fast gesagt, doch sie konnte sich nicht erklären, was gerade in ihrem Kopf vorgegangen war, und zog es vor, niemandem etwas davon zu verraten. Dem Jungen ganz bestimmt nicht.

Einen Augenblick lang hatte sie das Gefühl gehabt, einen Hauch seiner Gedanken wahrnehmen zu können. Und sie hatte in seinem Kopf etwas entdeckt, das ihr völlig fremd und gleichzeitig sehr vertraut war. Eine Art *Seelenverwandtschaft*, auf die sie sich nicht den geringsten Reim machen konnte.

Aber sie hatte noch etwas in ihm entdeckt, etwas viel Fremderes, das sie überhaupt nicht verstand.

Irgendetwas schien in ihm zu brodeln, begierig darauf zu warten, endlich *hinaus* zu kommen, seinen Körper – und Geist! – verlassen zu können.

Sie musste sich gewaltsam von dieser Empfindung losreißen.

Archetz lächelte schwach. »Ja und nein«, sagte er. »Zurzeit bin ich ein ganz normaler Schiffsjunge, der das Leben an Bord eines Raumschiffs von der Pike auf kennenlernen soll und all dessen Aufgaben und Pflichten erfüllen muss. Doch ich bin ebenso der Sohn meiner Mutter, und sie ist die Fürstin unseres Habitats. Daher habe ich mir auch diese respektlose Anrede herausgenommen, Erlauchte.«

Tamarena nickte geistesabwesend. Bei den Raumnomaden mit ihren Habitaten und Handelsflotten gab es einen Adel wie überall im Imperium. Manche Habitate bildeten autarke Herzogtümer im Tai Ark'Tussan. Die Bedeutung der Nomaden war nicht zu unterschätzen.

»Daran habe ich mich nicht gestört«, erwiderte sie. »Ist deine Mutter nicht nur Fürstin, sondern auch Feuerfrau?«

»Ja.« Offenbar wollte er nicht darüber sprechen. Feuerfrauen waren beim Raumnomadenadel sehr gefragt, um die riesigen Habitate zu bewegen. Doch wegen ihrer paranormalen Kräfte umgab die *Zhy-Fam* auch heutzutage noch eine Aura des Geheimnisvollen.

Archetz setzte sich in Bewegung.

Unbehaglich musterte Tamarena den engen, schmalen Schacht, der sich vor ihm auftat. Die Wände schimmerten schwarzglänzend. Er war über zwei Meter hoch und bestimmt doppelt so breit, wirkte aber wegen seiner langgezogenen Geschlossenheit einfach bedrückend.

Tamarena begriff, dass sie die Weite ihrer Heimatwelt endgültig aufgegeben hatte. Nun musste sie sich ihren Ängsten stellen.

Tagelange Märsche durch die Wüste, Klettertouren durch das schroffe Zentralmassiv von Masskyr, Expeditionen in undurchdringliche Urwaldreservate – das alles schreckte sie nicht, bereitete ihr sogar *Freude.*

Aber geschlossene Räume, enge Gänge, das ständige Vibrieren von Triebwerken und anderen Aggregaten – das rief sogar mehr als nur Unbehagen in ihr hervor. Es löste eine tiefe Beklemmung in ihr aus, die sie nicht verstand.

Und deshalb fürchtete.

Sie schluckte und sah sich trotzig um. Schmale, langgezogene Leuchtkörper strahlten unbeeindruckt von ihrem Herzklopfen einen kalten Glanz von den Wänden und schärften noch deutlicher die Konturen des Korridors, des *Schachts.*

Archetz schien sich nicht daran zu stören. Leichtfüßig trabte er durch das sich oftmals verzweigende Gangsystem, flache Steigungen hinauf und andere Schrägen wieder hinab. Er trat leise pfeifend in dunkle Antigravlifts mit dunklen Wänden, stieg unten offene Treppenstufen hinauf, immer höher. Mehrmals schaute er sich um, ob Tamarena ihm auch folgte, und jedes Mal ließ sein unerklärlicher Blick sie frösteln.

Schon nach wenigen Bruchteilen einer Tonta hatte Tamarena

endgültig die Orientierung verloren. Zu der Beklemmung gesellte sich die Angst, Archetz zu verlieren und tagelang durch das Labyrinth der Schiffsgänge irren zu müssen. Sie hatte den Eindruck, sich in den Bauch eines riesigen Ungeheuers zu begeben, das sie nie wieder ausspeien würde, wenn auch eines aus Arkonstahl und nicht aus Fleisch und Blut.

Endlich blieb der Schiffsjunge und Fürstensohn in einem weicher illuminierten Gang stehen, von dem aus mehrere Türen abzweigten. Er hielt die Hand vor einen in schwachem Rot schimmernden Wärmekontakter, und das Blendenschott glitt auf und gab den Blick auf eine kleine Kabine frei.

»Gefällt sie dir?«, fragte Archetz. »Hier wirst du wohnen, bis wir Arkon erreicht haben.«

Tamarena schaute sich um. Zweckmäßige, aus einem Plastikmaterial gegossene Möbel, eine Sitzgruppe vor der obligatorischen Trividwand, ein Generator für die vor Kurzem in Mode gekommenen Fiktivspiele, eine schmucklose Arbeitsplatte und eine Hygienezelle.

»Und wo soll ich schlafen?« fragte sie.

In Archetzs Blick wich die Scheu ein wenig. Der Junge lachte und legte einen Finger auf einen Rezeptor neben dem Schott. Die Sitzgruppe faltete sich zusammen, senkte sich in die Wand und machte einem frisch überzogenen Pneumobett mit straff gespanntem Laken Platz.

»Danke«, sagte Tamarena verwirrt. Der kleine Raum jagte ihr Angst ein. Sie wusste schon jetzt, sie würde sich nur widerwillig in ihm aufhalten.

Wenigstens hat man mein Gepäck schon in die Kabine gebracht, dachte sie, als Archetz einen Wandschrank öffnete und sie ihre Reisetaschen darin sah.

Verlegen trat Archetz zum Schott, schien dann allen Mut zusammenzufassen und wandte sich um. »Soll ich dir morgen das Schiff zeigen? Ich kann dich sogar in den Maschinenraum führen!«

Die bloße Vorstellung erfüllte Tamarena mit Entsetzen. Die engen Schächte und Antigravlifts, die metallene Gleichförmigkeit aller Gänge und Wände, die kalte Technik ohne jedes Leben … Und der Maschinenraum mit seinen Konvertern und Generatoren, der stickigen Luft und Enge, dem Schmutz und den Vibrationen, war die *Verkörperung* des Grauens.

Nein. Auf keinen Fall. Das Schiff machte ihr Angst.

Aber das konnte sie Archetz wohl kaum eingestehen. Sie schüttelte den Kopf. »Ich muss mich auf meine Ausbildung auf Arkon vorbereiten«, sagte sie. Ihr war klar, dass sie arrogant wirkte, obwohl sie es eigentlich gar nicht sein wollte.

Archetz trat von einem Fuß auf den anderen. »Das müsste ich eigentlich auch«, erwiderte er. »Aber man kann nicht *nur* lernen.«

Überrascht sah sie ihn an. »Du verbringst auch ein Lehrjahr auf Arkon?«

Er erwiderte ihren Blick, und die Sterne waren aus seinen Augen verschwunden. Sie erkannte nur noch Besorgnis darin. »Ich bin das Kind von Fürsten, genau wie du.«

»Wo wirst du auf Arkon wohnen?« fragte sie. Vielleicht war es ganz ratsam, sich mit dem Fürstensohn und Schiffsjungen anzufreunden. Sie kannte niemanden auf Arkon, und Archetz konnte vielleicht das Heimweh ein wenig lindern, das sich zweifellos früher oder später bei ihr einstellen würde.

»In einer Herberge ganz in der Nähe vom Regierungsviertel.«

»Auf dem Hügel der Weisen!« sagte sie erfreut. »Genau wie ich!«

Er grinste. »Wenn du etwas brauchst, klingelst du einfach, Prinzessin. Schiffsjunge Archetz ist für dein körperliches Wohl verantwortlich. Wenn du mit meinen Diensten unzufrieden bist, brauchst du nur den mir vorgesetzten Kabinensteward zu informieren, und er wird mir einen Verweis erteilen und einen Ersatz für mich bestimmen.«

»Ich hoffe nicht, dass das nötig sein wird«, sagte sie streng. »Fürstensohn Archetz«, fügte sie dann hinzu – und grinste ebenfalls.

Archetz kümmerte sich intensiver um sie, als seine Pflichten als Schiffsjunge es von ihm verlangten.

Zumindest vermutete Tamarena das.

Er brachte das Frühstück in ihre Kabine, geleitete sie zu den Hauptmahlzeiten in die Messe, warnte sie, wann immer eine Transition anstand, und gab ihr Ratschläge, wie sie den Entzerrungsschmerz lindern konnte, indem sie autosuggestive Übungen durchführte.

Und in seinen Augen leuchteten stets Sterne. Nur dann nicht, wenn er von Arkon sprach.

Mit der Zeit vermochte sie sich zumindest rudimentär in der RAGNAARI zu orientieren. Es gelang ihr immer besser, sich in den für die Passagiere zugänglichen Bereichen zurechtzufinden. Sie lernte, die Markierungen der Schächte und Gänge zu deuten und sich schließlich ein Bild vom inneren Aufbau des 500-Meter-Riesen zu machen.

Das Schiff war nicht besonders luxuriös. In erster Linie beförderte die RAGNAARI Fracht. Wenn sie gelegentlich Passagiere mitnahm, mussten sie sich mit den Annehmlichkeiten begnügen, die der Raumer bot, und die waren einer Prinzessin von Traversan wahrlich nicht würdig.

Aber Luxus stand ihr im Palast von Erican zur Verfügung. Sie sollte in diesem Jahr ihre *Ausbildung* vorantreiben, und die hatte in dem Augenblick begonnen, in dem sie die RAGNAARI betreten hatte.

Viel mehr Sorgen als die bedrückende Enge an Bord des Schiffes, die Irrgärten der gruftähnlichen Gänge und Schächte, bereitete ihr jedoch eine andere Erfahrung.

Immer, wenn sie die Sterne in Archetz' Augen sah, glaubte sie, einen flüchtigen Einblick in seine Gedanken zu bekommen. Das Phänomen trat nicht mehr so deutlich zutage wie bei ihrer ersten Begegnung, aber sie konnte es nicht verleugnen.

Und als er sie irgendwann zu einer Mahlzeit mit dem Kommandanten der RAGNAARI in die Messe begleitete – obwohl sie den Weg schon längst kannte – und sie dabei außergewöhnlich lange und eindringlich betrachtete, dachte er: *Du hast Angst. Die RAGNAARI macht dir schreckliche Angst!*

Tamarena gestand sich ein, dass er recht hatte. Er hatte kein zweites Mal vorgeschlagen, ihr das Schiff zu zeigen, doch allmählich wurde ihr klar, dass sie ihre Angst vor dem Raumer nur überwinden konnte, wenn sie sich an genau jenen Ort begab, vor dem die Furcht am größten war. In den Maschinenraum …

Außerdem vertraute sie Archetz mittlerweile.

Und sie hatte schreckliche *Langeweile.*

Schon am zweiten Tag an Bord hatte sie die Lust verloren, ununterbrochen die Programme der Trividwand zu verfolgen, und hing nur noch ihren Gedanken nach.

Was würde das kommende Jahr bringen? Sie war zwar stark, vertraute auf ihre Fähigkeiten, aber auf Arkon war sie der Trampel vom Lande, die kleine, dumme Prinzessin aus tiefster Provinz. Jeder Höfling, selbst der kleinste Küchengehilfe, der eingebildetste Lektor in den Schreibstuben, würde versuchen, sie zurechtzustutzen. Und zehn Perioden dort verbringen zu müssen, vom Dryhan bis zum Tarman … sie fühlte sich nicht wohl bei dem Gedanken.

Ihrem Lernpensum war sie um Monate voraus, und Fiktivspiele widerten sie an. Was sollte sie während des langen Fluges also unternehmen?

Dich deiner Angst stellen, dachte sie. *Damit du sie endlich überwinden kannst.*

Und so fragte sie, als Archetz das nächste Mal ihre Kabine betrat: »Zeigst du mir jetzt das Schiff?«

Überrascht sah er sie an. Die Sterne in seinen Augen leuchteten heller denn je zuvor.

»Nur, wenn du es wirklich willst.«

Tamarena nickte entschlossen.

»Ich halte mein Versprechen«, sagte der Junge.

»Aber ist es überhaupt *erlaubt*, dass du mich in den Maschinenraum führst?«

»Eigentlich nicht. Die Passagiere dürfen sich nur in den ihnen zugewiesenen Bereichen aufhalten.«

»Was geschieht, wenn man uns entdeckt?«

Archetz grinste. »Die Passagiere halten sich an diese Anweisung. Deshalb wird der Maschinenraum praktisch nicht überwacht. Das Schiff ist riesig, noch viel größer, als man meinen könnte, wenn man es von außen sieht. Die Besatzung hält sich in ihren Quartieren auf oder an ihren Arbeitsplätzen. Aber du musst keine Angst haben, ich kenne das Schiff besser als jeder andere. Niemand wird uns entdecken. Und wenn schon – was hast *du* zu befürchten?«

»Und du? Willst du dir unbedingt doch noch einen Verweis einhandeln?«

Er zuckte mit den Achseln. »Übermorgen landen wir auf Arkon und gehen von Bord. Es wird schon nichts geschehen.« Er blickte hoch. »Oder hast du etwa … Angst?«

Tamarena hielt dem Atem an. Hatte er sie durchschaut? »Dass wir entdeckt werden?« Sie schüttelte den Kopf. »Nein, davor nicht …«

»Dann komm!«

Gemeinsam traten sie aus der Kabine.

Schon nach wenigen Schritten verließen sie den Bereich des Schiffes, in dem Tamarena sich einigermaßen auskannte. Das verzweigte Schachtsystem der RAGNAARI pulsierte nun nicht mehr in einer metallen kalten Illumination, sondern in einer gedimmten Beleuchtung, halbdunkel und geheimnisvoll rötlich dazu. Das Licht kam ihr mittlerweile nicht mehr so schrecklich hell und hart, sondern diffus vor. Es verlieh den Boden- und Deckenplatten eine verschwommene Konsistenz. Den Gegenständen wurden die grellen, scharfen Umrisse genommen; dafür gewannen sie eine neue, aber nicht minder grässliche Dimension.

Das Schiff schien mit einem Mal *lebendig* geworden zu sein. Und nur darauf zu warten, sie zu verschlingen.

»Warum ist es so dunkel?«, flüsterte Tamarena.

»Es ist doch niemand hier! Warum sollten wir unnötig Energie verschwenden für Licht, das keiner sieht?«

Tamarena nickte beklommen und folgte Archetz tiefer in das Labyrinth. Die Enge umfasste sie mehr als nur körperlich. Nirgendwo war ein Horizont zu sehen, eine weite Ebene oder ein Trichterbau in einer herrlichen, parkähnlichen Landschaft. Überall nur schwarze Wandverkleidungen. Das Raumschiff hatte kein Leben, und sie sehnte sich nach der Weite von Traversan.

Ihre Gedanken schienen die Enge des Raumes noch zu verstärken. Sie strömte auf sie ein, als wolle sie sie mit ihrer Allgegenwärtigkeit zerquetschen. Tamarena taumelte, fing sich gerade noch ab, blieb schwankend stehen.

»Was ist mit dir?«, fragte Archetz.

»Nichts. Nur … diese Enge, das Gewicht der Wände …«

»Aber du spürst es doch nicht! Es liegt doch nicht auf deinen Schultern!«

»Trotzdem!« Tamarena wandte sich wütend und beschämt zugleich ab.

»Auf einem Planeten ist das wohl anders«, sagte Archetz.

»Was meinst du damit? Du kommst ja auch von einem Planeten!«

Archetz schüttelte den Kopf. »Ich wurde hier an Bord geboren. Deshalb kenne ich mich ja so gut aus.«

»Aber … die Nomaden sind doch auch auf Planeten zu Hause …«

»Eigentlich nicht. Wir haben unsere Asteroidenhabitate. Und viele von uns haben von Geburt an nur auf Raumschiffen oder in den Habitaten gelebt und vermeiden es, einen Fuß auf einen Planeten zu setzen, wenn es nur eben geht. Ich bin einer davon«, fügte er leise hinzu.

»Aber …« Tamarena hielt verwirrt inne. »Nie einen endlosen

Horizont zu sehen, eine endlos weite Savanne … Trichterbauten in grünen, sanft geschwungenen Parks …«

Plötzlich standen Tränen in Archetz' Augen. »Deshalb freue ich mich so darüber, dir noch einmal das Schiff zeigen zu können. Ich will es noch einmal sehen …« Er schluckte heftig. »Ein Jahr auf Arkon … überall nur Weite um einen herum, wohin man auch schaut. Im Trivid habe ich Aufnahmen gesehen … überall Gebirge, Meere, unendliche Ebenen … und der *Horizont!«* Er spuckte das Wort geradezu hasserfüllt aus.

»Aber der Horizont ist einfach da, er tut dir doch nichts!« Plötzlich verstand Tamarena die Angst des Jungen, obwohl sie ihr eigentlich unbegreiflich war. Sie verstand sie, weil sie eine zwar völlig entgegengesetzte, aber fast identische Furcht verspürte.

»Genau wie das Schachtsystem in der RAGNAARI!« Trotzig wandte Archetz sich um. »Gehen wir weiter, du musst unbedingt den Maschinenraum sehen.«

Bevor Tamarena antworten konnte, war er schon weitergelaufen, tiefer hinab in das schier undurchdringliche Gangsystem, bis er schließlich vor einer Wand haltmachte und mit geschickten Handgriffen eine dünne Verkleidung löste. »Hier hinein«, sagte er. »Aber wir müssen kriechen.«

»*Kriechen?* Dort hinein?« Tamarena schüttelte sich bei dem Gedanken, folgte Archetz jedoch in den dunklen Schlund. Jetzt konnte sie keinen Rückzieher mehr machen.

Das konnte sie Archetz nicht antun.

Und sich selbst auch nicht.

Blind robbte sie durch die Dunkelheit, folgte dem engen Rohr. Sie spürte ein sanftes Vibrieren, das sich von den Verstrebungen des Schiffes in ihre Knochen und dann durch den ganzen Körper ausbreitete und das Gefühl verstärkte, eingeschlossen zu sein. Es war allgegenwärtig und machte ihr klar, dass sie nicht vor ihm fliehen konnte, ganz gleich, wohin sie sich wandte.

»Ich will hier raus!«, flüsterte sie. Wie viele Tontas waren vergangen, seit sie sich in diesen Schacht gezwängt hatte? Er kam ihr vor wie eine Gruft. Das Atmen fiel ihr immer schwerer. Die Luft war nicht mehr aseptisch rein und aromalos, sondern muffig und schwer, und sie nahm einen unbekannten Gestank wahr, der mit jedem Zentimeter, den sie zurücklegte, stärker wurde.

Aber sie kroch weiter. Obwohl sie sich immer wieder sagte, einfach nur rückwärts robben zu müssen, um zum Einstieg und damit in vertraute Gefilde zurück zu gelangen, fürchtete sie sich davor, in dieser Enge und Dunkelheit allein zu bleiben.

Nein, sie musste Archetz folgen.

»Wir sind da!«, wisperte der junge Nomade.

Tamarena hörte in der Dunkelheit ein Kratzen an Metall, und kurz darauf öffnete sich eine in die Röhre eingelassene Klappe und ließ Licht einströmen, weiches, gedämpftes Licht, das dennoch im ersten Moment in ihren Augen schmerzte.

Verschwommen sah sie, dass Archetz sich aus der Öffnung schwang, und tat es ihm gleich. Zuerst begriff sie gar nicht, wo sie sich befand. Dann sickerte der Anblick langsam ein, und er war so überwältigend, dass sie sich an den Schultern des Jungen festklammerte.

Sie stellte verwundert fest, dass diese Berührung sehr angenehm war.

»Der Maschinenraum!«, flüsterte der Nomade.

Von allen Seiten liefen schwarze Rohre mit mehreren Metern Durchmesser und abstrus grelle, in allen denkbaren und undenkbaren Farben schimmernde dicke Kabel zusammen und bildeten ein unüberschaubares Gewirr von Strängen und darin eingelassenen kugelförmigen und eckigen Antriebsteilen, einem gordischen Knoten gleich, der aber nicht begrenzt blieb, sondern die gesamte, gut viermal mannshohe Halle ausfüllte. Tamarena sah ein Gewimmel von schlangenähnlichen, aber leblosverstaubten Gebilden, gewunden, gebogen, doch immer mit genügend Zwischenraum, um einen Blick auf die dahinterliegenden Antriebsteile freizugeben, ein Labyrinth von Röhren, in dem sie einen Augenblick lang die qualvoll zusammengepressten Leiber von Verdursteten zu sehen glaubte, die sich – wie sie! – achtlos hier hinein gewagt und nicht mehr hinaus gefunden hatten.

Dann klärte ihr Blick sich allmählich, und sie erkannte beschämt, dass ihre Angst sie dazu getrieben hatte, leblose Gegenstände, die eigentlich nicht die geringste Gefahr für sie darstellten, in beseelte Ungeheuer zu verwandeln.

Sie atmete tief durch, und der Maschinenraum war auf einmal wieder eine technische Einrichtung und kein Monstrum mehr, das sie verschlingen wollte.

Nur zwei Stellen der riesigen Halle füllte dieses chaotische Getümmel nicht aus, das nur ganz langsam wieder normale Züge annahm.

Zum einen die gewaltigen Blöcke der Meiler des Transitionstriebwerks, die die unglaublichen Energiemengen erzeugten, die nötig waren, um einen Sprung zu bewerkstelligen, der die RAGNAARI dann über Hunderte oder vielleicht sogar Tausende von Lichtjahren hinweg durch den übergeordneten Hyperraum versetzte. Sie wurden zusätzlich von Energieschirmen gesichert, die verhindern sollten, dass ein Unbefugter sich an ihnen zu schaffen machte.

Und zum anderen ein Podest im Zentrum des Maschinenraums, das teilweise von blütenweißen Schleiern verdeckt wurde, die sich schwach in einer Brise bewegten, die Tamarena nur aufgrund des Zitterns der Gaze wahrnehmen konnte, sonst aber nicht spürte. Sie hätte geschworen, dass hier in dieser riesigen Halle kein Luftzug ging.

Auf der erhöhten Fläche hinter diesem hauchdünnen, wehenden Stoff lagen zahlreiche Decken und Polster, und darauf saßen mehrere Personen. Tamarena glaubte, insgesamt fünf weibliche und eine männliche auszumachen. Die Frauen trugen weite Roben mit Kapuzen, wie sie auch von Tamarena bevorzugt wurden, wenn sie nicht, wie jetzt zu dieser Exkursion, eine enge

Kombination in der hellblauen da-Traversan-Farbe angelegt hatte.

Bei der männlichen Gestalt schien es sich um einen Jungen etwa in Archetz' Alter zu handeln. Er saß in der Mitte der Frauen, die einen Kreis um ihn bildeten und ihn offensichtlich angestrengt musterten.

Archetz deutete auf das Podest. »Die Feuerfrauen«, flüsterte er.

»Sie verfügen über Psi-Kräfte, nicht wahr?«, fragte Tamarena genauso leise. Am liebsten wäre sie wieder umgekehrt. Sie hatte auf einmal schreckliche Angst, entdeckt zu werden.

»Ja. Die *Zhy-Famii* der arkonidischen Raumnomadenclans sind paranormal begabt.«

»Und was hat der Junge dort zu suchen?«

»Die Feuerfrauen bedürfen des männlichen, quasi katalytisch wirkenden Elements, um ihre Gaben zu aktivieren und zu beherrschen. Sie bilden Meditationsblöcke.«

»Warum?«, fragte Tamarena.

Archetz hielt einen Finger vor seine Lippen und schüttelte den Kopf. »Komm, wir kriechen näher heran, dann kannst du es besser sehen.«

Tamarena wurde noch blasser, als sie es schon war. Durch dieses schlangenleibige Gewirr? Nie im Leben!

Aber Archetz hatte sich schon in Bewegung gesetzt, tauchte in das Labyrinth aus Rohren und Kabeln ein. Er hielt kurz inne, drehte sich zu ihr um und nickte auffordernd.

Zögernd berührte Tamarena eine der Verstrebungen. Überrascht stellte sie fest, dass sie sich angenehm warm und weich auf der Haut anfühlte.

Vorsichtig zog sie sich an dem Kabelstrang empor, bekam mit den Füßen Halt und schob sich tiefer hinein in das unübersichtliche Gewirr.

»Nicht so schnell!«, hauchte sie, doch sie wusste nicht, ob Archetz sie gehört hatte.

Sie spürte die warmen Rohre und Kabel an Armen, Füßen und Leib, verlor völlig die Orientierung und wäre am liebsten einfach liegengeblieben, wenn Archetz sie nicht immer von Neuem angespornt hätte. Schließlich befanden sie sich unterhalb des Podests, das keine drei Meter von ihnen entfernt war.

Tamarena machte darauf ein überirdisch anmutendes und unglaublich schönes Funkeln aus.

»Das sind hyperaktive fünfdimensionale Kristalle«, wisperte Archetz, obwohl der Lärm der Maschinen seine Worte übertönte. »Die Meditationsblöcke der parageschulten Zhy-Famii der Raumnomaden verwenden sie, um die RAGNAARI zu bewegen und in Transition zu zwingen.«

»Diese … Feuerfrauen treiben das Schiff an?« Tamarena schaute zu dem Podest hinauf. Sie konnte die Gestalten darauf noch immer nur undeutlich ausmachen, doch sie schienen hinter den sacht wehenden Schleiern völlig reglos zu sitzen, wie in tiefe Trance versunken.

Archetz nickte. »Die Zhy-Famii treiben die RAGNAARI mit einer Mischung von technischen und paramechanischen Kräften an. Auch die riesigen Habitate steuern und bewegen sie mit ähnlichen Methoden. Das ist ein Geheimnis der Raumnomaden. Ich muss dich bitten, es niemandem zu verraten.«

Das hättest du dir überlegen sollen, bevor du mich hierher geführt hast, dachte Tamarena und bereute den Gedanken sofort wieder.

Sie schluckte zerknirscht, war von sich selbst entsetzt. »Ich verspreche es«, sagte sie feierlich.

Eine Weile betrachteten sie die Frauen und ihren männlichen *Katalysator* auf dem Podest. Tamarena genoss das Leuchten der fünfdimensional aktiven Kristalle. Ihr Licht und ihre Wärme schienen sie einzuhüllen und die bedrohliche Enge und Dunkelheit des Maschinenraums immer weiter zurück zu treiben.

Und mit ihr auch die Furcht.

»Ich bin gern hier«, flüsterte Archetz neben ihr. »Das hier ist das Schiff. Alles andere ist nur Beiwerk!«

Tamarena nickte zögernd. Sie fühlte es jetzt auch, dieses Vibrieren, das kraftvolle Ächzen von Metall, das Dröhnen der Konverter und Meiler, ein Summen und Brummen überall, das ihr trotz der Vielfalt der einzelnen Töne mittlerweile gleichförmig, harmonisch und beruhigend vorkam.

Ja, das war das Herz des Schiffes!

Unvermittelt zuckte die Prinzessin von Traversan zusammen. Sie glaubte, einen Gedanken zu vernehmen, deutlicher als die bloßen *Eindrücke*, die sie von Archetz bekam.

Den Gedanken einer der Frauen auf dem Podest. *Da ist jemand!*

In die fünf statuenhaften Gestalten hinter den wehenden Stoffen kam Leben. Hatten sie vorher völlig reglos dort gesessen, rührten sie sich nun. Es waren kaum merkliche Bewegungen, das Heben einer Hand, das Drehen eines Kopfes, das Öffnen eines Augenpaars, ein nervöses Zucken in einer Schulter. Doch so spärlich diese Regungen auch sein mochten, gerade weil die Frauen zuvor anscheinend völlig leblos gewesen waren, wirkten sie nun umso auffälliger.

Dann gellte auch schon eine Stimme durch das Labyrinth: »Wer ist da?« Sie warf Echos und verlor sich fast in dem Getümmel der Rohre und Kabel. »Ich spüre euch ganz deutlich! Was habt ihr hier zu suchen?«

Archetz atmete erschrocken ein, fluchte leise und zog sich dann wieselflink tiefer in das Gewirr der Aggregate zurück. Er musste Tamarena nicht erst einen Wink geben, damit sie ihm folgte.

Er kletterte flink wie ein Cara, ein Baumbewohner der tropischen Region von Traversan, Leitern hoch, zwängte sich geschmeidig durch noch so enge Lücken, schlängelte sich geschickt durch schmutzige, glitschige Rohre.

Tamarena hatte Mühe, ihm zu folgen. Panische Angst stieg in ihr empor. Man hatte sie entdeckt! Sie hatte ein Geheimnis der Raumnomaden entdeckt und wusste nicht, wie die Zhy-Famii darauf reagieren würden. Auf jeden Fall würde es einen Bericht geben, einen Eintrag in ihre Akte. Ihre Ausbilder auf Arkon würden davon erfahren, und auch der Hof auf Traversan …

Hinter ihr erklangen Schritte, wurden schnell lauter. Dann neben ihr, und – konnte es sein? – gleichzeitig auch vor ihr.

Tamarena keuchte heftig. Die schwüle, stickige Luft brannte in ihren Lungen, und ihre Muskeln schmerzten, obwohl sie ihr körperliches Ertüchtigungstraining an Bord der RAGNAARI fortgeführt hatte, so gut die Umstände es ermöglichten.

Aber es war nicht mehr weit bis zu dem Rohr, durch das sie in den Maschinenraum gelangt waren. Gar nicht mehr weit, nur noch ein paar Meter …

Sie rutschte auf Händen und Knien durch einen niedrigen Gang, erreichte eine Luke, sah Archetz daneben, schlitterte zu ihm, erhob sich … und erstarrte.

Sie hatten sich den Weg durch die Eingeweide der RAGNAARI rasend schnell gebahnt, und Tamarena war überzeugt, dass es niemandem möglich gewesen war, sie zu überholen, an ihnen vorbei zu kommen.

Und doch stand eine der Frauen von dem Podest vor ihnen, die Gestalt kerzengerade unter der Robe, das Gesicht unter dem Schleier verborgen. Sie war schmächtig, fast zierlich, strahlte aber eine Kraft aus, die Tamarena Furcht einflößte.

Archetz riss die Hände hoch, um das Gesicht zu verbergen, und drehte den Kopf zur Seite.

Sie konnte kurz, ganz kurz nur, sein Züge sehen, seine Augen, und die Sterne darin blitzten hell und strahlend auf. Das Feuer loderte so grell, wie sie es noch nie zuvor gesehen hatte.

Und dann …

Dann schälte sich etwas aus seiner Hand, seinen Fingern, ein kleiner, weicher, weißer Tentakel, ein Stück … Ektoplasma.

Tamarena hatte keinen anderen Namen dafür.

Die Fortsetzung seiner Fingerspitzen schoss in die Höhe, wurde größer, und dann verwandelte der wabernde Wurm sich in ein weißes Tuch, das kaum mehr Substanz hatte als der Schleier der Feuerfrau und sie trotzdem genauso sicher vor den Blicken der Zhy-Famii verbarg.

Und noch etwas geschah.

Tamarena war plötzlich einen Augenblick lang eins mit seinen Gedanken, einen ganz kurzen Moment nur. Doch in dieser winzigen Zeitspanne konnte sie in Archetz lesen wie in einem aktivierten Datenspeicher.

Sie spürte die Konzentration, die er aufbringen musste, um das Ektoplasma – nein, Psychoplasma! – entstehen zu lassen. Den Schmerz und die Anstrengung, die es mit sich brachte, einen einzigen winzigen Tropfen aus seinen Fingerspitzen gleiten und wachsen zu lassen. Sie erfasste die sanfte Sinuskurve, die die psychoenergetische, künstlich belebte Materie ausschickte, und die Qual, mit der Archetz sie anschwellen ließ und mit ihrer Schwingung verschmolz.

Die von ihm erzeugte Materie drängte danach, sich vollends auszubilden, und gab ihr einen Energiestoß, der ihn fast bewusstlos werden ließ.

Doch das Psychoplasma, die Psychomaterie, löste sich vollends von ihm, schoss in hohem Bogen durch den Gang und bedeckte den Kopf der Feuerfrau, die vor ihnen stand.

Diese kurze Ablenkung genügte.

Der Kontakt mit Archetz zerriss, als der junge Nomade eine Klappe in der Wand aufriss. Er sprang in den Schacht dahinter, zog Tamarena hinein und brachte die Abdeckung wieder an.

Archetz gab der Prinzessin einen Schubs, und mit den Beinen zuerst glitt sie in eine Dunkelheit und Enge, die ihren Schrecken für sie nun zum größten Teil verloren hatte.

Trotzdem atmete sie auf, als sie das Rohr wieder verlassen konnte, kaum dass sie es betreten hatte, so schnell war in ihrer Angst und Bestürzung für sie die Zeit vergangen.

In ihrem Kopf herrschte ein fürchterliches Durcheinander, das sie zu überwältigen drohte. Sie konnte die Eindrücke nicht verarbeiten. Am stärksten hallte jedoch die Erleichterung nach, mit der Archetz das parapsychische Plasma zurückgezogen, aufgelöst und wieder aufgesogen hatte. Die Kraft und Energie, die er zu dessen Erzeugung aufgewandt hatte, war wieder in ihn zurückgeströmt, und er war wieder *komplett.* Das, was er sich selbst entrissen hatte, um ihre Flucht zu ermöglichen, hatte ihn so stark geschwächt, ihm so sehr gefehlt, dass sein Leben in unmittelbarer Gefahr gewesen war.

»Sie hat uns entdeckt!«, keuchte sie. Ihr rasender Atem beruhigte sich nur langsam.

Sie sah sich um, erkannte den vertrauten, den Passagieren zugänglichen Bereich des Schiffes, und staunte über die Erleichterung, die sie empfand, in ihn zurückgekehrt zu sein. So bedrohlich er ihr am Anfang der Reise vorgekommen war, solch ein willkommener Hort der Vertrautheit war er nun für sie.

»Aber sie hat uns nicht erkannt!«, sagte Archetz, als er auch hier das Blendenschott wieder befestigte. »Sie war noch tief in Trance, in ihrer Meditation versunken. Sie hat sich gerade für die nächste Transition vorbereitet. Für die letzte«, fügte er leise hinzu.

»Bestimmt?«

»Ganz bestimmt. Ich kenne das. Man hat mich nicht zum ersten Mal im Maschinenraum überrascht, aber noch nie gemeldet.«

Dennoch warf Tamarena auf dem Weg zu ihrer Kabine immer wieder Blicke über die Schulter, ob ihnen nicht doch jemand folgte, und sie ahnte, auch den nächsten Tag, den letzten der Reise, würde sie in der ständigen Angst verbringen, unvermittelt zur Schiffsleitung gerufen und wegen ihres Ausflugs befragt zu werden.

Archetz betrat hinter ihr die Kabine, ohne dass sie ihn dazu aufgefordert hatte. Und ohne um Erlaubnis zu bitten.

Sie schloss die Tür und sah ihn an.

»Du bist ein Mutant«, sagte sie.

Er nickte. »Ich verstehe es selbst nicht«, sagte er. »Normalerweise sind bei den Raumnomaden nur die Frauen parapsychisch begabt. Ich bin wohl eine … Ausnahme.« Er zuckte die Achseln.

»Du kannst Psi-Materie formen, nicht wahr?«

»Ja«, gestand Archetz ein. »Frag mich nicht, wie ich es mache, ich weiß es nicht. Es funktioniert auch nicht immer.«

Tamarena legte eine Hand auf die seine. »Aber gerade hat es uns gerettet.«

»Zumindest verhindert, dass wir gewaltigen Ärger bekommen.« Er lächelte schwach. »Niemand weiß, dass ich diese Fähigkeit habe. Und du wirst es nicht verraten, oder?«

»Natürlich nicht.«

Archetz senkte den Blick auf seine Fußspitzen. »Dann verrate ich auch nicht, dass du eine Telepathin bist.«

»Was?«, sagte Tamarena.

Er schaute überrascht wieder hoch. »Weißt du das etwa nicht? Ich habe dich ganz deutlich in meinen Gedanken gespürt …«

Sie schluckte krampfhaft. »Doch«, gestand sie dann ein. »Ich habe es zumindest geahnt. Ich war mir nicht sicher.« Sie lächelte zaghaft. »Zum ersten Mal habe ich es bemerkt, als ich dir in der Schleuse der RAGNAARI begegnete.«

Er schloss seine Finger um ihre Hand. »Dein Geheimnis ist bei mir sicher.«

Sie zögerte. »Du musst keine Angst haben«, sagte sie dann.

Er musterte sie aus zusammengekniffenen Augen.

»Ich habe es gespürt, als ich in deinen Gedanken war. Deshalb wolltest du mir unbedingt den Maschinenraum zeigen, dich von der RAGNAARI verabschieden. Genau, wie ich fürchterliche Angst vor diesem Schiff gehabt habe, der Enge, der Dunkelheit darin, vor dem Gefühl, eingeschlossenen zu sein … genauso fürchtest du dich vor den Planeten, auf denen du im nächsten Jahr leben musst. Vor der Weite, dem Horizont …«

Er biss sich auf die Unterlippe. »*Das All kennt keinen Horizont.* Außerdem …« Er stockte.

Sie sah ihn an.

»Es ist nicht nur die Angst vor der Unendlichkeit der Arkonwelten. Ich weiß nicht, was sie mit mir machen werden, wenn sie … wenn sie …«

»Herausfinden, dass du ein Mutant bist?«

Er nickte.

»Du hast mir geholfen, meine Furcht zu überwinden«, sagte sie. »Ich habe keine Angst mehr vor der RAGNAARI, dem großen und doch so kleinen Schiff. Und ich werde dir helfen, deine Angst vor einem Planeten zu überwinden.« Sie sah ihn an, setzte ein Grinsen auf. Es geriet etwas schief.

»Glaub mir«, fuhr sie fort, »ich kann mir auch etwas Schöneres vorstellen, als ein Jahr am Hof zu verbringen, oder auf einer Rüstungswelt.« Ein sehnsüchtiger Blick trat in ihre mandelförmigen, hellroten Augen und verzauberte ihr schmales, ovales Gesicht. »Ich würde viel lieber in einer einsam gelegenen Dagor-Abtei im schroffen Zentralmassiv von Masskyr leben … vielleicht erfahre ich dort mehr über meine telepathischen Fähigkeiten …« Sie gab sich einen Ruck. »Aber wir müssen dieses Jahr nun mal durchstehen. Und wir werden es schaffen!«

Nun drückte sie seine Hand, und sie hoffte, dass die Berührung für ihn so tröstlich war, wie sie für sie angenehm war.

Wie Archetz sie zu ihrer Kabine geführt hatte, holte er sie auch wieder ab. Mit keinem Wort erwähnte er ihren Ausflug; schweigend führte er Tamarena durch das Schachtlabyrinth zur Passagierschleuse.

Und sie schauten hinab und sahen …

Einen endlosen Horizont, wie auf Traversan, aber grau und blau und schwarz. Riesenhafte Tunnelbauten, die sich bis in den Himmel schoben und dabei die Wolkendecke durchstießen. Sie erhoben sich aus ineinander verschachtelten Gebäudekomplexen, die sich, grau in grau und unüberschaubar wie das Labyrinth im Maschinenraum, so weit erstreckten, wie das Auge blicken konnte.

Und Straßen, die wie kleine Pfade wirkten, die Termiten in einen Gesteinsquader gemahlen hatte, unendlich weit nach allen Seiten. Und das Leben, das in ihnen nach eigenen Gesetzen pulsierte und brodelte. Und Arkoniden, die dieses chaotische und doch irgendwie geordnete Gewimmel der für sie neuen Welt mit ihrer eigenen Existenz belebten.

»Arkon III«, sagte Archetz.

»Ja, Arkon III«, sagte Tamarena.

Und drückte ganz fest seine Hand.

Die Träume einer Prinzessin von Traversan und eines Fürstenkindes der arkonidischen Raumnomaden ließen sich nicht mit dem Protokoll vereinbaren, das der Palast auf Arkon I für sie vorgesehen hatte.

Tamarena und Archetz sahen sich in dem Jahr, das sie im System der siebenundzwanzig Planeten verbrachten, kein einziges Mal. Sie waren zwei völlig verschiedenen Ausbildungseinheiten zugeteilt.

Wenn Tamarena sich auf Thek-Laktran befand, dem Hügel der Weisen, um vieles über die Riten des Hofs und der Regierung zu lernen, weilte Archetz auf Arkon II.

Wenn Tamarena sich die Hände in den Werften auf Arkon III schmutzig machte, um zu lernen, wie ein Raumschiff erbaut wurde, damit sie es später, vielleicht als Kommandantin, besser beherrschen und einschätzen konnte, bekam Archetz vielleicht aus weiter, weiter Ferne leibhaftig den Imperator in seinem Palast auf Arkon I zu Gesicht.

Tamarena konnte ihr Versprechen nicht einhalten, und ihre Jugend und die Anforderungen der Ausbildung brachten es mit sich, dass sie schon bald nicht mehr an den jungen Raumnomaden mit der besonderen Fähigkeit des *Formens* dachte.

Aber sie sollte ihn noch einmal wiedersehen.

Ein einziges Mal.

Es war zwei Arkonjahre später, bei einem Empfang, den ihr

Vater für Geschäfts- und Handelspartner von Traversan gab. Auch die Nomadenfürstin war eingeladen und erwies dem Nert selbstverständlich die Ehre. Archetz begleitete sie.

Als Tamarena den jungen Nomadenfürsten dieses letzte Mal sah, leuchtete in seinen Augen kein einziger Stern. Sie waren völlig tot.

Die matte Leere in seinem Blick bereitete ihr schreckliche Angst vor dem Unbekannten, das die Zukunft war.

Sie griff telepathisch nach ihm, doch in seinen Gedanken war kaum mehr Leben als in seinen Augen. Sie spürte kein Feuer, keine Kraft. Nur Konformität. Er tat, was man ihm sagte, aß, was man ihm vorlegte, trank, wenn man seinen Becher nachfüllte.

Sie nahm nichts mehr von seiner Kraft des *Formens* wahr.

Sie haben auf Arkon irgendetwas mit ihm gemacht, dachte Tamarena verzweifelt. *Sie haben herausgefunden, dass er ein Mutant ist, und ihm seine Psi-Fähigkeit genommen. Vielleicht gar nicht einmal bewusst. Vielleicht nur, indem sie ihn zwangen, ein Jahr lang auf einem Planeten zu verbringen.*

Und mit seiner paranormalen Kraft war auch sein Leben erloschen.

Und was wird Arkon mit uns machen, dachte sie, *falls wir uns einmal nicht konform verhalten, es wagen sollten, uns dem Imperator zu widersetzen?*

Archetz war kaum mehr als eine lebende Maschine.

Sie drängte sich noch einmal in seine Gedanken, suchte niedergeschlagen nach irgendeinem Funken, den sie erwecken konnte, fand aber keinen.

Ihr Geist schien in eine leere Gruft zu tasten, in der nicht einmal mehr ein Hauch der Vergangenheit verblieben war.

Und doch schienen ihre Bemühungen etwas bei ihm ausgelöst zu haben. Eine Erinnerung an das hervorgerufen zu haben, was er einmal gewesen war.

Und nie wieder sein konnte.

Tamarena schien doch noch einen Funken Leben entfacht zu haben.

Aber anders, als sie es sich vorgestellt hatte.

Wie sie am nächsten Tag erfuhr, überwand Archetz noch in dieser Nacht, eine halbe Tonta, nachdem das Fest sein Ende gefunden hatte, in der RAGNAARI eine automatische Sperre, öffnete einen Materiekonverter und stürzte sich hinein.

1288 NGZ
Tempus Fugit

Für Walter Ernsting (1920 – 2005)

Noch immer ist das Schicksal vieler Menschen, die ab dem Jahr 2400 christlicher Zeitrechnung an den Andromeda-Feldzügen teilnahmen und als verschollen galten, nicht geklärt. Bei einem der Soldaten, die in die Nachbargalaxis flogen, dauerte es fast zweieinhalb Jahrtausende, bis man wieder von ihm hörte.

Leutnant Hope Schwag war der junge Erste Offizier der Kaulquappe C-5, eines 60 Meter durchmessenden Beiboots der CREST II. Er war ein guter Pilot, und seine ganze Bewunderung galt dem Mausbiber Gucky, dem »Retter des Universums«.

Hope Schwag steuerte Ende Dezember 2401 die C-5 bei dem Versuch, die Justierungsstation auf dem Asteroiden Kalif von Bagdad im Schrotschuss-System zu erobern. Als die C-5 den Asteroiden absuchte, befahl der an Bord weilende Gucky, eine rasche Kursänderung, nachdem Perry Rhodan von der CREST II aus per Funk vor Fallen gewarnt hatte. Schwag reagierte aber um einen Sekundenbruchteil zu spät. Dadurch geriet die C-5 in eine Zeitfalle und wurde um rund tausend Jahre in die Vergangenheit versetzt.

Sie kam genau zu dem Zeitpunkt in der Vergangenheit an, als die Meister der Insel auf dem Planeten Kulloch siedelnde Maahks in einer Strafaktion vernichten wollten. Schwag steuerte die C-5 so geschickt, dass sie den Angreifern entkommen konnte. Es gelang, die Kaulquappe wieder in die Gegenwart des Jahres 2401 zurückzubringen, und dieses Abenteuer nahm für Schwag ein gutes Ende.

Bei der nächsten Begegnung mit einem Raumschiff der Meister der Insel hatte er allerdings nicht so viel Glück …

(Aus: Hoschpians unautorisierte Chronik der Milchstraße; Abschnitt HHUA.III.12.4: Der Andromeda-Feldzug.)

Der Grix wartete schon auf ihn.

Auch diesmal wieder vergebens, hoffte Ho.

Er sah nur das obere Ende des Greifarms. Es tastete über den Rand der schmalen, langgezogenen Erdspalte hinaus, die sich bis zu den fernen Ausläufern der Hügel hinzog. Die Tentakelspitze wirkte in ihren raschen Bewegungen ungezügelt. An ihrem Ende saß eine kleine Kelle mit Pfeilspitzen, die wild durch die Luft peitschte.

Der Grix hoffte, diese Runde des ewigen Spiels endlich zu gewinnen. Er benötigte nur einen einzigen Erfolg, einen Moment der Unachtsamkeit seines Widersachers, und sein Hunger würde auf Jahre gestillt sein.

Die Spitzen am Tentakelende waren scharf wie feinster geschliffener Arkonstahl; die Ausbuchtung konnte sich auf die zehnfache Größe ausdehnen und einen Menschen wie Ho mit einem Zuschnappen verschlingen.

Zufrieden bemerkte Ho, dass der Grix seine Gier nicht mehr beherrschen konnte. Er spürte, dass das Spiel bald begann. Ein zweiter Greifarm schoss durch eine kleine Spalte ins Freie und bildete sofort Sinnesorgane, die verblüffende Ähnlichkeit mit menschlichen Augen hatten.

Das war natürlich eine Täuschung. Der Grix brauchte keine Augen, um seine Opfer wahrzunehmen.

Ein weiterer Tentakel brach durch einen Bodenriss auf der anderen Seite der Erdspalte hervor. Der Grix zog sie sofort wieder zurück, doch Ho musste unwillkürlich lächeln.

»Du hast dich verraten«, murmelte er. »Du hast mörderischen Hunger, mein Freund. Aber bald ist es soweit.«

Bald würde er springen.

Der Grix war eigentlich ein dankbarer Gesprächspartner. Ho diskutierte mit ihm über Zeitdilation und Rotlichtverschiebung, über das Driften von Galaxien und sogar über sein ehemaliges Hobby, die Germanen. Natürlich hatte der Grix zuvor nie von Germanen gehört, doch auch er kannte längst untergegangene Volksstämme, bei denen im Verlauf von späteren Jahrhunderten und Jahrtausenden ein nationalistisch verzerrtes Bild entstanden war.

Der Grix war eigentlich sehr gebildet.

Aber man konnte sich mit ihm nur unterhalten, wenn er gesättigt war. Wenn er Hunger hatte, kannte er keine Freundschaft mehr. Das Wesen würde Ho sofort mit Haut und Haaren verschlingen und absorbieren, sollte es seiner habhaft werden.

Ho grinste. *Warum tue ich das eigentlich?*, fragte er sich. *Weil ich die Herausforderung brauche? Weil ich dem Grix zeigen will, wo seine Grenzen liegen?*

Er schüttelte den Kopf. *Nein. Um mir die Zeit zu vertreiben. Und mich zu beweisen. Ich fordere den Grix heraus, um gegen die Langeweile anzukämpfen, die mich sonst genauso umbringen würde wie dieses Wesen.*

Aber daran glaubte er selbst nicht.

Er würde springen, weil er den Grix peinigen wollte. Nach dem höchsten Einsatz folgte die höchste Befriedigung. Ob der Grix Hunger litt, war Ho völlig gleichgültig. Die anderen warfen ihm regelmäßig ein wenig Nahrung in die Erdspalte. Ho hatte das nie getan und würde es auch nie tun.

Der Grix steckte in seinem kleinen Reich fest, in dieser Erdspalte, die er nicht verlassen konnte, und das definierte und schwächte ihn. Ho erkannte die Schwächen der anderen und nutzte sie in der Regel auch. Könnte der Grix nicht so angenehm mit ihnen kommunizieren, wäre er längst tot.

Sie alle hatte es gleichermaßen erwischt. Sie waren hier auf diesem Planeten gefangen und mussten sehen, wie sie damit zurechtkamen.

Natürlich trug solch eine Einstellung nicht gerade zu seiner Beliebtheit bei. Ho gestand sich ein, dass er manchmal auf die Schwächen der anderen geradezu einhämmerte, sie schonungslos bloßlegte und mit einer Penetranz aufdeckte, die ihm manchmal selbst zuwider war. Dann mieden die anderen ein paar Tage lang und sprachen schließlich wieder mit ihm. Ihm konnte hier auf dieser Welt nichts passieren.

Solange er den Bogen nicht überspannte.

Sie waren einfach zu wenige. Den anderen juckte es manchmal in den Fingern, Klauen, Tentakeln und sonstigen Extremitäten, ihm den Hals umzudrehen. Aber jeder Verlust eines Mitbewohners wäre gleichbedeutend mit geringerer Kommunikation. Und sie stritten lieber, als dass sie an Langeweile starben.

Ho grinste, trat ein paar Schritte zurück, nahm Anlauf und sprang. Der Tentakel zuckte hoch, und Ho warf sich im Flug zur Seite und spürte den Luftzug an seiner Nase.

Diesmal war es wirklich *knapp*. Er nahm eine Berührung an seinem Kinn wahr und die Wärme des Blutes, das auf seinen Hals tropfte.

Er landete, rollte sich ab und sah den Tentakel, der nach ihm griff und ihn nicht erreichen konnte.

Er hatte es noch einmal geschafft.

Zum hundertsten Mal? Oder zum tausendsten?

Der Tentakel zuckte gierig und verzweifelt, doch all seine Bemühungen waren vergebens. Ho lehnte sich zurück und lachte. Er spürte das Adrenalin, das durch seinen Körper strömte, und atmete langsam und tief durch, um sich zu beruhigen.

Irgendwann erhob er sich, warf dem Grix einen verächtlichen Blick zu und ging.

Der Weg führte steil den Hügel hinauf und schien dann abrupt zu verschwinden, als er sich an seiner höchsten Stelle wieder senkte. Hinter den Felsformationen schob sich scheinbar ein Himmelskörper vorbei. Er sah aus wie ein riesiger Ringplanet, wie der Jupiter, doch es handelte sich nur um einen kleinen Mond dieser seltsamen Welt.

Der Eindruck von Bewegung täuschte allerdings. Der große Mond hing *immer* dort am Himmel, wenn die Dunkelheit sich senkte. Der Planet schien zu rotieren, kannte Tag und Nacht, aber keine Jahreszeiten. Als wäre er erstarrt in der Zeit.

Wie der Ringmond.

Ho schlurfte den unbefestigten Weg hinauf. *Seltsam*, dachte er nicht zum ersten Mal. Sie hatten hier alle Zeit der Welt, und doch redeten die zehn Bewohner dieses Planeten sich nur mit Abkürzungen an. Bei Grix war das ja noch verständlich. Er hieß eigentlich Grixamareiconaromgajon, und da war die Kurzfassung eine sehr vernünftige Alternative. Aber bei *ihm* ... So lang war sein Name auch wieder nicht.

Trotzdem nannten die anderen ihn nur Ho.

Nun ja ... sie hatten hier viel Zeit, aber nicht unendlich viel. Nachdem er auf diesen Planeten gebracht worden war, hatte er versucht, einen Kalender zu führen.

Er hatte es schon bald wieder aufgegeben.

Die Zeit verstrich *anders*.

Aber sie *verstrich*. Er alterte. Er merkte es deutlich. Seine Haare wurden weniger – und grauer –, und nach einen Sturz einen Hang hinab hatte er auf einem Ohr das Gehör verloren. Verletzungen heilten nicht von allein.

Am schlimmsten waren jedoch die Zähne. Er hatte unter starken Schmerzen mehrere eingebüßt. Sein Gebiss wies zahlreiche Lücken auf.

Nur gut, dass der Turm *flüssige* Nahrung spendete.

Der Turm ... der seit Urzeiten schwieg.

Manchmal fragte sich Ho, ob man ihn finden und abholen würde, bevor es zu spät war. Bevor er vollends zum alten Eisen gehörte.

Man würde ihn finden, davon war er überzeugt. Es würde ihn nicht überraschen, wenn Leutnant Guck persönlich in einer Kaulquappe – oder vielleicht sogar mit der CREST – irgendwann neben diesem seltsamen Mond über den Gebirgsausläufern auftauchte, auf den Planeten teleportierte und ihn und die anderen befreite. Auf dieser Welt mochte zwar etwas nicht mit der Zeit stimmen, doch der Überall-zugleich-Töter kannte sich mit Zeitfallen bestens aus.

Ho schlief seit dem ersten Tag auf dieser Welt in einer Höhle in den Hügeln und nicht in der kleinen Ansiedlung, die die anderen errichtet hatten. Die, die noch lebten, und die, die gestorben waren. Er wollte den Bogen nicht überspannen und ihnen seine Nähe aufzwingen.

Er hatte seine Schlafstätte so behaglich eingerichtet, wie es ihm möglich war. Die Halme und Gräser, die er in die groben Stoffumhüllungen packte, mussten nur selten erneuert werden. Sie verrotteten unendlich langsam, blieben lange Zeit so frisch, als hätte er sie gerade erst gekappt, und zerfielen dann abrupt zu graugrünem Staub. Aber erst nach einer Ewigkeit.

Ho streckte sich auf dem Lager aus, schloss die Augen und erwartete den Traum.

Den Traum, der jede Nacht kam. Es war, als sei im unendlichen Reich der Träume Ausverkauf gewesen und lediglich dieser eine übrig geblieben, der immer wiederkehrte.

Jede Nacht derselbe Traum …

»Um die von den Duploflotten der Meister der Insel ausgehende Bedrohung der Milchstraße zu verringern, werden wir den Sonnensechseck-Transmitter im Zentrum Andromedas zerstören«, sagte Rhodan. Sein Gesicht war ernst. Dem Großadministrator des Solaren Imperiums war bewusst, welche Folgen dieser Befehl haben konnte.

Dann veränderte sich sein Antlitz. Die Wandlung ging immer von der kleinen Narbe auf dem Nasenflügel aus. Sie wurde größer, zerfloss und leuchtete dann immer heller auf, bis sie die Netzhäute der Augen zu verbrennen drohte und strahlte wie ein Fanal aus zweitausend Sonnen …

Zweitausend Sonnen …

»Das von mir entwickelte Hyperinmestron«, sagte Professor Arno Kalup, »ruft durch Bestrahlung von Materie mit Inmestronen den Wiezold-Effekt hervor, die schlagartige Umwandlung von Materie in Antimaterie. Wir haben die mit Fusionssprengköpfen beladene Korvette KC-50 zu einem Eckstern des Sonnentransmitters der Meister der Insel gelenkt, und die neue Waffe hat die durch Zündung der Sprengköpfe entstandene Kunstsonne in

eine Anti-Sonne verwandelt. Anti- und Normalmaterie kollidierten und vernichteten sich gegenseitig.«

Das Gesicht des genialen Wissenschaftlers wurde vom Licht und der Hitze von zweitausend Sonnen erfasst und versengt, doch seine Stimme dröhnte weiter.

»Wir konnten jedoch nicht damit rechnen, dass die Zerstörung des Sonnentransmitters zu gewaltigen Energiestürmen im Zentrum des Andromedanebels führen würde, denen in einem Radius von zwanzig Lichtjahren etwa zweitausend Sonnen zum Opfer fielen. Die CREST vermochte sich zwar rechtzeitig aus der Todeszone zurückziehen, doch zahlreiche terranische Schiffe entkamen diesem Inferno nicht mehr rechtzeitig …«

Die Stimme ging unter im Donnern der Fusionsmeiler der MÜLHEIM. Immer lauter wurde das Geräusch, es versetzte die Schiffszelle in Schwingungen, vibrierte in Hos Körper, ließ ihn so heftig zittern, dass seine Zähne haltlos aufeinander schlugen. Ho schrie …

Hinter ihm das Licht von zweitausend Sonnen, von Energiestürmen aufgeheizt bis zur Explosion, und vor ihm plötzlich ein … ein Etwas, ein riesiges Schiff, das den terranischen Raumer mühelos aus seinem Fluchtkurs riss, die Hülle aufschnitt, als bestünde sie aus Butter und nicht aus Terkonit, und dann …

Dann nichts mehr. Nur noch Schreie.

Ho schrie noch immer, als er aus seinem Traum erwachte. *Was habe ich getan, dass ich so büßen muss?* fragte er sich, wie jedes Mal, wenn er aus dem Traum erwachte. *Nichts …*

Grix und Kutt und Falst und Trib und all die anderen waren wahrscheinlich anderer Ansicht.

Grix verhöhnte er mit seinen Aktionen am Rand der Erdspalte, in der das seltsame Wesen hauste. Kutt hatte er so stark und permanent provoziert, dass er kaum noch mit ihm sprach. Falst hatte er beim Bau der Hütten immer wieder bei den geringsten Fehlern vor allen anderen bloßgestellt. Trib hatte er gezielt aufs Korn genommen und mit seinem ganzen Hohn und Spott überschüttet.

Warum tue ich das? fragte sich Ho. *Ich war doch früher nicht so … oder doch?*

Er griff nach seinem Speer, verließ die Höhle und marschierte los, den Weg hinauf, der zum Dorf führte, in der Hoffnung, die körperliche Aktivität würde ihm helfen, den Gedanken zu verdrängen. Doch so leicht ließ er sich nicht abschütteln. Seufzend setzte er sich auf einen Stein und rief sich in Erinnerung zurück, was ihn seit Ewigkeiten quälte.

Angefangen hatte es mit der Versetzung von der CREST auf die MÜLHEIM.

Ho lächelte schwach.

Damals waren sehr viele Kreuzer nach einer bedeutenden Stadt benannt worden. Von der FRANKFURT über die BARCELONA bis hin zur JOHANNESBURG war alles vertreten gewesen, was Rang und Name hatte. Und er war von der CREST auf die MÜLHEIM versetzt worden – die unbedeutende MÜLHEIM, einen kleinen Städtekreuzer, weit weg von Perry Rhodan, Don Redhorse und Gucky.

Hauptsächlich Gucky.

Mit dem er einen wichtigen Einsatz geflogen war. Dem seine ganze Verehrung galt. Und seine ganze Hoffnung.

Gucky würde ihn hier herausholen.

Irgendwann.

Diese Versetzung hatte ihn verbittert, und danach war er ein anderer Mensch geworden.

Gucky … fast konnte er den Mausbiber vor sich sehen, wie er riesenhaft über dem Weg und neben dem Ringplaneten schwebte, wie immer, wenn Ho sich hier ausruhte, doch jedes Mal blieb der Ilt transparent, durchscheinend, als wollte er sich absichtlich nicht fassen lassen, nur der Hoffnung Nahrung geben.

Der Hoffnung auf Erlösung.

Und wie fast immer, wenn Ho hier saß, rissen leise, scharrende Geräusche ihn aus seinen Gedanken. Er drehte sich nicht um. Er wusste, dass Vock und Don sich hinter ihm angeschlichen hatten, zwei haarlose Geschöpfe mit eierförmigen Köpfen, langen Nasen und dreifingrigen Händen. Sie waren harmlos, schnatterten unentwegt miteinander und zogen sich mehrmals am Tag zurück, um ihre Triebe zu befriedigen.

Wenigstens das war ihnen möglich. Sie waren das einzige Paar auf diesem Planeten. Alle anderen Gestrandeten gehörten unterschiedlichen Spezies an und waren biologisch nicht kompatibel.

Ho erhob sich und ging weiter, den Weg hinauf. Als er die Kuppe des Hügels erreichte, stand unvermittelt Kutt vor ihm.

Kutt war nicht minder seltsam als Grix.

Er sprach nicht. Sein Gesicht lag in ewigem Schwarz, war einfach nicht auszumachen. Sein Körper war von einem Gewand bedeckt, das einer irdischen Ordenskutte ähnelte. Da war es die reinste Ironie, dass er mit vollem Namen Kuttmaranga hieß.

Lediglich Kutts Hände ragten unter dem Gewand hervor, und sie wirkten verkrüppelt, falsch proportioniert, unförmig.

Unnatürlich.

Hinter Kutt erhoben sich die Ausläufer der Ansiedlung. Dahinter reckte sich, wie schon immer, ein weißer Turm in den Himmel, und auf Kutts rechter Seite schien ein Schwarzes Loch weiß geworden zu sein und Protuberanzen in das Nachtleuchten zu ergießen.

Der Himmel war völlig unwirklich.

Wie die Welt, auf der sie sich befanden.

Kutt deutete zur Siedlung, und Ho nickte und folgte ihm.

Kutts Ziel war der Turm.

Ho hatte das erwartet. Kutt war nicht besonders kommunikativ, spielte nicht mit dem Grix, hielt sich von den anderen fern und trat nur in Erscheinung, wenn es etwas von Bedeutung zu besprechen gab.

Und mit ihm, Ho, kommunizierte er gar nicht mehr. Zu sehr hatte Ho ihn im Lauf der endlosen Tage und Nächte verärgert.

Doch nun baute Kutt sich neben dem Turm auf, und obwohl kein Lüftchen ging, wehte sein Umhang, schlug frohlockende Kapriolen, die Ho einfach fehl am Platz vorkamen.

Der Turm war wieder erwacht.

Wie lange war es schon her?

Monate? Oder Jahrtausende?

Ho konnte es nicht genau sagen. Aber es war einiges an Zeit vergangen. Schließlich hörte er schlechter als früher und hatte auch nicht mehr so viele Zähne im Mund.

Und war grau geworden.

So etwas passierte nicht über Nacht.

Ein grauer Wolf. Ho grinste schwach. *Aber er kann noch immer seine Opfer beißen und an ihrem Fleisch zerren, nachdem sie längst in Verwesung übergegangen sind.*

Der Turm war Ho immer seltsam vorgekommen. Wie eine halb durchsichtige dorische Säule, in die jedoch ein fremdes Wesen mit insektenhaften Umrissen eingeschlossen war. Ein riesiger Käfer, das in der Umhüllung des Turms gestorben und erstarrt war.

Erstarrt wie die Zeit …

Vielleicht der erste *Bewohner dieses Planeten?*, fragte sich Ho. Der beim Transfer auf diese Welt irgendwie in dem Turm *festgefroren* war …

Der Turm spendete ihnen noch immer Nahrung, doch früher war er die einzige Verbindung mit anderen Wesen außer den Gestrandeten gewesen. Auch wenn es sich nur um verhasste Tefroder gehandelt hatte. *Duplos wahrscheinlich*, dachte Ho voller Geringschätzung.

Sie hatten den Gefangenen über eine ziselierte, ornamentierte Holofläche ganz oben in der Säule Anweisungen erteilt, doch das war schon lange her.

Seit Urzeiten hatte sich kein Tefroder mehr gemeldet. Nur der nahrhafte Flüssigbrei quoll noch aus der kleinen Öffnung am Fuß des Turms.

Kutt zeigte wortlos nach oben, und Ho sah, dass zwei junge, humanoide Gesichter ihn aus eben jener Fläche anstarrten.

Sofort regte sich Misstrauen in Ho.

Es konnten Tefroder sein, Handlanger der Meister der Insel. Aber auch Terraner. Ihre Haut war nicht samtbraun, sondern deutlich heller, aber das ließ sich mit primitivsten Mitteln manipulieren. Wie sollte man Terraner sonst von Tefrodern unterscheiden? Auch ihre Uniformen waren ihm völlig unbekannt, wiesen nicht das wohlvertraute Lindgrün auf.

»Bist du Terraner?«, stellte der ältere der beiden Männer die Frage, die Ho auf den Lippen brannte.

Er kniff die Augen zusammen. »Sind *Sie* Terraner?«, erwiderte er.

»Teikubird Steinfalke«, sagte der Mann. »Kommandant der EX-1772. Unterwegs mit Sondergenehmigung der Maahk-Zentralverwaltung in Andromeda.«

»Ich weiß, dass ich in Andromeda bin«, fauchte Ho. »Wer sagt mir, dass Sie kein Tefroder sind, der sich in mein Vertrauen schleichen will?«

Steinfalke warf seinem Kollegen einen Blick zu. Dann zuckte er mit den Achseln. »Wir müssen einiges klären«, sagte er. »Mit den Tefrodern leben wir schon lange in Frieden. Offensichtlich …«

»Offensichtlich verläuft die Zeit auf dieser Welt *anders*«, unterbrach Ho ihn. »Das ist mir auch schon aufgefallen, junger Mann. Holen Sie Leutnant Guck. Er kennt mich. Und er wird mich von diesem Planeten wegbringen.«

Steinfalke seufzte leise. »Das wird nicht so einfach sein. Vielleicht könntest du mir zuerst einmal verraten, wie du heißt und seit wann du auf dieser Welt bist?«

»Wie kommen Sie dazu, mich einfach zu duzen, junger Mann? Als Sie noch brav an der Hand Ihrer Mutter zur Schule gingen, habe ich bereits Kaulquappen geflogen.«

Der Explorer-Kommandant sah seinen Kollegen erneut an. »Kaulquappen?«, fragte er.

»Kaulquappen«, bestätigte Ho. »Und ich kann alles fliegen, junger Mann. Sogar die CREST. Bezweifeln Sie nicht meine Fähigkeiten als Pilot. Dies sei Ihnen ins Stammbuch geschrieben, junger … Herr Kommandant.«

»Seit wann sind Sie hier auf dieser Welt?«, wiederholte Steinfalke seine Frage.

»Das weiß ich nicht genau. Großadministrator Rhodan gab im Juli 2405 den Befehl zur Zerstörung des Sonnentransmitters der MdI. Bei der Flucht aus dem Zentrum Andromedas wurde mein Schiff von Unbekannten aufgebracht und …«

»Dein … Ihr Schiff?«, unterbrach der Kommandant ihn. »Und du … Sie meinen die alte Zeitrechnung, nicht wahr?«

Ho runzelte die Stirn. »Die *alte* Zeitrechnung?«

Steinfalke biss sich auf die Unterlippe. »Das erkläre ich … Ihnen später. Hätten Sie nun die Freundlichkeit, mir Namen und Dienstrang zu nennen?«

»Leutnant Hope Schwag«, sagte Ho und salutierte. »Erkundigen Sie sich bei Leutnant Guck nach mir. Ich bin mit ihm geflogen, und er kennt mich und wird für mich bürgen.«

Der Kommandant der EX-1772 drehte den Kopf zur Seite. Seine Augen bewegten sich, als lese er irgendeinen Text ab. »Schwag«, sagte er dann. »Sie werden weder im Flottenverzeichnis noch in Thiesens Historie des Andromeda-Kriegs geführt, und das ist das vollständigste noch erhaltene Zeitdokument.«

»Ich bin mit Leutnant Guck einen wichtigen Einsatz geflogen!«, beharrte Ho.

»Nun ja …« Steinfalke verstummte, doch sein Blick sprach Bände.

Nicht jeder, der einmal mit Gucky unterwegs war, wird in die Annalen des Solaren Imperiums aufgenommen … nicht mal als Fußnote! Ho spürte, wie Zorn und Verbitterung in ihm emporstiegen, ohne dass er dagegen angehen konnte.

»Ihr Schiff ist also verloren gegangen?«, fuhr Steinfalke fort. »Sie waren der Kommandant? Als Leutnant?«

Ho schwieg, schüttelte nicht einmal den Kopf.

»Wir möchten Sie von dieser Welt holen, doch wir haben ein Problem«, sagte Steinfalke nach einer Weile. »Ist Ihnen *History* ein Begriff?«

»Die Geschichte ist mein Hobby«, erwiderte Ho. »Besonders die der Germanen.«

»Ich meine den *Planeten* History. Hier in Andromeda …«

Ho kniff die Augen zusammen. »Nie gehört.«

»Die Meister der Insel haben Zeitexperimente unternommen. Sie haben versucht, auf einzelnen Welten den Fluss der Zeit für Lebewesen anzuhalten. Auf History, aber offensichtlich auch hier …«

»*Darauf* bin ich auch schon gekommen«, fauchte Ho.

»Das heißt, wir können Sie nicht einfach von dieser Welt holen. Der Planet ist von einem temporalen Feld umgeben, und wenn Sie dieses Feld verlassen, wird der Alterungsprozess in Sekundenschnelle einsetzen und …«

»Wie viele Jahre?«, fragte Ho endlich. »Wie lange bin ich schon auf dieser Welt?«

Steinfalke zögerte. »Wir schreiben das Jahr 1288 NGZ« sagte er dann. »Die Neue Galaktische Zeitrechnung wurde im Jahr 3588 alter Zeitrechnung eingeführt …«

Ho rechnete blitzschnell nach. 2471 Jahre … fast zweieinhalb Jahrtausende …

»Holen Sie Leutnant Guck«, sagte er. »Ihm wird schon etwas einfallen. Er kennt sich aus mit Zeitexperimenten der MdI.«

»Der Mausbiber hat die Erde mit unbekanntem Ziel verlassen. Wie übrigens auch die meisten anderen Unsterblichen. Es ist uns nicht möglich, mit ihnen Kontakt aufzunehmen. Aber die Liga Freier Terraner verfügt über hervorragende Wissenschaftler. Es wird zwar eine Weile dauern, aber ihnen wird eine Lösung einfallen …«

»Rhodan ist … nicht mehr Großadministrator des Solaren Imperiums?«, fragte Ho leise.

Der Kommandant schüttelte stumm den Kopf.

Zweieinhalb Jahrtausende, dachte Ho.

»Ihnen wird etwas einfallen, und dann werden wir Sie in das Alltagsleben auf Terra eingliedern …«

Ich bin ein Relikt, dachte Ho. *Ein Dinosaurier. Ich kann Raumschiffe fliegen, die wahrscheinlich nicht einmal mehr in Museen stehen …*

»Wir werden eine neue Aufgabe für Sie finden und …«

Als Museumswächter. Nicht einmal als Museumsführer. Die meisten Dinge, die in den heutigen Museen gezeigt werden, kenne *ich nicht einmal.*

Er hörte nur noch mit halbem Ohr auf Steinfalkes Worte. »… psychologische Betreuung … kommen Sie sich nur nicht überflüssig vor …«

Ich bin *überflüssig*, dachte Ho. *Ein verbitterter alter Mann, der sich für eine Kapazität hält und zweieinhalbtausend Jahre verpasst hat. Der der modernen Zeit vollkommen hilflos gegenüber steht. Der Kaulquappen fliegen kann, die nicht einmal mehr in Museen zu sehen sein werden.*

»… holen Sie hier raus und …«

Ist mir ein letzter Rest von Würde geblieben?, fragte Ho sich. *Oder will ich weiterhin die Zähne nur in Kadaver schlagen, die schon längst in Verwesung übergegangen sind?*

»Bemühen Sie sich nicht«, sagte er. »Junger Mann, ich habe meinen Spinat gegessen, und das hat keine Kindheitstraumata bei mir ausgelöst.«

»Spinat?«, fragte Steinfalke. »Kindheitstraumata?«

»Ich fand dieses völkisch angehauchte, im 19. Jahrhundert … alter Zeitrechnung … entstandene preußisch-nationalistische Bild der Germanen schon immer zum Kotzen«, fuhr Ho fort und wandte sich vom nahrungsspendenden Turm ab. Er achtete nicht auf die aufgeregten Worte des Kommandanten. Zielstrebig schritt er aus, und irgendwann verklangen Steinfalkes Rufe.

Zweieinhalb Jahrtausende, dachte Ho. *Ist mir ein Rest von Würde geblieben?*

Er konnte es nur hoffen.

Dann sah er die Erdspalte vor sich, das obere Ende des Greifarms, die geradezu ästhetisch wirkende Tentakelspitze.

Das Wesen in der Spalte hatte schon wieder Hunger. Kein Wunder bei den schmalen Portionen, die die anderen ihm vorwarfen.

Ho spürte, dass der Grix seine Ankunft bemerkt hatte und gierig darauf wartete, dass er den Sprung wagte.

Diesmal nicht vergebens.

Hoffte Ho.

1302 NGZ
Anschlag auf die Residenz

Für Ernst Vlcek (1941 – 2008)

Das HQ-Hanse, das ursprüngliche Imperium-Alpha des Solaren Imperiums, war bis zum Jahr 1291 NGZ Regierungssitz der Liga Freier Terraner. Nachdem es im April jenes Jahres beim Angriff des Dieners der Materie Ramihyn zerstört wurde, wurde es nicht wieder aufgebaut. Stattdessen errichtete man die Solare Residenz. Baubeginn war im September 1292 NGZ, die Einweihung erfolgte am 31. Januar 1293 NGZ.

Aus dem Explosionskrater des ehemaligen HQ-Hanse wurde der 200 Meter tiefe Residenzsee, über dem das neue Wahrzeichen Terranias in einem Kilometer Höhe schwebte und in den der »Stängel« der Residenz im Notfall abgesenkt werden konnte. Das mit Stahlplastik ausgekleidete Seebett diente in diesem Fall als Futteral für die Residenz. Prallfelder und Haltestreben sicherten das Gebäude dann zusätzlich ab. Der See war mit mehreren unterirdischen Reservoirs verbunden, die geflutet wurden, wenn die Residenz dort Einzug hielt.

Die Residenz war Regierungssitz der Liga Freier Terraner und zeitweise Parlamentssitz der LFT.

Sie ist 1010 Meter hoch und in der Form einer Orchidee gestaltet, sodass sich der Hauptteil des Gebäudes in den fünf »Blütenblättern« am oberen Ende befindet. Unten am »Stängel« liegt lediglich eine Landeplattform für die Besuchergleiter. Schließlich ist das Betreten der Residenz über den 1000 Meter hohen Antigravlift nicht jedermanns Sache.

Die Solare Residenz mitsamt dem integrierten Museum und dem Restaurant Marco Polo *war ständig geöffnet und konnte von der gesamten Stadt aus problemlos erreicht werden. Die Versammlungsräume, Büros und Privaträume der Regierungsmitglieder waren für die Öffentlichkeit nicht zugänglich und streng abgesichert. Dennoch verlockte diese Freizügigkeit mehrmals andere Mächte der Milchstraße, Anschläge auf die Residenz zu planen.*

Der Terranische Liga-Dienst, der Geheimdienst Terras, arbeitete jedoch unentwegt im Hintergrund, um diese Anschläge von vornherein zu verhindern. Bei einer dieser Aktionen machte erstmals eine junge Ertruserin auf sich aufmerksam, die später wichtige Positionen an Bord der LEIF ERIKSON, dem Flaggschiff der LFT, und der RICHARD BURTON bekleiden sollte, die eine wichtige Rolle im Kampf gegen die Terminale Kolonne TRAITOR spielte. Bei ihrer Rolle als Touristenführerin musste sie überdies firm in terranischer Geschichte sein und lieferte ihren Kunden gleich eine komprimierte Zusammenfassung der Historie Terras mit …

(Aus: Hoschpians unautorisierte Chronik der Milchstraße; Abschnitt HHUA.IV.1.2: Die Solare Residenz.)

»Willkommen bei der Stadtführung der Terrania Travel Tours. Mein Name ist Reca Baretus, und ich werde euch in den nächsten Stunden die wichtigsten Gebäude und Einrichtungen Terranias zeigen, der bedeutendsten Stadt der Erde, deren Geschichte unmittelbar mit der der Menschheit verknüpft ist. Abschließen werden wir unseren Rundgang mit einem Besuch in der *Solaren Residenz*.«

Die Frau, die die Touristen begrüßte, war gut zweieinhalb Meter groß, in den Schultern zwei Meter breit und wog etwa 15 Zentner. Ihre Haut war rotbraun, und den ansonsten kahlen Schädel zierte ein Sichelkamm aus grünen Haaren. Trotzdem wirkte sie mit ihrer sehr muskulösen und durchtrainierten Gestalt auch für einen Menschen attraktiv, der auf der Erde geboren war.

Reca stammte vom Planeten Ertrus. Im Verlauf der vergangenen knapp dreitausend Jahre hatte die Menschheit zahlreiche Planeten in der Milchstraße besiedelt, auch solche mit wesentlich höherer oder geringerer Schwerkraft, als auf ihrer Heimatwelt herrschte. Die neuen Umgebungen hatten die Siedler körperlich verändert. Reca Baretus war eine Umweltangepasste.

Und sie war Agentin des Terranischen Liga-Dienstes, des Geheimdienstes der Erde. Aber das verschwieg sie ihrer Reisegruppe natürlich. »Wir beginnen unsere Stadtführung hier im dreizehn Kilometer durchmessenden Gobi-Park, der sich östlich vom Zoo von Terrania befindet, einem der größten der Galaxis, in dem Tiere von über eintausend Planeten artgerecht gehalten werden.«

Reca ließ den Blick über »ihre« Gruppe schweifen. Sie bestand aus zwanzig Personen von anderen Welten, die zum ersten Mal auf Terra weilten. Die meisten davon kamen von ehemaligen Erdkolonien, wie auch Recas Heimat Ertrus eine war. Von Plophos, Olymp, Epsal, Oxtorne, Welten, die der Liga Freier Terraner angehörten.

Es waren einige Fremdwesen dabei, etwa ein Blue, ein zwei Meter großes, kurzbeiniges Geschöpf von schlanker, graziler Gestalt, menschenähnlich bis auf den Kopf. Der war diskusförmig, durchmaß etwa einen halben Meter und saß auf einem zwanzig Zentimeter hohen, schlauchdünnen Hals.

»Die größte Attraktion des Gobi-Parks ist die Replikation der STARDUST, der Rakete, mit der Perry Rhodan im Jahr 1971 alter Zeitrechnung die erste Mondexpedition absolviert hat.« Reca deutete auf die dreistufige Mondlanderakete, die immerhin eine Höhe von über neunzig Metern aufwies.

Sie wirkte mit ihrer Startplattform und Startrampe zugleich beeindruckend und fürchterlich antiquiert. Heutzutage würde sich wohl niemand mehr freiwillig in eine *Rakete* setzen; dazu war jede Menge Mut nötig.

»Und so ein Klapperding soll imstande sein, die Erdschwerkraft zu überwinden?«

Der Fragesteller war ein Ara, ein zwei Meter großer, hagerer Humanoider mit roten Albinoaugen, dessen Haut und Haare fast farblos waren. Aras wurden auch als Galaktische Mediziner bezeichnet, ihr Ruf war vor Jahrtausenden nicht der beste gewesen. Sie hatten damals die eine oder andere Seuche künstlich fabriziert und freigesetzt, um dann teuer ein Gegenmittel zu verkaufen.

Eine Nervensäge ist bei jeder Reisegruppe dabei, dachte Reca. So viel hatte sie mittlerweile gelernt. *Und meistens lässt sie dann während der gesamten Führung nicht von mir ab.*

»Und ob!«, enthob ein etwa fünfzehnjähriger Junge sie einer Antwort. Er war vielleicht anderthalb Meter groß, sehr hager, hatte eine Tonnenbrust und schien dem Namen nach – a GiJu laut Teilnehmerliste – von Marskolonisten abzustammen. Auch wenn der Mars längst gegen einen anderen Planeten ausgetauscht worden war, seine Bewohner waren auf andere Welten mit ähnlich niedriger Schwerkraft umgesiedelt und nannten sich noch immer nach ihrer zweiten Heimat. »Nur die erste Stufe der STARDUST war mit chemischen Flüssigkeitstriebwerken ausgerüstet, die beiden anderen verfügten über die ersten kernchemischen Atomstrahl-Triebwerke, die auf der Erde je gebaut wurden.«

Meistens ist auch ein Naseweis und Besserwisser dabei. Reca lächelte gequält.

»Als Perry Rhodan im Juni 1971 mit der STARDUST zur Erde zurückkehrte, landete er genau hier, in der Nähe des Goshun-Salzsees in der damaligen Wüste Gobi in Asien. Und hier gründete er auch die *Dritte Macht* und die Stadt *Galakto-City*, die 1975 schon 230.000 Einwohner hatte.«

»1980 wurde die Stadt dann in Terrania umbenannt«, sagte der junge Marsianer.

»Genau. Auf dem Mond war es 1971 zu einer Begegnung gekommen, die entscheidende Bedeutung für die Entwicklung der Menschheit hatte. Dort war, unentdeckt von den irdischen Großmächten, ein fünfhundert Meter durchmessendes Kugelraumschiff der Arkoniden notgelandet. Diese Spezies, hochgewachsene, menschenähnliche Wesen mit samtbrauner Haut, beherrschten damals bereits seit Jahrzehntausenden die interstellare Raumfahrt und hatten in der Galaxis ein gewaltiges Sternenreich errichtet, das Große Imperium, das jedoch aufgrund der wachsenden Dekadenz und Degeneration der Arkoniden zunehmend zerfiel.

Mithilfe der fremden Technik gelang es Perry Rhodan, den auf der Erde drohenden Atomkrieg abzuwenden und die Menschheit zu einen. Durch geschicktes Taktieren brachte er sich in den Besitz weiterer arkonidischer Raumschiffe und baute ein kleines Sternenreich auf, das Solare Imperium. Das konnte allerdings nur überleben, weil Rhodan es zeitweise vor dem Zugriff des Großen Imperiums schützte, indem er seine Position geheim hielt. Doch die Bedeutung des Solaren Imperiums wurde immer größer, und schließlich vereinigte es sich sogar mit dem Großen Imperium, das damals von einem riesigen Robotgehirn regiert wurde.«

Die Arkoniden hatten ihre Dekadenz mittlerweile überwunden und verfügten wieder über ein gewaltiges Sternenreich, das wohl die derzeit stärkste Militärmacht in der Galaxis darstellte.

Eine wichtige Rolle in der Milchstraße spielte auch das Forum Raglund, zu dem sich zahlreiche unbedeutendere Spezies und Planeten zusammengeschlossen hatten. Und natürlich die Liga Freier Terraner, in der sich die von Menschen besiedelten Welten organisiert hatten.

Die LFT bestand mittlerweile aus 2482 Systemen; hinzu kamen 1211 assoziierte Welten, die innenpolitisch völlig autark waren, ihre Außen- und Sicherheitspolitik aber mit Terra abstimmten.

Die Expansionsgelüste des arkonidischen Kristallimperiums waren auch verantwortlich dafür, dass mit Reca Baretus eine Geheimdienstagentin und ausgebildete Frontkämpferin diese Stadtführung vornahm.

Der Terranische Liga-Dienst hatte erfahren, dass der Geheimdienst des Kristallimperiums am heutigen Tag in Terrania einen Anschlag plante.

Und zwar in der Solaren Residenz, die zu diesem Termin ihren einmillionsten Besucher erwartete.

Am leichtesten kam man wohl in die Residenz hinein, wenn man an solch einer Führung durch Terrania teilnahm. Es war durchaus möglich, dass einer aus Recas Gruppe der gesuchte Attentäter war.

»Das ist doch die Geschichtsschreibung der Sieger!«, sagte der Ara. »Das Große Imperium wäre niemals mit dem Solaren vereinigt worden, wäre der Verräter Atlan nicht gewesen!«

»Atlan ist ein Held!«, widersprach der junge Marsianer.

»Atlan«, erläuterte Reca den anderen, »ist ein unsterblicher Arkonide adligen Geblüts, der etwa zehntausend Jahre unerkannt auf der Erde lebte und wichtigen Einfluss auf die Entwicklung der Menschheit genommen hat. Das Robotgehirn erkannte ihn als berechtigten Herrscher des Großen Imperiums an. Nach der Vereinigung der beiden Imperien, deren Großadministrator Perry Rhodan wurde, gründete er die United Stars Organisation, die USO, die sich als übergeordnete Schutzmacht und Polizeitruppe der Galaktischen Allianz verstand.«

Der Einspruch des Aras verblüffte Reca nicht. Wie zahlreiche andere Völker, etwa die Springer oder Überschweren, stammten die Galaktischen Mediziner von den Arkoniden ab und waren auch heute noch in deren Imperium eingegliedert. »Wie dem auch sei«, fuhr die Ertruserin fort, »noch vor der Vereinigung der beiden Imperien entdeckte Perry Rhodan den Planeten Wanderer, der von der Superintelligenz ES bewohnt wurde. ES verlieh ihm und anderen ausgewählten Terranern die relative Unsterblichkeit, zuerst durch sogenannte Zellduschen, dann mithilfe von Zellaktivatoren. Später betrieb Rhodan konsequent die Erforschung der Galaxis und entdeckte dabei auch das Zweite Imperium.«

Sie verneigte sich leicht vor dem »Tellerkopf«. »Es war von den Gatasern in der Eastside der Galaxis errichtet worden, und die Beziehungen zwischen Blues und Humanoiden waren nicht immer so gut wie heute. Und nun«, fuhr sie fort, bevor auch dieser Tourist einen Kommentar abgeben konnte, »begeben wir uns zum nächsten Stopp unserer Besichtigung, dem Crest-Raumhafen mit dem neu errichteten CREST-Museum. Dazu benutzen wir einen Transmitter.« Sie deutete auf ein Gebäude hinter der STARDUST. »Wenn ihr mir bitte folgen würdet …«

In dem Kuppelbau spannte sich ein energetischer Torbogen über zwei Säulen. »Materietransmitter dienen der zeitverlustfreien Beförderung von Personen und Gegenständen«, erläuterte Reca, obwohl diese Technologie in der gesamten Galaxis verbreitet war. »Der Sender erfasst die Atomstruktur des zu befördernden Objekts und strahlt es als Strukturmuster an die Empfängerstation ab. Dort wird es wieder in Materie zurückverwandelt.«

Reca trat als erste durch das Transmitterfeld, verspürte einen schwachen Entzerrungsschmerz und verließ mit demselben Schritt die Gegenstation. Während sie darauf wartete, dass die Mitglieder der Gruppe ihr folgten, dachte sie über den Ara nach. Falls er der gesuchte Attentäter war, würde er sich wohl kaum so auffällig verhalten.

Oder vielleicht gerade doch, um jeden Verdacht von sich abzulenken …

Als ihre Gruppe wieder zusammengefunden hatte und sie die Transmitterstation verließen, bot sich ihnen ein atemberaubender Anblick.

War die STARDUST mit ihren neunzig Metern Höhe schon beeindruckend gewesen, so war die CREST III einfach unglaublich. Aber auch sie war ein Relikt der Vergangenheit. Schiffe wie dieses wurden heutzutage nicht mehr gebaut. Die immer weiter entwickelte Kompaktbauweise ermöglichte es, wesentlich kleinere Modelle zu konstruieren, die gleichzeitig deutlich leistungsfähiger waren.

Reca legte den Kopf nach hinten. Das Raumschiff war so gewaltig, dass sie es nicht in voller Größe überblicken, sondern nur als riesige Halbkugel ausmachen konnte.

Sie räusperte sich und hob dann die Stimme. Das war auch

dringend nötig, denn die Reisegruppe betrachtete das Schiff gebannt und mit weit aufgerissenen Augen.

»Bei der CREST III handelt es sich um das erste Ultraschlachtschiff der Galaxis-Klasse mit zweitausendfünfhundert Metern Durchmesser und fünftausend Mann Besatzung. In den Hangars des Giganten befanden sich fünfzig größere Beiboote namens Korvetten und fünfhundert kleinere mit der Bezeichnung Moskito-Jets. Drei Lineartriebwerke verliehen diesem Typ der CREST – insgesamt gab es zwölf Schiffe dieses Namens – eine Gesamtreichweite von 1,2 Millionen Lichtjahren. Es handelte sich dabei um Kalupkonverter in Kompaktbauweise, Reichweite pro Einheit vierhunderttausend Lichtjahre. Das Schiff hatte vierundzwanzig Landebeine, die Auflagefläche der Bodenteller betrug sechzigtausend Quadratmeter. Die CREST erreichte eine Beschleunigung von sechshundertfünfzig Kilometern pro Sekundenquadrat, ihre Hauptbewaffnung bestand aus sechzig Transformkanonen schwersten Kalibers, Abstrahlkapazität tausend Gigatonnen pro Geschütz. Hinzu kamen alle anderen damals konventionellen Energiewaffen. Der starke Terkonitpanzer und die Wabenbauweise machten das Schiff zu einem der mächtigsten seiner Zeit.«

Sie legte eine kleine Pause ein, damit die geballten Informationen sich setzen konnten.

»Mit der CREST gelang es der Menschheit zum ersten Mal, ihre Heimatgalaxis zu verlassen«, fuhr sie dann fort. »Das war ein entscheidender Wendepunkt in ihrer Geschichte. Mit der CREST III begann der eigentliche Vorstoß nach Andromeda. Unsere Nachbargalaxis wurde damals von den sogenannten Meistern der Insel beherrscht, die dem Volk der Tefroder angehörten. Wie sich herausstellte, stammte diese fast völlig menschenähnliche Spezies ursprünglich nicht nur aus unserer Milchstraße, sondern sogar von der Erde. Vor über fünfzigtausend Jahren nannte diese *Erste Menschheit* sich Lemurer und befand sich auf dem Höhepunkt ihrer Entwicklung. Sie beherrschte große Teile der Milchstraße, und nicht nur wir Menschen, sondern auch die Arkoniden und deren Ahnen, die Akonen, stammen von ihr ab. Auf die Lemurer lassen sich praktisch alle humanoiden Bewohner unserer Galaxis zurückführen.«

»Warum sind die Lemurer nach Andromeda ausgewandert?«, fragte der junge a Giju.

»Weil ihr Reich von den Halutern zerstört wurde, besser gesagt von deren Vorfahren, den sogenannten Bestien.«

»Den schwarzen Riesen«, erläuterte der Marsianer altklug.

Reca nickte. »Haluter werden durchschnittlich dreieinhalb Meter groß, haben kurze Säulenbeine, zwei Armpaare und einen halbkugelförmigen Kopf. Sie haben zwei Gehirne und können ihre Körper strukturell so umformen, dass sie härter als Terkonitstahl sind. Heutzutage sind sie absolut friedlich und zählen als hervorragende Wissenschaftler zu den wichtigsten Verbündeten der Menschheit.«

»Ist der bekannteste Haluter nicht Blo Rakane?« Wieder der junge Marsianer.

»Eigentlich Icho Tolot«, erwiderte Reca, »aber der ist seit über zehn Jahren mit der SOL verschollen. Jedenfalls flog Perry Rhodan mit dem nächsten Raumschiff dieses Modells, der CREST IV, dann in die Galaxis M 87, begegnete dort dem Volk, von dem die Haluter abstammten, und konnte wichtige Geheimnisse um deren Herkunft aufklären. Und mit der MARCO POLO, einem Ultraschlachtschiff der Trägerklasse, erreichte er die Galaxis Gruelfin und stieß dort auf die Cappins, ein humanoides Volk, das in ferner Vergangenheit auch einen gewissen Einfluss auf die Entstehung der Menschheit hatte.«

Sie schaute auf ihren Zeitmesser. »Nun bietet sich Gelegenheit zu einer Besichtigung einiger Innenräume der CREST, zum Beispiel der Zentrale, eines Hangars und eines Waffenleitstands. Bordtransmitter ermöglichen einen Wechsel der verschiedenen Besichtigungsorte ohne Zeitverlust. Ich erwarte euch in genau einer Stunde wieder hier an dieser Stelle.«

Natürlich, dachte Reca Baretus, als, sie eine Stunde später »ihre« Gruppe durchzählte. *Einer fehlt immer.*

Sie wusste sofort, wer es war.

Der junge, so überaus gescheite Marsianer-Abkömmling.

»Tut mir leid«, sagte er verlegen, als er geschlagene zwanzig Minuten später am Treffpunkt eintrudelte. »Aber die Räumlichkeiten der CREST waren so interessant, dass ich mich einfach nicht von ihnen losreißen konnte.«

Reca schaute zu dem Knirps hinab. »Das macht doch überhaupt nichts«, sagte sie mit einem zuckersüßen Lächeln. »Gut, dass ich Bescheid weiß. Solltest du irgendwann während unseres Stadtrundgangs wieder einmal dermaßen gefesselt sein, dass du die Zeit vergisst, kannst du dir diese Attraktion den Rest des Tages über ansehen. Dann werden wir nicht mehr auf dich warten.«

»Alles klar«, murmelte der Junge.

»Unverschämtheit«, zischte der Ara, drehte sich aber um, als Reca ihn drohend ansah.

Sie wandte sich wieder an die Gruppe. »Wir begeben uns nun zum Holografischen Fernraumschiff-Museum«, sagte sie. »Da es sich ganz in der Nähe befindet, beim Flottenraumhafen Terrania Space Port, benutzen wir Gleitbänder.«

Der Verkehrsknotenpunkt des Museums war nicht weit entfernt. Dort befanden sich auch die Parkplätze für öffentliche und private Gleiter und Stationen der Röhrenbahnen, deren unterirdische Tunnels mit ihren Einzel- und Gruppenkabinen durch die gesamte Stadt verliefen und das eigentliche Verkehrsnetz bildeten. Große, trichterähnliche Gebilde ermöglichten hier das Überwechseln der Gleiter aus den Fernverbindungstunnels in den Luftraum.

Doch Reca führte die Gruppe zu den Transportbändern, die anfangs stützenlos per Antigravtechnik in der Luft platziert waren und später von elegant geschwungenen Stützsäulen getragen wurden.

»Seid bitte vorsichtig, auch wenn nichts passieren kann«, warnte sie. »Parallel zum langsamen Anfangsband folgen über mehrere Zwischengeschwindigkeiten ganz innen die Schnellstrecken, auf denen Geschwindigkeiten von fünfzig Kilometern erreicht werden.«

»Wieso sind Unfälle ausgeschlossen?«, fragte der Plophoser. Offensichtlich stammte er aus einer ländlichen Gegend.

»Weil automatisch aktivierte Prallfelder sie verhindern«, entgegnete Reca. »Diese Gleitbänder ziehen sich übrigens über ganz Terrania hinweg. Sie verbinden einzelne Zentren wie diesen Museumskomplex. Mehrere solcher Zentren bilden einen Stadtbezirk, und mehrere Bezirke einen Stadtteil.«

»Und was hat es mit diesem holografischen Museum auf sich?«

»Holografien«, erklärte Reca geduldig, »sind dreidimensionale Abbildungen von Objekten, die durch Rekonstruktion des Lichtwellenfeldes entstehen. Mit Holografien, auch Hologramme genannt, kann man beliebige Räume nachbilden, sofern sie vom Rechner gespeichert sind. Und die Raumschiffe, die wir jetzt besichtigen wollen, kann man nur als holografische Umgebung besuchen. Ein Nachbau wäre nicht nur unpraktisch, sondern ist ausgeschlossen. Es handelt sich um die größten Schiffe, die die Menschheit der Erde je erbaut hat.«

Die Halle, vor der sie das Transportband verließen, war zwar gewaltig, aber kaum ein Zehntel so groß wie die CREST. Im Eingangsraum erwarteten die Besucher zwei holografische Raumschiffmodelle von jeweils etwa drei Metern Größe. Aber als Reca die wahren Dimensionen der Schiffe erläuterte, schwieg sogar der altkluge Marsianer-Abkömmling ehrfürchtig.

Das eine Raumschiff war hantel-, das andere grob diskusförmig. Reca widmete sich zuerst der Hantel. »Das ist das Fernraumschiff SOL. Es wurde ursprünglich für einen Flug zur Milchstraße entwickelt, als die Erde in eine ferne Galaxis versetzt worden war. Die SOL bestand damals aus zwei Kugelzellen von jeweils zweitausendfünfhundert Metern Durchmesser, die durch einen eintausendfünfhundert Meter langen Zylinder verbunden waren. Mittlerweile wurde dieses Zwischenstück auf seine doppelte Länge erweitert, die SOL ist heute also achttausend Meter lang. Sie bezog ihre Energie ursprünglich aus Nugas-Schwarzschild-Reaktoren und verfügte über neuartige Sextadim-Triebwerke, die mittlerweile aber durch das sogenannte Hypertakt-Triebwerk ersetzt wurden. Die Kugelzellen und der Zylinder können sich trennen und selbstständig operieren.«

Dann wandte sie sich dem anderen Schiff zu. »Und das ist die BASIS«, erklärte sie. »Ihr Kernstück bildet eine beidseitig gewölbte Scheibe von neun Kilometern Durchmesser und einer größten Höhe von drei Kilometern. Dieser Diskus wird von einem eintausendfünfhundert Meter durchmessenden Ringwulst umgeben, der am Heck von einem sich trichterförmig erweiternden Quader mit einer Kantenlänge von fünftausend Metern und am Bug von einem zweitausendfünfhundert Meter langen und an seiner Vorderseite eintausend Meter hohen Keil unterbrochen wird. Über die Unterseite der Scheibe ziehen sich zwei zehn Kilometer lange und achthundert Meter hohe Wülste.«

Sie schwieg einen Augenblick lang, damit ihre Schutzbefohlenen sich diese Dimensionen vorstellen konnten. Was nicht nur schwierig, sondern praktisch unmöglich war, wie sie aus eigener Erfahrung wusste.

»Ist Perry Rhodan nicht mit der BASIS zur Großen Leere aufgebrochen?«, fragte a Giju.

»Genau«, sagte Reca. »Die Große Leere im Sternbild Corna Berenices, etwa 170 Millionen Lichtjahre von der Erde entfernt, ist ein riesiger sternenleerer Raum inmitten von Galaxien-Clustern. Der Flug dauerte mehrere Jahre. Rhodan hat dort herausgefunden, dass unser Universum im fünfdimensionalen Raum quasi wie eine Möbiusschleife aufgebaut ist, und die Galaxien, die man eigentlich dort erwarten könnte, die Masse für die andere Seite des Universums bilden. Jedenfalls«, fuhr sie fort, »hat das Mondgehirn NATHAN die BASIS mit …«

»NATHAN?«, unterbrach diesmal der Plophoser sie.

Reca verdrehte die Augen. So unwissend konnte man doch nicht einmal auf dem entferntesten Hinterwäldler-Planeten sein! »Eine gigantische Syntronik in den Tiefen des Erdmondes«, erklärte sie. »NATHAN steuert nicht nur die ausgedehnten Industriekomplexe dort, sondern ist auch für eine ungeheure Fülle von Verwaltungsvorgängen auf der Erde zuständig. Außerdem kontrolliert das Mondgehirn den gesamten Flugverkehr im Solsystem, das Wetter auf der Erde und eine Vielzahl anderer Vorgänge, von denen der Normalbürger auf Terra sich kaum eine Vorstellung machen kann.«

Der Plophoser verbeugte sich leicht. *Wenigstens ist er höflich,* dachte Reca.

»Nathan stattete die BASIS mit zahlreichen Begleitschiffen aus, einem Ultraschlachtschiff der GALAXIS-Klasse wie der CREST und vier Schlachtschiffen der STARDUST-Klasse, die auf der oberen gewölbten Fläche des zentralen Diskus starten und landen konnten. Hinzu kamen sechzehn zwölfhundert Meter durchmessende Kugelschiffe, fünfzig Leichte Kreuzer, fünfzig Korvetten, fünfzig Space-Jets und einhundert Zwei-Mann-Jäger.«

»Beeindruckend«, murmelte der Ara.

»Beide Schiffe entstanden, als die Erde die vielleicht bedeutendste Entwicklung ihrer Geschichte durchmachte. Alles fing damit an, dass in unserer Milchstraße ein Schwarm auftauchte, eine wandernde Kleingalaxis von fast zweitausend Lichtjahren Breite und Höhe und zehntausend Lichtjahren Länge. Dieses Gebilde war von sogenannten Mächtigen erschaffen worden, die im Auftrag noch höherer, für Wesen unserer Entwicklungsstufe völlig unbegreifliche Entitäten agierten, den Kosmokraten. Perry Rhodan erfuhr damals, dass es außer ES noch zahlreiche andere Superintelligenzen gibt und man die kosmische Evolution mit einer Zwiebelschale vergleichen kann.«

»Ein sehr berühmtes Modell«, sagte a Giju.

Reca nickte knapp. »Das Zentrum der Zwiebel entspricht dem

Urzustand des Universums«, fuhr sie fort, »die innerste Schale chaotischer Energieentfaltung, die zweite toter Materie und die dritte einfachsten organischen Verbindungen. Weitere Schritte führen von primitiven Lebensformen zum ersten Auftreten von Intelligenz und schließlich zur Entwicklung der Raumfahrt.«

»Auf dieser Stufe befindet die Menschheit sich heute«, warf der junge Marsabkömmling ein. Er schien den Rüffel wegen der Verspätung weggesteckt zu haben.

»Eigentlich eine Stufe höher.« Reca verspürte hämische Freude darüber, ihn einmal berichtigen zu können. »Die Menschheit hat sich weiterentwickelt, indem sie eine galaxisweite Handelsorganisation namens Kosmische Hanse gründete. Damals führte sie übrigens auch die Neue Galaktische Zeitrechnung ein. Das Jahr 3588 alter Zeitrechnung entspricht dem Jahr eins NGZ. Hätten wir die NGZ nicht eingeführt, schrieben wir heute das Jahr 4890 christlicher Zeltrechnung.«

»Und die nächste Stufe ist dann die Bildung einer Superintelligenz, wie ES eine ist?«

Reca seufzte. Natürlich hatte der junge Marsianer das Thema angesprochen, das sie eigentlich vermeiden wollte.

Sie zögerte kurz und entschloss sich dann, es doch zu wagen. Diese Gruppe kam ihr insgesamt recht aufgeschlossen und verständig vor. »Jetzt wird es etwas kompliziert«, sagte sie. »Ja. Und Superintelligenzen bilden dann häufig sogenannte Mächtigkeitsballungen, in denen mehrere Galaxien zusammengeschlossen sind. Gewinnen dort negative Kräfte die Oberhand, verwandelt eine Superintelligenz sich mit ihrer Mächtigkeitsballung in eine sogenannte Materiesenke. Setzen sich positive Kräfte durch, entsteht eine Materiequelle. Der nächste Schritt der Evolution stellt die Umwandlung einer Materiequelle in einen der bereits erwähnten Kosmokraten dar. Aus diesem Grund sind die Kosmokraten daran interessiert, die Bildung weiterer Materiequellen zu sichern. Daher bedienen sie sich in unserem Universum zahlreicher Hilfskräfte, die zur Stabilisierung von Mächtigkeitsballungen beitragen sollen. Denn ohne Materiequellen können dem Universum keine neuen Energien zugeführt werden.«

»Und was befindet sich hinter den Materiequellen?«, fragte der Plophoser.

»Nun, eben die Gefilde der Kosmokraten. Was es damit auf sich hat, weiß niemand auf dieser Seite. Die Wissenschaftler und Philosophen bezweifeln, dass wir es überhaupt verstehen könnten.«

»Und hinter den Materiesenken?«

»Die Mächte des Chaos, nehmen wir an, die sogenannten Chaotarchen. Über ihre eigentlichen Absichten und Ziele wissen wir genauso wenig wie über die der Kosmokraten. Wie gesagt, Menschen können solche Entitäten im Prinzip nicht verstehen. Man kann sie nicht mit menschlicher Moral und Logik messen. Fest scheint lediglich zu stehen, dass im Universum seit Urzeiten den Kräften der Ordnung die Mächte des Chaos gegenüberstehen. Da diese Polarisierung, ebenso wie das Streben nach Zunahme der Entropie, eine Ureigenschaft des Universums und dessen Triebkraft ist, kann man die Chaosmächte allerdings wohl nicht als schlecht und die der Ordnung auch nicht als gut bezeichnen.«

Reca gab sich einen Ruck. »So, das war genug der grauen Theorie. Seht euch jetzt die beiden Raumschiffe an. Hologramme ermöglichen Rundgänge in zahlreichen Räumen. Ihr könnt auch weitere technische Daten abfragen.« Sie sah den Marsabkömmling an. »So faszinierend diese Schiffe auch sein mögen, wir treffen uns in einer Stunde hier wieder, und dann sehen wir uns endlich Terrania an. Wenn dich die SOL und die BASIS mehr interessieren … kein Problem. Hier kannst du tagelang immer wieder Neues sehen.«

»Schon gut, schon gut«, murmelte a Giju. »Ich habe verstanden.«

Diesmal war der junge Marsianer pünktlich.

Reca führte die Gruppe zum Gleiterbahnhof. Dort wartete

schon ein Gleiterbus auf sie. Das Fahrzeug wurde zwar von NATHAN gesteuert, doch Reca konnte jederzeit neue Ziele angeben. Der Bus suchte dann automatisch den kürzesten Weg oder folgte der Strecke, die man ihm nannte.

»Terrania ist während seiner langen Geschichte mehrmals zerstört oder schwer beschädigt worden«, führte Reca aus, nachdem alle eingestiegen waren. Mittlerweile hatte sie konkrete Anhaltspunkte dafür, dass der gesuchte Terrorist in Arkons Diensten sich tatsächlich unter den Angehörigen dieser Touristengruppe befand.

»Die schwersten Verwüstungen erfolgten im Jahr 2437 alter Zeitrechnung, als die Dolans aus der schon erwähnten Galaxis M 87 das Sonnensystem angriffen. Terrania, zwischenzeitlich auf eine Metropole mit fast 60 Millionen Einwohnern angewachsen, musste von Grund auf neu erbaut werden. Das terranische Kommandozentrum namens Imperium Alpha wurde immer stärker ausgebaut, bis seine Grundfläche schließlich fünfzig mal fünfzig Kilometer maß. Insgesamt wurden zwölf ober- und unterirdische Hauptetagen angelegt. Von diesem durch ausfahrbare Panzerforts gesicherten Nervenzentrum des Solaren Imperiums konnten alle wichtigen Vorgänge auf der Erde und im Sonnensystem gesteuert werden.«

»Wurde Imperium Alpha nicht vernichtet?«, fragte a Giju.

»Mit der Gründung der Kosmischen Hanse und dem Beginn der Neuen Galaktischen Zeitrechnung wurde es zuerst einmal in das Hauptquartier der Kosmischen Hanse umgewandelt. Der obere Bereich des HQ-Hanse war ein kreisförmiger Sektor von acht Kilometern Durchmesser, wobei ein Ring von drei Kilometern Dicke die Verwaltungsgebäude beherbergte.«

Sie hielt inne und zeigte aus dem Gleiter. »Rechts von euch könnt ihr nun den Crest-Raumhafen sehen, benannt nach jenem Arkoniden, dem Perry Rhodan nach seiner Mondlandung begegnete. Er wurde zu einem der wichtigsten Freunde der Menschheit in den ersten Jahrzehnten ihres Vorstoßes ins All.

Wir befinden uns übrigens auf der Thora Road, und vor uns liegt die Universität von Terrania.«

Die Ertruserin zeigte auf einen riesig anmutenden Gebäudekomplex mit zahlreichen Türmen von Wohn- und Arbeitsgebäuden, die fast alle die Wolkendecke durchstießen. »Hier sind zur Zeit knapp eine halbe Million Studenten immatrikuliert.«

Der Gleiterbus ließ den Universitätskomplex hinter sich zurück, und sie konnten einen weitläufigen Stadtteil ausmachen, in dem wesentlich niedrigere und teilweise antiquiert wirkende Gebäude vorherrschten, ein flaches Häusermeer mit verwinkelten Gassen, Restaurants, Lokalen, weitläufigen Fußgängerzonen und Grünanlagen.

»Das ist der Vorort Atlan Village, das Künstler- und Intellektuellenviertel der Stadt, nach altem Vorbild rekonstruiert.«

Flogen sie bislang von Westen nach Osten, bog der Bus nun scharf nach Norden ab. »Wir umrunden jetzt die eigentliche Innenstadt. Links sehen wir die Vororte Sirius River und Goshun, rechts von uns Crest Lake. Allein Goshun hat einen Durchmesser von vierzig Kilometern, die beiden anderen umfassen jeweils dreiunddreißig. Ihr seht also, die Stadt besteht aus kreisförmig angelegten Stadtteilen oder Vororten, die das eigentliche Terrania City umgeben. Wundert euch nicht, dass ihr so wenig Hoch- und Gleiterstraßen seht. Der Hauptverkehr findet über uns in der Luft oder unterirdisch in Gleitertunnels und Pneumo-Rohrbahnen statt. Außerdem sorgen Kurzstreckentransmitter für Entlastung.«

Hinter dem Vorort Goshun bog der Gleiterbus in westliche Richtung ab. »Wir befinden uns nun auf der Antares Road und sehen links von uns den gleichnamigen Vorort«, erklärte Reca. »Rechts von uns seht ihr nun den Stadtteil Aldebaran, dahinter erstreckt sich der gleichnamige kleine Raumhafen. Doch wir biegen vorher nach Süden ab und halten wieder auf den Flottenraumhafen TSP zu, hinter dem sich der Crest-Raumhafen befindet. Links von uns sehen wir nun das Regierungsviertel, dahinter den Zoo. In seiner Nähe, dem Gobi-Park, haben wir unsere Stadtrundfahrt begonnen. Wir haben Terrania also einmal umrundet.«

Der Gleiterbus bog nun wieder nach Osten ab. »Bevor wir zum Regierungsviertel und in die eigentliche Innenstadt fliegen, möchte ich euch noch einen weiteren Stadtteil zeigen«, sagte Reca. »Wendet eure Aufmerksamkeit bitte nach rechts, dort seht ihr Alashan. Mit diesem Vorort hat es eine ganz besondere Bewandtnis.«

Sie sahen es auf den ersten Blick. Dort wurde gebaut. Gigantische Kräne reckten sich in den Himmel, Hunderte von Metern lange Terkonitstahlträger schwebten, wie von Geisterhand getragen – in Wirklichkeit natürlich von Antigravs –, zielsicher durch die Luft zu ihren bereits angebrachten Gegenstücken, mit denen sie dann von Robotern verschweißt wurden. Überall entstanden Gerüste riesiger Geschäftstürme, niedrigerer Wohnhäuser und weitläufiger Hallen. »Wurde Alashan nicht von einem Heliotischen Bollwerk entführt?«, fragte der Plophoser.

»Richtig. So unglaublich es sich anhört, ein ganzer Stadtteil mit zweihunderttausend Bewohnern wurde in eine fremde Galaxis versetzt. Dies geschah während des Konstituierenden Jahres der Koalition Thoregon, deren Sechster Bote Perry Rhodan ist. Ein Wesen namens Shabazza manipulierte das Bollwerk jedoch und tauschte Alashan gegen ein Raumschiff der Dscherro aus, die Terrania dann überfielen und weite Teile der Stadt in Schutt und Asche legten. Alashan befindet sich noch immer auf dem Planeten Thorrim, und den Menschen von Terrania blieb nichts anderes übrig, als diesen Stadtteil neu zu erbauen.«

»Aber Shabazza hat doch nicht nur den Angriff dieser Dscherro in die Wege geleitet …«

»Nein, er hat im Auftrag des Dieners der Materie Torr Samaho eine ganze Reihe von Anschlägen verübt, die die Entstehung der Koalition verhindern sollte. Aber er ist gescheitert, nicht zuletzt wegen Perry Rhodans Eingreifen. Die Koalition Thoregon ist im PULS der Galaxis DaGlausch entstanden, und große Teile der LFT-Bevölkerung bekennen sich zu ihr.« Reca kam wieder auf das eigentliche Thema zurück. »In Alashan befand sich übrigens der TLD-Tower, das Hauptquartier des Terranischen Liga-Dienstes. Er wurde bereits neu errichtet. Seht ihr diese kreisrunde Einflugschneise in der Mitte des Brachfeldes dort? Das ist der Eingang. Der Tunnel mit über einhundert Stockwerken wurde aus Sicherheitsgründen nämlich unterirdisch angelegt!«

Der Bus hielt nun wieder in nördliche Richtung und schwebte auf eine breite Ausfallstraße, die den Raumhafen an die Kernstadt und den Großraum Terrania anband. »Bevor wir nun zur Solaren Residenz fliegen, möchte ich euch noch einige Informationen geben. Zur Zeit hat der Großraum Terrania fast einhundert Millionen Einwohner, und wenn man das erweiterte Einzugsgebiet mit neuen Satellitenstädten wie zum Beispiel Altai und Monggon einschließt, sogar einhundertundzwanzig Millionen auf über zweihundert Quadratkilometern Grundfläche.«

Sie hielt kurz inne. »Wir sind nun genau dort, wo sich früher Imperium Alpha und später das HQ-Hanse befanden. Weit vor uns seht ihr das neue Regierungsviertel, in dem sich die Bauten der Administration befinden, der eigentliche Regierungsturm, ein weißer Kegelstumpf von fünfhundert Metern Höhe, und zahlreiche Neben- und Verwaltungsgebäude. Das HQ-Hanse wurde von den Dscherro schwer beschädigt und später von Ramihyn, dem Diener der Materie, nahezu komplett vernichtet. Das oberirdische Trümmergelände des ehemaligen HQ-Hanse wurde zu dem wunderschönen Park umgestaltet, den ihr nun unter euch seht. Die Bevölkerung bezeichnet ihn als Residenzpark. Und wenn ihr jetzt hochschaut, habt ihr einen erstklassigen Blick auf die Solare Residenz.«

Sie sah aus wie eine stählerne Orchidee. Fünf Blütenblätter schmiegten sich um das obere Ende eines weit nach unten reichenden Sporns. Das Gebilde wirkte gleichzeitig wuchtig massiv und schwerelos anmutig und löste unwillkürlich tiefes Staunen aus.

»Die Residenz schwebt in einem Kilometer Höhe stationär über der Stadt. Ihr habt sie während unserer Stadtrundfahrt natürlich ständig gesehen. Mit ihrer Größe von eintausendundzehn Metern ist sie schließlich von jedem Punkt Terranias aus deutlich auszumachen. Doch aus der Nähe wirkt sie noch viel beeindruckender«, fuhr Reca fort. »Wie ihr seht, verfügt sie über fünf Flügel. Einer davon ist für die Öffentlichkeit freigegeben und beinhaltet ein holografisches Museum, das terranische und galaktische Geschichte zeigt. Für das leibliche Wohl in luftiger Höhe sorgt das Restaurant *Marco Polo*. Es bietet einen atemberaubenden Blick über die Stadt Terrania und ist auf Besucher der meisten bedeutenden galaktischen Spezies eingerichtet. Politik und Bevölkerung sollen in der Solaren Residenz nicht getrennt, sondern bewusst soweit wie möglich zusammengeführt werden.«

»Das ist doch Unsinn«, murmelte der Ara deutlich vernehmbar. »Was hat denn das Volk mit der Regierungsarbeit zu tun?«

Reca riss endgültig der Geduldsfaden. »Dem mag im arkonidischen Kristallimperium so sein«, sagte sie scharf, »aber nicht in der Liga Freier Terraner. Sämtliche Residenz-Minister«, fuhr sie etwas gemäßigter fort, »der Erste Terraner und der Terranische Resident verfügen in der schwebenden Stahlorchidee über Büros. Hinzu kommen Arbeits-, Aufenthalts- und Büroräume für weitere dreitausendzweihundert ständige Mitarbeiter. Erster Terraner ist zur Zeit Maurenzi Curtiz, neunundneunzig Jahre alt, ausgebildet als Exo-Psychologe und vor seiner Wahl als LFT-Botschafter auf der Jülziish-Welt Gatas tätig. Ihm direkt unterstellt ist der Terranische Resident Perry Rhodan. Rhodan hat übrigens bewusst nicht für den Posten des Ersten Terraners kandidiert. Er zieht es vor, als Resident an den Brennpunkten des jeweiligen Geschehens direkt eingreifen zu können.«

»Lächerlich«, murmelte der Galaktische Mediziner, während a Giju wissend nickte.

»Man kann die Residenz auf zwei verschiedene Weisen betreten.« Reca ignorierte die Bemerkung. »Es gibt einen fünfzehnminütigen Fährverkehr, der die Besucher in die untere Öffentlichkeitsplattform bringt. Wir können aber auch einen volltransparenten Antigravlift nehmen, der vom Park hinauf zur unteren Spitze der Solaren Residenz führt.«

Die Gruppe entschied sich einstimmig für die zweite Möglichkeit.

Es war ein erhebendes, aber auch etwas beklemmendes Gefühl, in einem unsichtbaren Strahl, der einen schwerelos machte, einen Kilometer hoch in die Luft zu schweben. Natürlich verhinderten Sicherheitsvorkehrungen die Gefahr eines Unfalls, doch auch, wenn der Verstand dies wusste, zog der Instinkt es in Zweifel. Man benötigte schon eine gewisse Überwindung und auch ein wenig Mut. Dafür war der Ausblick auf Terrania atemberaubend. Ungehindert konnte der Blick bis zum Horizont in alle Richtungen schweifen, und je höher man stieg, desto deutlicher wurde einem bewusst, wie groß die Hauptstadt der Liga Freier Terraner in Wirklichkeit war. Die einzelnen, größtenteils nach den historischen Vorbildern rekonstruierten Stadtteile schienen immer kleiner zu werden. Antares City, Goshun City, Crest Lake City, Alashan, Sirius River City, Atlan Village, die Universität von Terrania, der Zoo, der Gobi-Park, der Zivilhafen, die Raumhäfen Aldebaran und TSP … all diese Attraktionen wirkten wie bloßes Kinderspielzeug, wie Modellbauten im Zimmer eines Hobbybastlers.

Es war seltsam, welche Gegensätze die Stadt bot und wie harmonisch sie sich trotzdem zu einem Ganzen zusammenfügte. Hier und dort die strengen, ultrahohen Skylights einzelner Stadtteile mit Wohn- und Arbeitstürmen, die sich mehrere hundert Meter, teilweise sogar zwei Kilometer, hoch in den Himmel reckten. Dann wieder fast altmodisch anmutende Stadtteile mit anheimelnder Architektur, die Einflüsse von Stilen zahlreicher

Fremdwelten aufwies. Und überall weitflächige Grünanlagen, Parks, Seen …

Ja, dachte Reca, *hier lässt es sich leben!*

Auch ihr zitterten ein wenig die Knie, als sie in einem Kilometer Höhe von dem Antigravstrahl sanft auf die Besucherplattform bugsiert wurde. Sie wartete, bis ihre Gruppe sich vollständig eingefunden hatte, und führte sie zum holografischen Museum.

Der Eingangsbereich wirkte durch die hier konsequent eingesetzte Holo-Technik wesentlich größer, als er in Wirklichkeit war. Im Hintergrund drehten sich vor einem nachtschwarzen Himmel langsam Darstellungen von Galaxien. Reca erkannte die Milchstraße mit den beiden vorgelagerten Magellanschen Wolken, Andromeda und daneben in unterschiedlichen Vergrößerungen astronomische Objekte: ein Schwarzes Loch, ein Quasar, ein Pulsar.

Dann schälte sich mit einem leichten Flimmern eine Gestalt aus der Dunkelheit zwischen den stellaren Phänomenen. Reca erkannte ein Hologramm des Residenten.

»Ich heiße euch willkommen«, sagte Perry Rhodan. Er war schlank und hochgewachsen und hatte dunkelblondes Haar. In seinen graublauen Augen schimmerte ein Wissen, das seinesgleichen suchte. Perry Rhodan hatte mehr gesehen als jeder andere Mensch: die Tiefe, den Frostrubin, die Endlose Armada … Orte und Gebilde, an denen sich das Schicksal großer Teile des bekannten Universums entschieden hatte.

Eine weitere Gestalt materialisierte neben ihm, groß, breitschultrig, muskulös. Weißblonde Haare fielen bis zu den Schultern. Atlan, der unsterbliche Arkonide, Freund der Menschheit, seit über zehn Jahren mit der SOL verschollen.

Dann tauchte mit einem leisen Knall eine dritte auf. Sie war jedoch nur etwa einen Meter groß und glich einer aufrechtgehenden Maus mit rötlichbraunem Fell. Seitlich am Kopf saßen große, runde Ohren, und als das Geschöpf den Mund öffnete, blitzte darin ein einziger großer Nagezahn auf.

Watschelnd trat das Wesen auf den relativ kurzen Beinen vor und stützte sich dabei mit seinem abgeplatteten Biberschwanz ab. »Hallo!«, sagte es mit hoher Stimme. »Ich bin der Mausbiber Gucky. Ich kenne Perry Rhodan seit fast dreitausend Jahren und bin der bekannteste Mutant in der Galaxis. Ich bin Telepath, Teleporter und Telekinet, das heißt, ich kann Gedanken lesen, mit reiner Willenskraft meinen Körper an einen anderen Ort versetzen sowie Gegenstände bewegen. Man nennt mich auch den Retter des Universums. Warum, das dürft ihr euch dreimal überlegen.«

Er blieb vor der Reisegruppe stehen. Sie waren zurzeit die einzigen Touristen im Vorraum. »Ich werde euch nun einiges über die Geschichte der Solaren Residenz erklären, bevor eure Reiseleitung euch dann durch die Museumsräume zum Restaurant führt. Dort gibt es übrigens erntefrische Mohrrüben, mein Leibgericht. Zuerst einmal …«

»Das reicht jetzt«, sagte eine tiefe Stimme hinter Reca. »Schaltet die verdammten Hologramme ab!«

Sie drehte sich langsam um. Gesprochen hatte a Giju, der vermeintliche junge Marsianerabkömmling. Aber er kam der Agentin jetzt gar nicht mehr wie ein Junge vor.

In der einen Hand hielt er einen Kombistrahler, dessen flimmernde Mündung genau auf die Schläfe des Aras gerichtet war. Die Finger der anderen schlossen sich um eine metallisch schimmernde Röhre von etwa zwanzig Zentimetern Länge, deren Anblick bei Reca ein besorgtes Stirnrunzeln hervorrief.

Als hätten sie die Anweisung verstanden, verharrten die drei holografischen Gestalten mitten in ihren Bewegungen.

»Das ist ein thermonuklearer Sprengsatz«, sagte der falsche Marsianer. »Ich verlange, dass sofort ein Team des Fernsehsenders SolTel hierhergeschickt wird. Ich habe eine wichtige …«

Reca bewegte sich so schnell, dass die anderen Angehörigen

der Reisegruppe nicht einmal verblüfft aufschreien konnten, als ihr Fuß auch schon die Hand mit der Waffe traf. Ihre Ausbildung und ihre überlegenen Körperkräfte ließen dem Geiselnehmer keine Chance. Der Strahler flog senkrecht in die Luft, und ihre Hand schloss sich wie ein Schraubstock um die Faust mit dem Sprengsatz.

»Hab ich dich erwischt!«, sagte sie. Die Anstrengung hatte nicht mal ihren Atem beschleunigt.

Im nächsten Augenblick spürte sie eine kalte Berührung zwischen den Schulterblättern. »Das bezweifle ich ernsthaft!«, sagte eine andere Stimme – die des Aras. Der Galaktische Mediziner drückte den Strahler des vermeintlichen Marsianers, den er aufgefangen hatte, fester gegen ihre Kombination.

Langsam hob die Ertruserin die Hände.

Mit einem triumphierenden Grinsen hielt der Marsabkömmling ihr den Sprengsatz genau vor die Nase. »Damit hast du nicht gerechnet, was?«

»Ihr gehört zusammen«, stellte Reca lapidar fest. Sie wusste, wann sie geschlagen war. Nun musste sie auf die nächste Gelegenheit warten …

Sämtliche Hologramme im Raum erloschen. Die Galaxien und stellaren Objekte, Perry Rhodan, Atlan …

Nur eines nicht. Das des Mausbibers.

Aus entsetzt aufgerissenen Augen musste der arkonidische Agent hilflos zusehen, wie der thermonukleare Sprengsatz sich aus seinem Griff löste, unter die Decke schwebte und dort verharrte.

»Der Kombistrahler tut's übrigens auch nicht mehr«, sagte der Mausbiber. »Ich habe die Energieversorgung unterbrochen. Das ist wirklich eine ganz leichte Übung, wenn man schon mal das Universum gerettet hat.«

Mit einem süffisanten Lächeln auf den Zügen drehte Reca sich um und nahm dem Ara die Waffe ab.

Er ließ es ohne Gegenwehr geschehen und starrte Gucky an.

»Du … du bist kein Hologramm!«, stammelte er. »Du … du bist der echte Gucky!«

»Der einzig wahre«, bestätigte der Mausbiber, auch Ilt genannt, und ließ wieder seinen Nagezahn aufblitzen.

Dann drangen die Sicherheitskräfte des TLD in den Raum ein, sicherten den Sprengsatz und die Waffe und führten die beiden Attentäter ab. Betreuer kümmerten sich um die anderen Touristen.

»Gute Zusammenarbeit, Reca«, sagte Gucky anerkennend.

»Den Großteil hast du doch geleistet«, erwiderte sie das Lob.

»Aber du hast die wichtigsten Hinweise gegeben!«

»Dafür wurde ich ausgebildet. Als der falsche Marsianer sich im CREST-Museum um zwanzig Minuten verspätete, vermutete ich, dass er dort Waffen und Sprengsätze abgeholt hatte, die seine Kollegen zuvor dort deponiert hatten. Deshalb ließ ich ihn im Raumschiff-Museum genau durchleuchten, und meine Kollegen stellten fest, dass seine marsianische Tonnenbrust in Wirklichkeit nur eine Bioplastmasse ist, man chirurgisch sein Gesicht verändert hat und es sich bei ihm um einen erwachsenen Kolonialarkoniden handelte. Da war alles klar. Aber dass der Ara sein Komplize war … darauf bin ich nicht gekommen. Ohne dich hätten die beiden ihren Plan verwirklichen können. Du hast die Solare Residenz vor der Vernichtung bewahrt.«

»Ja, natürlich.« Der Ilt zwinkerte ihr zu. »Und es war wirklich eine furchtbare Tortur … alle zehn Minuten in den Empfangsraum zu teleportierten, immer wieder denselben Text herunterzuleiern und so zu tun, als wäre ich ein Hologramm … Du kannst dir nicht vorstellen, wie anstrengend das ist.«

Sie tätschelte seinen Kopf. Ganz, ganz vorsichtig. »Doch, kann ich. Es ist auch nicht mein Lebenswerk, Touristen durch Terrania zu führen. Ich glaube, ich werde meinen Abschied beim Terranischen Liga-Dienst einreichen.«

»Und hast du schon was anderes in Aussicht?«

Reca grinste über das ganze Gesicht. »Allerdings. Eigentlich wurde ich ja in einer Eliteeinheit des TLD als Frontkämpferin ausgebildet. Und nun hat man mir den Posten der Abteilungsleiterin für Außenoperationen auf der LEIF ERIKSSON angeboten!«

»Dem neuen Flaggschiff der LFT-Flotte? Na, da kann ich aber nur gratulieren!«

»Danke«, sagte Reca Baretus strahlend.

1357 NGZ
Der Anfang

Für Robert Feldhoff (1962 – 2009)

Als die Bevölkerung der Milchstraße Anfang des Jahres 1344 NGZ durch den Angriff der Assassinen des Chaos auf die Aufbaukonferenz der Völker, bei dem die führenden Politiker der Milchstraße getötet werden sollten, vom Aufmarsch der Terminalen Kolonne TRAITOR in der Milchstraße erfuhr, ahnten die Galaktiker noch nicht, womit sie es zu tun bekamen: mit einem der mächtigsten Instrumente der Chaosmächte, einer in mehreren Universen operierenden, selbstversorgenden Organisation, die vielfältigsten militärischen Zwecken diente und an vielen Orten gegen die Streitkräfte der Kosmokraten kämpfte.

In der Lokalen Gruppe unseres Universums sollte TRAITOR das Wachstum der Negasphäre in Hangay beschleunigen und den Chaotender VULTAPHER erbauen. Er war dazu gedacht diese kosmische Region, in der keine Informationsübermittlung durch Kosmische Messenger erfolgt, zu schützen, sodass der Moralische Kode dort nicht zum Einsatz kommen konnte. Des Weiteren sollte die Terminale Kolonne die Ressourcen aller dortigen Galaxien, also deren Rohstoffe und dort lebenden Völker, sichern und ausbeuten. Die Negasphäre von Hangay war später als Stützpunkt für einen Feldzug TRAITORS gegen das komplette Kosmogen DORIICLE vorgesehen.

Ein gigantischer Heerwurm von 100 Millionen Raumschiffen, unter dem direkten Kommando eines Chaotarchen, für den Feldzug angeführt von einem Chaopressor, der Superintelligenz KOLTOROC, ausgerüstet mit Millionen von Chaosgeschwadern und unglaublichen Vernichtungswaffen wie den Kolonnen-Forts und den TRAICAH-Fabriken – lange Zeit schien jeder Widerstand gegen diesen ewigen Heerzug der Chaosmächte aussichtslos. Doch Schritt für Schritt gelang es Perry Rhodan, den Widerstand zu organisieren.

Dabei hatte er zahlreiche Helfer, etwa die Friedensfahrer, den WELT-

WEISEN, den Überläufer Ekatus Atimoss sowie seine Söhne Kantiran und Roi Danton. Letzterer gab ihm wichtige Hinweise auf die Atrentus-Methode, mit der man die »Krallen des Laboraten« ausschalten konnte, mit denen die Terminale Kolonne wichtige Offiziere wie etwa die Dualen Kapitäne und Vizekapitäne unter geistiger Kontrolle hielt. Kantiran war aus einer Verbindung Perry Rhodans mit der Arkonidin Ascari da Vivo hervorgegangen, die vor dem Vater die Geburt des Sohnes lange geheim hielt.

Nachdem Perry Rhodan schließlich mit der Superintelligenz KOLTOROC den Befehlshaber TRAITORS besiegt und überdies auf Dauer verhindert hatte, dass die Negasphäre von Hangay entstehen konnte, war die Mission der Terminalen Kolonne in unserem Universum gescheitert. TRAITOR zog weiter, um den Kampf in einem anderen Universum fortzusetzen. Rhodans Sohn Kantiran teilte seinem Vater mit, dass er gemeinsam mit der Aeganerin Kamuko in Zukunft die Friedensfahrer anführen wolle. Diese beabsichtigten, ein Gegengewicht zur Terminalen Kolonne zu bilden, und hofften mithilfe des WELTWEISEN die technischen Möglichkeiten zu entwickeln, TRAITOR folgen zu können. Zudem vertrauen sie auf die Atrentus-Methode zur Isolierung der Krallen des Laboraten.

Als sich Perry Rhodan von Kantiran verabschiedete, ging er davon aus, dass er seinen Sohn, zu dem er nie ein enges Verhältnis aufbauen konnte, niemals wiedersehen würde. Tatsächlich vergingen über zehn Jahre, bis Kantiran wieder auf sich aufmerksam machte – ohne dass sein Vater jemals davon erfuhr …

(Aus: Hoschpians unautorisierte Chronik der Milchstraße; Abschnitt HHUA.VI.7.4: Die Terminale Kolonne.)

Schwitzend wachte Zarmaur auf.

Maurills erster Gedanke galt wie immer der Terminalen Kolonne. *TRAITOR ist unbesiegbar. TRAITOR ist mehr als die Summe aller Einzelkomponenten. TRAITOR ist eine Idee, und Ideen können nicht sterben. TRAITORS Geist durchströmt jedes Mitglied seiner Heerscharen …*

Der zweite betraf den Umstand, dass es zu warm in ihrem Quartier war. *Merkwürdig,* dachte er, *ich habe den Regler auf angenehme Ruhetemperatur eingestellt. Neunundzwanzig Grad …*

»Es ist nicht zu warm«, sagte Zargodim heiser. »Das ist ein Zeichen deiner Schwäche. Du bist unbewusst beunruhigt. Deshalb ist deine Haut feucht. Sogar im Schlaf machst du dir Sorgen. Was hat man mir mit dir nur angetan?«

»Deine Haut ist auch feucht«, erwiderte Maurill. »Bist du auch beunruhigt?«

»Natürlich nicht!«

»Vielleicht solltest du es sein. Die Zwischenfälle sind nicht mehr vertretbar, und du bist genauso verantwortlich dafür wie ich. *Uns* wird man zur Rechenschaft ziehen.«

Zargodim lachte zischend auf. »Das sagst *du* mir? Du bist unser Makel! Wegen deiner Unzulänglichkeit können wir lediglich Endogenen Genuss erzeugen, aber keine Endogene Qual! Wir können noch so lange leben, wir werden ewig Vizekapitän bleiben. Man wird uns nie zum Dualen Kapitän befördern.«

»Nicht schon wieder! Wie oft haben wir in den letzten Jahrhunderten darüber diskutiert? KOLTOROC wird sich etwas dabei gedacht haben, als er uns zusammenfügen ließ.«

»KOLTOROC ist tot. Viele seiner Entscheidungen waren falsch. Er gilt nichts mehr für TRAITOR.«

»Soll ich dem neuen Chaopressor mitteilen, dass du die Entscheidungen seines Vorgängers anzweifelst? Dass du nie mit ihnen einverstanden warst?«

»Dann würdest du mit mir sterben. Droh mir nicht, jedenfalls nicht, wenn du deine Drohung nicht wahr machen willst, du Schwächling.« Zargodim war heute Morgen noch aggressiver als sonst.

»Schwächling?«, echote Maurill. »Spielen wir heute Abend wieder eine Partie Shago'Matha'Afaal? Dann sehen wir ja, wer schwach ist.«

Beide Hälften des Duals spielten leidenschaftlich Shago, doch Maurill gewann die meisten Duelle, da Zargodim seine Aggression nicht kontrollieren konnte.

Der andere erwiderte nichts darauf.

Mit schweren Gliedern standen sie auf, sahen sich in dem bescheiden eingerichteten Quartier um und gingen zum Raumthermometer. »Achtunddreißig Grad!«, murmelte Maurill. »Was habe ich dir gesagt?«

»Wie ist das möglich?«

»Finden wir es heraus.«

Zargodim schwieg, und Zarmaur fuhr den TRAI-Kommunikator hoch.

Maurill verabscheute es, auf diesem primitiven Planeten stationiert zu sein. Er litt darunter, nicht einmal über die Annehmlichkeiten verfügen zu können, die man an Bord jedes noch so unbedeutenden Traitanks genießen konnte. Keine Supratronik, die auf Sprachbefehle reagierte und einem lästige Wege abnahm. Stattdessen primitive Regler und Rechner, die man erst hochfahren musste.

Aber ihm waren die Argumente einsichtig, die den Einsatz gehobener Kolonnentechnik auf Sando verboten. Diese Welt war ein Unruheherd, wie sie ihn zuletzt in der Galaxis namens Milchstraße erlebt hatten. Dort hatte ein Planet namens Terra …

Er verdrängte den Gedanken. Zu unangenehm waren die Erinnerungen daran.

»Ein Anschlag im Sektor Micao. Die Versorgungsleitungen wurden gesprengt. Ein Reparaturteam ist bereits unterwegs.« Die Stimme des Kommunikators knirschte heftig.

»Verdächtige?«, fragte Zargodim. »Welche Vergeltungsmaßnahmen wurden eingeleitet?«

»Keine.«

»Weder, noch?«

»Weder, noch.«

Maurill zischte leise, und Zargodim grollte laut. »Wir müssen etwas unternehmen!«

»Wir müssen etwas unternehmen!«, bestätigte Maurill. Einen Moment lang waren sie Zarmaur, ohne in den *Singulären Intellekt* übergegangen zu sein.

Zarmaur stapfte in die Hygienezelle und drückte den Schalter, der die Sonnendusche aktivierte.

Kein wärmendes Licht pulsierte aus den Projektoren, keine haut- und haupthaarfreundliche Säuberungslösung schoss aus den Düsen.

»Fehlfunktion«, meldete der Kommunikator. »Diese Einrichtungen sind ebenfalls betroffen.«

Zargodim holte aus und zertrümmerte mit einer einzigen Bewegung die Projektoren und Düsen.

Maurill fragte sich, wie viele Techniker nach diesem ausgezeichneten Start in den neuen Tag eingesetzt werden mussten, um ihre *luxuriöse Frontkabine* wieder funktionsfähig zu machen.

Es war die reinste Verschwendung. Zargodim musste dringend eine *Lustschlänglerin* aufsuchen, bevor seine Hormone völlig durchschossen. Dann würde seine Aggressivität vielleicht ein wenig nachlassen.

Um den Aggressions- und Geschlechtstrieb der Mor'Daer unter Kontrolle zu halten, wurden ihnen Drogen verabreicht, doch für einen Dualen Vizekapitän galt das natürlich nicht. Sie konnten sich in dieser Hinsicht völlig ausleben.

Auch Maurill selbst hatte nichts dagegen, bald wieder eine jener Mor'Daer aufzusuchen, die professionell dem Gewerbe der Paarungsorgien nachgingen. Und was das *Lustspiel* anging, glaubte er im Gegensatz zu seinem anderen Ich nicht nur an die neunzehn Lektionen oder Erfahrungen. Er war der Auffassung, dass es nicht nur Gerüchten zufolge noch eine zwanzigste Stufe gab und wollte sie unbedingt erreichen. Wenn ihm das selbst bei einer perversen Paarung, die nur zu zweit ausgeführt wurde, gelingen sollte, ohne den *Singulären Intellekt* zu bemühen und seiner Partnerin auch nur ein Fitzelchen Endogener Lust zu spenden, würde Zargodim ihm mit mehr Respekt begegnen.

In der Hauptzentrale herrschten wie üblich äußerst angenehme chaotische Verhältnisse. Aber auch diesem Durcheinander wohnte eine gewisse Ordnung inne, die sie wiederum anfällig gegen Angriffe der feindlichen Mächte machte.

Auch das Chaos kommt nicht ohne Ordnung aus, dachte Maurill.

»Gibt es Meldungen?«, bellte Zargodim.

Maurill hielt sich zurück und ignorierte die verstohlenen Blicke, die man ihm immer wieder zuwarf. Er hatte sich schon längst daran gewöhnt, sie machten ihm nichts mehr aus.

Selbstverständlich begegnete man ihm als Dualem Vizekapitän mit dem gebührenden Respekt, doch seine Erscheinung war ungewöhnlich.

Es kam nicht oft vor, dass ein Dual aus den Körperhälften zweier Individuen ein und derselben Spezies bestand. Überdies war er, Maurill, ein Albino, was bei den Mor'Daer ebenfalls sehr selten war. Und natürlich hatte sich herumgesprochen, dass er keine Endogene Qual erzeugen konnte. Das allerdings bereitete ihm die wenigsten Sorgen. Zargodims übermäßige Aggressivität sorgte für einen gewissen Ausgleich, und Zarmaur hatte schon früh lernen müssen, sich mit konventionellen Mitteln durchzusetzen.

»Sabotage im Sektor Micao«, meldete der diensthabende Kalbaron. Maurill erinnerte sich daran, dass er Morgal gerufen wurde; er trug den Namen der Galaxis aus dem Universum Eud'y-Asor-Jaroso, aus der ihr Volk stammte, auch wenn die meisten das schon längst vergessen hatten und TRAITOR keinen Wert darauf legte, es wieder in die Erinnerung der Mor'Daer zu rufen.

»Das weiß ich bereits!«, brüllte Zargodim. »Deshalb stinken wir auch wie die Terraner! Wir konnten wegen eurer Unfähigkeit nicht unsere übliche Morgenhygiene vollziehen!«

Morgal trat einen Schritt zurück. »Bitte, Herr … das ist noch nicht alles.«

»Was weiß ich noch nicht?«

Hektisch aktivierte der Kalbaron ein akustisches Dämpfungsfeld, das ihr Gespräch vor den anderen Zentraleoffizieren abschirmte. »Es liegen Anzeichen dafür vor, die darauf hinweisen, dass dieser Anschlag auf die Versorgungsleitungen nur ein Ablenkungsmanöver war.«

»Wovon sollte es ablenken?«

»Soeben haben wir herausgefunden, dass ein Mord geschehen ist, Herr. Ein Effremi … ein hochrangiger Statistiker, der direkt von TRAITOR gesandt wurde. Er weist schwere Verletzungen am Nacken auf. Der Täter wurde überrascht und konnte fliehen. Der Anschlag auf die Versorgungsleitung erfolgte fast zeitgleich. Wir vermuten, dass er lediglich von dem Attentat auf den Effremi ablenken sollte.«

»Am Nacken, sagst du?« Maurill räusperte sich versonnen.

Der Offizier bestätigte beflissen, obwohl es sich eher um eine rhetorische Frage gehandelt hatte.

Zargodim mochte zwar jähzornig sein, aber dumm war er keineswegs. »Nachrichtensperre verhängen!«, befahl er Morgal. »Tatort großräumig absperren. Befindet sich die Leiche noch dort?«

»Ja. Unsere Untersuchungen sind noch nicht abgeschlossen, Herr.«

»Wir sehen sie uns persönlich an.«

»Bist du sicher, dass das klug ist, Herr?«

»Zweifelst du etwa meine Autorität an?«, zischelte Zargodim

Morgal wich noch einen Schritt zurück. »Aber nein, Herr. Ich bin nur um dich besorgt. Meine Pflichten als höchster dir untergeordneter Offizier dieses Standorts … Und diese Gerüchte …«

»Kampfkoffter vom Bereitschaftsdienst anfordern«, befahl Maurill barsch. »Und höchste Alarmbereitschaft für sämtliche Einheiten in diesem Sonnensystem!«

»Ich glaube keine Sekunde an die Gerüchte«, sagte Zargodim, während das Geschwader von Kampfgleitern über Sandos Hauptstadt Dexuamo dem Tatort entgegen strebte. Mehrere uniformierte Mor'Daer mit Zusatzpanzerungen und überschwerer Bewaffnung befanden sich in ihrem Koffter, die anderen waren voll besetzt mit weiteren Leibwächtern des Dualen Vizekapitäns.

Die Cadulagio waren ein sehr widerspenstiges Volk. Ähnliches hatte Zarmaur nur einmal zuvor erlebt, als sie die Negasphäre Hangay sichern sollten. Damals – wie lange war das jetzt her? – hatte er mit 242 Traitanks den TERRANOVA-Schirm des Solsystems der Terraner angegriffen, der jedoch nicht zusammengebrochen war. Auch in den folgenden Monaten war er für die Belagerung dieses Systems zuständig gewesen. Bei einem von vielen Großangriffen auf den geheimnisvollen Schirm hatte zwar ein komplettes Chaos-Geschwader den Durchbruch erzielen können, war aber dann verloren gegangen. Bis heute war ungeklärt geblieben, was damals in dieser Galaxis namens Milchstraße geschehen war. Zumindest auf der Informationsebene TRAITORS, zu der Duale Vizekapitäne Zugriff hatten. Gut möglich, dass die Terminale Kolonne Einzelheiten unterdrückte, damit sie nicht allgemein bekannt wurden.

Aber das war Vergangenheit. TRAITOR war schon längst wieder in einer anderen Galaxis tätig, um dort die Rohstoffe für einen neuen Chaotender zu sammeln.

»Zumindest ist der Vorfall so auffällig, dass er dein Interesse weckt«, versetzte Maurill.

»Ich hätte mich sowieso informiert.«

»Am Tatort? Bei einem *Effremi*?«

»Bei einem bedeutenden Statistiker, den TRAITOR geschickt hat. Die Lage auf Sando ist nicht unproblematisch. Der Anschlag wird Folgen haben, auch für uns. Wahrscheinlich wird es hier demnächst vor Kolonnen-Motivatoren nur so wimmeln. Es fehlt nur noch, dass man uns ein paar Awour oder Assassinen schickt. Die können wir jetzt gut gebrauchen.«

Maurill seufzte zischelnd. Das sah er genauso. Die Cadulagio leisteten erbitterten Widerstand, nicht offen, aber zielstrebig und geschickt aus dem Untergrund. Und sie schienen Hilfe von außen bekommen zu haben.

Die Gerüchte, auf die der Kalbaron angespielt hatte, besagten, dass zahlreiche wichtige Offiziere der Terminalen Kolonne verschwunden waren. Einige wenige andere hatten sich später schwerwiegende Verfehlungen zuschulden kommen lassen, bis sie aufgeflogen waren. Ihr Vorgehen hatte jedes Mal darauf abgezielt, TRAITOR so große Schäden wie möglich zuzufügen. Alles deutete darauf hin, dass die Akteure im Untergrund versuchten, die Kabinettisierung der Galaxis Spryx zu verhindern.

Auch das stellte eine Parallele dar. Die Terraner hatten in der Galaxis Milchstraße genau das Gleiche versucht.

Was jedoch nicht jeder Angehörige TRAITORS wusste – sämtliche Verschwundenen oder später Entlarvten hatten eine Kralle des Laboraten getragen. Es hatte den Anschein, als würde der unbekannte Gegner seine Opfer gezielt aus diesem Kreis auswählen.

Nicht jeder Angehörige TRAITORS wusste, dass diese Krallen überhaupt existierten, und die Bevölkerung von Sando konnte auf keinen Fall etwas von ihnen wissen. Daher die Vermutung, dass die Bewohner Spryxs Hilfe von jemandem bekommen hatten, der über die Interna der Terminalen Kolonne ausgezeichnet informiert war.

Natürlich maß Zargodim diesen Gerüchten Bedeutung zu. Und *natürlich* würde er es niemals eingestehen, weder sich selbst noch seinem albinoiden Gegenpart.

Der Kampfkoffter setzte auf. Zarmaurs Einheiten hatten das Gebiet großräumig abgeriegelt und führten ständig Überwachungen durch, aber kein einziger Cadulagio befand sich in der Nähe und könnte ihm gefährlich werden. Man hatte trotz gründlicher Suche auch keine versteckten Sprengsätze oder Ähnliches gefunden. Dass dem Dualen Vizekapitän hier eine Falle gestellt werden konnte, wie Morgal unterschwellig befürchtet hatte, war so gut wie ausgeschlossen.

Zarmaur stieg aus und ging die paar Schritte zu dem toten Effremi. Der gedrungene Körper mit den kurzen Beinen und dem verdickten Hinterteil lag auf der Seite, der kurze Schwanz des nagetierähnlichen Wesens kringelte sich auf dem Boden. Die Spitze stand, von der Leichenstarre gehalten, steil nach oben.

Maurill rührte dieses unwichtige Detail merkwürdig sentimental an.

Die Montur des Statistikers war am Nacken zerrissen. Dort war das dichte Fell vom Blut rostbraun gefärbt. Falls der Effremi eine Kralle trug, hatte in der Tat jemand versucht, an sie heranzukommen. »Ist der Anatom schon hier?«

»Noch nicht, Herr. Wir erwarten ihn jeden Augenblick.«

Als Zarmaur niederkniete, um die Wunde am unteren Hals des Toten zu untersuchen, stürmte einer seiner Leibwächter aus dem Kampfkoffter. »Herr!«, bellte er und salutierte. »Funkspruch höchster Priorität auf Geheimkanal, hochkodiert! Der Duale Kapitän Geming Purine befindet sich im Anflug auf Sando und verlangt, dich in einer dringenden Angelegenheit zu sprechen!«

Der Vizekapitän erhob sich ruckartig. »Er verlangt?«, fragte Zargodim drohend.

Der Mor'Daer schien um einige Zentimeter zu schrumpfen. »Er besteht sogar darauf. Ich habe die Kolonnen-Kodes mehrfach überprüfen lassen. Sie sind in Ordnung.«

»Teile ihm mit, dass er mich in unserem Hauptquartier antreffen wird.«

»Er … besteht auch auf äußerster Diskretion und schlägt als Treffpunkt die unbewohnte Wüste Benomo vor. Und du möchtest bitte mit so wenig Begleitern wie möglich kommen, Herr!«

Zargodim kniff die Augen zusammen, und Maurill tat es ihm gleich. War das der befürchtete Besuch, den sie halbwegs erwarteten? Schickte TRAITOR nicht nur Awour oder Assassinen, sondern gleich einen Dualen Kapitän? Vielleicht, um ihn abzulösen? »Du hast die Kodes überprüft?«

»Ich garantiere mit meinem Leben für sie, Herr!«

»Das wirst du auch müssen.« Sie ließen den Soldaten einfach stehen und stapften zu dem Kampfkoffter.

Natürlich würde Zarmaur nicht ohne die gebührende Eskorte fliegen. In dieser Hinsicht ließ die Formulierung des Dualen Kapitäns ihm auch freie Hand. Sie winkten fünf Angehörige ihrer Leibwache zu sich und betraten den Koffter.

Uns erwarten düstere Zeiten, dachte Maurill, und an Zargodims verkniffenem Gesicht erkannte er, dass seinen Gegenpart ähnlich unangenehme Gedanken plagten.

Aber Zargodim hielt seine Aggressionen ausnahmsweise im Zaum und bewahrte Schweigen.

Der Koffter hob ab.

Hoch über Benomo schwebte ein Traitank und warf einen riesigen Schatten auf den Sand und die Felsen der Wüste. Hätte Maurill ihn normalerweise als Ausdruck der unumschränkten Macht TRAITORS gesehen, empfand er ihn nun als Bedrohung. Das plötzliche Erscheinen eines Dualen Kapitäns konnte in der angespannten Lage, in der sie sich befanden, nichts Gutes bedeuten.

Zumal das Schiff auf keinerlei Funkrufe reagierte und sie, einen Dualen Vizekapitän, einfach warten ließ. Maurill spürte, wie die Aggressivität der linken Körperhälfte rapide anstieg, und musste alle Kraft aufbringen, um sie abzumildern. Er war das Korrektiv ihrer dualen Existenz; seine Aufgabe war es, Exzesse zu verhindern.

Ein Hangar öffnete sich, ein Beiboot schleuste aus und landete wenige Dutzend Meter neben dem Koffter.

»Endlich«, fauchte Zargodim.

Maurill besänftigte ihn nun nicht mehr. Auch er verspürte die brennende Ungeduld zu erfahren, was die Ankunft des Dualen Kapitäns zu bedeuten hatte.

Als sich die Schleuse des Beiboots öffnete, verließ Zarmaur mit der Leibwache den Koffter.

Es hat etwas Archaisches an sich, dachte Maurill. *Die beiden Kontrahenten treffen sich zum Showdown mitten im Nichts.*

Ein Dual trat … nein, *schwebte* in die Wüste. Er war nicht einmal einen Meter groß und saß in einem Antigravstuhl. Sein Körper wurde bis zum Hals von einer Montur bedeckt, doch der eine Kopf war schildkrötenhaft und hatte einen Schnabel und große hellblaue Augen, während der andere dem einer Eidechse glich, mit intensiv grün leuchtenden Augen und einer dreifarbigen, dreifach gespaltenen Zunge.

An einer schweren Metallkette führte er ein … ein Haustier? Einen Gefangenen? … mit sich, ein humanoides Wesen von vielleicht zwei Metern Größe, das aber gebückt ging, praktisch auf allen Vieren humpelte. Zumindest war es mit einer sauberen Montur bekleidet.

Zargodim stutzte, aber in Maurill läuteten Alarmsirenen. *Da stimmt etwas nicht!* »Du bist nicht Geming Purine«, sagte er. »Ich kenne ihn. Er besteht aus einem Limpes und einem Mal-Trazzen. Aber du bist …«

»Ekatus Atimoss«, sagte der Dual.

Während Zargodim vor Wut zischte und auf den anderen Dual losstürmen wollte, erinnerte Maurill sich an den Namen. Ekatus Atimoss … das war ein Abtrünniger, der in der Galaxis namens Milchstraße …

Nein, dachte Maurill. *Nein!*

Der Gefangene warf die Kette ab und richtete sich auf. Er war kleiner als ein Mor'Daer, doch in seinen Augen blitzte ein Zorn, eine Kampfeswut, die sogar die Zargodims zu übertreffen schien. Er war ein *Terraner …*

Nein, dachte Maurill, *einer von ihren unbedeutenden Vetternvölkern, ein … wie hießen sie noch gleich … ein* Arkonide*!*

Oder irgendetwas dazwischen.

»Ich bringe euch um!«, brüllte Zargodim.

»Das bezweifle ich«, sagte der … der Terraner-Arkonide.

Als Zargodim die Oberhand gewann und Zarmaur losstürmte, spürte Maurill den Schmerz.

Er war nicht unerträglich, doch er brannte in seinen Adern und lähmte ihn.

Endogene Qual, dachte Maurill entsetzt.

Zargodim reagierte sofort und versetzte sie in den Singulären Intellekt. Plötzlich waren sie *eins*, ergänzten sich zu einer Einheit.

Doch was sollten sie tun? Zarmaur konnte nur Lust spenden, keine Qual.

Und er hätte nie gedacht, dass er einmal am eigenen Leib die Endogene Qual spüren würde, die zu verteilen ihm von seiner Entstehung in einer Skapalm-Bark an versagt geblieben war.

Einen Moment lang nahm der Schmerz überhand, und Zarmaur brach zusammen und wand sich auf dem Boden. Durch seine Adern schien kein Blut mehr zu fließen, sondern etwas anderes, und jeder Tropfen davon brannte sich durch sein Fleisch.

Meine Leibwächter!, dachte Zarmaur. *Weshalb greifen sie nicht ein?*

Weil der Abtrünnige sie schon längst mit der Endogenen Qual ausgeschaltet hat!, gab er sich selbst die Antwort.

Der Schmerz ließ nach, und Zarmaur gelang es, die Augen zu öffnen. Der Abtrünnige schwebte über ihm, und der Humanoide aus der Milchstraße stand neben dem Antigravstuhl und sah zu ihm, dem Vizekapitän, hinab. Haare bedeckten einen Großteil seines Gesichts.

Vollbart sagten die Terraner der Milchstraße dazu.

»Ich bin Kantiran.« Der Humanoide wartete, als müsse dieser Name eine Bedeutung für Zarmaur haben.

Die hatte er. »Der Patron der Friedensfahrer«, knirschte Zarmaur. Das Sprechen war ihm fast unmöglich. »Die in der Milchstraße und Hangay gegen uns gearbeitet haben … du hast mir eine Falle gestellt … du wolltest mich mit dem Mord an dem Effremi nur aus dem Hauptquartier locken … Er hatte gar keine Kralle …«

»Was mir auch gelungen ist.«

»Du wirst nichts von mir erfahren!« Zarmaur wartete darauf, dass seine eigene Laboratenschöpfung endlich eingriff, ihn tötete, wie es ihre Aufgabe war, wenn der Träger einer Kralle in eine

Situation geriet, in der ihm Informationen entrissen werden könnten.

Aber noch war es nicht soweit. Noch war seine Situation nicht hoffnungslos. Noch gab es die Hoffnung auf Rettung. Der Terminalen Kolonne waren ihre wichtigsten Offiziere zu wertvoll, als dass sie sie leichtfertig tötete.

Die Gerüchte kamen ihm wieder in den Sinn, und er riss alle vier Augen auf. »Ihr könnt meine Laboratenkralle nicht entfernen! Sie hat sich mit meiner Vitalenergie verbunden! Damit würdet ihr mich umbringen!«

Der Terraner – oder Arkonide, so genau wusste er das nicht mehr – namens Kantiran lächelte. Kalt und bedrohlich.

»Wer will die Kralle denn entfernen? Hast du schon mal etwas vom Atrentus-Verfahren gehört? Die Cypron haben es schon vor langer Zeit entwickelt, und wir Friedensfahrer beherrschen es perfekt …«

»Nein! Tut das nicht! Wenn die Terminale Kolonne jemals an die Mächte der Ordnung fällt, wird der Fesselgriff der Ordnung das Universum erstarren lassen und alles Leben ersticken!« Zarmaur schrie gellend auf, aber nur kurz, dann wurde die Endogene Qual so stark, dass er das Bewusstsein verlor.

Zarmaur erwachte schweißgebadet, und Maurill wunderte sich, dass sein erster Gedanke nicht der Terminalen Kolonne galt.

Er fühlte sich … anders. Frei.

Die Kralle, dachte er. *Sie … funktioniert nicht mehr!*

Er öffnete die Augen. Der Patron der Friedensfahrer sah ihn an, und der ehemalige Duale Kapitän Atimoss schwebte nicht weit von ihm entfernt in seinem Stuhl.

»Du bist noch verwirrt«, sagte der Abtrünnige. »Das Atrentus-Verfahren blockiert die Funktion der Kralle. Ein Kokon isoliert sie nun von deinem Körper.«

Maurill atmete tief durch und versuchte, seine Gedanken zu ordnen.

TRAITOR war nicht mehr das, was es vor seiner Bewusstlosigkeit noch gewesen war. Die Freiheit fühlte sich köstlich an, und die Terminale Kolonne unterdrückte sie.

Er wusste, er würde noch einen langen Weg zu gehen haben, doch die Strecke lag ganz klar vor ihm. Der Anfang war gemacht.

Er würde Kantiran und Ekatus Atimoss dabei helfen, auch andere Angehörige der Kolonne von der Kralle des Laboraten zu befreien. Und die Befreiten würden wieder andere befreien. Einen nach dem anderen …

»Willkommen im Widerstand gegen TRAITOR«, sagte Kantiran lächelnd.

1465 NGZ
Unser Mann im All

Für Wolfpeter Ritter (1949 – 1998)

Im Jahr 1465 NGZ schöpfte die Solare Menschheit wieder Atem. Auf der rein oberflächlichen Erfassungsebene war die Frequenz-Monarchie seit zwei Jahren militärisch besiegt. Nur wenige Eingeweihte kannten die darunterliegende kosmische Ebene, die ungeheure Bedeutung für die Existenz der Menschheit hatte: Um der Entwicklung zu einer Materiequelle zu entgehen, die das Ende nicht nur der Milchstraße, sondern auch der Lokalen Gruppe bedeutet hätte, hatte die Superintelligenz ES sich aufgespalten. Ihre Mächtigkeitsballung würde sich fortan auf die Lokale Gruppe beschränken, während diejenige ihres »Bruders« TALIN die Fernen Stätten umfassen würde.

Das Polyport-System war für die Menschheit gesichert. Damit stand den Terranern und ihren Abkömmlingen die Möglichkeit offen, tief ins Universum vorstoßen zu können, eine Chance, die sie aufgrund widriger Umstände allerdings nicht nutzen konnte. Doch auch in Anthuresta, jener Galaxis, in der Terraner eine neue Existenz gegründet hatten, waren viele Fragen offen geblieben, darunter die, warum ES die vier Völker der Tryonischen Allianz in den Fernen Stätten angesiedelt hatte.

Perry Rhodan überlegte, ob er bei den bevorstehenden Wahlen erneut das Amt des Terranischen Residenten anstreben oder sich lieber der Erforschung der Polyport-Galaxien widmen sollte, und entschied sich für die für ihn wesentlich reizvollere Aufgabe: Als Sonderbeauftragter für die Polyport-Domäne konnte er versuchen, den Weg der Menschheit in die richtigen Bahnen zu lenken und die Erweiterung der Kenntnisse um kosmische Zusammenhänge voranzutreiben.

In diesem Jahr kam es zu einer Begegnung der seltsamen Art zwischen Perry Rhodan und einem Unbekannten, die viel, viel später nicht absehbare Auswirkungen haben sollte. Perry Rhodan würde sich allerdings erst dann wieder an diese Begegnung erinnern …

(Aus: Hoschpians unautorisierte Chronik der Milchstraße; Abschnitt HHUA.VI.9.1: Vor dem Neuroversum.)

Irgendetwas am Gesicht des Botschafters kam Perry Rhodan eigenartig vor.

Es war nicht abstoßend, ganz im Gegenteil. Es war ebenmäßig, fein geschnitten und wirkte edel, fast erhaben. Dunkelgrüne Augen schauten über einer schmalen Nase aufmerksam und neugierig in die Welt, die Lippen waren nicht zu dünn oder zu voll, das Kinn stand prägnant hervor, lenkte aber nicht vom Gesamteindruck ab. Der wurde von einem üppigen Schwall dunkelblonder Haare vervollständigt, die bis zu den Schultern fielen.

Es ist einfach zu perfekt. Rhodan musterte den Botschafter unauffällig. Auch sein Körperbau entsprach dem humanoiden Idealbild. Er war an die zwei Meter groß, schlank und muskulös zugleich. Man merkte ihm auf den ersten Blick an, welche Kraft in ihm steckte.

»Ich danke dir für die Bereitschaft, mir diesen ungewöhnlichen Wunsch zu erfüllen. Ich muss dir gestehen, der Weltraum übt einen gewaltigen Reiz auf mich aus.« Mit einem Nicken schwang der Botschafter sich auf den Rücksitz des Zwei-Mann-Jägers.

Rhodan glitt auf den Vordersitz, schloss mit einem Knopfdruck die Kabinenabdeckung und schaltete das Funkgerät ein. »Erbitte Startfreigabe.«

»Freigabe erteilt, Sonderbeauftragter.«

Der unsterbliche Terraner zuckte leicht zusammen, als er die formelle Anrede hörte. Er fiel ihm schwer, sich an diesen Titel zu gewöhnen. Das Galaktikum hatte ihn zum *Sonderbeauftragten für die Polyport-Domäne* ernannt, zum Überwacher des Polyport-Systems. In dieser Rolle hatte er sich der Bitte des Botschafters nicht entziehen können. Der Fremde stammte aus Anthuresta und war über die Polyport-Domäne angereist. Die Solare Premier persönlich hatte Rhodan mit sanftem Druck dazu gedrängt, dem Gast ein paar Stunden lang zur Verfügung zu stehen.

Begeistert darüber war Rhodan nicht. Aber die ferne Galaxis Anthuresta war noch so gut wie unerforscht, und die Terraner, die es dorthin verschlagen hatte, konnten jede Hilfe brauchen. Freundschaftliche Beziehungen zu einem anderen mächtigen Volk waren für sie Hyperkristalle wert.

Das Schott des Kreuzers, der sie hierher gebracht hatte, öffnete sich. Rhodan startete den Jäger und flog hinaus ins All. Sofort kam der Jupiter in Sicht, der größte Planet des Sonnensystems.

Dem Sonderbeauftragten stockte kurz der Atem. Er hatte den Gasriesen schon lange nicht mehr durch die Kuppel eines Jägers gesehen und fast vergessen, welch prachtvollen Anblick er bot. Der Nordpol war braun gefärbt. Darunter wechselten sich bis zum Südpol braune und beige Streifen ab. Ein winziger schwarzer Punkt, der Schatten des Mondes Europa, schien rasend schnell dem Großen Roten Fleck entgegenzueilen, dem Hochdruckgebiet eines Sturms, der schon seit Tausenden von Jahren dort tobte und seine Position kaum verändert hatte.

Der Rote Fleck war doppelt so groß wie die Erde. Das machte Rhodan endgültig klar, mit welchen Dimensionen er es zu tun hatte.

»Beeindruckend«, sagte der Botschafter. »Nein, wunderschön. Das Weltall und seine Planeten faszinieren mich. Der Anblick der Monde, die unsere Heimatwelt umkreisen, hat meinem Volk erst den entscheidenden Antrieb gegeben, in den Weltraum vorzustoßen. Ohne unsere Monde würden wir wohl noch immer in Höhlen hausen. War das bei deinem Volk ähnlich?«

»Wahrscheinlich genauso, obwohl meine Welt nur einen Mond hat. Wie heißt dein Heimatplanet?« Rhodan ärgerte sich über sich selbst. Er hatte das Dossier des Terranischen Liga-Diensts über den Botschafter genau studiert, den Namen jedoch vergessen. Er wusste nur noch, dass der Fremde aus einem wenig erforschten Teil Anthurestas kam. Es gab sogar Andeutungen, dass er von viel weiter her stammte, doch das waren nur Gerüchte.

Der Botschafter nannte den Namen, doch Rhodan verstand ihn nicht richtig. *Wahrscheinlich eine Bezeichnung mit mehreren Apostrophen und Klicklauten.* Er wollte sich jedoch nicht die Blöße geben, ein zweites Mal zu fragen. Das wäre eine Unhöflichkeit ersten Ranges gewesen, die auf dem glatten diplomatischen Parkett leicht zu einer peinlichen Bauchlandung führen könnte. Er hätte sich genauer informieren müssen.

»Weshalb wolltest du unbedingt mit mir diesen Flug antreten?«, wechselte er das Thema. Geschickt, wie er hoffte.

»Dein Ruhm eilt dir voraus.« Der Botschafter lächelte so strahlend, dass Rhodan sein Gesicht sogar im bruchsicheren Panzerplast der Jägerkuppel sehen konnte. Ein offenes, freundliches Antlitz ohne Arglist oder Hintergedanken. »Natürlich habe ich von dem großen Perry Rhodan gehört und wollte ihn unbedingt kennenlernen.«

Es war Rhodan unangenehm, wenn jemand so über ihn sprach. »In Anthuresta?«

»Sogar dort sind deine Taten bekannt. Die Stardust-Terraner halten dich für ihren Retter, der ihre Zukunft gesichert hat.«

»Nun ja …« So viel Lob war Rhodan fast peinlich, doch in gewisser Weise hatten die dort lebenden Menschen Recht.

Rhodan spürte, wie er sich allmählich entspannte. Die Verärgerung darüber, von der Solaren Premier zu dieser Sightseeing-Tour gedrängt worden zu sein, verflog immer mehr. Er warf noch einen Blick auf den Jupiter, der langsam hinter ihnen zu schrumpfen schien, und wusste plötzlich, woran es lag.

Er war ein Weltraumpilot. Von Anfang an war er das gewesen, von dem Augenblick an, in dem er den Fuß in die primitive Rakete gesetzt hatte, die ihn und drei Kollegen zum Mond bringen sollte. Schmerzhaft spürte er, wie sehr ihm das gefehlt hatte. Einfach durchs All zu fliegen, sämtliche Zwänge und Einschränkungen des Alltags hinter sich zu lassen, einfach *Gas zu geben*, hin zum ersten Stern links über dem Horizont. *Unser Mann im All* hatten seine Mitmenschen ihn früher einmal genannt. Sicher war das leicht ironisch gemeint gewesen, aber es hatte auch ein gehöriges Maß an Zuneigung darin mitgeschwunden.

Bei solch einem Flug konnte man sich nicht nur ausleben, sich ein wenig verlieren, er rückte auch einiges in die richtige Perspektive. Wenn Rhodan ehrlich war, hatte er das schon erkannt, als er nach langer Zeit wieder einmal den Jupiter aus der Nähe gesehen hatte. Wie gewaltig dieser Planet mit seinen 67 Monden doch war! Wie oft würde die Erde in ihn hineinpassen? Hundertmal? Er wusste es nicht mehr genau.

Und wie winzig die Menschen im Vergleich zu diesem Giganten der Schöpfung doch waren! Es tat gut, manchmal wieder zurechtgestutzt und daran erinnert zu werden.

»Wir nähern uns dem Asteroidengürtel.« Plötzlich vibrierte seine Stimme. »Der Flug wird jetzt vielleicht ein wenig rau, aber das hast du dir doch so gewünscht, Botschafter? Wir müssen den Gesteinsbrocken ausweichen, die bei der Auflösung eines früheren Planeten unseres Sonnensystems entstanden sind.«

»Ja, natürlich. Du kannst dir nicht vorstellen, wie sehr ich es genieße! Es setzt einiges in die richtige Perspektive.«

Rhodan stutzte. Genau das hatte er auch gerade gedacht. Aber dann konzentrierte er sich auf die ersten Felsen, die vor ihnen durch die kalte Leere des Alls trieben. »Es besteht nicht die geringste Gefahr«, betonte er. »Sollte ich einmal zu spät reagieren, greift die Bordpositronik ein und vernichtet den Brocken, der eine Bedrohung darstellt.«

»Kannst du den Bordrechner nicht ausschalten?«

»Was?« *Wollte* der Botschafter sich in Gefahr bringen? Eine kurze Unaufmerksamkeit genügte, und es würde zu einem tödlichen Unfall kommen. Liebte er den Nervenkitzel so sehr, dass er bereit war, sein Leben aufs Spiel zu setzen? »Nun ja, ich kenne die Überrangkodes …«

»Nutze sie! Ich vertraue dir vorbehaltlos.«

»Aber dein Status als Diplomat …« Im nächsten Augenblick wunderte Rhodan sich über seine eigenen Worte. Wie konnte er nur mit dem Gedanken spielen, der Laune des Botschafters nachzugeben?

Doch da war dieses Gefühl der absoluten Freiheit, das sich in ihm ausbreitete und alle Bedenken mit sich riss, wie ein unwiderstehlicher Sog, gegen den kein logisches Argument Bestand hatte. Der Nervenkitzel zerrte ihn einfach mit. *Natürlich* konnte er den Asteroidengürtel durchfliegen, das hatte er schon hundert Mal getan. Er konnte die Bordwaffen einsetzen und kleinere Gesteinsbrocken, die ihm im Weg waren, einfach zerstören. Aber in erster Linie waren seine Fähigkeiten als Pilot gefragt. Als *Risikopilot*, wie man ihn einmal genannt hatte.

Unser Mann im All.

Er traf die Entscheidung und flog weiter, immer weiter, den Asteroiden entgegen, die plötzlich die Ortungsanzeigen beherrschten. Hunderttausend winzige Impulse auf dem Holo vor ihm, grellrot dargestellt, eine unübersichtliche Anzahl von Felsbrocken, jeder einzelne davon potenziell tödlich.

Es war ein herrliches Gefühl.

»Stimmt es, dass du die Menschheit geeint hast?«

»Ich vermute, sie wollte sich einigen lassen.« Es bereitete Rhodan keinerlei Schwierigkeiten, sich auf das Gespräch und gleichzeitig den rasanten Flug zu konzentrieren.

»Und dann bist du irgendwann dieser Superintelligenz begegnet … ES?«

»Schon sehr früh. Kurz nach dem Aufbruch ins All. Sie hat einigen wenigen Menschen die Unsterblichkeit verliehen.«

»Aber wie hast du diese Verantwortung verkraftet, die plötzlich auf deinen Schultern lag? Die man dir aufgebürdet hat?«

»Ich empfinde das nicht so. Man muss sich dieser Verantwortung stellen, kann sich ihr nicht entziehen. Und das habe ich einfach getan.« Ein Asteroid vor ihm. Den Jäger nach links ziehen. Instinktiv die Geschwindigkeit des Felsbrockens und die des Jägers berechnen. Etwas beschleunigen. Alles kein Problem. Abstand vierzig Kilometer.

Weiter. Immer weiter.

»Aber war sie manchmal nicht zu groß?«

»Nein, das habe ich nie so empfunden. Ich habe diese Verantwortung akzeptiert. Danach war sie irgendwie ganz natürlich für mich.«

Der nächste Gesteinsbrocken. Auf Kollisionskurs. Neue Berechnungen. Abbremsen oder beschleunigen? Er würde es nicht schaffen, die Zeit war zu knapp. Hier ging es um Sekunden.

Den Impulsstrahler auslösen. Das Trümmerstück des zerstörten Planeten verging endgültig in einem Glutball, der Rhodan kurz blendete. Keine Gefahr. Der Schutzschirm bewirkte, dass die Temperaturen nicht auf den Jäger übergreifen konnten. Rhodan schloss instinktiv die Augen. Als er sie keine Sekunde später wieder öffnete, erlosch das Inferno hinter ihm schon wieder.

»Du hast also nicht das Gefühl, in chaotische Ereignisse verwickelt worden zu sein?«

»Das ganze Leben verläuft chaotisch. Chaos ist ein Prinzip des Universums, das die Schöpfung voranbringt. Ohne Chaos würde Stillstand herrschen, und der ist auf Dauer gleichbedeutend mit Stagnation und Ende der Existenz.«

»Aber ein gewisses Maß an Ordnung muss auch sein, nicht wahr?«

Rhodan runzelte die Stirn. Bezog der Botschafter sich mit dieser Frage auf die *Hohen Mächte*? In dem Dossier über ihn hatte der Liga-Dienst ausdrücklich festgehalten, dass seine Zivilisation zwar in einem Teil von Anthuresta vorherrschend war, aber keine weiteren Informationen über jene Kräfte im Hintergrund hatte, die die Geschicke des Universums zu bestimmen versuchten.

Ihm blieb keine Zeit, darüber nachzudenken. Wie aus dem Nichts tauchte ein Asteroid in der Ortung auf, der rasend schnell seine Bahn durch den Gürtel zog. Ein Irrläufer, fünf-, sechsmal schneller als die anderen Gesteinsbrocken, die den Flug schon beschwerlich genug machten.

Er feuerte mit den Impulskanonen, doch zu spät. Die Strahlen streiften den Brocken nur, verdampften vielleicht drei Prozent von ihm, den äußersten Rand. Rhodan zog den Raumjäger hoch und zur Seite. Er hörte, wie das Metall des kleinen Schiffes ächzte und stöhnte. Ein lautes Jaulen, dann ein schrilles, protestierendes Kreischen durchdrang den Schiffskörper. Es verriet ihm, dass das Material bis zur äußersten Belastung beansprucht wurde.

Er schaffte es. Gerade eben. In einer Entfernung von lächerlichen achtzig Metern schoss der Asteroid an ihnen vorbei.

Der Botschafter lachte laut auf dem Rücksitz. Er schien sich hemmungslos an dem Beinahe-Zusammenstoß zu erfreuen und keine Angst um sein Leben zu haben.

Rhodan beschleunigte, und sie verließen den Asteroidengürtel. Er legte ein winziges Teilstück der Strecke mit Überlichtgeschwindigkeit zurück, und schon tauchte der Mars in der Ortung auf, ein winziger roter Punkt, der schnell größer wurde.

Mars, der Rote Planet, der äußere Nachbar der Erde! Tatsächlich leuchteten weite Teile seiner Oberfläche in einem kräftigen Gelbrot. Einige weite Ebenen und hohe Gebirgszüge bildeten einen dunklen Kontrast dazu.

»Der Rest des Fluges wird ruhiger werden.« Rhodan nahm den Jäger wieder in Handsteuerung und hielt auf den Mars zu.

»Nein, ich genieße den Flug. Wirklich. Du bist also im Einklang mit deinem Schicksal? Und mit der Rolle der Menschheit im Kosmos?«

Rhodan überlegte, was er darauf antworten sollte, als das Triebwerk ausfiel. Er betrachtete in der spiegelnden Kuppe den Botschafter. Der Fremde hatte nichts davon gemerkt. Der Jäger flog weiter auf dem eingeschlagenen Kurs rasend schnell dem Mars entgegen.

Der Terraner runzelte die Stirn. Er musste die Ruhe bewahren. In drei Minuten würde die Schwerkraft des Planeten den Jäger einfangen, kurz darauf der Aufschlag erfolgen.

Den sie nicht überleben konnten.

Er versuchte, den Antrieb wieder hochzufahren, doch nun streikte die gesamte Technik. Auch das Funkgerät war tot.

»Probleme?«, fragte der Botschafter.

Rhodan kniff die Augen zusammen. Wie hatte der Fremde etwas davon mitbekommen?

»Ja«, gestand er ein. »Aber unser Flug wird von dem Kreuzer überwacht. Dort wird man erkennen, dass etwas nicht stimmt, und gleich eingreifen.« Doch seine Worte klangen hohl. Glaubte er wirklich daran? Der Vorfall war eigentlich unerklärlich. Normalerweise versagte so simple Technik wie die des Jägers nicht. Und in der Ortungszentrale des Kreuzers würde man annehmen, das riskante Manöver im Asteroidengürtel hätte ihn auf den Geschmack gebracht, und er wolle dem Botschafter nun eine weitere nervenzerfetzende Show bieten und erst im letzten Augenblick abdrehen.

Dann würde jede Hilfe zu spät kommen.

Vor ihnen wurde die rote Scheibe des Mars schnell größer.

Der Botschafter wirkte nicht im Geringsten beunruhigt. »Kannst du mir meine Frage beantworten? Wenn ich bedenke, wie viele Opfer du und die Menschheit gebracht haben …«

Rhodan horchte auf. Ihm wurde klar, dass der Botschafter einiges wusste, das er eigentlich nicht wissen konnte. Die Terraner hingen solche Dinge nicht an die große Glocke. Woher stammten seine Kenntnisse also?

»Ja, ich bin mit meiner Rolle und der der Menschheit im Universum im Einklang.«

Er versuchte erneut, die Systeme zu reaktivieren. Vergeblich. Der Jäger geriet nun leicht ins Trudeln. Er geriet in die Ausläufer des Schwerefelds des Roten Planeten.

»Obwohl die Expansion der Menschheit ins All von Gewalt gezeichnet war?«

»Es war keine imperialistische Ausdehnung. Wenn du dich bedroht fühlst …«

»Im Gegenteil, Perry Rhodan. Und du musst dich auch nicht bedroht fühlen.«

Nun drehte Rhodan sich zu dem Botschafter um.

»Weder von mir noch vom Ausfall der Aggregate. Der Antrieb wird gleich wieder funktionieren.«

Rhodan musterte das ebenmäßige, viel zu perfekte Gesicht, dessen Blick noch immer aufgeschlossen und offen wirkte. »Wer bist du? Und wieso kannst du den Antrieb des Jägers manipulieren?«

»Der Avatar einer dir noch unbekannten Superintelligenz aus der Nähe von Anthuresta, die neugierig auf die Mächtigkeitsballung von ES ist. Und die den Mann kennenlernen wollte, der so wichtige Dinge getan hat.«

Das Triebwerk setzte wieder ein. Rhodan beschleunigte, gab vollen Schub, versuchte, den Raumjäger aus dem Griff des Planeten zu befreien. Langsam, ganz langsam, hob sich die Nase des kleinen Schiffes.

»Wie soll ich dich anreden?«, fragte Rhodan.

»Gar nicht. Du wirst diese Begegnung vergessen. Du kannst dich schon jetzt nicht mehr an meinen Namen erinnern, oder an den der Welt, von der ich komme. Unser Gespräch hat für dich nie stattgefunden. Aber es hat seinen Zweck erfüllt.«

»Welchen?« Ein gelbroter Schein hüllte die Kabine ein. Keine fünfhundert Meter unter ihnen schien die Marsoberfläche dahinzuziehen. Rhodan stabilisierte den Flug, zog den Jäger wieder nach oben, warf einen Blick auf die Instrumente. Er legte Kurs auf die Erde ein. Er musste den Botschafter – wie hieß er noch gleich, von welcher Welt kam er? – in ein Gespräch verwickeln, ihn dazu veranlassen, mehr Informationen preiszugeben.

»Die Superintelligenz, die mich schickt, kann dich jetzt besser einschätzen. Terraner leben in Anthuresta. Früher oder später wirst du meinem Herren begegnen. Er weiß nun, dass du besonnen und mit deinem Schicksal zufrieden bist.«

»Besonnen?«

»Ich habe dich im Asteroidengürtel aufgefordert, den Bordrechner auszuschalten, doch du hast es nicht getan. Du hast meine Sicherheit nicht aufs Spiel gesetzt.«

»Und zufrieden?«

»Du bist im Einklang mit dem, was du tust. Man kann sich auf dich verlassen.«

Vor ihm kam die Erde in Sicht, zuerst nur als kleiner, im Sonnenlicht funkelnder Punkt. Dann wurde sie immer größer, und Rhodan konnte die Umrisse der Kontinente und die Meere erkennen.

Es war wirklich ein Blauer Planet, der sich dort im All drehte, oder ein blaugrüner, mit weiten Ebenen, aber auch Gebirgen, die sich etwas dunkler abzeichneten. Der Anblick überwältigte Rhodan fast. Hier hatte alles angefangen. Hier war er zu Hause.

»Nun verstehe ich Vieles besser. Ich bedanke mich bei dir für deine Zeit und Mühe. Ich bin überzeugt, wir werden uns irgendwann einmal wiedersehen.«

»Warte, ich …« Rhodan verstummte, drehte den Kopf, sah nach hinten.

Der Sitz hinter ihm war leer.

Natürlich. Wer sollte auch dort sitzen? Er war allein losgeflogen. Hatte nach langer Zeit wieder einmal das Gefühl genießen wollen, allein und frei und ungebunden durchs All zu fliegen, wenn auch nur vom Jupiter zur Erde.

Er warf noch einen Blick auf seine Heimatwelt.

Ja, dieses Juwel vor ihm rechtfertigte in der Tat die vielen Opfer, die die Menschheit gebracht hatte, um in den Weltraum vorzustoßen und ihn zu besiedeln. Es war weit mehr als irgendein kleiner Planet in einer abgelegenen Ecke der Milchstraße.

Es war ein Symbol des Friedens und aller Menschen, die guten Willens waren.

Rhodan lachte laut und zog den Raumjäger wieder herum. Kurs Jupiter. Am Mars vorbei und noch einmal durch den Asteroidengürtel.

Für eine kurze Weile konnte er wieder nur Risikopilot sein. Nichts weiter als *unser Mann im All.*

1470 NGZ
Russische Klassiker

Für Hans Kneifel (1936 – 2012)

Anfang des Jahres 1470 NGZ näherte sich die Auseinandersetzung mit der Superintelligenz QIN SHI ihrem Höhepunkt. Perry Rhodan war es gelungen, das parasitäre Geisteswesen in die Enge zu treiben. Die Reaktion der kosmischen Entität fiel unerwartet aus. QIN SHI fühlte sich von seinen Hilfsvölkern betrogen und im Stich gelassen. Voller Zorn schickte er unter dem Einfluss seines Gegners TANEDRAR seine gesamte Flotte in ein Schwarzes Loch und vernichtete sie. Dann fand er gemeinsam mit TANEDRAR sein Ende in ebendiesem Black Hole.

Das entführte Solsystem kehrte an seinen angestammten Platz in der Milchstraße zurück. Während des Fluges hatte Perry Rhodan genug Gelegenheit, um über das Geschehen nachzudenken. Er hatte Erfolge erzielt, deren Auswirkungen noch nicht abzusehen waren. Mit der Entität TAFALLA würde ein Geschöpf in der Sonne Sol zur Ruhe gebettet werden, die das Reich der Harmonie aus der Wahrnehmung der Kosmokraten ausgeblendet hatte. Vielleicht war das Gleiche auch mit dem Solsystem oder sogar der Lokalen Gruppe möglich. Und mit der Zündung des Neuroversums hatte Rhodan an der Schöpfung eines Universums mitgewirkt, das frei vom Moralischen Kode und unantastbar für die Hohen Mächte war. Es musste seinen eigenen Weg im Multiversum finden. Könnte das auch ein Weg sein, den irgendwann einmal die Menschheit einschlagen kann?

Das wird die Zukunft erweisen. Gedanken darüber sind reine Spekulation. Zumal Perry Rhodan während der Rückkehr in die heimatliche Milchstraße ganz andere Zweifel plagen …

(Aus: Hoschpians unautorisierte Chronik der Milchstraße; Abschnitt HHUA.VI.9.3: das Neuroversum.)

Es war dunkel in der Kabine. Perry Rhodan schaltete das Licht bewusst nicht höher. Die Qualität des Holos kam ihm besser vor, wenn er es im Dunkeln abspielte. Damit redete er sich nur etwas ein, aber er fühlte sich wohler bei dem Gedanken. Er hätte sich gewünscht, die Wirkung von Holos beeinflussen zu können, indem man sie sich in einer hellen oder düsteren Umgebung ansah.

Aber das konnte man nicht. Die Wirkung dieses Holos konnte nichts und niemand beeinflussen. Und es war nur eines von vielen.

Ihm war klar, dass er nur verdrängen wollte. Was dieses Holo ihm zeigte, konnte man nicht einfach vergessen. Nicht beiseite wischen, abtun, als wäre nichts gewesen.

Vielleicht hätte er sich das Holo im grellsten Licht anschauen sollen, das seine Kabine liefern konnte.

Ich darf nicht akzeptieren, was ich dort sehe, dachte er. Es war ein Gemetzel an 140 Millionen Lebewesen, aber er konnte nichts daran ändern. Wenn er es einmal akzeptierte, gab er sich selbst auf. All das, woran er glaubte.

Aber er konnte es auch nicht verhindern. Es war bereits geschehen.

Was hätte ich getan, fragte er sich, *wenn vor einem Jahr jemand gekommen wäre und mir gesagt hätte, dass ich in einem Jahr …*

Er zwang sich, den Gedanken nicht weiter zu verfolgen. »Servo, Holo stoppen!«, sagte er. »Rotwein.«

Die Kabinenpositronik kannte seine Vorlieben, hatte eine Auswahl unter den vorrätigen Tropfen getroffen. Nur echte Gewächse, kein synthetischer Ersatz. Ein Privileg, dass er sich einfach gönnte.

Eigentlich völlig sinnlos. Der Zellaktivator verhinderte, dass er sich einen Vollrausch antrinken konnte. Eine gewisse Gelassenheit und Ausgeglichenheit, die der Alkohol erzeugte, ließ er zu, mehr aber auch nicht.

Gelassenheit hätte er sich jetzt gewünscht. Aber es war sein erstes Glas. Dazu war es zu früh.

Er dachte an Atlan, seinen alten Freund, der ein gutes Glas

Rotwein stets zu schätzen gewusst hatte, und fragte sich, wo er jetzt war.

Er vermisste ihn.

Er vermisste ihn fürchterlich, sogar seine Kompromisslosigkeit, über die sie sich oft genug gestritten hatten. Atlan hätte akzeptiert, was geschehen war, das Unabänderliche hingenommen. Er hätte nicht einmal im Traum daran gedacht, sich dafür zu verantworten.

Ein Paneel der Kabinenwand öffnete sich, und ein kleiner Servorobot rollte daraus hervor und reichte ihm das Glas mit dem Wein. Er hatte die genau richtige Temperatur, nicht zu warm, nicht zu kalt. Rhodan roch daran, nahm das schwere Aroma wahr, das ihn an sonnenüberflutete Weinberge erinnerte, an dickes, fettes Erdreich auf einem steilen Hügel, an Trauben, die genau zur richtigen Stunde von robotischen Erntehelfern gepflückt wurden.

An die Erde. Die Heimat. Der Rotwein war ein Stück Heimat.

Er trank einen Schluck.

»Musik«, sagte er.

Er hatte dem Servo vorab gesagt, was er hören wollte. Russische Klassiker, Prokofiew und Borodin, und besonders Tschaikowskis *Sinfonien No.5 und 6*, die die russische Seele einfingen wie kaum eine andere Komposition. Schwermütige Melodien, die ihm die Tristesse der Situation bewusst machten.

Er hörte sie schon seit Tagen. Immer die gleichen Aufnahmen.

»Holo fortsetzen.«

Er verfolgte die dreidimensionalen Bilder, fragte sich, wie er hätte verhindern können, was er dort sah. Aber das war unmöglich gewesen. Er hatte in den letzten vier Monaten rein gar nichts ändern, erreichen oder bewirken können.

Dafür werde ich mich verantworten müssen, dachte er. *Zumindest vor mir selbst, auch wenn ich von Anfang an keine Chance hatte, es zu verhindern. Irgendwer wird mich zur Rechenschaft ziehen wollen, und ich werde erklären müssen, was geschehen ist. Ich werde mein Verhalten begründen müssen.*

»Es ist ein nachvollziehbares Ende«, flüsterte er zu sich selbst. Er war allein in seiner Kabine, wollte niemanden sehen, niemanden sprechen. Nicht einmal Reginald, auch nicht Gucky. Er genoss die Einsamkeit, hieß sie willkommen. Die alte Begleiterin, die Freundin und Vertraute, die er einige Jahre, nachdem er das Rätsel der Unsterblichkeit gelöst hatte, zumindest mitunter so schrecklich lieb gewonnen hatte.

Das Holo endete. Es wurde hell in seiner Kabine.

»Noch einmal«, sagte er zu dem Servo. »Spiel das Holo von Anfang an ab.«

Die Positronik erfüllte seinen Wunsch umgehend.

Das Holo bildete sich erneut, und es wurde dunkel. Aber nur für eine Sekunde. Dann verbreitete die dreidimensionale Darstellung Licht, das den Raum geisterhaft erhellte. Es wurde nicht richtig hell, keineswegs. Das Holo zeigte nur das, was geschehen war.

Er konzentrierte sich auf die dreidimensionalen Bilder. Sie zeigten, wie ein Pulk von Zapfenraumern vom violetten Schein von Transitparketten erfasst wurde. Wie das Geschwader, oder wie immer QIN SHI seine Flotte eingeteilt hatte, versetzt wurde.

Wie die Zapfenraumer zu dem Schwarzen Loch geschickt wurden, dem Tor zur Ephemeren Pforte. Wie sie in den Ereignishorizont gerieten und von dem Black Hole vereinnahmt wurden, wie sie trudelten und von der gewaltigen Schwerkraft erfasst wurden, wie sie …

Rhodan unterdrückte den Gedanken, wollte sich erneut zwingen, an etwas anderes zu denken, doch es gelang ihm nicht.

Er fragte sich, wie viele Xylthen und Dosanthi diesen Pulk von Raumschiffen bemannt hatten.

Wie viele Lebewesen in dem Augenblick gestorben waren, als der Ereignishorizont sie erfasst hatte.

Gestorben, weil ihre eigene Superintelligenz sie in den Tod geschickt hatte.

Warum tut QIN SHI so etwas?, fragte er sich. *Warum hat QIN SHI seine eigene Flotte ausgelöscht?*

»Nicht QIN SHI«, flüsterte er. Es war TANEDRAR, der die Vorherrschaft in QIN SHI gewonnen hatte. TANEDRAR, der nun eine grausame Rache übte. QIN SHI hatte das Reich der Harmonie zerschlagen, hatte Escalian überrannt, mit den Unharmonischen, die unter seiner Herrschaft standen, eine ausgeklügelte Gesellschaftsordnung ad absurdum geführt.

Und nun konnte TANEDRAR sich revanchieren. Die Superintelligenz kannte keine Gnade. Sie zwang QIN SHI, seine eigenen Truppen restlos zu vernichten.

Sie bekämpft Feuer mit Feuer, dachte Rhodan. TANEDRAR hasste QIN SHI dermaßen, dass er 140 Millionen Lebewesen, Hilfskräfte der feindlichen Superintelligenz, in den Tod schickte.

Vor Rhodan flimmerte die Luft. Er schloss kurz die Augen, schüttelte den Kopf und sah, dass Gucky in der Kabine materialisiert war.

Du bist nicht erwünscht, Kleiner, dachte er. *Nicht hier, nicht jetzt.*

Der Ilt achtete nicht auf ihn. »Und du hängst seltsamen Gedanken nach. Wenn man sich darauf versteht, sie wahrzunehmen, kann man ihnen in der gesamten LEIF ERIKSSON nicht entgehen. Dich quält etwas. Ich glaube, du willst reden, aber du traust dich nicht, jemanden zu einem Gespräch zu bitten. Wenn du möchtest, kann ich wieder gehen. Du musst es nur sagen, Großer. Ach ja … Servo, Musik aus.«

Rhodan breitete resignierend die Hände aus und deutete dann auf das Holo. Es zeigte, wie weitere Pulks von Zapfenraumern vom violetten Licht der Transitparketts erfasst und zu dem Schwarzen Loch transportiert wurden.

Wie weitere Millionen von Lebewesen starben.

»Schön, dass du bei mir vorbeischaust, Kleiner«, gab Rhodan schließlich nach. Vielleicht brauchte er tatsächlich ein Gespräch unter Freunden. »Aber du wirst mir nicht helfen können. Damit muss ich allein klarkommen.«

Der Mausbiber nickte zu dem Holo hinüber. »Damit? Dass TANEDRAR sich revanchiert und die Invasionsflotte ausgelöscht hat, als er die Gelegenheit dazu hatte? Perry, wo lebst du? Machst du dir Vorwürfe, dass du es nicht verhindern konntest?« Gucky schloss die Augen. Es war eigentlich eine überflüssige Geste; er wollte damit nur anzeigen, dass er esperte. »Das sind Superintelligenzen …«

»Genau das erfüllt mich mit Entsetzen.«

Der Ilt musterte Rhodan lange. »Dass es Superintelligenzen sind?«, fragte er schließlich.

Rhodan nickte.

Gucky schaute verwirrt drein. »Sie stehen im Zwiebelschalenmodell hoch über uns. Ihre Absichten sind für uns nicht immer nachvollziehbar, sie sind uns weit überlegen …«

»Genau das ist es ja!« Der Terraner wirkte fast verzweifelt. »Man sollte doch meinen, dass sie uns einige Entwicklungsschritte voraus sind … sich zu so etwas Billigem wie Rache nicht mehr hinreißen lassen …«

»QIN SHI war eine besonders krasse Form einer parasitär-negativen Superintelligenz«, stellte Gucky klar. »Sie wurde nur von ihrem Fresstrieb gesteuert … ein Landhai sozusagen.«

»Und TANEDRAR?«

»TANEDRAR hatte keine andere Wahl. Die Superintelligenz hat erkannt, dass ihre gemeinsame Entwicklung mit QIN SHI gescheitert war, und den einzig konsequenten Schritt vollzogen. Sie hat den Tod einer Entwicklung vorgezogen, die nicht mehr zu reparieren war. Du hast daran nichts ändern können.«

Rhodan schwieg lange.

Natürlich hatte der Ilt Recht, zumindest mit seiner letzten Aussage.

Aber der Terraner wollte sich nicht geschlagen geben. »Noch einmal das Holo«, sagte er. »Aber nicht von Anfang an. Von … Minute zehn an.«

Die Kabinenpositronik spielte das Holo erneut ab. Es zeigte zum wiederholten Mal, wie Zapfenraumer und nun auch die ersten Walzenraumer aus Escalian, die der Rebellen, die letztendlich für QIN SHI tätig geworden waren, zu dem Schwarzen Loch versetzt wurden.

Ein Schiffspulk nach dem anderen.

Jedes Mal 100.000 Tote.

Gucky schwieg, betrachtete Rhodan, wie er die Holos beobachtete.

»Ich habe Erfahrung mit Superintelligenzen«, sagte Rhodan schließlich. »Angefangen mit BARDIOC über die Kaiserin von Therm … Ich habe schon einige von ihnen getötet. KOLTOROC zum Beispiel …« Er lachte leise auf. »Das erschien mir damals genauso unmöglich. Ein Mensch siegt im Kampf gegen eine Superintelligenz … eigentlich ein Unding. Aber es geht auch um etwas ganz anderes.«

»Um Delorian?«, fragte Gucky.

»Genau. Der Chronist einer Superintelligenz hat mich missbraucht.«

»Darum geht es eigentlich nicht, oder? Delorian war dein Sohn, das ist dein Problem. Aber … war er wirklich dein Sohn? Hast du ihn je gekannt?«

»Ich konnte ihn nicht kennenlernen. Das mache ich mir nicht zum Vorwurf.«

»Und was machst du dir zum Vorwurf?«

»Dass ich mich von ihm manipulieren ließ. Von Anfang an wurde ich in Chanda durch das Geschehen getrieben …«

»Ich zerfließe bald vor Mitleid.« Gucky versuchte ein Grinsen, entblößte dabei aber nicht den Nagezahn.

»Wenn mir das Geschehen in Chanda und in Escalian etwas gezeigt hat, dann, dass wir gegen Superintelligenzen nichts ausrichten können. Wir sind Menschen.« Er sah Gucky an und lächelte. »Entschuldige. Relativ unsterbliche Normalsterbliche ohne weitere besondere Fähigkeiten. Entschuldige noch einmal. Jedenfalls die meisten von uns.«

»Entschuldigung akzeptiert. Aber du siehst das falsch, zumindest einseitig. Dich hat es mit der BASIS, einem Schiff, das von

Delorian und QIN SHI gleichermaßen manipuliert worden ist, nach Chanda verschlagen. Dort hast du das Schiff sofort verloren. Du standest ohne vernünftigen Rückhalt da, allein. Auf verlorenem Posten, könnte man sagen. Und der Anzug der Universen hat dich ebenfalls beeinflusst, verhindert, dass du energische Entscheidungen treffen konntest.«

Rhodan schaute skeptisch drein. »Trotzdem …«

»Du warst allein mit nur wenigen Gefährten in einer fremden Galaxis. Du musstest dich orientieren, Verbündete suchen, die sich als unzuverlässig erwiesen, ihr eigenes Süppchen gekocht haben. Ob es nun Ramoz war oder der Widerstand, alle haben nur für ihre eigenen Ziele gearbeitet. Die alten Zeiten sind vorbei, Großer.«

»Die alten Zeiten …?«

Der Ilt nickte. Solche menschlichen Gesten waren ihm seit drei Jahrtausenden in Fleisch und Blut übergegangen. »Die Zeiten, in denen du mit einem einzigen Schiff nach M 87 oder Gruelfin geflogen bist und dort etwas verändern konntest. Damals hast du unter ganz anderen Voraussetzungen agiert. Wir wussten nichts von Superintelligenzen, hatten nicht einmal den Hauch einer Ahnung, dass es sie überhaupt gab. QIN SHI war ein ganz anderes Kaliber, TANEDRAR ebenfalls. Deine Gegner sind nicht mehr wie früher. Sie sind … gewachsen.«

Rhodan schüttelte bedauernd den Kopf. »Das kann ich so nicht akzeptieren.«

»Und du mit ihnen«, fuhr der Mausbiber unbeirrt fort. »Du bist auch nicht mehr der, der du vor dreitausend Jahren warst, als alles schwarz oder weiß war und es keine Grautöne gab. Sei doch mal realistisch.« Gucky ließ sich vom Kabinenservo ein Glas Saft bringen. »Wir wissen nicht einmal, ob die Cappins unter dem Einfluss einer Superintelligenz standen. Und hier hast du es direkt mit einer zu tun bekommen. Ganz andere Voraussetzungen führen eben zu ganz anderen Entwicklungen.«

»Und *wozu* hat das alles geführt?« Rhodan zeigte auf das Holo, in dem erneut ein Pulk von Zapfenraumern vom violetten Schein von Transitparketten erfasst und in den Untergang geschleudert wurde. »Ich habe es nicht verhindern können, Gucky. Ich habe *nichts* verhindern können.«

»Natürlich nicht. Weder in Chanda, noch in Escalian. Die eine Galaxis regierte QIN SHI mit harter Hand und diktatorischen Mitteln, in der anderen hatte TANEDRAR seit Jahrtausenden eine starre Gesellschaftsordnung etabliert. Du kannst nicht in Monaten neu ordnen, was andere in Jahrtausenden aufgebaut haben. Aber du hast etwas *erreicht.*«

»Ach ja?«

Der Ilt nickte ernst. »Du hast die Diktatur einer Superintelligenz beendet. Und die Herrschaft einer anderen, die auf Fremdenfeindlichkeit und Misstrauen errichtet war.«

»Zu welchem Preis?« Rhodan deutete auf das Holo.

»Was erwartest du? TANEDRAR wäre sowieso untergegangen. Wärest du nicht gewesen, hätte QIN SHI seine ›Geschwister‹ unterworfen. Die Superintelligenz wollte zu einer kosmischen Supermacht zu werden, die später vielleicht sogar nach Materiequellen gegriffen hätte, um ihren Einfluss zu erweitern. Du hast entsetzliches Leid verhindert, womöglich eine kosmische Katastrophe, auch wenn das am Anfang nicht abzusehen war. Mehr konntest du nicht tun. Allein im Kampf gegen eine Superintelligenz und fast alle Bewohner zweier Galaxien … dass es dabei Opfer gibt, ist unvermeidbar. Nein, mehr konntest du nicht tun!«

Rhodan atmete tief ein und schaute zu dem Holo.

»Du bist kein Held, der kommt, sieht und siegt«, sagte der Ilt energisch. »Du bist auch nur ein Mensch … wenn auch ein unsterblicher. Es ist ganz einfach nicht möglich, dass Herr Rhodan mit wenigen Schiffen in eine fremde, ferne Galaxis verschlagen wird und einen Sieg nach dem anderen erringt, und ein halbes Jahr später ist dort alles in Butter, die Galaxis befriedet und die Ordnung wiederhergestellt. Wir wissen nicht, was in Chanda und Escalian geschehen wird, aber beide Sterneninseln haben durch dich die Chance für einen Neuanfang bekommen. Auch, wenn sich das für dich persönlich wie eine Niederlage anfühlt. Damit musst du fertig werden, Großer. Du musst *umdenken*. Mehr kann ich dazu nicht sagen. Mehr kann dazu niemand sagen, weder Reginald noch Homer.«

Der Terraner schwieg.

Gucky stellte das Saftglas ab, nickte ihm zu und teleportierte. Mit einem leisen *Plopp!* strömte die Luft in das gerade entstandene Vakuum.

Rhodan blieb eine Weile sitzen, betrachtete das Holo und dachte über die Worte nach, die sein alter Freund gefunden hatte.

Dann erhob er sich. »Holo aus«, sagte er. »Licht an!«

1517 NGZ
Verschlusszustand

Für Karl-Herbert Scheer (1928 – 1991)

Mitte Juni 1514 NGZ geriet die Liga Freier Terraner erstmals in Konflikt mit den Onryonen, die ihre Anwesenheit in der Milchstraße offenbarten und behaupteten, im Auftrag des Atopischen Tribunals den »Weltenbrand« verhindern zu wollen. Diese Katastrophe, so die Onryonen, die angeblich die Zukunft kannten, würde die Heimatgalaxis der Menschheit in den Untergang stürzen. Perry Rhodan und Imperator Gaumarol da Bostich wurden von ihnen als Hauptschuldige bezeichnet, die diesen Weltenbrand auslösen würden.

Im Verlauf der nächsten Jahre gelang es den Onryonen, die bestehenden Machtverhältnisse in der Milchstraße zu destabilisieren und immer größeren Einfluss zu gewinnen. Die Ereignisse kulminierten in der Gefangennahme Perry Rhodans und Bostichs. In der Milchstraße festigten und erweiterten die Onryonen ihre Macht. Unter anderem gelangten sie in den Besitz der GOS'TUSSAN II, Bostichs Flaggschiff, was der arkonidische Imperator persönlich nahm.

Nach seiner Befreiung aus der onryonischen Haft begann Gaumarol da Bostich eine Mission, deren Ziel die Rückgewinnung der GOS'TUSSAN II war. Mit einem brillant geplanten Schachzug gewann der Imperator am 30. Juli 1517 NGZ sein Flaggschiff zurück. Bislang ist diese Aktion nur aus der Sicht der Sieger erzählt worden. Dieser Bericht schildert sie aus der Sicht der Unterlegenen.

(Aus: Hoschpians unautorisierte Chronik der Milchstraße; Abschnitt HHUA.VI.10.4: Das Atopische Tribunal.)

Als es dunkel wurde, stöhnte Verdai Taycner auf. Er stand kurz vor dem Höhepunkt.

Im gedämpften, trüben Licht der Bordbeleuchtung wand sich Drima unter ihm. Ihr Emot schimmerte lila, war unmittelbar davor, das tiefste Blau der Ruhe und Entspannung anzunehmen. Ihre Ohren hatten sich aufgerichtet, zu ihm gedreht. Sie zuckten heftig, stachelten ihn an, forderten ihn auf, sie noch einen Moment lang hinzuhalten, nur noch einen Moment, und dann …

Dann sah Verdai nur noch den lila Schein, in den sich das grelle Orange der Überraschung kräuselte. Sonst nichts mehr. Nicht mehr die Schlaflandschaft, Drimas lockenden Körper, nicht einmal die kahle Wand der Kabine, in die sie sich zurückgezogen hatten. Oder den goldfarbenen Glanz von Drimas Augen, der ihn so bezaubert hatte, dass er wie selbstverständlich auf ihr Paarungsbuhlen eingegangen war.

Drima erstarrte. Jede Leidenschaft wich aus ihrem Körper.

Ihm erging es nicht anders. Er spürte, wie sein Fortpflanzungsorgan sich in die Körperhöhle zurückzog. Sie verschloss sich umgehend.

Keuchend brach er über Drima zusammen, aber es war kein Keuchen der Erfüllung.

Es dauerte eine Weile, bis er sich wieder einigermaßen in der Gewalt hatte. »Licht!«

Nichts geschah. Es blieb finster wie auf einer Dunkelwelt, auf der die Anuupi nie ihre milde Helligkeit in den verschiedensten Farben und Tönungen verbreitet hatten.

»Licht!«, sagte nun auch Drima.

Er spürte einen kurzen, scharfen Schmerz an seiner Schulter. Sie hatte ihn gekratzt, weil er plötzlich, nachdem die Erregung sich aufgelöst hatte, zu schwer für sie geworden war.

Er rollte sich zur Seite. Die Schlaflandschaft dehnte sich gedankenschnell aus, damit er nicht zu Boden fiel.

Wenigstens sie funktioniert noch! Sie war einer der wenigen Vorzüge auf diesem fremden Schiff, auf dem er Dienst tun musste, den er wirklich genießen konnte.

»Licht!«, wiederholte er, obwohl er wusste, dass es sinnlos war. Der … wie nannten die Arkoniden ihn gleich? … der Kabinenservo würde der Anweisung nicht nachkommen. Wiederholungen halfen nicht. Entweder die Positronik befolgte den Befehl sofort, oder sie befolgte ihn gar nicht. *Arkonidische Servos streiten nicht, am allerwenigsten mit Onryonen!*

Er *hasste* dieses Schiff, das Flaggschiff des lokalen Herrschers dieses Teils von GA-yomaad, der längst ergriffen, als Kardinal-Fraktor verurteilt und seiner gerechten Strafe zugeführt worden war. Für fünfhundert Jahre war er aus dem Verkehr gezogen. Es bestand keine Gefahr mehr, dass er den Weltenbrand auslösen konnte, der sicher nicht nur diese Sterneninsel ins Chaos gestürzt hätte.

Er hasste es, dass er hier Dienst tun und eine eroberte feindliche Einheit bewachen musste, auf einem Flottenstützpunkt namens Kaorandor. Er befand sich auf dem planetengroßen Mond namens Kaokish eines Gasriesen namens Flaon in einem System, dessen Name durch die Gnade der Atopischen Ordo mittlerweile auf den zurückgeführt worden war, den die ursprünglichen Bewohner ihm gegeben hatten: Baag.

All diese Bezeichnungen hatten nicht die geringste Bedeutung für ihn, sagten ihm nichts. Er würde nie hier heimisch werden, auf diesem kalten, öden Mond, in diesem kalten, riesigen Schiff. Er sehnte das Ende seiner Dienstperiode herbei, seine neuerliche Versetzung. Vielleicht würde Drima ja gleichzeitig mit ihm versetzt werden. Sollte aus ihrer Beziehung eine Frucht wachsen, würde die Ordo sie wohl gemeinsam in ein neues Einsatzgebiet schicken. Allerdings hatte er heute keine neue Saat gelegt, da war er sicher.

Andererseits wusste er nicht, ob er sich das wirklich wünschte. Vielleicht würde es seiner Karriere schaden, wenn er sich an eine Buhlpartnerin band.

»Was ist los?«, fragte Drima. »Wieso ist das Licht erloschen? Wir haben die die Kabinenservos bereits im zweiten Schritt umgestellt und die GOS'TUSSAN II rechnermäßig im Griff …« Sie war Spezialistin für Xeno-Rechnersysteme, hatte daran mitgewirkt, die Routinen der Bordpositronik für onryonische Zwecke umzuschreiben.

»Haben wir das?« Er hörte seiner Stimme an, dass er wütend klang. *Nein*, dachte er. *Sei kein GA-yomaader. Schiebe ihr nichts in die Schuhe, für das sie nichts kann, nur weil es im denkbar ungünstigsten Augenblick geschah. Wahrscheinlich ist nur eine Unterpositronik überlastet oder eine Verbindung zwischen den Rechnern zusammengebrochen. Ein simpler Hardware-Fehler. Gleich wird es wieder hell.*

Warum, beim Feuerschlaf, hatte die Einsatzleitung noch keine Anuupi an Bord dieses Schiffes bringen lassen, um wenigstens einen Anschein von Heimat zu simulieren? Hätte sie auf die biolumineszenten Geschöpfe ihrer Heimatwelt als Lichtquelle zurückgegriffen, wäre das nicht passiert.

»Es ist nicht dein Fehler.« Langsam ließ die Enttäuschung über den nicht vollzogenen Akt in Verdai nach. Er setzte sich auf, tastete in der undurchdringlichen Dunkelheit nach seinem Gewand.

Er fand es nicht. Durch die Anpassung der Schlaflandschaft hatte die gesamte Kabine sich so verändert, dass er jede Orientierung verloren hatte. *Wo ist meine verdammte Unterkleidung?*

»Nein.« Drimas Stimme zitterte leicht. Sie richtete sich ebenfalls auf, griff ziellos durch die Dunkelheit. »Die Verbindungen sind sicher und überprüft. Ich weiß, was du andeuten willst, aber wir haben keine Fehler gemacht.«

»Ich habe gar nichts angedeu…« Er hielt mitten im Wort inne. Plötzlich konnte er nicht mehr richtig atmen. Er bekam keine Luft mehr, griff sich an die Kehle.

Er erstickte!

Drima sog ebenfalls rasselnd den Atem ein, stöhnte auf. Diesmal aber nicht vor Lust, sondern vor Todesangst.

Verdais militärische Ausbildung setzte sich durch. *Ruhig bleiben! Weiteratmen! Du kannst atmen, auch wenn es dir schwerfällt. Du bekommst Luft, aber nicht genug, bei Weitem nicht genug …*

Seine Paarungsgefährtin stieß einen hohen, schrillen Schrei aus, der nichts mit der säuselnd-verführerischen, auffordernden Stimme gemein hatte, die ihn noch kurz zuvor zu immer hektischerer Aktivität verlockt hatte.

Dann beruhigte sie sich. Auch sie hatte solch eine Ausbildung genossen.

»Was passiert hier?«, krächzte sie.

Er hatte keine Antwort auf ihre Frage. Er ließ sich nach vorn fallen, stützte sich mit den Händen ab, prallte auf dem Boden der Kabine auf …

… und verlor jeden Halt.

Es fühlte sich an, als wäre sein Körper plötzlich viel schwerer geworden. Seine Handgelenke knackten, brachen aber nicht, gaben zum Glück nur nach. Er fiel auf den Bauch, konnte nicht mehr atmen. Nicht, weil die Luft nun gar keinen Sauerstoff mehr hatte, sondern weil er plötzlich viel mehr *wog* als noch eine Sekunde zuvor. Sein Körpergewicht schien die Lungen zusammenzupressen, sodass gar keine Luft mehr in sie hineinkam.

Drima stöhnte auf. Er konnte sie in der Dunkelheit nicht sehen, vermutete jedoch, dass sie ebenfalls zusammengesackt war.

Unter Mühen drehte er den Kopf. *Die Schwerkraft an Bord ist gerade erhöht worden! Vielleicht um ein Drittel!*

Die Gravitation drückte ihn hinab. Seine Arme glitten zur Seite, viel zu schwer, als dass er sie heben konnte.

Verdammt, was geschieht hier?

Langsam erholte er sich wieder. Es war nur die Überraschung gewesen, die ihn zu Boden gezwungen hatte. Er streckte die Arme aus, bereitete sich darauf vor, sich hochzustemmen, wieder sicheren Stand zu bekommen.

Seine rechte Hand prallte gegen ein Objekt. Der Schmerz war auszuhalten.

Er ertastete es. Es war sein Armband-Kom. Unter Mühen gelang es ihm, die Finger darum zu schließen, es zu sich heranzuziehen. Die Fingerspitzen fuhren in völliger Dunkelheit über die Display-Flächen, und seine Ausbildung übernahm. Er fand, was er gesucht hatte, drückte auf eine Fläche, die nun aufleuchtete, ein schwaches Licht in der allumfassenden Dunkelheit bildete.

»Scheinwerferfunktion!«, sagte er.

Der Lichtkegel wurde größer, heller. Er ließ ihn durch die Kabine gleiten, bis Drima das farbenprächtige Gewand gefunden hatte, das sie zuvor so überstürzt abgelegt hatte.

Dann leuchtete sie ihm. Er zerrte sein langes Unterkleid hoch und hüpfte dabei schwerfällig auf einem Bein zur Tür der Kabine, die sie für die Paarung requiriert hatten.

Ein stechender Schmerz zuckte durch seinen Knöchel. Er stürzte erneut.

Die Schwerkraft war noch einmal erhöht worden, diesmal auf das Doppelte oder gar Dreifache des ursprünglichen Werts.

Er kroch zur Tür, zog sich daran hoch. »Öffnen!«, befahl er.

Nichts geschah. Er hatte auch nicht damit gerechnet. Hilflos legte er die Handfläche auf das dunkel gewordene Display. Sollte er versuchen, die Tür manuell zu bedienen? Das konnte er sich sparen! Zum einen verfügte er nicht über das geeignete Werkzeug. Zum anderen würde derjenige, der sie hier eingesperrt hatte, es ihnen nicht so leicht machen.

Eine Funkverbindung! Er musste Kontakt mit der Kommandoebene aufnehmen, am besten direkt zum Kommandanten Vlenccen Scoy.

Nichts. Der Kom war tot. Der interne Funkverkehr war unterbrochen.

Angst breitete sich in Verdai Taycner aus. *Was geschieht hier?*, dachte er erneut. *Das Licht erloschen, der Sauerstoffgehalt reduziert, die Tür verriegelt, die Schwerkraft erhöht …*

Dann erklang die Stimme. Über den allgemeinen Bordfunk.

»Hier spricht Seine Millionenäugige, Allessehende, Alleswissende Erhabenheit, Herrscher über Arkon und die Welten der Öden Insel, Seine Imperiale Glorifizienz, Gaumarol der Erste da Arkon, Heroe aus dem Geschlecht der Weltältesten, Tai Moas des ihm unterstehenden Khasurn, Zhdopanthi im Tussan der Hunderttausend Sonnen, Tai Moas über Thantur-Lok, Cerkol und Erbe vor den Kristallobelisken von Arbaraith, Begam der Millionenflotten.«

Nein!, dachte Verdai entsetzt. *Das kann nicht sein! Fraktor Bostich wurde aus dem Verkehr gezogen!*

Wenn soeben tatsächlich der Kardinal-Fraktor gesprochen hatte … Verdai führte den Gedanken nicht zu Ende. Die aufkeimende Hoffnung, die er bei dem leisen Knacken der Lautsprecher gehabt hatte, erstarb vollends.

Die Stimme war die eines GA-yomaaders, vielleicht eines Menschen … oder Arkoniden. Sie war kalt und hart und sprach Interkosmo. Er konnte sie niemandem zuordnen, bezweifelte aber nicht, dass die Behauptung stimmte, die sie aufstellte.

Bostich!, dachte Verdai. *Er wurde weggesperrt, fünfhundert Jahre lang mattgesetzt, ausgeschaltet! Was passiert hier? Wieso ist er wieder frei?*

Erlaubte sich jemand einen schlechten Scherz? War das etwa eine Übung?

Welches kranke Hirn hatte solch ein Szenario ersonnen, um zu überprüfen, ob die onryonische Besatzung des Schiffes ständig auf alles vorbereitet war?

»Die GOS'TUSSAN II befindet sich wieder in der Hand ihres rechtmäßigen Eigentümers«, fuhr die Stimme fort. »Sämtliche Eindringlinge an Bord werden entwaffnet. Widerstand wird nicht geduldet und umgehend geahndet.«

Verdai schüttelte den Kopf, starrte dann Drima an. »Ist das eine *Übung*?«

»Ich weiß von nichts«, flüsterte sie leise. »Mich hat niemand informiert.« Sie atmete noch immer schwer. Die Kombination aus verringerter Sauerstoffzufuhr und erhöhter Schwerkraft machte ihr zu schaffen.

Wie lange wollte Vlenccen Scoy das Spiel noch treiben?

Allmählich stellte sich bei Verdai die Ahnung ein, dass es sich um keine Übung des Kommandanten handelte, sondern um bitteren Ernst.

Aber das war unmöglich! Man hätte sie über eine Flucht des Kardinal-Fraktors doch informiert! Und überhaupt … wie hätte er sich der Gewalt des Atopischen Tribunals entziehen sollen?

Nein, es musste jemand anderes sein, der sich für den arkonidischen Imperator ausgab …

Aber warum sollte das jemand tun?

Drima sog scharf die Luft ein. »Still!«, flüsterte sie. »Hörst du das?«

Er verharrte mitten in der Bewegung, spitzte die Ohren. Ja, er hörte es auch. Ein dumpfes Stampfen, das schnell lauter wurde.

Jemand näherte sich der Kabine.

Der Kabine? Nein, nicht unbedingt. Vielleicht kam der Fremde nur zufällig hier vorbei,

Verdai drückte das Ohr gegen die Tür. Er spürte das Geräusch mehr, als dass er es hörte. Die Vibrationen, die die schweren Schritte verursachten, pflanzten sich deutlich vernehmbar durch den Boden und die Wände fort. *Was* näherte sich da?

Die Geräusche wurden lauter, donnerten durch den Gang draußen. Verdai hämmerte wieder auf das Display, doch die Tür öffnete sich nicht.

Verdais Angst steigerte sich fast zur Panik. Die Dunkelheit, der Ausfall der Technik, die Schritte … Sein Atem ging immer schwerer, er bekam kaum Luft. Jede Bewegung war eine Qual.

Er leuchtete mit dem Kom durch die Kabine, über die Wände. Der Lichtstrahl huschte über eine geriffelte Stelle, warf kleine Schatten. Verdai führte das Licht zurück, zu einem Gitter hoch oben in einer Wand.

Ein Belüftungsschacht?

Es war nicht mehr als eine Vermutung. Er hatte sich nie mit diesem Teil der GOS'TUSSAN II vertraut gemacht, immer nur einzelne Kabinen ausgesucht, wenn er sich paaren wollte. Sein Schlafrudel war in einem ganz anderen Trakt des Schiffes untergebracht; dort kannte er sich besser aus.

Er versuchte zu springen, das Gitter zu erreichen, doch die erhöhte Gravitation verhinderte, dass er es zu fassen bekam. Der Aufprall fiel hart aus. Er spürte wieder den feurigen Schmerz im Knöcheln.

Die Schritte wurden lauter.

Er warf sich auf die Schlaflandschaft, rollte zur Seite. Die Polster reagierten auf seine Bewegung, verhinderten, dass er zu Boden fiel. Er stand auf, trat von einer Seite zur anderen, hob ein Bein.

Das war typisch für diese dekadenten Arkoniden. Ein Wasserbett mit einem *intelligenten Gel,* das seine Viskosität erhöhte, je mehr Kraft darauf ausgeübt wurde. Dadurch entstand ein verstärkter Gummiballeffekt. Aber die Arkoniden hatten es wohl nur erfunden, weil es unglaublich Spaß machte, zu zweit darin herumzutollen.

Es dauerte eine Weile, bis er den Dreh raushatte und das weiche Material unter ihm so reagierte, wie er es geplant hatte. Aber dann wuchs die Schlaflandschaft unter ihm, trug ihn in die Höhe.

Schließlich stieß seine Hand gegen die Wand unter dem Gitter. Er richtete sich auf, und nun konnte er die Finger um die Stäbe schließen.

Er zerrte an ihnen. Zuerst ließen sie sich nicht bewegen, dann gaben sie unvermittelt nach, und er stürzte mitsamt dem Gitter zurück auf die Schlaflandschaft.

Wenigstens fiel er diesmal weich.

Die Schritte draußen waren nun unerträglich laut für seine Ohren.

»Schnell!« Er reichte Drima die Hand. »Wir müssen weg von hier! Da rein! Das ist der Ausweg!«

Sie reagierte nicht, stand da wie erstarrt. Verdai sah das Scharlachrot der Todesangst, mit dem ihr Emot leuchtete. Ihn ihm keimte die Panik nur auf, doch sie beherrschte sie.

»Komm!«, rief er.

Stumm sah sie ihn an.

Er legte die Hände auf die Kante der Öffnung, zog sich hoch. Der Schmerz in seiner Armmuskulatur schoss bis in den Nacken, floss dann wie Feuer durch den gesamten Oberkörper.

Zentimeter um Zentimeter arbeitete er sich mit der Schlaflandschaft nach oben. Wenn er jetzt stürzte, würde er auf den harten Boden prallen und sich bei der erhöhten Gravitation schwer verletzen, wenn nicht sogar den Hals brechen.

Doch dann schob er den Oberkörper in die Öffnung. Der Schmerz ließ etwas nach.

Leise fluchte er. Er hatte sich umdrehen, Drima ebenfalls hinauf helfen wollen, doch der Schacht war so eng, dass er gerade den Kopf nach hinten drehen und an seinem Körper vorbei hinausschauen, aber keine Hand hinausreichen konnte.

Die Kabinentür glitt geräuschlos auf.

Grelles Licht fiel in die Kabine, so hart und kalt, dass Verdai instinktiv die Augen schloss. Als er sie wieder öffnete, sah er, dass Drima die Hände vors Gesicht geschlagen hatte.

Durch die Türöffnung waren zwei … Wesen auszumachen. Nein, Teile von Wesen, jeweils ein stämmiges Bein mit einer Dreifußklaue, das in ein Hüftgelenk überging. Darüber eine geschwungene, metallen schimmernde Brustplatte, daneben das untere Ende eines Waffenarms.

Katsugos! Verdammt! Arkonidische Kampfroboter, von denen Tausende in den Magazinen des Flottenstützpunkts eingelagert waren! Er hatte sie gesehen, als er sich mit dem Stützpunkt vertraut gemacht hatte, waffenstarrende, schwerstgepanzerte, mobile Kampfsysteme mit einer Kombination aus einfacher Technik und zuverlässiger Funktion, Schlagkraft und ultrakompakter Bauweise. Zu Tausenden hatten sie in den riesigen Hallen gestanden, scheinbar festgefroren in der Kälte des Vakuums, beeindruckende Phalangen stählerner Krieger, die darauf warteten, erweckt zu werden und in die Schlacht zu ziehen.

Während er noch entsetzt auf die Teile der tödlichen Kampfmaschinen starrte, die er durch die Türöffnung sehen konnte, trat ein GA-yomaader zwischen den wuchtigen Beinen hervor. Wahrscheinlich ein Arkonide, auch wenn Verdai es schwerfiel, ihn auf den ersten Blick von ihren Verwandten, den Terranern, zu unterscheiden. Man konnte sich praktisch nur an der Farbe des Haars und der Augen orientieren.

Zumindest trug er einen Kampfanzug. War das ein arkonidisches Modell, wie sie es ebenfalls zu Tausenden in den Magazinen gefunden hatten?

Er wusste es nicht genau. Es war ein schlanker Mann mit hagerem, fast abgemagertem Gesicht, das deutlich unter dem transparenten Helm zu erkennen war.

Der Mann trat tiefer in den Raum. Das Gesicht verzog sich zu einer Grimasse, die Verdai nur schwer deuten konnte. War es ein gehässiges Grinsen?

»Na, du Rudelscheißer«, sagte der Arkonide. »Kennst du Lakhros? Die Hölle? Kommt ihr da hinein, wenn ihr in den Feuerschlaf geht?«

Der Mann lachte laut und trat noch einen Schritt vor. »Wenn nicht, wirst du sie bald kennenlernen!«

Erst jetzt entdeckte der Arkonide das gelockerte Gitter und schaute zu dem Schacht hoch. »Sieh an! Widerspenstig ist der Rudelscheißer auch noch!« Er lachte laut. »Wo willst du hin?«

Verdai kroch los, schob sich auf den Ellbogen voran, trat mit den Füßen gegen den Boden, um schneller vorwärtszukommen. Er hielt den Kom wie eine Lampe in der ausgestreckten Hand.

»Lässt du deine Gefährtin einfach so zurück?«, hörte er die höhnische Stimme des Arkoniden. »Wirfst du sie uns Barbaren zum Fraß vor?«

Er drehte den Kopf, schaute jedoch nur in die Dunkelheit des Schachts hinter ihm. Er kroch weiter.

Drima konnte er nicht mehr helfen. Es ging jetzt um ein höheres Ziel.

Der arkonidische Riesenraumer wurde angegriffen! Er musste versuchen, Kontakt mit Vlenccen Scoy zu bekommen, dem Kommandanten, den das Atopische Tribunal eingesetzt hatte.

Aber würde ihm das auch gelingen? Hatte er auch nur eine geringe Chance? Die allgegenwärtige Dunkelheit, die erhöhe Schwerkraft, der verringerte Sauerstoffgehalt … vermutlich hatten die Angreifer den Verschlusszustand des Schiffes angeordnet. Wahrscheinlich hatten sie es auch stumm geschaltet. In diesem Fall drang nichts von dem, was an Bord vor sich ging, nach außen.

Wenn er keine Verbindung mit dem Kommandanten erhielt, musste er die Onryonen auf dem Stützpunkt auf andere Weise warnen. Wahrscheinlich wussten sie gar nicht, was in der GOS'TUSSAN vorging.

Die ungewohnten Bewegungen und die erhöhte Schwerkraft forderten Tribut. Er hatte nur ein paar Meter zurückgelegt, als seine Armmuskulatur unerträglich zu schmerzen begann. Die verringerte Sauerstoffzufuhr tat das Ihre dazu. Er legte eine Pause ein und ruhte sich aus.

Welche Möglichkeiten blieben ihm? Vielleicht war er der einzige, der dem direkten Zugriff der Arkoniden entgangen war. Gab es überhaupt eine Möglichkeit zur Flucht? Konnte er ein Beiboot erreichen?

»Nein«, flüsterte er, um sich selbst etwas Mut zu machen. Es war kein Zufall, dass die Eindringlinge zielsicher in der Kabine nach Drima und ihm gesucht hatten. Sie verfügten über Individualtaster, mit denen sie die Position aller Lebewesen an Bord ermitteln konnten. Und sie konnten diese furchtbaren Roboter, die Katsugos, auf die Jagd schicken.

Früher oder später würden sie ihn finden.

Wahrscheinlich früher.

Er würde es nie an Bord eines Beiboots schaffen.

Konnte er mit Hilfe rechnen? Sämtliche Onryonen an Bord saßen fest, voneinander getrennt, allein oder in kleinen Gruppen. In völliger Dunkelheit. Sie fragten sich, was geschehen war. Sie spürten, wie ihre Lungen auf einmal um Luft ringen mussten und doch keine bekamen und ihre Körper um ein Drittel schwerer waren als zuvor. Jede Bewegung fiel ihnen schwer.

Warum hatte der Kardinal-Fraktor sie nicht schön längst getötet? Er hätte die Möglichkeit dazu gehabt. Er hätte die Lebenserhaltung anweisen können, nur Stickstoff durch die GOS'TUSSAN II zu pumpen, oder ein Nervengas, das die Onryonen an Bord lähmte und dann tötete. Er hätte die Schwerkraft um das Zehnfache erhöhen können, was zum gleichen Ergebnis geführt hätte.

Es musste einen Grund dafür geben …

Der Schmerz in Verdais Muskeln ließ etwas nach. Er kroch weiter, immer weiter. *Ich muss schnell sein,* dachte er. Nur Schnelligkeit konnte ihn retten. Er musste seinen Verfolgern immer einen Schritt voraus sein …

Die Kom-Lampe erhellte meterweise die Dunkelheit vor ihm und gab das Licht sofort wieder preis. Aber mit jedem Meter kam er voran, entfernte er sich von dem Katsugo und dem Arkoniden.

Ein Beiboot starten und durch das Hangartor feuern …

Nein! Es gab noch einen anderen Weg! Wenn der Fraktor das Schiff stumm geschaltet hatte, wussten die anderen Onryonen auf dem Mond noch nicht, was hier geschah. Die Eindringlinge konnten nicht zu Hunderten gekommen sein, zu Tausenden, die sie benötigten, um ein Schiff dieser Größe zu fliegen.

Wenn er die hier stationierten Einheiten informieren konnte, würden sie in das Schiff eindringen und die Eindringlinge zurückschlagen. Dem Spuk ein Ende bereiten!

Das war die Lösung! Er musste zu einer Funkzentrale vordringen und die Stummschaltung außer Kraft setzen!

Ein Gedanke jagte den nächsten. Verdai Taycner zwang sich zur Ruhe, atmete tief und gleichmäßig ein. Der Mangel an Sauerstoff machte ihm immer stärker zu schaffen.

Wo war die nächste Nebenzentrale?

Er rief auf dem Kom einen Grundriss der GOS'TUSSAN II auf, suchte nach einem Funkraum. Er befand sich zwei Decks höher, vielleicht dreihundert Meter von seinem derzeitigen Standort entfernt.

Das war die Lösung!

Aber wie sollte er dorthin kommen? Er leuchtete mit dem Kom-Licht nach links und rechts, suchte nach einem ähnlichen Gitter wie dem, durch das er in den Schacht eingedrungen war. Wenn er es öffnen und sich in eine Kabine hinablassen konnte …

Nein! Wenn er die Kabine verließ, war er auf dem Gang leichte Beute für die Katsugos. Oder für die Arkoniden, oder wer auch immer in das Schiff eingedrungen war.

Seine einzige Chance bestand darin, weiter durch das Netzwerk der Schächte zu kriechen, die Funkzentrale direkt zu erreichen, bevor seine Gegner ahnten, was er vorhatte. Leider war das Versorgungssystem in dem Raumaufriss nicht eingezeichnet, vermutlich, um Angriffe feindlicher Eindringlinge zu erschweren.

Weiter, immer weiter …

Täuschte er sich, oder wurde das Licht des Koms schwächer? War die Energie des Geräts erschöpft?

Schreckliche Angst stieg in ihm empor, Angst davor, in völliger Dunkelheit durch diesen Schacht kriechen zu müssen. Er würde nicht einmal bemerken, wenn er einen Knotenpunkt oder eine Abzweigung erreichte, würde innerhalb weniger Meter völlig die Orientierung verlieren.

Aber noch war es nicht so weit! Noch hatte er Licht.

Endlich sah er ein weiteres Gitter wie das, durch das er geflohen war, dann noch eins, dann einen Schacht, der den kreuzte, durch den er kroch.

Wohin nun?

Sein Atem ging rasselnd, und der Schmerz in seinen Arm- und Beinmuskeln schien ihm etwas einzuflüstern. »Bleib einen Moment liegen! Ruh dich aus! Komm wieder zu Kräften! Tu dir diese Tortur nicht länger an …«

Nein, dachte er, *weiter* …

Das Licht des Kom-Scheinwerfers fächerte aus. Vor ihm erweiterte sich der Schacht, mündete dann in einen Gang, in dem man stehen konnte. Ein Versorgungsgang, in dem Arbeiter und

Roboter mit Lastschwebern sich ungehindert bewegen konnten, die ihre kleineren Kollegen dann in die schmalen Schächte schickten, um sie zu säubern oder routinemäßig abzusuchen.

Verdai verspürte eine nie gekannte Erleichterung. Endlich konnte er sich wieder aufrichten! Seine verkrampften Muskeln bekamen Gelegenheit, sich zu entspannen, an die erhöhte Gravitation zu gewöhnen. Das mussten sie auch, wollte er die Funkzentrale erreichen und Hilfe rufen.

Vorsichtig ließ er sich aus dem Schacht hinab, versuchte, sich mit den Händen abzustützen, doch die Muskeln spielten nicht mit. Mit einem lauten Aufschrei stürzte er auf den Boden. Etwas knackte, und ein scharfer Schmerz schoss durch seinen rechten Arm.

Einen Moment blieb er liegen, sog rasselnd den Atem ein, und das Brennen in seinen Lungen ließ etwas nach.

Dann zuckte er zusammen. War da ein Geräusch gewesen? Ein leises Scheppern? Vielleicht Tritte?

Er drehte die Ohren in die Richtung, in den er das Hallen vernommen hatte. Schlich sich dort jemand heran? Onryonen verfügten über ein viel empfindlicheres Gehör als Arkoniden, waren ihnen auch in dieser Hinsicht weit überlegen, aber …

Das spielte jetzt keine Rolle mehr.

Weiter! Die Zeit verrinnt! Verdai richtete sich so leise wie möglich auf. Jeder Muskel in seinem Körper schrie dabei gellend vor Schmerz und übermäßiger Belastung.

Zumindest konnte er aufrecht stehen. Er lehnte sich gegen die kalte Wand, konzentrierte sich auf seine Aufgabe. Die Funkzentrale! Er musste …

Licht flammte auf, grelles, kaltes Kunstlicht. Nach dem schwachen Schein der Kom-Lampe brannte es in seinen Augen, bereitete ihm Unbehagen, fast sogar Schmerzen. Verdai kniff die Lider zu, streckte die Arme aus, als wolle er die schreckliche Helligkeit abwehren.

Da waren die Geräusche wieder. Eindeutig Schritte.

Verdai öffnete die Augen einen Spaltbreit, schirmte sie mit der Hand ab, schaute durch die winzigen Lücken zwischen den Fingern. Dennoch ließ das schreckliche Brennen in seinen Augen nicht nach.

Ein Arkonide stand wenige Meter vor ihm. Er trug einen Kampfanzug, richtete einen Kombistrahler auf ihn. Verdai erkannte das hagere, fast abgemagert wirkende Gesicht sofort wieder. Es war derjenige, der Drima und ihn in der Kabine überrascht hatte.

Der Humanoide winkte mit der Waffe.

Verdai hob die Hände. Die Bewegung bereitete ihm schreckliche Schmerzen.

Aus!, durchzuckte es ihn. *Vorbei!*

Er hatte nie eine Chance gehabt. Wenn der Kardinal-Fraktor tatsächlich den Verschlusszustand der GOS'TUSSAN II hergestellt hatte, war er der uneingeschränkte Herr über das Schiff. Verdais Flucht war eine Farce gewesen, ein völlig hilfloser, ungeeigneter Versuch, dem Unausweichlichen zu entgehen.

Greif ihn an!, dachte er. *Stürz dich auf ihn, entreiße ihm die Waffe, zwing ihn im Kampf nieder …*

Verdai sah in das zu einer hässlichen Regung verzerrte Gesicht seines Gegenübers. War das ein *Lächeln*? Warum verfügten die Arkoniden nicht über Emot-Organe, an denen man ihre Stimmungen und Absichten bis zu einem gewissen Grad erkennen konnte?

»Du hast tatsächlich geglaubt, fliehen zu können«, sagte der Arkonide ungläubig. »Was hattest du vor? Wolltest du ein Beiboot entern und dir den Weg nach draußen freischießen? Oder in eine Funkzentrale eindringen und die anderen Rudelscheißer warnen, dass die wahren Besitzer des Schiffes wieder an Bord sind?« Er lachte laut. »Ich bin einer der wahren Herren der GOS'TUSSAN II. Ich bin Gilden da Voshett, ehemaliger Beiboot-Kommandant. Ihr habt mir unser Schiff genommen, und jetzt holen wir es uns zurück.«

Er trat vor, packte Verdai an der Schulter. Sein Gesicht unter dem transparenten Helmschirm war nur wenige Zentimeter von dem Verdais entfernt.

Die Augen des Arkoniden schienen zu lodern. Verdai erkannte Hass in ihnen, und unglaublichen Zorn.

»Ihr habt mich ins Lakhros geschickt«, fuhr Gilden da Voshett fort. »Mir alles genommen, woran mir etwas liegt. Und ihr Rudelscheißer wollt unsere ganze Galaxis in die Hölle schicken!«

Da Voshett schob sein Gesicht noch näher heran. Verdai spürte, wie die Mündung des Strahlers hart gegen seine Brust drückte.

»Jetzt werden wir euch zeigen, wie das ist. Was ist das Lakhros für dich, Rudelscheißer? Wenn du vor unseren Augen essen musst? Ein Raum mit grellem Licht? Wir haben so einen Raum für euch vorbereitet.« Er zerrte Verdai von der Wand, drückte ihm den Strahler gegen den Rücken, stieß ihn vorwärts. »Du wirst schon sehen.«

Er stieß ihn vorwärts in das grelle Licht, das Verdai Unbehagen und Schmerz bereitete und nicht die geringste Hoffnung auf Linderung der Qual oder gar Erlösung barg.

1517 NGZ
Das Grab in Ogygia

Für Rainer Zubeil (1956 – 2004)

Im Verlauf der Konfrontation mit dem Atopischen Tribunal versuchten Perry Rhodan und Atlan, mit der ATLANC, einem gekaperten Richterschiff, und der RAS TSCHUBAI die Jenzeitigen Lande zu erreichen. Dabei kam es zu einem Zwischenfall. Die ATLANC und die RAS TSCHUBAI wurden getrennt. Während das Richterschiff versuchte, den Weg in die Synchronie vorzusetzen, blieb die RAS TSCHUBAI in der Vergangenheit, in die es die beiden Einheiten der Galaktiker verschlagen hatte. Die bisherige Kommandantin des neuen Schiffs der Terraner, Jawny Togoya, begleitete Atlan an Bord der ATLANC. Perry Rhodan ernannte deshalb ihren Stellvertreter Oberstleutnant Sergio Kakulkan zum neuen Kommandanten der RAS TSCHUBAI.

Die zeitliche Versetzung nach Phariske-Erigon – so der Name der Milchstraße vor über zwanzig Millionen Jahren – machte der verbliebenen Besatzung der RAS TSCHUBAI jedoch stärker zu schaffen, als die offiziellen Annalen der Terraner es gemeinhin verzeichnen. Zahlreiche Episoden künden davon. Und nicht erst während eines Gefechts mit einem Sterngewerk, einem Schiff der Tiuphoren, stellten sich bei dem Oberstleutnant Zweifel ein, ob er der geeignete Mann für seinen neuen Posten war. Diese hatten jedoch ganz andere Gründe, als man auf den ersten Blick vermuten mag …

(Aus: Hoschpians unautorisierte Chronik der Milchstraße; Abschnitt HHUA.VI.10.4: Das Atopische Tribunal.)

»Das Schirmfeld!«, rief Oberstleutnant Sergio Kakulkan. »Jetzt!«

Sofort biss er sich auf die Lippe.

ANANSI benötigte den Befehl nicht. Die Semitronik reagierte schneller als ein Mensch.

Sie folgte dem ausgearbeiteten Schlachtplan, bei dem es auf

Sekundenbruchteile ankam, und hatte die Anweisung bereits auf die Millisekunde exakt übermittelt.

Kakulkan schaute auf das Holo in der Zentrale der RAS TSCHUBAI. Darin projizierte der Schlachtkreuzer das Energiefeld.

Das Beiboot bewegte sich auf einem Tangentialkurs. Hohes fliegerisches Können war nötig, um bei einem Flug mit halber Lichtgeschwindigkeit den Einsatz des Schirmprojektors genau im richtigen Augenblick vorzunehmen. Der Kommandant des Kreuzers wusste, was er tat.

Das Sterngewerk, Ziel ihres Angriffs, prallte mit dem unsichtbaren Hindernis zusammen und leuchtete aus sich heraus auf. Kakulkan musste an eine erblühende Blume aus grellem Licht denken, die einen Moment lang im Holo wunderschön aussah.

Dann verschwand der Kreuz- und Angelpunkt der tiuphorischen Aggression komplett aus der Ortung.

Kakulkan wischte sich den Schweiß von der Stirn, der seine Augen brennen ließ. *Ich sollte mir wieder die Haare und die Brauen wachsen lassen …*

Das war so nicht geplant gewesen! Wie viele Tiuphoren waren in diesem Augenblick gestorben?

Er sah Perry Rhodan an. Der Expeditionsleiter erwiderte seinen Blick. Kakulkan erkannte ungläubige Verzweiflung darin.

Was ist da passiert?, fragte sich Kakulkan. Sie hatten ihre Gegner nur kampfunfähig schießen wollen. *Omega 14-3 … Ausschaltung gegnerischer Großraumschiffe mit gemischt zivil-militärischer Besatzung.* Rhodan hatte ausdrücklich angeordnet, die Zivilbesatzung des Sterngewerks zu schonen.

Von einem Augenblick zum anderen wurde sich Kakulkan seiner neuen Verantwortung drückend bewusst. Auch wenn Rhodan letztlich den Ton angab, spielte er als Kommandant eine zentrale Rolle an Bord. Er wusste, was Rhodan nun dachte. Dieser sorgfältig geplante Sieg war für den unsterblichen Terraner eine schreckliche Niederlage.

Du hast versagt, wisperte eine leise Stimme tief in seinem Kopf. *Rhodan hat mehr von dir erwartet. Aber im Gegensatz zu der Posbi-Frau kannst du keine Szenarien in Sekundenbruchteilen durchrechnen und darauf Entscheidungen basieren.*

Wieso war das Sterngewerk explodiert? Hatten die Tiuphoren sich angesichts ihrer Niederlage selbst in die Luft gesprengt? Eine andere Erklärung war kaum denkbar. Der Begriff *Scheitern* existierte in ihrer Sprache wohl nur als Schimpfwort.

Ich habe nicht versagt, dachte er. *Ich habe die RAS TSCHUBAI geführt. Ich habe sie nicht in Gefahr gebracht. Ich habe … reibungslos funktioniert!*

Aber welche Chance hatte er, wenn man ihn mit Jawna Togoya verglich?

Reglos verfolgte er den weiteren Verlauf der Schlacht um das Achalabatsystem. Er wollte sich nichts anmerken lassen.

Du warst schon kein junger Mann mehr, als man dich mit 79 Jahren in die Führungsebene der RAS TSCHUBAI geholt hat, flüsterte die Stimme.

Ich habe mich für die RAS TSCHUBAI begeistert, dachte er wie zur Verteidigung. *Und meine Begeisterung ist durch die hyperimpendanzfreie Raumfahrt nur noch größer geworden. Als wären schwere Fesseln von uns abgestreift worden.*

Kakulkan verdrängte das lockende Flüstern, bewahrte Ruhe und erteilte Befehle. Für einen Außenstehenden schien in der Zentrale der RAS TSCHUBAI Chaos zu herrschen, doch es war ein wohlorganisiertes Durcheinander. Jeder Offizier wusste, was er zu tun hatte. Auch er als Kommandant. Er musste das Schiff führen, also führte er es, wenngleich er im Moment Probleme mit den Konsequenzen hatte.

Er nahm Informationen auf, speicherte sie ab, erteilte entsprechende Anweisungen. Auf Perry Rhodan durfte er im Augenblick nicht hoffen. Der unsterbliche Terraner hatte in diesen Minuten genug eigene Probleme zu bewältigen.

»Es ist vorbei!«, sagte Kakulkan schließlich zur Zentralebesatzung. »Wir haben das Sterngewerk und 27 seiner Sternspringer vernichtet. Ein einziges der großen Beiboote ist entkommen, und das ist schwer beschädigt.«

Perry Rhodan sah ihn an. Sein Blick war ausdruckslos.

Stehe ich noch immer unter Bewährung? Will Rhodan einschätzen, ob ich der richtige Mann für diesen Posten bin?

Kakulkan erhaschte einen Anflug von Trauer und Bedrückung in Rhodans Augen. *Er fragt sich, wie viele Tote er zu verantworten hat. Aber er hatte keine Wahl. Sollte er die Unschuldigen im Achalabatsystem sterben lassen, nur um die Aggressoren zu schützen?*

Darum geht es doch gar nicht, flüsterte die Stimme. *Du zweifelst, ob du für den Posten als Kommandant geeignet bist, siehst dich im Schatten von Jawna Togoya, die als Posbi rund um die Uhr im Einsatz blieb. Sie hätte die Katastrophe vielleicht vorhersehen und verhindern können. Du warst dazu nicht in der Lage.*

Kakulkan konnte seinen Stammbaum bis ins Jahr 2000 zurückverfolgen. Die Kakulkans waren immer auf der Erde ansässig und beim Militär oder beim Geheimdienst gewesen. Die einzige Ausnahme war die Zeit nach der Aphilie, als die Erde völlig entvölkert war. Leute wie ihn nannte man Proto-Terraner. Von denen gab es nicht mehr viele.

Er hatte bei der LFT Karriere gemacht. Aber, und das war ein großes *Aber*, er hatte diese Karriere für die RAS TSCHUBAI aufgegeben. Im Grunde war er wie die meisten anderen Besatzungsmitglieder abgeworben worden, da die RAS nicht unter der Flagge der LFT flog.

Du hast gewusst, was dich erwartet, flüsterte die Stimme.

Das stimmte. Er hatte seine Aufgabe nicht als Kommandant angetreten, sondern als dessen Stellvertreter, als ausführender Erster Offizier, als Executive Officer, XO.

Von Anfang an hatte er Probleme mit diesem Posten gehabt. Er hatte erst an Bord erfahren, dass Jawna Togoya seine Vorgesetzte war. Die Posbi-Frau war ihm vom ersten Moment an in jeder Hinsicht überlegen.

Allein die Tatsache, dass Togoya vierundzwanzig Stunden am Tag und sieben Tage in der Woche Dienst schieben konnte, ganz im Gegensatz zur restlichen Führungsschicht, hatte für eine gewisse Distanz gesorgt. Hinzu kam, dass sie auch an der Entwicklung der RAS TSCHUBAI beteiligt gewesen war, etwa an der Ausgestaltung der Zentrale.

Obwohl sie versucht hatte, die Kluft zwischen sich und der Besatzung nicht zu groß werden zu lassen, hatte zumindest er sie gespürt.

Oder es sich nur eingebildet? Er hatte alle möglichen physischen und psychischen Tests durchlaufen, wie es üblich war, bevor jemand Erster Offizier eines so wichtigen Schiffes wurde. Selbstzweifel waren dabei nicht zutage getreten. Aber das war, ehe er gewusst hatte, wer die Kommandantin war.

Nun war Jawna Togoya mit knapp 500 Besatzungsmitgliedern zur ATLANC gewechselt, und er war zum neuen Kommandanten ernannt worden. Wie sollte er die Posbi-Frau jemals gleichwertig ersetzen?

Darauf hatten die Tests ihn nicht vorbereitet.

Er hatte die Doppelschicht hinter sich gebracht, war überzeugt, dass Rhodan nichts von seinen inneren Nöten mitbekommen hatte. Wenn er bei seiner Laufbahn bei der LFT eins gelernt hatte, dann, die Ruhe zu bewahren. Eine menschliche Reaktion war auf dieser Führungsebene letzten Endes eine Schwäche, die man sich nicht zu oft erlauben sollte.

Nun stand die tägliche Routine an. Sie war nicht das Problem, auch wenn sich ein Tag an Bord der RAS TSCHUBAI nicht von selbst organisierte. Der Kommandant hatte mehr zu tun, als den ganzen Tag auf seinem Sessel zu sitzen und anderen auf die Finger zu sehen. Neben der Bedrohung durch neue Angriffe war er in viele Alltagsarbeiten involviert, sogar nach dieser Schlacht.

Er brachte die nötigen Qualifikationen mit. Er konnte delegieren, was nicht jedem in einer verantwortungsvollen Position gegeben war. Aber er hatte längst erkannt, dass sich die meisten Probleme von selbst erledigten. Wenn nicht, hatte er Mitarbeiter, die das für ihn übernahmen.

»Der Kommandant ist halb so wichtig, der Laden läuft auch ohne ihn!«, das war ein geflügeltes Wort in den Offiziersmessen.

Eine defekte Energieweiche im Gravotron-Feldantrieb. Ein Fall für die Ingenieursabteilung.

Eine Schlägerei während eines Fußballspiels zweier Bordmannschaften. Jemand hatte den Schiedsrichter geohrfeigt. Ein erwachsener Mann, kein Kind. *Das Spiel hat hundert Minuten, der Ball ist rund, zehn Freunde müsst ihr sein.* Ein Fall für die Bordpsychologen.

Eine Beziehungskrise. Eine Beiboot-Kommandantin hatte ihren Mann in flagranti erwischt, als er sich mit einer Soldatin aus einem Raumlandebataillon vergnügte.

Und so weiter.

Er war der Kommandant der RAS TSCHUBAI. Er musste nicht nur während Raumschlachten beweisen, dass er die Mannschaft im Griff hatte. Bei einer Besatzungsstärke von etwa 35.000 Personen war er auch der Bürgermeister und Schlichter einer Kleinstadt.

Todmüde erhob er sich aus seinem Sessel. Er wollte nur noch schlafen.

Du kannst dich nicht mit ihr messen.

Lustlos schaufelte Sergio Kakulkan das Mittagessen in sich hinein. Das Frühstück hatte er ausfallen lassen. Er war nur noch in seine Kabine gewankt und ins Bett gefallen.

Es lag nicht am Kalbsgeschnetzelten in Weißweinsauce mit frischen Steinpilzen und Quinoa, dass sich bei ihm kein Appetit einstellen wollte. Das Gericht war hervorragend.

Er ließ den Blick durch die Offiziersmesse schweifen. Als Kommandant der RAS TSCHUBAI genoss er gewisse Privilegien, zum Beispiel Anspruch auf einen eigenen Tisch. Er hatte mit

Engelszungen reden müssen, um dem Quartiermeister klarzumachen, dass er darauf verzichtete. Es entsprach nicht seinem Führungsstil, sich von den Rängen abzusondern. Bei offiziellen Anlässen, bei denen er repräsentieren musste, konnte er nichts daran ändern, doch im Alltag …

Dennoch spürte er die Kluft, die sich jeden Tag zwischen ihm und der Mannschaft auftat. Es spielte keine Rolle, ob er an einem für ihn reservierten Tisch saß oder an einem, an den sich alle setzen konnten. Niemand nahm bei ihm Platz. Man mied ihn.

Die Mahlzeit war genau aufeinander abgestimmt. Das leicht nussige Quinoa entwickelte einen interessanten Kontrast zu dem trockenen Wein in der Soße. Kakulkan war überzeugt, dass ein menschlicher Koch und kein Roboter die Speise zubereitet hatte. So wohlschmeckend das Gericht auch war, es war nicht *perfekt.* Es gab einen Hauch von Inspiration.

Wenn die RAS TSCHUBAI in gewisser Hinsicht als eine Kleinstadt mit 35.000 Bewohnern gelten konnte … wie viele davon waren Köche oder trotz aller Robotisierung nötig, um 35.000 Besatzungsmitglieder zu versorgen? Früher hatte er sich nie solche Gedanken gemacht.

Kakulkan nahm sich vor, ANANSI danach zu fragen.

Er schob den Teller zurück und tupfte mit der Serviette den Mund ab.

Jawna Togoya hat derartige Probleme nie gehabt. Da war sie wieder, die Stimme, die ihm unentwegt Zweifel einflüsterte. Oder seinen eigenen Zweifeln Ausdruck verlieh.

Aber sie ist nun an Bord der ATLANC, dachte er. *Die RAS TSCHUBAI muss mit mir vorliebnehmen. Ich hatte keine Wahl.* Trotzig schob er den Stuhl zurück und stand auf.

Wirklich nicht?

Er schüttelte den Kopf, verließ die Messe, machte sich durch das riesige Schiff auf den Weg zum Habitat Ogygia.

Unter normalen Umständen hätte seine unterschwellig angespannte Beziehung zu Jawna Togoya vielleicht zu Konflikten geführt. Aber sie waren … ja, im Krieg. Er konnte sich nicht einfach versetzen lassen. Selbst wenn er wohl einen ähnlichen Posten bei der LFT-Flotte bekommen hätte, ganz abgesehen von dem Karriereknick, den ein Versetzungsantrag wohl mit sich brachte.

Doch er war plötzlich Kommandant der RAS TSCHUBAI geworden. Seine Bedenken blieben. Konnte er wirklich eine höchst entwickelte *Posbi* ersetzen, die das Schiff besser kannte, als er es je verstehen würde?

Kakulkan trat in einen Antigravschacht, verließ ihn im Hauptdeck 19 und ging die paar Schritte bis zu einem Eingang des Ogygia-Habitats. Er hoffte, dass seine Erinnerung ihn nicht trog und es der richtige war.

Du kannst dich nicht mit ihr messen, wisperte die Stimme. Sergio Kakulkan ignorierte sie, ging über den Weg und gestattete sich den Luxus, die künstliche Landschaft zu genießen. Der Weg verlief direkt neben einem der Bäche, die in den See im Zentrum von Ogygia mündeten. Zwischen sanft geschwungenen Hügeln machte er ein kleines Wäldchen aus.

Es war etwas wärmer als in dem sterilen technischen Bereich der RAS TSCHUBAI, den er gerade verlassen hatte. Zumindest stellte sich dieser Eindruck bei ihm ein. Die Strahlungswärme der Kunstsonne wirkte intensiver, und völlig andere Gerüche stiegen ihm in die Nase. Der blaue, echt wirkende Himmel trug dazu bei, dass er sich zunehmend entspannte.

Er sah sich nach der Grabtafel um.

Die Grabstätte musste sich in der Nähe befinden.

Erst einmal war er in diesem Teil von Ogygia gewesen, zur Beisetzung, danach nie wieder. Das Grab bot ihm keinen Trost. Er behielt sie in Erinnerung, wie er sie gekannt hatte, gehörte nicht zu denen, die mit den Toten Zwiesprache hielten, von ihnen Ratschläge oder Aufmunterungen bekamen.

Es war ihm peinlich, aber er wusste nicht mehr, wo genau sich die Tafel befand. Das verwunderte ihn bei der Größe von Ogygia nicht. Bei 250 Hektar verlor man schnell die Orientierung, wenn man nach einer winzigen Grabtafel suchte.

Er aktivierte den Armband-Kom. »Das Grab in Ogygia«, sagte er leise.

Vor ihm bildete sich ein kleines Holo. Es zeigte eine dreidimensionale Schemadarstellung mit einem Koordinatenraster.

»Akustische Einweisung.«

»Aber gern«, erklang eine leise Stimme neben seinem Ohr. ANANSI, der Bordrechner der RAS TSCHUBAI, hatte ein unsichtbares Akustikfeld erzeugt.

Selbstverständlich, dachte Kakulkan resigniert. Die Semitronik wusste jederzeit, wo sich jedes beliebige Besatzungsmitglied gerade aufhielt.

Seine Erinnerung hatte ihn nicht völlig getrogen. Er hatte den richtigen Eingang gewählt. Nach hundert Schritten erreichte er einen markanten Hain aus Birnbäumen, in dessen Nähe die Tote bestattet worden war. Doch es dauerte eine Weile, bis er die Tafel fand.

Sie war ganz schlicht gehalten, 20 mal 30 Zentimeter messingbeschichteter, rostfreier Arkonstahl, in die Grasnarbe eingelassen. Früher hatte man Raumschiffe aus so etwas gebaut.

Ein Name und ein Datum. *Sarah Kakulkan – 1450 – 1517*

Seine Ex-Frau.

35 Ehejahre, ehe sie den Ehekontrakt hatten auslaufen lassen. Seinen Namen hatte sie behalten, sonst nichts. Die Kinder waren erwachsen und aus dem Haus, dienten ebenfalls in der Flotte. Sie hatten geglaubt, sich nichts mehr zu sagen zu haben.

Ein Irrtum, wie Kakulkan nun wusste. Er hatte feststellen müssen, dass er ein ausgesprochener Familienmensch war. Er hatte sie schmerzlich vermisst, und das nicht nur der Gewöhnung halber. Erst, nachdem sie fort war, hatte er seinen Verlust begriffen. Ihre Beziehung war mehr gewesen als die Summe der einzelnen Teile, viel mehr. Er litt stärker unter der Trennung, als er sich eingestehen wollte.

Wie unwahrscheinlich der Zufall sein mochte, sie hatten sich an Bord der RAS TSCHUBAI wiedergetroffen. Vielleicht empfand sie ähnlich wie er, denn sie hatten wieder zueinander gefunden. Sie war Koordinationsspezialistin für Beiboot-Besatzungen und damit zuständig für über 30.000 Mann Personal.

Doch dann ... der unglaublich dumme Unfall.

Tod in Larhatoon wegen eines defekten SERUNS, dessen Absorber während einer routinemäßigen Übung versagt hatte. Das einzige Besatzungsmitglied, das bislang durch einen Unfall ums Leben gekommen war.

Ausgerechnet Sarah Kakulkan hatte es getroffen.

Normalerweise wurden Tote im Weltall bestattet. Aber Sarah hatte testamentarisch festgelegt, dass sie in Ogygia beigesetzt werden wollte. In einem Fleckchen Erde des Schiffes, das zu ihrer neuen Heimat geworden war. Peer Bartilles, ihr direkter Vorgesetzter, hatte durchgesetzt, dass die Schiffsleitung die Erlaubnis dazu gab. Sonst hätte es das Grab in Ogygia nicht gegeben.

Seltsam, dass sie nicht die Weltraumbestattung gewählt hat.

Womöglich spielte die Entfernung eine Rolle, zuerst die räumliche nach Larhatoon, nun die zeitliche nach Phariske-Erigon.

Kakulkan starrte auf die Tafel. *Weshalb bist du hier?* Er fragte sich, wieso er ausgerechnet in diesem Moment zu Sarahs Grab gegangen war. Er spürte nichts als Leere.

Vielleicht lag es am Ogygia-Habitat selbst? Die Landschaft entspannte ihn, die Ruhe, die hier herrschte. Die Reinheit einer perfekt nachgebildeten Natur.

Er liebte das Reine, auch in der Musik. Einen Moment lang bedauerte er, dass der Kreis für Stilllieder, den er an Bord organisiert hatte, nun ohne ihn auskommen musste, weil er keine Zeit mehr dafür fand.

In der Liga sorgte diese Art Musik derzeit für Furore. Es waren Lieder, die sehr leise, fast geflüstert und mit sehr sparsamer Instrumentalbegleitung vorgetragen wurden; Atemgeräusche gaben den Takt vor. In der Milchstraße war Donald Angeles der

Superstar der Stillliederszene, der kreative Kopf, der die künstlerische Entwicklung bestimmte. Sein Input wurde an Bord schmerzlich vermisst. Vielleicht war diese Musik nur eine Seifenblase, eine Modeströmung, wie es sie oft gab, und ohne Angeles drohte sie nur umso schneller zu platzen. In der RAS TSCHUBAI schwand das Interesse jedenfalls; doch er entspannte bei dieser Musik. Er fragte sich, ob er als Kommandant je wieder einfach so entspannen konnte.

Plötzlich hatte er Durst. Was hätte er jetzt für ein Glas Wasser gegeben!

Er stand da, sah über die Landschaft hinaus, schaute zu Boden, betrachtete die Grabtafel.

Was will ich hier?, fragte er sich. Mit Sarah sprechen? Das hatte er noch nie getan.

Er brauchte den Rat der Lebenden, nicht den der Toten.

Vor ihm bildete sich übergangslos ein Holo. Es zeigte eine kleine, knapp einen Meter durchmessende Kugel. Ihr Inneres wirkte, als wäre es von Abertausenden allerfeinster Spinnweben durchzogen, an denen Millionen Tautropfen oder Diamanten saßen, die in allen Farben blitzten. Inmitten dieser Fäden hockte, so ätherisch-durchsichtig wie eine Statue aus bläulichem Glas, eine Gestalt: ein vier- oder fünfjähriges Mädchen, das mit großen Augen neugierig in die Welt schaute.

ANANSI!

Normalerweise materialisierte die Kugel im Haupt-Hologlobus der Zentrale mit acht Metern Durchmesser, aber der Bordrechner der RAS TSCHUBAI konnte an jeder beliebigen Stelle ein Holo bilden und mit der Besatzung kommunizieren. Die Semitronik verfügte über eine selbststabilisierende Hyperraumblase, in der die Rechnertechnik eingelagert und für deren Aufrechterhaltung keine weitere Energiezufuhr erforderlich war. Diese in den Halbraum ausgelagerte Technik war nicht festmateriell, sondern bestand aus miniaturisierten Hyperfeldern.

»Wie geht es dir?«, begrüßte ANANSI den Kommandanten mit kindlicher Stimme.

»Danke, gut«, sagte Kakulkan verdrossen. Die Gegenfrage, wie es der Semitronik ging, sparte er sich. »Warum störst du mich ausgerechnet hier und in meiner Freizeit? Oder liegt ein Notfall vor, der meine Anwesenheit in der Zentrale erforderlich macht?«

»Nein«, sagte das kleine Mädchen. »Ich möchte mich sozusagen privat mit dir unterhalten. Unter vier Augen.«

Kakulkan fühlte sich in der Gegenwart des Semitronik-Avatars unwillkürlich unwohl. Wie er in einigen Einzelgesprächen herausgefunden hatte, erging es vielen anderen ähnlich. Warum hatten ihre Erschaffer ausgerechnet diese Gestalt für die Holo-Präsenz gewählt? Sie erschien ihm irgendwie … falsch. Ein *kleines Mädchen*, das jedem normalsterblichen Besatzungsmitglied hoch überlegen war …

Sie kam ihm nicht geheuer vor. So, wie ihm die Verbindung zwischen der Posbi-Frau und dem Bordgehirn manchmal nicht ganz geheuer gewesen war.

»Was willst du vor mir?«, fragte Kakulkan.

»Ich kenne deine Zweifel«, sagte das kleine Mädchen unverblümt. »Deine inneren Konflikte. Du warst als Stellvertreter vorgesehen und fragst dich, ob du für den Posten des Kommandanten geeignet bist.«

»Ach. Kannst du jetzt Gedanken lesen?«

»Natürlich nicht. Aber ich habe deine Akteneinträge analysiert und in Korrelation gesetzt. Ich bin informiert, dass du erst vor kurzem einen Schicksalsschlag erlitten hast. Ich weiß, dass dein Verhältnis zu Jawna Togoya angespannt war. Ich muss keine Telepathie anwenden, um zu der Schlussfolgerung zu gelangen, dass du dir Gedanken über deine allgemeine Eignung machst.«

Das übliche Vorgehen. Selbstverständlich zog der Bordrechner nach dem Studium der Akten seine Schlüsse. Kakulkan war betroffen, dass sie so exakt waren.

»Du bist jetzt der Kommandant«, fuhr ANANSI fort. »Du

wirst verstehen, dass ich deshalb eine besondere Sorgfaltspflicht habe. Auch der Besatzung gegenüber.«

Er brummte etwas Unverständliches.

»Ich weiß ebenfalls, dass du zu Perry Rhodan und den anderen Unsterblichen ein normales Verhältnis hast. Gerade mit Rhodan fühlst du dich sehr verbunden. Proto-Terraner haben üblicherweise eine enge Verbindung zu ihm.«

»Ich bin nicht begeistert von deiner Einmischung, selbst wenn sie militärrechtlich abgesichert ist.«

»Es besteht kein Grund zu einer so scharfen Reaktion. Ich muss die Sicherheit der RAS TSCHUBAI gewährleisten.«

»Also, was willst du?«

»Ich bitte dich lediglich, dir schon jetzt, am Anfang unserer Mission, darüber klar zu werden, ob du deinen Posten nicht freiwillig räumen möchtest. Denn wie ich es sehe, kommen schwere Zeiten auf die RAS TSCHUBAI zu.«

»Das sehe ich ähnlich. Dennoch bin ich nicht bereit, deine Aufforderung auch nur zu überdenken. Du nimmst dir Befugnisse heraus, die …«

Sergio Kakulkan verstummte, als sein Kom einen Alarmton von sich gab. Er schaltete die Verbindung frei.

»Der schwer beschädigte Sternspringer, der aus dem System geflohen ist, ist zurückgekehrt«, sagte Allistair Woltera, der Leiter der Funk- und Ortungsabteilung. »Sein Ziel ist der Planet Chemeb. Wir versuchen ihn abzufangen, können ihn wahrscheinlich aber nicht mehr rechtzeitig erreichen.«

»Ich komme sofort«, sagte Sergio Kakulkan, froh, damit das Gespräch mit ANANSI beenden zu können.

Weil er fürchtete, dass sie recht hatte?

Der Sternspringer raste auf den Planeten zu.

Woltera behielt Recht. Obwohl ANANSI ein halbes Dutzend Notfallpläne berechnet hatte, um mit einem Sprung vor Ort des Geschehens zu sein, war der Sternspringer so nah vor Chemeb aus dem Hyperraum gekommen, dass die RAS TSCHUBAI nicht mehr rechtzeitig eingreifen konnte. Außerdem hatte Rhodan den Befehl erteilt, dass das Schiff am Systemrand bleiben sollte.

»Abbruch!«, befahl Kakulkan. »Wir kehren zum Rand des Achalabatsystem zurück!«

Atemlos verfolgte er auf den Holos, wie der Sternspringer in der Atmosphäre des Planeten verglühte, aber vorher noch Beiboote ausschleuste. Eine hässliche Bodenschlacht entfaltete sich auf Chemeb, ein grausamer Kampf Mann gegen Mann.

Kakulkan spürte, wie sich die tiefe Ruhe in ihm ausbreitete, die ihn schon als stellvertretenden Kommandanten ausgezeichnet hatte. Er war in seinem Element, der richtige Mann am richtigen Platz.

Jawna Togoya hätte in dieser Situation nicht anders reagieren können als er. Die RAS TSCHUBAI war eine gut geölte Maschine, in der jedes Rädchen seinen spezifischen Zweck zu erfüllen hatte. In diesem Augenblick war er selbst nicht mehr als solch ein Rädchen, und er erfüllte seine Aufgabe perfekt.

Es gab viele Verletzte unter den Angehörigen des Ersten Raumlandebataillons, ebenso Tote. Kakulkan beorderte medizinisches Personal in einen Hangar und richtete Kurzstreckentransmitter zur Medostation ein, um die Erstversorgung zu optimieren.

»Diese Situation ist unhaltbar«, schloss Sergio Kakulkan. Erschöpft lehnte er sich in seinem Sessel zurück und ließ den Blick durch den Konferenzraum gleiten.

Sämtliche Führungsoffiziere waren anwesend.

»Wir müssen die Einsatzpläne überarbeiten. Es darf nicht noch einmal vorkommen, dass wir im Fall einer akuten Bedrohung nicht rechtzeitig eingreifen können. Vierundzwanzig Tote sind vierundzwanzig zu viel. Analysiert den Vorfall und arbeitet entsprechende Pläne aus.« Er erhob sich zum Zeichen, dass das

Gespräch beendet war, und seine Untergebenen verließen den Raum.

Diesmal sind deine Zweifel unberechtigt, wisperte die Stimme tief in ihm. *Du konntest nicht rechtzeitig eingreifen. Jawna Togoya hätte diesen Fall auch nicht vorhersehen und verhindern können.*

Ich weiß, dachte Kakulkan. *Es geht mir darum, bessere Pläne zu entwickeln.*

Viel bedeutsamer ist, dass ANANSI dir anscheinend nicht vertraut.

Das nagte an ihm. Aber er hatte schlicht und einfach keine Zeit, sich damit zu befassen. Die Bestattung der Gefallenen stand an, und Peer Bartilles, der Stellvertretende Chef der Kreuzerflottillen im Rang eines Oberstleutnants, hatte um einen Termin bei ihm gebeten und wartete seit geraumer Weile vor der Tür.

Der Kommandant ahnte, was Bartilles von ihm wollte. Er kannte ihn gut, den Vorgesetzten seiner toten Ex-Frau. Er hatte sich damals dafür eingesetzt, dass ihre Überreste in Ogygia bestattet werden konnten, und diesmal ging es wohl um ein ähnliches Thema.

»Ich lasse bitten«, sagte Kakulkan.

Der Chef der Kreuzerflottillen betrat den Konferenzraum. Er wirkte missmutig. »Die Zeit drängt, Sergio«, kam er direkt zur Sache. »Wie ich informiert wurde, möchte Perry Rhodan, dass die Gefallenen der Schlacht auf Chemeb beigesetzt werden.«

»Ja«, sagte Kakulkan knapp. »Es tut mir leid, dass du warten musstest, aber meine Aufmerksamkeit gilt momentan eher den Lebenden als den Toten. Ich stelle mir die Frage, wie wir reagieren sollen, falls andere Sterngewerke beim Achalabatsystem auftauchen sollten. Können wir einen Kampf gegen sie wagen? Sollen wir versuchen, uns vor den Tiuphoren zu verbergen? Das betrifft auch die Sicherheit *deiner* Leute.«

»Trotzdem … Rhodan steht die Entscheidung nicht zu, die Gefallenen auf einer fremden Welt beizusetzen. Einige wünschten sich ein Begräbnis in der RAS TSCHUBAI. Andere haben verfügt, dass sie nach der Rückkehr auf der Erde beigesetzt werden wollen.«

Kakulkan fuhr sich mit der Hand über die brauenlose Stirn. Sein Dreitagebart war schon ein Fünftagebart und juckte leicht. »Bei diesen Fällen können wir Rücksicht nehmen. In den Särgen werden sich keine sterblichen Überreste befinden, nur Gedenktafeln und Datenspeicher oder Holoprogramme. Mir ist klar, wie heikel das ist.«

»Die Angehörigen und Freunde üben Druck aus.«

Kakulkan beugte sich vor. »Muss ich dir die Realität erklären, Peer? In unserer Situation ist Realpolitik gefragt, auch wenn es uns vielleicht nicht immer gefällt. Soll Perry Rhodan wegen solcher Befindlichkeiten den Erstkontakt mit einer fremden Spezies aufs Spiel setzen? Die Trauer erzeugt oftmals einen Tunnelblick, bei dem sich winzige Probleme zu unlösbaren Schwierigkeiten aufbauen.«

»Ich verstehe meine Leute …«

Der Kommandant kniff die Augen zusammen. »Weißt du, wie viele meiner Familienangehörigen im Verlauf der letzten Jahrhunderte nicht mehr nach Hause gekommen sind? Jeder an Bord der RAS TSCHUBAI hat gewusst, was auf ihn zukommt. Die Bestattungen finden auf Chemeb statt.« Kakulkan hob die Stimme nicht, sprach jedoch mit allem Nachdruck.

Bartilles zögerte, schien aufbrausen zu wollen, entschied sich aber dagegen. »Das ist deine Entscheidung, Kommandant.« Er stand auf, drehte sich ohne ein weiteres Wort um und verließ den Konferenzraum.

Es war in der Tat seine Entscheidung. Wie zahllose andere, die er in den vergangenen Tagen getroffen hatte.

Waren sie richtig gewesen?

Kakulkan wartete einen Moment, stand dann ebenfalls auf und ging hinaus. »Ich bin in einer halben Stunde zurück«, sagte er zur Kabinenpositronik.

Als er den Antigravschacht betrat, der ihn zum 19. Deck beförderte, wurde ihm klar, welchen Fehler er begangen hatte.

Er musste eine Aufgabe erfüllen. Für Zweifel blieb kein Platz.

Er konnte mit Jawna Togoya nicht mithalten. Die Posbi-Frau war ihm in vielerlei Hinsicht überlegen. Aber das spielte keine Rolle. Männer wie er hatten an Rhodans Seite die Menschheit geeint und sie ins Weltall geführt. Lange, bevor die Terraner die Posbis kennenlernten.

Und seine Entscheidungen *waren* richtig gewesen.

Diesmal fand er die Grabtafel neben den Birnbäumen in Ogygia sofort. »ANANSI!«, sagte er.

Vor ihm bildete sich das Holo mit der Kugel, den Spinnweben und dem kleinen Mädchen darin. »Wie geht es dir, Sergio?«

Er ging nicht auf die Floskel ein. »Ich bin kein Stellvertreter. Ich bin der Kommandant der RAS TSCHUBAI, die sich in einer Ausnahmesituation befindet.«

»Das ist mir klar.«

»Behellige mich nie wieder mit diesen Fragen. Ich bin mir meiner Verantwortung bewusst und werde sie tragen.«

Es dauerte eine Weile, bis ANANSI antwortete. »Ich habe nichts anderes von dir erwartet.«

»Dann ist es ja gut.«

Das Holo löste sich auf.

Hat ANANSI dieses Gespräch provoziert, um mir etwas klarzumachen?, fragte er sich.

Er warf einen letzten Blick auf das Grab.

Er war der Kommandant. Die Verantwortung für das Wohl der Besatzung ruhte auf seinen Schultern. Sie war seine neue Familie. Er würde dafür sorgen, dass sie nach erfolgreichem Abschluss der Mission so wohlbehalten wie möglich nach Hause kam.

In Ogygia war ein Grab schon genug.

1518 NGZ
Kriegstanz

Für Willi Voltz (1938 – 1984)

Im Verlauf von fast 3000 Jahren Geschichtsschreibung gehen viele Daten verloren oder werden verzerrt. Manchmal geraten sie einfach in Vergessenheit. Gelegentlich führen sie zu einer verfälschten Geschichtsschreibung, zu einer Legendenbildung, bei der sich Wahrheit und Fiktion zu einem untrennbaren Konglomerat vermischen.

So geschah es bei Perry Rhodans Weggefährten Don Redhorse. Gesicherte Fakten sind: Im Jahr 2395 war Redhorse im Alter von 22 Jahren Leutnant auf dem Flottenschiff CRUSADER. Bei einer Mission auf dem Kolonialplaneten Celanese lernte er seinen späteren, zu diesem Zeitpunkt aber in Ungnade gefallenen Freund Brazos Surfat kennen. Als Belohnung für die erfolgreiche Bewältigung der Mission wurde Redhorse befördert und für die Versetzung auf die CREST II vorgeschlagen. Die Disziplinarverfahren gegen Surfat hingegen ließ man fallen, und er wurde erneut zum Sergeanten ernannt.

Fünf Jahre später war der 27-jährige Redhorse Chef des Landungskommandos der CREST II im Rang eines Captains. Nach dem Durchgang der CREST II durch den Sonnensechsecktransmitter im Zentrum der Milchstraße untersuchte er mit einem Landekommando die Energiestation auf dem Planeten Sexta im Twin-System. Er wirkte bei der Besetzung von Quinta mit und begleitete Perry Rhodan in die Justierungsstation des Sonnentransmitters. Er befehligte zahlreiche Kommandounternehmen in und auf Horror und leitete einen Testflug der F-913 G. Ende Dezember 2401 war Redhorse Kommandant der Kaulquappe C-5, die über dem Planetoiden Kalif von Bagdad im Schrotschuss-System die dort gelegene Justierungsstation des Sonnentransmitters unter terranische Kontrolle bringen sollte.

2402 kommandierte Redhorse die Space-Jet SJ-4C und landete entgegen dem ausdrücklichen Befehl Rhodans auf Gleam. Spätestens zu diesem Zeitpunkt kommt es zu Unschärfen: Manche Quellen berichten, dass er im

Dezember 2402 Major wurde und vermutlich jüngster Kommandant eines Schlachtkreuzers war, andere besagen, dass er Ende 2403 beim Überwechseln auf die CREST III zum Major befördert und zum Chef der Ersten Korvettenflottille ernannt wurde.

Bei einem weiteren gefährlichen Einsatz beim Andromeda-Feldzug kam Don Redhorses Freund Brazos Surfat bei der Entdeckung von Forril-Station bei einem Ritualkampf mit einem Forril ums Leben.

Nach Beendigung der Auseinandersetzungen mit den Meistern der Insel zeichnete sich der Offizier in weiteren Einsätzen aus. Im Jahre 2435 war Oberst Redhorse Kommandant des Schlachtkreuzers BLACK HILLS, der durch Beschuss der Ultraschlachtschiffe OLD MANS vernichtet wurde. 2465 war er noch immer Oberst. Man munkelte, dass er wegen seiner Neigung zu riskanten Alleingängen nicht zum Flaggoffizier befördert worden war.

Im Jahr 2466 verließ Don Redhorse im Rang eines Obersten die Solare Flotte, und seine Spur verlor sich im Dunkel der Geschichte. Angeblich bewirtschaftete er eine Kneipe auf dem Mars. Genauso wenig gesichert ist die Annahme, dass Redhorse im Jahr 2485 seinen Geist in eine alte Positronik transferierte, die 2487 von Perry Rhodan gefunden wurde. Die Positronik wurde abgebaut und im Terranischen Raumfahrtmuseum aufgestellt. Nach 26 Jahren schaltete sie sich im Jahre 2513 ab und konnte nicht mehr aktiviert werden.

Die Leiche von Don Redhorse wurde nie gefunden.

Erst im Jahr 1517 Neuer Galaktischer Zeitrechnung gelang es zwei Professoren von der Universität von Terrania, sich in den Besitz einer vermeintlichen Kopie dieser Positronik zu bringen. Die beiden führenden Kapazitäten für Künstliche Intelligenz beschlossen, ein gewagtes Experiment zur Erschaffung holografischen Lebens einzuleiten, das sie ein Jahr später in die Tat umsetzten. Bis zum Abschluss dieses Versuchs sollte jedoch noch viel Zeit vergehen.

(Aus: Hoschpians unautorisierte Chronik der Milchstraße; Abschnitt HHUA.IX.18.7: Der Andromeda-Feldzug: Don Redhorse.)

Rotes Pferd roch das Feuer schon aus mehreren Meilen Entfernung.

Es war ein ganz eigentümlicher Geruch, wie er ihn noch nie wahrgenommen hatte. Nicht der von langsam garendem Fleisch, von Rotwild oder Büffel, nicht der von Feuerholz oder Dung. Er schmeckte auf der Zunge fast wie Blut, wie Metall, aber auch wieder ganz anders.

Hatte dieser Geruch etwas mit dem Licht am Himmel zu tun, dem grellen Aufblitzen, das er kurz zuvor gesehen hatte und das noch immer in den Augen schmerzte? Mit dem nachfolgenden Donnerschlag, der ihm fast das Trommelfell zerrissen hatte? Oder dem Sturm, der wie aus dem Nichts gekommen war, obwohl nur wenige kleine, weiße Wolken über den Himmel gezogen waren?

Rotes Pferd legte die rechte Hand auf Honowas Hals und ließ ihn langsamer traben. Das Gelände wurde unwegsamer, zerklüfteter. Die Vegetation bestand nur noch aus kargen Sträuchern, die kaum Nahrung fanden. Wasser sowieso nicht; die Regenfälle, die hier niedergingen, flossen den steinigen Boden hinab, rissen die Wurzeln der Pflanzen eher aus dem Boden, statt sie zu tränken, und vereinigten sich tiefer unten zu schnellen Bächen, die durch schmale Rinnen hinabschossen. Später bewässerten sie die Große Ebene und vereinigten sich irgendwann im Pulverfluss, der bei heftigen Niederschlägen zu einem reißenden Strom wurde und über die Ufer trat.

Der Cheyenne zügelte Honowa und glitt vom Rücken des Pferdes. Er würde zu Fuß weitergehen. Das Leuchten und Donnern am Himmel waren ihm Warnung genug. Er wusste nicht, was ihn in den Bergen dort oben erwartete, und wollte sein Pferd nicht in Gefahr bringen. Außerdem würde er auf diese Weise schneller vorankommen. Der Hang war zu steil, als dass das Tier sicheren Tritt fand.

Er schlang den Lederriemen des Zaums um den Ast eines verkrüppelten, schon lange abgestorbenen Baums, der sich wie das

Skelett eines fremdartigen Tiers aus dem trockenen Boden hob, zog ihn aber nicht fest. Sollte Honowa aus irgendeinem Grund in Panik geraten, konnte er sich losreißen und fliehen.

Leise flüsterte er dem schwarzen Rappen ins Ohr, beruhigend, fast zärtlich. Wenn nichts Unvorhergesehenes geschah, würde Honowa hier auf ihn warten.

Doch Rotes Pferd glaubte nicht daran. Das düstere Rot, das hoch über ihm zwischen den Gipfeln der Hügel loderte, sprach eine andere Sprache, auch wenn es langsam dunkler wurde. Die Sonne hatte erst vor wenigen Stunden ihren höchsten Stand erreicht. Es konnte nicht sein, dass jetzt schon der Abend hereinbrach.

Irgendetwas stimmt nicht.

Es war unnatürlich, nicht im Einklang mit der Schöpfung. Dieses unheilvolle Glimmen stammte nicht von Heammawihio, der nun über ihnen lebte, ihr Schöpfer und Lehrer war. Einst hatte Heammawihio unter ihnen geweilt, sie die Herstellung von Pfeilen und Messern und die Jagd gelehrt, ihnen gezeigt, wie man Feuer machte und Korn pflanzte und sich davon ernähren konnte. Nachdem er ihnen alles beigebracht hatte, was nötig war, um auf der Erde gedeihen zu können, war er in den Himmel aufgestiegen, um von dort aus über die Cheyenne zu wachen.

Aber Heammawihio hatte ihnen ganz bestimmt nicht dieses schreckliche Leuchten geschickt. Und auch nicht diese unerklärliche Wärme, die schon jetzt, da er den Ursprung des Lichts noch gar nicht sah, leicht auf seiner Haut brannte und sie rötete.

Es stammt nicht von dieser Welt.

Auch nicht aus Heammawihios Welt.

Als Rotes Pferd sich an den Aufstieg machte, geduckt, nah am Boden, jede Deckung nutzend, kam ihm ein ganz anderer Gedanke. Was, falls Heammawihio sich vom Volk der Großen Ebene abgewandt hatte? Falls die Cheyenne ihn erzürnt hatten, verärgert, und er sie nun strafen wollte? Falls *er* dieses unheimliche Leuchten geschickt hatte, um sie zu vernichten? Auszulöschen vom Antlitz der großen Mutter, weil sie ihr nicht gerecht wurden? Dann waren sie verloren.

Die Vorstellung quälte Rotes Pferd, während er höher stieg.

Seine Finger schmerzten. Die Felsen waren scharfkantig, er riss sich die Haut an ihnen auf. Die Luft ließ sich immer schwerer atmen. Die Ausdünstung von Metall darin wurde stärker, durchdringender. Er konnte sie geradezu in seinem Mund schmecken.

Sie bereitete ihm Übelkeit. Er wusste nicht, ob es daran lag oder an der Anstrengung, doch ihm wurde schwindlig.

Das Gefühl verging wieder. Er kam voran, Meter um Meter, eng an den Fels gedrückt, unsichtbar für alle, die von oben nach ihm Ausschau halten mochten.

Schließlich reckte er den Kopf über die höchste Erhebung und schaute auf die Hochebene unter ihm hinab. Zuerst nahm ihm dichter Rauch die Sicht, doch der Sturm, der über dem Gebirge tobte, peitschte die fettigen, dunklen Schwaden immer wieder fort, riss Lücken in die schier undurchdringliche Decke, die schwer über der schroffen Ebene lag.

Kurz hatte Rotes Pferd freie Sicht auf das, was dort lag, konnte aber kaum glauben, was er sah.

Ein riesiger Waglula breitete sich vor ihm aus, an einigen Stellen hell und wie Silber glänzend, an den meisten jedoch dunkel und verkohlt, von Asche geschwärzt. Der Wurm hatte von innen heraus geglüht, war geschunden und zerfetzt, an vielen Stellen aufgerissen, aus denen Flammen schlugen, die den Rauch erzeugten, der nach Metall schmeckte. Von ihm ging die Hitze aus, die Rotem Pferd so zu schaffen machte. Wie stark musste sie gewesen sein, als das Feuer mit voller Kraft gebrannt hatte?

Was war das? Woher kam dieser riesige Wurm? Warum hatte er gebrannt?

Rotem Pferd wurde wieder schwindlig.

Denn das Ungetüm *bestand* aus Metall.

Seltsame Wesen krochen aus dem eisernen Wurm heraus, Geschöpfe, wie Rotes Pferd sie noch nie gesehen hatte. Hatte Heammawihio sie geschickt?

Sie krochen tatsächlich. Oder *robbten.* Sie ähnelten keinen Tieren, die Rotes Pferd je erlegt oder auch nur gejagt hatte, hatten sechs Beine. Nein, Gliedmaßen. Sie waren kleiner als er, wirkten aber viel schwerer, sehr massig, und er sah, dass sich die meisten von ihnen auf zwei Beinpaaren durch den dichten Rauch schleppten. Das oberste der drei Paare von Gliedmaßen schienen sie als Arme zu benutzen. Es war mit Händen und Fingern versehen, die kaum weniger geschickt aussahen als die eines Cheyenne.

Die Ungetüme konnten sie offenbar nutzen, wenn sie schneller laufen wollten. Einige wenige hatten sich auf alle drei Arm- oder Beinpaare hinabgelassen und robbten auf ihnen voran. Sie waren viel schneller als die, die nur auf vier Beinen benutzten. Fehlte es den anderen an der nötigen Kraft dazu, oder waren sie ganz einfach nur … zu dumm?

Die fremdartigen Geschöpfe waren von Pelzen bedeckt, die eine unterschiedliche Färbung zeigten. Einige trugen gelbe, einige violette, einige rote. Eins von ihnen war völlig nackt, Rotes Pferd konnte seine rosa Haut sehen. Es kroch in eine andere Richtung als seine Artgenossen, versuchte, sich hinter einem Felsen zu verbergen.

Was für Ungeheuer waren das? Aus welcher tiefen Grube, die Heammawihio geschaffen hatte, um die Ungläubigen und Abtrünnigen zu strafen, waren sie hervorgekrochen?

Forrils, drängte ein Gedanke in ihm hoch. *Das sind Forrils, und an der Färbung ihrer Felle lässt sich die Stellung des Einzelwesens in der gesellschaftlichen Hierarchie ablesen.*

Forrils?, dachte er erneut.

Woher wusste er das? Er hatte noch nie so ein Wesen gesehen, auch nicht so einen riesigen Wurm aus Metall, und trotzdem wusste er, dass sie sich *Forrils* nannten?

Der Rauch hob sich schnell, und Rotes Pferd bemerkte, dass die *Forrils* nicht ziellos aus dem gestrandeten Metallmonstrum flohen, sondern zu einer Stelle robbten, die vielleicht hundertfünfzig Meter von ihm entfernt lag. Als hätte ein Tornado den Qualm verweht, erhielt der Cheyenne freien Blick darauf.

Dort lag ein Kopf.

Ein menschlicher Kopf, der eines Bleichgesichts, mit einer scharfen Klinge säuberlich vom Hals abgetrennt. Rotes Pferd sah keine Spur von Blut.

Er war fast haarlos. Hatte man den Mann, denn es war zweifelsohne einer, etwa skalpiert?

Nein. Der Mann war von Natur aus kahl geworden. Nur wenige helle Haare bedeckten den Kopf wie einen Flaum.

Der Schwindel wurde stärker. Und diesmal ließ er nicht wieder nach, schwand nicht, sondern behielt ihn im Griff. Rotes Pferd stöhnte auf, versuchte, sich zu erheben, richtete sich auf die Knie auf.

Vorsicht!, warnte ihn eine Stimme. *Sie dürfen dich nicht sehen, sonst töten sie dich!*

Ächzend ließ er sich zurück auf den steinigen Boden fallen.

Das Gefühl, von diesem Leben losgelöst zu sein, wurde noch stärker, hüllte seine Welt in einen Schleier, in ein Tuch aus so hellem Weiß, wie die Squaws es niemals hätten herbeiwaschen können.

Das war kein Schwächeanfall.

Nackter Schrecken erfasste Rotes Pferd.

Der Nebel lichtete sich, doch er sah nicht den stählernen Wurm, aus dem diese … seltsamen Wesen kamen, sondern …

Sondern Heammawihio.

Oder seine Kinder.

Denn Heammawihio hatte keine Gestalt. Er hatte sie aufgegeben, als er in den Himmel aufgestiegen war. Seine Kinder, die er in die Welt der Lebenden schickte, konnten aber durchaus eine haben.

Rotes Pferd sah zwei von ihnen. Sie trugen weiße, unförmige Gewänder, aber keine, die wie Jorongos geschnitten waren, sondern ziemlich eng anliegende. Sie blähten ihre Gestalten auf, ließen sie wie tapsige Unholde erscheinen. Ihre Köpfe waren unter durchsichtigen Scheiben verborgen. Rote, blaue und grüne Lichter schwirrten um sie herum, als wollten sie sie erhellen.

Das ist das Jenseits, dachte Rotes Pferd. *Heammawihio holt mich in die andere Welt. Seine Welt.*

Und dann sprach eins von Heammawihios Kindern, und Rotes Pferd war überrascht, dass er nicht nur die Worte, sondern auch deren Sinn verstand. Doch als er ihre Worte hörte, wusste er, dass er sterben musste. Es stand ihm nicht zu, Heammawihio oder seine Kinder zu belauschen. Wer sie vernahm, wurde unweigerlich zu ihnen gerufen.

»Wir haben Probleme«, sagte Heammawihios Kind.

»Wir haben Probleme«, sagte Professorin Audrey.

»Mit denen zu rechnen war«, erwiderte Professor Hollander. »Dir ist klar, dass wir uns auf dünnem Eis bewegen. Schwierigkeiten sind bei einem Versuch dieser umwälzenden Bedeutung zu erwarten.« Der Professor warf einen nachdenklichen Blick auf die Holos, von denen die meisten nicht mehr zeigten als farbige Schlieren auf einem nebligen Untergrund. Die Farbstreifen leuchteten hauptsächlich in hellem Rot, Blau und Grün, doch auch alle anderen Farben des Spektrums spielten in die dreidimensionalen Darstellungen hinein.

Zwei von stellten jedoch eine Landschaft dar, nur angedeutet dreidimensional, grobschlächtig umrissen, mit dicken Pinselstrichen gemalt. Sie sah aus wie die Zeichnung eines Kindes: eine karge Hochebene, auf der kaum etwas wuchs, dahinter schroffe, steile Felsen.

Hollander beklagte sich nicht über die Qualität der Darstellung. Er war froh, dass sie in dieser ersten Phase des Versuchs überhaupt so etwas zu sehen bekamen.

Das durch einen leistungsfähigen HÜ-Schirm von der Außenwelt abgeschottete Labor wurde von dem Licht der Hologramme mit den Farbspielen beherrscht. Ihr strahlendes Leuchten färbte die Wände, die Positronik-Konsolen, sogar die schwarzen Lederstühle, von denen es in diesem Sacrosanctum, seinem Schrein der University of Terrania, wesentlich mehr gab als Lebewesen, die sie benutzen konnten.

Der Komplex, über den Hollander und Audrey fast uneingeschränkt herrschten, umfasste eine komplette unterirdische Etage, doch dieser Raum war das Zentrum ihres Projekts. In ihm lief alles zusammen.

Die Professorin deutete auf die Holos. »Aber nicht in diesem frühen Stadium. Fällt dir auf, dass diese verschwommenen Umrisse schon Formen annehmen? Damit haben wir erst in der vierten Phase gerechnet.«

Hollander kniff die Augen zusammen und betrachtete die dreidimensionalen Darstellungen. »Vergiss nicht, eine gewisse gedankliche Unschärfe liegt darin, dass ein Holo immer nur die Bilddarstellung einer Positronik-Berechnung ist. Wir sehen das, was die Positronik als das interpretiert, was unsere Versuchsperson gedanklich konkretisiert. Mit viel Fantasie könnte man das tatsächlich so sehen. Aber so viel Fantasie habe ich nicht. Das Bild, das sie von sich hat, ist noch längst nicht das eines menschlichen Individuums, eher die *Vorstellung* eines Menschen.«

Hayden Audrey seufzte leise. »Ich weiß, ich habe dir viel zu verdanken.« Sie spielte darauf an, dass Professor Hollander an einigen Fäden gezogen hatte, damit sie vom Terrania Institute of Technology zur Universität von Terrania wechselte. Ihr selbst hatte er die berufliche Neuorientierung mit einem Lehrstuhl für Künstliche Intelligenz schmackhaft gemacht. Beim TIT war sie lediglich Honorarprofessorin gewesen. »Aber verschließe bitte nicht die Augen vor dem Offensichtlichen. Die Entwicklung ist eindeutig. Muss ich erst die metrischen Formen berechnen, damit du die Tendenz siehst?«

»Was willst du damit sagen?«

»Wir sollten eine der Einspeisungen unterbrechen.«

Hollander schloss kurz die Augen. Er war einer der Kapazitäten für die Entwicklung Künstlicher Intelligenz im 16. Jahrhundert Neuer Galaktischer Zeitrechnung. Bei der Beurteilung zukunftsweisender Trends war sein Wort zwar nicht Gesetz, hatte aber so viel Bedeutung, dass Projekte aufgegeben wurden, gegen die er sich aussprach. »Wir können ESCHER wiederholen«, sagte er. »Sogar noch etwas Besseres zustande bringen.«

»Da liegt der Denkfehler«, hielt Audrey dagegen. »Wir verzichten auf die biologische Komponente, nutzen weder menschliche Gehirne, was die Ethik-Kommission sowieso untersagt hätte, noch Bioplasma. Wir versuchen nicht, Künstliche Intelligenz zu schaffen, sondern *holografisches Leben.* Aber ich muss mich korrigieren. Du hast dieses Projekt ins Leben gerufen, und ich bezweifle, dass dir solch ein Anfängerfehler unterläuft, auch nur als Gedankenspiel.«

Hollander öffnete die Augen wieder und sah seine Kollegin an. »Als Künstliche Intelligenz kann ein Computer oder ein Netzwerk aus mehreren Computern bezeichnet werden, sobald die Maschine nicht nur scheinbar intelligente Reaktionen zeigt, weil es sich um programmierte Verhaltensweisen für fest definierte Situationen handelt, sondern sich ihrer selbst bewusst und in der Lage ist, sich selbstständig und ohne entsprechende Programmierung wie ein intelligentes Lebewesen zu verhalten und Gefühle zu haben.«

»Vorlesungsstoff aus der Einführungsveranstaltung für Studienanfänger!«, wischte Audrey den Einspruch vom Tisch. »Unser Ansatz geht weit darüber hinaus. Uns *steht* ein Bewusstsein zur Verfügung.«

»Keineswegs«, entgegnete Hollander. »Vielleicht die *Kopie* eines Bewusstseins. Wahrscheinlich nur Fragmente einer Kopie. Eventuell nicht einmal das. Es ist uns nicht gelungen, den Datenträger auszulesen. Wir gehen ein hohes Risiko ein, indem wir einen Inhalt, von dem wir nicht einmal ahnen, woraus er besteht, in unser Versuchsmodell einspeisen.«

»Wir sollten diese Einspeisung vorerst beenden«, wiederholte die Professorin.

Hollander dachte kurz nach. »Nein«, entschied er dann. »Ohne die Aussicht auf ein Bewusstsein können wir von vorn anfangen. Wir haben eine Backup-Sicherung eingebaut. Wir löschen die letzte Stufe der Persönlichkeitsbildung und versuchen es von diesem Punkt an erneut.«

»Der Kriegstanz?«

»Der Kriegstanz«, bestätigte Hollander.

Ein Schritt vor.

Aufsetzen. Stampfen.

Den einen Fuß nachziehen.

Aufsetzen. Stampfen.

Ein Geräusch. Kein Schrei, sondern ein gutturales Stöhnen.

Ein Schritt zurück.

Aufsetzen. Stampfen.

Den anderen Fuß nachziehen.

Aufsetzen. Stampfen.

Ein Geräusch. Kein Schrei, sondern ein gutturales Stöhnen.

Die Arme hochreißen. Die Waffen zeigen. Das Gesicht zu einer Grimasse verziehen.

Die anderen müssen uns fürchten.

Wir müssen uns in einen Zustand versetzen, in dem sie Angst vor uns bekommen.

Wie man damals Angst vor den Berserkern hatte.

Berserker? Ich habe dieses Wort noch nie gehört, doch ich kenne es. Berserker sind antike Krieger aus Skandinavien. In ihren Schiffen – richtigen Schiffen mit Rudern und Segeln, keine Raumschiffe – segelten sie über die Meere und überfielen fremde Küsten. Sie waren gefürchtete Gegner, und der Spruch *Kämpfen wie ein Berserker* ist Bestandteil des heutigen Sprachgebrauchs.

Aber das ist der Kriegstanz der Powder-River-Cheyenne.
Ein Schritt vor.
Aufsetzen. Stampfen.
Den einen Fuß nachziehen.
Aufsetzen. Stampfen.
Ist er das wirklich? Er kommt mir … seelenlos vor.
Etwas fehlt. Etwas Wichtiges. Das, was den Tanz ausmacht.
Die Bewegungen kommen mir vor wie ein Traum, der sich ausschließlich auf diesen Tanz fokussiert. Ein Traum in einem Traum.
Wenn ich träume, kann ich mich fast daran erinnern, was dem Tanz fehlt.
Fast.
Aber ich träume nicht. Ich tanze.
Irgendetwas stimmt nicht. Ich kann mich nicht erinnern, jemals mit dem Stamm getanzt zu haben. Als ich lebte, gab es keinen Stamm mehr.
Ich tanze jetzt ununterbrochen seit über fünf Tagen. Seit fünf Tagen habe ich nichts mehr gegessen, lediglich Wasser getrunken. Ich spüre, wie ich immer tiefer in Trance versinke, mein Geist sich vom Körper löst. Ich verspüre nicht die geringste Müdigkeit, habe diesen Zustand längst überwunden. Ich bin hellwach.
Und tanze.
Ein Schritt vor.
Aufsetzen. Stampfen.
Den anderen Fuß nachziehen.

Irgendetwas stimmt nicht.
Der Hirsch steht majestätisch da, sieht sich misstrauisch um, schaut nach links, nach rechts, saugt die Luft in die Nüstern.
Er ist aufmerksam und wachsam, spürt die Gefahr, versucht, Witterung aufzunehmen.
Er ist eins mit der Natur.

Er ist mein Bruder.

Doch er hat keine Chance. Ich stehe gegen den Wind.

Gegen den Wind.

Der Wind weht aus der Richtung, in der der Hirsch nun einen Schritt tut, sich noch einmal umschaut, dann den Kopf zu den Gräsern auf dem Boden senkt und endlich frisst.

Er spürt die Gefahr.

Irgendetwas stimmt nicht. Ich kann mich genau entsinnen. Das Feuer, das Licht, das Unwetter aus dem Nichts. Der Berg. Der Wurm aus Metall. Der menschliche Kopf. Die Forrils. Gerade eben waren sie noch da, und jetzt bin ich an einem anderen Ort, und ich pirsche mich an einen Hirsch an.

Der Hirsch frisst nicht nur Gräser, sondern auch Kräuter. Sie machen sein Fleisch so würzig, so schmackhaft. Noch besser schmeckt es, wenn man das Tier vor dem tödlichen Schuss hetzt. Ihm Angst macht. Todesangst.

Todesangst erzeugt Adrenalin. Adrenalin peitscht durchs Blut, wird freigesetzt, gerät ins Fleisch.

Und macht es besonders zart, wenn man es richtig zubereitet.

Woher ich das weiß?

Mein Vater hat es mich gelehrt.

Er hat mich in die Jagd eingeführt. Hat sie mir erklärt. Mir verständlich gemacht, worauf es ankommt.

Mein Vater, der mich zum Häuptling erziehen wollte.

Der Hirsch ist mein Freund. Mein Bruder. Er ist eins mit mir.

Er sorgt dafür, dass mein Volk zu essen hat. Aber er muss mit Ehrfurcht behandelt werden. Der erste Schuss muss ihn töten. Er darf nicht leiden, sich nicht quälen. Ich darf ihn hetzen, aber nicht verwunden. Ihm keinen unnötigen Schmerz zufügen.

Sagt mein Vater.

Der nichts für Flugzeuge übrig hatte.

»Das ist der Durchbruch«, sagte Professorin Audrey.

»Das ist ein Neustart«, widersprach Professor Hollander, »der den gesamten Programmablauf durcheinander gebracht hat und damit gefährdet. Ich muss um Entschuldigung bitten. Du hattest Recht, Hayden. Wir hätten nicht den *Kriegstanz* initiieren dürfen, sondern grundlegend neu anfangen müssen.«

»Er entwickelt ein Bewusstsein! « Audrey deutete auf die Holos. »Sieh es dir doch an!«

Unwillig hob Hollander den Blick. Die dreidimensionalen Darstellungen, deren helles Rot, Blau und Grün die Wände des Labors gefärbt hatten, hatten sich verändert. Die Farben schienen sich zusammenzuziehen und zu verblassen. Sie waren noch immer vorhanden, leuchteten aber längst nicht mehr so intensiv.

Sie bildeten Muster, die man mit einigem guten Willen als humanoide Gestalt deuten konnte. Hollander erkannte ansatzweise Arme und Beine, einen Rumpf, den Kopf.

Doch die Darstellung war noch völlig *unfertig*. Ihre Umrisse waren verschwommen, ausgefranst, schemenhaft. Nur mit viel gutem Willen konnte Hollander sehen, dass sie humanoide Formen annahmen. Sie wirkten wie ein Homunkulus, die Zerrgestalt eines Menschen oder Lemurerabkömmlings, eine schlechte Zeichnung, an den Rändern verwaschen, aber dennoch …

»Das kann alles Mögliche sein«, sagte Hollander. »Sogar ein Maahk. Er hat doch gegen die Maahks gekämpft …«

»Wir sind hier nicht im Kindergarten«, erwiderte Audrey. »Und über dieses Stadium sind wir längst hinaus, oder?«

»Was meinst du?«

Audrey seufzte. »Einführungsvorlesung. Rechner, die eine künstliche Intelligenz besitzen, werden oft als eigenständige Persönlichkeiten behandelt und verhalten sich meist auch entsprechend. Ob sie wirklich über etwas verfügen, das als *Geist* oder *Bewusstsein* bezeichnet werden kann, bleibt spekulativ. Ich bezweifle, dass wir in diesem Stadium schon eine ÜBSEF-Konstante nachweisen können. Aber die Ansätze sind da.«

Hollander lachte leise auf. »Du läufst in die klassische Falle. Vor allem in der Frühzeit des Solaren Imperiums wurden Roboter und Computer oft vermenschlicht, ohne wirklich künstliche Intelligenz zu besitzen. Sie folgten lediglich einer fest vorgegebenen Programmierung. Dennoch haben wir seinerzeit oft von künstlichem Leben gesprochen. Genau das tust du jetzt auch.«

»Du hast dieses Projekt initiiert. Du zitierst ebenfalls aus der Einführungsvorlesung. Ich weiß, was jetzt kommt. Im Verlauf der Zeit wurden die Computer immer leistungsfähiger, Positroniken und später Syntroniken legten menschlich wirkende Verhaltensweisen an den Tag, simulierten sie meist aber nur. Durch die Verzahnung von Positroniken mit Bioplasma wurden biomechanische Wesen eingeführt, die durchaus empfindungsfähig waren. Durch die Verschmelzung leistungsfähiger Rechner mit den vergeistigten Bewusstseinen intelligenter Lebewesen konnten Hybridwesen mit eigenem Bewusstsein entstehen. Habe ich richtig zitiert?«

»Ja.«

»Und genau darum geht es. Holografisches Leben mit eigenem Bewusstsein.« Sie zeigte auf die Holos.

»Zurzeit sehe ich weder Leben noch Bewusstsein«, widersprach Hollander. »Wir haben vielmehr drei Datenträger, die wir vereinigen wollen. Im ersten haben wir alle Informationen zusammengestellt, die wir über unsere Zielperson finden konnten. Es war nicht einfach, nach über zweieinhalb Jahrtausenden verlässliche Informationen zu bekommen …«

Audrey seufzte. »Ich weiß. Ich war dabei.«

»Im zweiten haben wir sämtliche soziologischen und kulturellen Aspekte seiner Vorfahren gesammelt. Wir wollen ihm die Möglichkeit geben, seine Identität aus einem eigenständigen Background zu entwickeln. Das muss nicht die Person sein, die vor zweieinhalbtausend Jahren gelebt hat …« Hollander sprach immer leiser, als fasste er die Fakten nur für sich selbst zusammen, damit er sie nicht aus den Augen verlor. »Und der dritte …«

»Der dritte Datenträger …«, wiederholte Professorin Audrey.

»Unser Problem. Wir wissen nicht, was damals passiert ist, und Perry Rhodan können wir nicht fragen …«

»Zweieinhalb Jahrtausende sind eine lange Zeit«, sagte Hollander nachdenklich. »Aber wir haben keine andere Wahl. Stoppen wir diese Einspeisung.«

Irgendetwas stimmt nicht.

Ich halte das Flugzeug in der Hand und krabbele durch mein Zimmer, und das kleine Ding aus Kunststoff fliegt.

Durch die Luft.

Meine Hand hält es natürlich, aber es *fliegt!*

In diesem Augenblick weiß ich, irgendwann wird das Spielzeug imstande sein, der Schwerkraft der Erde zu entfliehen.

Mit mir an Bord.

»Hör auf!«, sagt mein Vater wütend.

Warum ist er wütend? Wegen mir? Ich lasse doch nur ein Flugzeug fliegen.

»Du bist nicht mal ein Jahr alt«, sagt mein Vater. »Du wirst kein Pilot. Ich habe anderes mit dir vor. Ich werde dich als Häuptling erziehen. Irgendwann wirst du ein Volk führen, Don, so klein es auch sein mag.«

Ich will kein Häuptling werden, will ich sagen, aber heraus kommt etwas wie »Iwikeiheupliwerdn.«

Als ich gegen den Wunsch meines Vaters der Raumakademie beitrat, existierte mein Volk nicht mehr. Wenige Jahre später war ich bereits der Letzte der Powder-River-Cheyenne.

Bis dahin hatte ich mir von meinem Vater alles zeigen lassen, was einen guten Krieger ausmachte. Wie man mit Pfeil und Bogen schoss, wie man mit Fesseln umging, wie man eins mit dem Wald wurde.

Während der Ausbildung an der Akademie legte ich auch den Wunsch ab, das Wissen seiner Ahnen zu erlernen.

Aber der Wunsch störte sich nicht an dem, was ich wollte.

Er blieb bestehen, auch wenn ich das erst viel später erkannte.

Wie der Hirsch.
Der mein Leben lang bei mir blieb.

Die hellen Farben der Holos, die gerade noch das Labor in ihren Schein getaucht hatten, verblassten zusehends im Leuchten der roten Lampen, das den Alarm anzeigte und den großen Raum in ein unwirkliches, fast unheimliches Licht hüllte.

»Fehleranalyse!«, befahl Professor Hollander.

»Die neuronale Struktur wird nicht wie angeordnet ausgeführt«, erklärte die Positronik mit unverändert heiterer Stimme. Das entsprach ihrer Programmierung. Hollander verabscheute es, wenn bei einer Fehlermeldung, die bei so komplizierten Programmen wie dem ihren mehrmals täglich erfolgte, der Rechner besorgt oder gar vorwurfsvoll klang.

»Spezifizieren!«, warf Professorin Audrey ein.

»Ich versuche, Zugriff auf das Programm zu bekommen. Er wird mir derzeit verwehrt.« Die Positronik klang noch immer heiter und gelöst.

»Verwehrt?«, fragte Hollander. »Wie ist das möglich?«

»Ich habe noch keine Erklärung dafür. Eine mögliche Fehlerquelle habe ich entdeckt. Die Einspeisung des Inhalts des dritten Datenträgers wurde nicht beendet, wie du es angeordnet hast.«

»Die Daten werden … weiterhin in das Programm übertragen?«

»Das ist korrekt.«

»Beende das Programm!«

Es dauerte lange, viel zu lange, bis die Positronik antwortete. So lange, dass Hollander wusste, dass etwas nicht erwartungsgemäß verlaufen war.

»Mir ist es nicht möglich, das laufende Programm zu beenden«, meldete die Positronik. »Ich bekomme keinen Zugriff.«

Hollander und Audrey sahen sich stumm an.

Schließlich brach der Professor das Schweigen. »Was geschieht da?«, fragte er tonlos.

Irgendetwas stimmt nicht.

Der Hirsch wittert, bemerkt mich aber nicht und frisst weiter.

Ist er wirklich der Herrscher des Waldes, den ich durchstreife? Eines kleinen, lichten, hellen Mischwalds, der nur bei Dunkelheit bedrohlich wirkt? Bei Nacht, wenn Heammawihio und die anderen Götter unseres Stammes, falls es sie denn gibt, sich auf die Erde hinablassen und über sie wandeln?

Heammawihio, der infrage gestellt wird von Manitou, den die Krähen und die Ojibwe erfunden haben und der immer stärkere Bedeutung erlangt, bei allen Völkern der Großen Ebene und der kargen Einöde im Süden? Der angeblich in allen Wesen, Dingen, Tätigkeiten und Erscheinungen enthalten ist?

Natürlich gibt es noch andere Götter, die wir niemals aufgegeben haben. Aber Manitou ist der, den die meisten von uns nun kennen.

Nein, mein Bruder, der mich ernährt, ist nicht der Herrscher des Waldes. Er ist stolz, erhaben, herrschaftlich, aber er frisst Gras. Und Kräuter.

Im Wald gibt es Geschöpfe, die Fleisch fressen. Und denen ist der Hirsch ausgeliefert. Die Natur schafft Strategien. Hätte der Hirsch keine Feinde, würde er zu den Zeiten die Ricke nehmen, immer und immer wieder, und ihre Nachkommen würden den Wald niederfressen und vernichten. So erhaben der Hirsch ist, er muss gejagt und getötet werden, oder der Wald, die Welt, wird sterben.

Ich esse das Fleisch des Hirschen.

Ich bin dankbar für sein Fleisch. Es ist gut. Es muss nicht noch besser werden, indem ich den erhabenen Bruder hetze.

Ich lege den Pfeil in den Bogen.

Spanne die Sehne.

Schieße.

Und verfehle sein Herz, treffe nur sein Fleisch. Bereite ihm Schmerz.

Bruder Hirsch läuft los, schwer, aber nicht tödlich verwundet, röhrt vor Schmerz, ruft um Hilfe, die ihm nicht zuteil werden wird.

Ich setze ihm nach.

Und verzweifele an meiner Unzulänglichkeit.

Die Götter sind nicht erfreut über meine Jagd mit Pfeil und Bogen. Heammawihio und Manitou, der immer mächtiger wird.

Plötzlich spüre ich ihre Nähe. Ich höre sie so deutlich, als würden sie neben mir stehen und sich über mich unterhalten.

Sie tadeln mich.

»Wir müssen es unbedingt beenden«, sagt der Gott, dessen Namen ich nicht kenne.

»Aber wie?«, antwortet die Göttin. »Hast du eine Idee?«

»Wir müssen es unbedingt beenden«, sagte Professor Hollander.

»Aber wie?«, antwortete Professorin Audrey. »Hast du eine Idee? Wieso lässt sich unser Programm zur Persönlichkeitsgenerierung nicht abschalten?« Sie überlegte kurz. »Es kann nur mit der dritten Datei zusammenhängen.« Sie verzog den Mund. »Ich war von Anfang an dagegen, einen unbekannten Datenträger einzuspeisen …«

Hollander hob eine Hand, und die Professorin verstummte. Das Gesicht des Wissenschaftlers war bleich geworden. Aus weit aufgerissenen Augen starrte er auf die Holos.

Mit sorgevoller Miene drehte Hayden Audrey den Kopf, schaute zu den dreidimensionalen Darstellungen, zuckte zusammen und sah, was ihr Kollege bereits zu verarbeiten versuchte.

Im Raum *schwebte* der Umriss einer humanoiden Gestalt. Mit jeder Sekunde verfestigten und füllten sich die Konturen.

Der Körper war unverkennbar der eines Menschen. Und das Gesicht …

Professor Hollander riss die Augen auf.

Es war scharf geschnitten. Der schmale Mund und die leicht gebogene Nase zeugten von einer ethnischen Zugehörigkeit, wie es sie schon seit Jahrtausenden nicht mehr gab. Die Erde war entvölkert und neu besiedelt worden, und solche Unterschiede hatten sich schon längst verwischt.

Aber im Jahr 2400 n. Chr. war das noch nicht der Fall gewesen. Das Gesicht war unverkennbar das eines amerikanischen Ureinwohners, wie er es aus historischen Quellen kannte.

Und die Augen! In ihnen schien ein verhaltenes Feuer zu glühen, eine Kraft und Energie, die Hollander in Erstaunen versetzte. Er hatte nicht für möglich gehalten, dass es so etwas jemals gegeben hatte. Aus ihnen sprach eine Urwüchsigkeit, die durch nichts aufzuhalten war. Der Mann, dem diese Augen gehörten, wusste genau, was er wollte, und was ihm im Weg stand, das änderte er.

Im nächsten Moment war die Metamorphose abgeschlossen. Die Gestalt war nun unverkennbar die eines Menschen.

»Bin ich tot?«, fragte sie.

»Nein«, antwortete der Professor wie aus der Pistole geschossen.

»Ja«, sagte Professor Audrey gleichzeitig.

Hollander und Audrey sahen einander an. Es fiel kein Wort zwischen ihnen, doch beide nickten kaum merklich. So sehr die Entwicklung sie überrascht hatte, so unmöglich sie war, sie mussten mit einer Stimme sprechen, wollten sie die Testperson nicht vollends verwirren und gefühlsmäßig aus dem Gleichgewicht bringen.

Nur einer von ihnen durfte mit dem Hologramm sprechen.

»Das werden wir dir sofort erklären«, sagte Hollander.

»Dann bin ich in der Hölle«, fuhr das Holo fort, als hätte es den Professor nicht gehört. »Heammawihio hat mich in die Grube verbannt, die Manitou erfunden hat. Ich weiß, was ich sage. Wir Cheyenne kannten keine Hölle. Die haben erst die Krähen ersonnen.«

»Du warst tot«, sagte Hollander. »Aber wir haben dich… wiederbelebt.«

»Ich bin gestorben.« Das Holo schlug den Blick nieder. »Ich

erinnere mich. Mein Name war … Don Redhorse, nicht wahr? Wollt ihr mich aus der Hölle holen? Zu Heammawihio bringen?«

»Du … bist nicht in der Hölle. Wir werden dir erklären, was mit dir geschehen ist.«

»Seit wann bin ich tot?«

»Seit … vielen Jahren.«

»Jahrhunderten?«

Hollander warf seiner Kollegin einen Blick zu, und sie erwiderte ihn mit einem leichten Nicken. *Verschweig ihm nichts*, besagte es.

»Jahrhunderte«, bestätigte der Professor. »Vielleicht auch Jahrtausende.«

»Wie lange?«, fragte das Hologramm gequält.

»Etwa 2620 Jahre«, antwortete Hollander schließlich. »Erinnerst du dich nicht?«

Der Mann auf dem Holo hob den Kopf und schien ihn direkt anzusehen. »Woran? An meinen Tod?«

»An … irgendetwas?«, fragte der Professor zögernd.

»An vieles. Aber längst nicht alles. Es ist seltsam ungeordnet … Ich habe Millionen von Erinnerungen, doch ich kann sie nicht ordnen, nicht in eine Reihenfolge bringen, nicht einschätzen …«

»Du weißt nicht, was wichtig ist und was nicht?«

Redhorse nickte langsam.

»Woran erinnerst du dich?«

»Dass ich als kleines Kind schon unbedingt fliegen wollte. Dass ich nie eine Verbindung zu Menschen aus meinem Volk hatte und trotzdem den Kriegstanz tanze. Dass ich durch die Große Ebene reite, in der nur Cheyenne leben, und trotzdem Forrils entdecke … Forrils«, wiederholte er nachdenklich.

»Ja?«, fragte Hollander sofort.

»Ich bin allein … die Forrils haben … sie haben …«

»Was haben sie? Erinnerst du dich an etwas?«

»Brazos«, sagte Redhorse leise. »Brazos …« Sein Blick war in eine Ferne gerichtet, die wohl nur er sah.

Professorin Audrey erzeugte ein Akustikfeld, damit der Mann im Hologramm sie nicht hören konnte. »Brazos Surfat war ein früher Weggefährte von Redhorse«, fasste sie die Einspielung der Positronik zusammen. »Der Sohn eines polnischen Taschendiebs, den er niemals kennengelernt hat, und einer Französin, die unter Flugangst litt. Sie reiste hochschwanger mit dem Schiff nach Amerika. Brazos wurde an Bord geboren.«

Trotz des Feldes sprach Hollander unwillkürlich leiser. »In welcher Beziehung stand er zu Redhorse?«

»Wahrscheinlich war er sein bester Freund. Im Jahr 2380 alter Zeitrechnung trat Surfat in die Solare Flotte ein und durchlief eine wechselhafte Karriere, kam aber nie über den Rang eines Unteroffiziers hinaus. Wegen zahlreicher Verfehlungen wurde er immer wieder degradiert, blieb Zeit seines Lebens höchstens Sergeant. 2395 forderte Redhorse ihn zu einer Mission an, die sie erfolgreich beendeten. Er sorgte für Surfats Versetzung auf die CREST und nahm ihn unter seine Fittiche. Sie überstanden gemeinsam zahlreiche Einsätze, etwa bei der Entdeckung des Gleam-Systems, der Erkundung der Werft KA-preiswert, dem Kampf gegen einen Meister der Insel auf der eiszeitlichen Erde …«

Ungeduldig wedelte Hollander mit der Hand.

»Bei ihrem letzten gemeinsamen Einsatz, der Entdeckung des Weltraumbahnhofs Forril-Station im Jahr 2406 …«, Professorin Audrey sah Hollander bedeutungsvoll an, »… starb Brazos Surfat bei einem sogenannten *Wazala-Kampf* gegen einen Forril. Er hat sich für Don Redhorse geopfert, trat im letzten Ausscheidungskampf an dessen Stelle gegen einen deutlich überlegenen Gegner an, um dem in einem früheren Kampf verletzten Major Zeit für eine Genesungspause und damit eine Chance in der Endrunde zu verschaffen. Wider Erwarten gelang es Surfat, seinen Gegner zu besiegen. Während des Kampfes erlitt er so schwere Verletzungen, dass er kurz darauf im Beisein Redhorses starb. Mit seinem Opfergang verhalf er der Mission zum Erfolg.

Die Forrils trennten seinen Kopf ab und mumifizierten ihn. Er erhielt seine letzte Ruhestätte in ihrer Ehrenhalle …«

»Vielleicht erinnert er sich deshalb an die Forrils …« Hollander nickte Audrey zu, und sie desaktivierte das Akustikfeld wieder.

Redhorse schien gar nicht bemerkt zu haben, dass die beiden Professoren ihm eine Weile nicht zugehört hatten.

Er blickte überrascht auf, als Hollander fragte: »Erinnerst du dich daran, wie es dir gelungen ist, deinen Geist in eine Positronik zu übertragen?«

Zuerst wollte der letzte Cheyenne anscheinend bereitwillig antworten, doch dann legte er den Kopf schräg und musterte sein Gegenüber nachdenklich. »Ich kann mich nicht erinnern«, sagte er. »Ihr seid keine Götter … nur Wissenschaftler. Terranische Wissenschaftler, oder? Werdet ihr mir helfen?«

Hollander zögerte.

»Es ist eure Pflicht, mir zu helfen«, bekräftigte Redhorse.

»Welche Hilfe erwartest du?«

»Beendet dieses Programm. Ich bin tot, und Tote soll man ruhen lassen. Diese Existenz kann man nicht Leben nennen. Sie besteht aus unzusammenhängenden Erinnerungen, die sich nicht zusammenfügen. Die ich nicht einschätzen kann. Die einander widersprechen.«

»Es gibt da gewisse Probleme«, sagte der Professor.

Redhorse kniff die Augen zusammen. »Was verlangst du dafür?«

Hollander trat einen Schritt zurück. »Du verstehst mich falsch. Ich verlange gar nichts von dir. Aber wir *können* deinen Wunsch nicht erfüllen. *Irgendetwas stimmt nicht.* Das Projekt ist außer Kontrolle geraten. Wir haben keinen Zugriff mehr auf unser Programm. Wir haben bereits versucht, die Datei, in der angeblich dein Bewusstsein enthalten ist, vom Programm zu trennen, doch es ist uns nicht gelungen. Es scheint, als … hätte sie einen eigenen Willen. Als wäre sie lebendig und wolle es bleiben.«

Redhorse brauchte einen Moment, um diese Worte zu verarbeiten. »Was habt ihr nun vor?«

»Wir brauchen Zeit.«

»Jeder Moment dieses Daseins ist eine Qual für mich. Versteht ihr? Meine Existenz setzt sich aus willkürlichen Erinnerungen zusammen, die zum Teil nicht einmal meine eigenen sind. Der Kriegstanz der Cheyenne … ich habe ihn nie getanzt. Ich *kannte* nicht einmal die Schrittfolge. Ich habe keine Kontrolle über mein Leben, weiß nie, was im nächsten Augenblick geschehen wird. Und ich weiß nicht, ob das, was ich für eigene Erinnerungen halte, wirklich eigene Erinnerungen sind. Habe ich als kleines Kind mit einem Flugzeug gespielt? Ich weiß, ich habe niemals einen Hirschen gejagt, aber diese Erinnerung war nicht weniger real als …« Wütend verstummte er.

»Vielleicht gibt es einen Weg«, sagte Hollander leise. »Aber du musst uns dabei helfen.«

Plötzlich loderte in den Augen des letzten Cheyenne wieder das Feuer, das zuvor fast erloschen war. »Wie?«

»Wir müssen verstehen lernen, was geschehen ist. Wie ich schon sagte … dafür brauchen wir Zeit. Die könntest du uns verschaffen.«

»Wie?«, wiederholte Redhorse.

»Der Kriegstanz«, erklärte Hollander. »Tanze wieder. Versetze dich in Trance. Konzentriere deine Gedanken vollständig darauf. Dann wirst du von keinen Erinnerungen geplagt, und wir bekommen die Zeit, die wir brauchen. Reinige deinen Geist und tanze den Tanz!«

Ein Schritt vor.

Aufsetzen. Stampfen.

Den einen Fuß nachziehen.

Aufsetzen. Stampfen.

Ich kann meine Gedanken nicht unterdrücken. Meine Erinnerungen. Sie treiben wieder an die Oberfläche.

Ein Geräusch. Kein Schrei, sondern ein gutturales Stöhnen.

Ein Schritt zurück. Aufsetzen. Stampfen.

Mein Schrecken wird größer. Was für ein Dasein ist das? Ich bin allein, ganz allein, kann mich niemandem anvertrauen, mit niemandem sprechen. *Das* ist die Hölle, nicht die Grube, die Heammawihio geschaffen haben soll. Menschen brauchen keine Götter, um die Hölle zu erleben.

Den anderen Fuß nachziehen.

Aufsetzen. Stampfen.

Ein Geräusch. Kein Schrei, sondern ein gutturales Stöhnen.

Die Arme hochreißen. Die Waffen zeigen. Das Gesicht zu einer Grimasse verziehen.

Die anderen müssen Angst vor uns haben.

Das und die völlige Machtlosigkeit, die ich erlebe. Die Erinnerungen sind da, ich kann sie nur mit Mühe unterdrücken.

Eine von ihnen droht übermächtig zu werden. Die Erinnerung an eine Raumstation, eine Plattform von elf Kilometern Durchmesser und drei Kilometern Dicke. In ihrem Zentrum erhebt sich eine Kuppel. Auf den Landefeldern sind in einem wilden Durcheinander etwa dreitausend Walzenraumer fest verankert. Schiffe wie das, das in den Bergen abgestürzt ist.

Forril-Station.

Der Ort, an dem Brazos starb.

»Du hast ihn belogen«, sagte Professorin Audrey. »Du hast nicht vor, das Programm notfalls gewaltsam zu beenden. Du müsstest einfach die Positronik zerstrahlen, die es steuert, und der Spuk ist vorbei.«

»Ich *kann* es nicht«, beharrte Hollander. Er war noch müder, als er klang. »Das ist nicht Don Redhorse! Er spricht nicht wie Redhorse. Er ist ein Abziehbild.«

»Das spielt keine Rolle«, entgegnete Hayden Audrey. »Er hat ein Bewusstsein, zumindest ein rudimentäres, das sich schnell zusammenfügt, lernt, Erfahrungen macht. Und verzweifelt ist.«

»Bedenke doch, was uns ... der Wissenschaft ... verloren gehen würde, wenn wir die Positronik jetzt zerstören! Wir können hier so viel lernen ... Was hat es mit dem Datenträger auf sich, der angeblich Redhorses Bewusstsein enthält? Wie ist es ihm gelungen, es in eine Positronik zu integrieren? Wieso kann das Hologramm, das *unser* Programm erzeugt hat, uns wahrnehmen? Wie kann ein *Holo* Kontakt mit uns aufnehmen?«

Audrey klang nicht minder müde als Hollander. »Das versuchen wir jetzt seit fünf Tagen herauszufinden. Wir sind keinen Schritt weitergekommen.«

»Wir sind auf dem richtigen Weg. Und er hat sich im Griff. Er tanzt jetzt seit fünf Tagen.«

»In einer Hinsicht hast du recht. Er ist ein Abziehbild, nicht der echte Redhorse. Zumindest jetzt noch nicht. Wenn wir das Experiment mit gutem Gewissen beenden wollen, dann jetzt, bevor er ... vollständiger wird. Oder vollständig.«

»Wie kannst du nur mit dem Gedanken spielen, es abzubrechen?«

»Sieh ihn dir doch an, Ernest. Anfangs waren seine Bewegungen voller Inbrunst und Begeisterung, doch schon längst ist das ursprüngliche Hochgefühl der Müdigkeit und der Erschöpfung gewichen. Jeder seiner Muskeln schmerzt, nicht nur die in den Beinen. Da er im Tanz alle Schritte rückwärts ausführt, quälen ihn die Bewegungen. Er fantasiert schon wieder. Wie kennen seine Visionen, es sind dieselben wie zuvor. Er tanzt und geht auf die Jagd, er verfehlt den Hirsch, den er treffen müsste. Und gleichzeitig sieht er sich als Kind mit einem Flugzeug.«

»Wir müssen den Input verringern. Die Eindrücke verwirren ihn.«

»Genau das *können* wir nicht. Wir haben keinen Zugriff auf das Programm.«

Hollander schloss kurz die Augen. »Entschuldige. Ich weiß. Ich kann nicht mehr klar denken. Fünf Tage ohne Schlaf ...«

Audrey lachte. »Er steht das wesentlich besser als wir durch, nicht wahr?«

»Wir müssen unsere Grundlagen neu überdenken. Wenn er vollständig werden soll, muss er alle Eindrücke aufnehmen, die er bekommen kann. Auch die von Flugzeugen. Davon sind wir ausgegangen …«

»Wir haben diese Grundlagen nun mal bestimmt. Wir wollten das Wissen der Terraner direkter indianischer Abstammung in ihm verankern, da es sein Wesen ausmacht. Der Versuch ist gescheitert.«

»Das ist er *nicht*! Sieh ihn dir doch an! Sein Erscheinungsbild ist perfekt! Der letzte Nachkomme der Powder-River-Cheyenne, 1,90 Meter groß, langes, glattes, blauschwarzes Haar!«

»Ja, er wirkt trotz seiner militärischen Straffheit gelöst und sprungbereit wie ein Puma. Er mag ein Draufgänger sein, der kein Risiko scheut. Aber was ist mit den indianischen Weisheiten, die er von sich gegeben hat? Er muss sie *verinnerlichen*, um diesen Teufelskreis zu durchbrechen! Wenn der letzte Cheyenne nicht daran glaubt, kann er sie nicht vermitteln. Das ist nicht das, was wir von ihm erwartet haben. Wir müssen noch einmal von vorn beginnen. Aber wie? Wir haben keinen Zugriff mehr.«

»Wir müssen *irgendwie* Zeit gewinnen«, beharrte Hollander. »Wir dürfen diesen Versuch nicht aufgeben. Überleg doch, was auf dem Spiel steht. Und wenn wir …« Er hielt inne, schloss die Augen, öffnete sie dann wieder.

Nun loderte eine winzige Flamme in ihnen. Irgendwie erinnerte der Blick Audrey an den von Don Redhorse. »Und wenn wir zweigleisig fahren? Wir haben keinen Zugriff mehr, und alle drei Datenträger speisen ihren Inhalt in das Programm ein. Vielleicht gelingt es uns ja, den Input zu manipulieren. Wenn wir verstärkt bestimmte Informationen in das Programm einfließen lassen, gelingt es uns eventuell, Einfluss auf die Entwicklung zu nehmen.«

»Wie meinst du das?«

»Wie ich es sagte. *Einfluss.* Versuchen wir, verstärkt historische Daten über den *Fluss* einzuspeisen. Flüsse fließen, bewegen sich, verändern sich. Nehmen wir uns den Fluss vor!«

Ein Schritt vor.

Aufsetzen. Stampfen.

Den einen Fuß nachziehen.

Aufsetzen. Stampfen.

Ich spüre meinen Körper nicht mehr, so stark sind die Schmerzen, die die ungewohnten Bewegungen des Kriegstanzes hervorrufen. Ich kann meine Gedanken nicht mehr unterdrücken, sie werden übermächtig. Ich kann meinen Geist nicht mehr reinigen. Ich tanze, und plötzlich tanze ich an … einem Ufer.

Vor meinen Blicken wälzt sich ein gewaltiger Fluss dahin. Er bestimmt mein Denken.

Das ist von uns geblieben? Ein Fluss? Länger, als Heammawihio jemals ein Gewässer erschaffen wollte? Oder Manitou, oder wer auch immer?

Ich schaue über das Wasser hinaus zum anderen Ufer. Die Sandbänke dort erinnern mich von der Farbe her an Schießpulver.

Hier haben die Lakota gekämpft und glorreich gegen die Bleichgesichter gesiegt.

Ich weiß es, als hätte ich es erlebt.

Hier findet Bruder Hirsch genug von der Nahrung, die er braucht, damit er uns nachhaltig nähren kann.

Unbehagen schleicht in meine Gedanken. *Irgendetwas stimmt nicht. Ich habe niemals einen Lakota kennengelernt.*

Und Bruder Hirsch? Habe ich jemals so gedacht?

Habe ich jemals einen Hirsch gesehen? Vielleicht in einem Zoo. Aber in freier Wildbahn?

Ich kenne die Great Plains. Ich habe sie besucht. Irgendwann, nachdem ich geflogen war.

Aber nicht in einem Flugzeug.

In einem Raumschiff.

Ich war dort, habe mich umgesehen, in der Heimat seiner Vorfahren. Habe zu ergründen versucht, was sie ausgemacht hat.

Sie sind etwas Besonderes gewesen. Menschen, wie sie nie wieder über diese Erde gewandelt sind.

Aber … hatten diese Menschen wirklich in einem Wald gepirscht? Waren die Großen Ebenen nicht flach gewesen, unendliche Weiten von grasbewachsenen Ebenen, in denen sich die Grashalme in den Himmel reckten, um die wärmende, nährende Sonne zu suchen?

Bin ich wirklich mit dem Bogen durch Wälder geschlichen? Waren die Cheyenne nicht die Indianer mit der Pferdekultur in der Prärie und dem Sonnentanz gewesen?

Bin ich einer von ihnen gewesen, bevor es Flugzeuge gegeben hat?

Nein, etwas stimmt ganz und gar nicht.

Etwas hat von Anfang an nicht gestimmt.

Einen Moment lang glaube ich, der Himmel würde über dem Flussufer aufreißen, dessen Sand wie Schießpulver aussieht, und ich würde hinaufschauen in eine andere Welt.

In eine Welt, in der kugelförmige Fluggeräte über den Schießpulversand hinwegrasen, donnernd und doch geräuschlos. Sie fliegen wie von Geisterhand geführt, sind größer als die Flugzeuge, die ich als Kind mit der Hand geführt habe.

Sie sind irreal.

Hier stimmt etwas ganz und gar nicht, denke ich. *Wenn die Götter behaupten, ich sei der Letzte der Cheyenne … weshalb hat Vater nicht gern gesehen, dass ich mit Flugzeugen spiele? Weshalb wollte er mich zum Häuptling erziehen?*

Hat ein Virus sämtliche 2380 Cheyenne ausgerottet, die ein Jahrhundert zuvor noch lebten? Haben sie dem Feuerwasser gefrönt und sich zu Tode getrunken?

Oder hat ES sie in die Prärie auf Wanderer entführt?

ES?, frage ich mich. *Wer ist ES?*

Und wer hat die Casinos geerbt, die den Reichtum der Letzten meines Volks begründet haben? Homer G. Adams?

Nein, ich kann das nicht ernst nehmen. Ich habe das Gefühl, als wolle jemand meinen Verstand durch die Mangel drehen, mir etwas eingeben, das gar nicht vorhanden ist.

Muss ich mich mit meinem inneren Totemtier vereinigen? Muss ich bei meinem Mannbarkeitsritual durch die Wüste laufen?

Irgendwo zwitschern Vögel. Sie erwachen, obwohl der Himmel noch hell ist.

Die Natur ist nicht im Einklang mit sich.

Und ich bin es auch nicht mit mir.

Du musst zurück!, sagt die Stimme.

»Du musst zurück«, sagte Professor Hollander.

»Zurück?«, fragte Redhorse. »Wohin?«

»Dorthin, wo alles angefangen hat«, antwortete Professor Hollander. »Du bist verunsichert, allein. Wir können das Programm nicht beenden, Häuptling. Nicht, ohne die Positronik zu zerstören. Dann wäre alles vorbei. Willst du das?«

Trotz der militärischen Straffheit, die Redhorses Körperhaltung bestimmte, wirkte er gelöst und sprungbereit wie ein Puma. »Ja«, sagte er.

»Wirklich?«, fragte Hollander. »Warst du nicht mal ein Draufgänger, der kein Risiko gescheut hat? Wir wissen noch nicht genau, was hier geschieht. Aber vielleicht … nur vielleicht … wartet die Unsterblichkeit auf dich. Darauf besteht eine gute Chance. Willst du die einfach aufgeben? Hast du deine Risikobereitschaft verloren? Unsterblich wie Perry Rhodan … und du könntest deinem alten Freund einen großen Dienst erweisen, wenn du jetzt ein gewisses Risiko eingehst.«

»Nein«, sagte Redhorse. »Ich durchschaue dich. Du willst mich manipulieren. Ich ertrage es nicht mehr. Ich will endlich sterben. Endgültig. Da soll nichts mehr sein. Nichts mehr. Zerstört die Positronik!«

»Willst du nicht noch einmal mit Perry Rhodan sprechen? Ein

letztes Mal? Ein Gespräch unter Freunden, Erinnerungen austauschen …«

»Zerstört die Positronik«, beharrte Redhorse.

»Oder … mit Brazos Surfat?«

Redhorse schaute auf. »Surfat ist tot. Ich war dabei, als er starb.«

»In dieser Welt nicht. Wir haben genug Informationen über ihn, um ihn in das Programm einbauen zu können.«

»Ihr habt kein Bewusstsein. Brazos ist praktisch in meinen Armen gestorben. *Er* hat sein Bewusstsein nicht …« Der letzte Cheyenne verstummte, als habe er zu viel gesagt.

»Du hast dein Bewusstsein übertragen. Er wird nur Bestandteil deiner Welt sein. Aber echt, sehr echt. Und du verschaffst uns damit die Zeit, um all unsere Probleme in den Griff zu bekommen.«

»Brazos«, wiederholte das Redhorse-Hologramm leise. Dann lachte es auf. »Aber wer kennt ihn heute noch? Wer kennt *mich* heute noch?«

»Zu deinen Ehren wurde eine Straße in Terrania *Redhorse Avenue* benannt«, sagte Hollander. »Zu Brazo Surfats Gedenken wurde ein neu angelegter Raumhafen in der Nähe von Terrania *Point Surfat* getauft.«

Ungläubig sah Redhorse den Professor an.

Hollander nickte nachdrücklich. »Du kannst es selbst herausfinden. Wenn du lange genug bei uns bleibst.«

Das Redhorse-Holo schwieg, sah wieder in die Ferne, die wohl nur es allein sehen konnte. »Zurückkehren, hast du gesagt? An den Ort, wo alles begann?«

Hollander nickte. »Zu dem abgestürzten Walzenraumschiff in den Bergen.«

Das große Walzenraumschiff lag vor ihm, an einigen Stellen noch hell und wie Silber glänzend, an den meisten jedoch dunkel und verkohlt, von Asche geschwärzt. Es hatte von innen heraus geglüht, war geschunden und zerfetzt, an vielen Stellen aufgerissen, aus denen noch Flammen schlugen. Von ihm ging die Hitze aus, die Redhorse so zu schaffen machte.

Der Rauch hob sich schnell, und Redhorse bemerkte, dass die Forrils nicht ziellos aus dem havarierten Schiff flohen, sondern zu einer Stelle robbten, die vielleicht hundertfünfzig Meter von ihm entfernt lag. Als hätte ein Tornado den Qualm verweht, erhielt der Cheyenne freien Blick darauf.

Dort lagen drei Menschen, krochen von der Absturzstelle fort.

Einen davon erkannte er sofort.

Redhorse sprang auf, hetzte den Hang hinab. Der dichte Qualm verbarg ihn noch vor den Blicken der Forrils, aber früher oder später würden sie ihn entdecken. Er rutschte auf einem locker liegenden Stein aus, spürte einen stechenden Schmerz im Knöchel, doch er konnte noch auftreten und rannte weiter, erreichte die flache Hochebene.

Ein Forril fixierte ihn mit seinem Blick, ein Halbvater mit violettem Pelz, und rannte auf den letzten Cheyenne zu. Redhorse lächelte verächtlich. Halbväter waren als schwächlich und faul geltende Männchen, die nur der Fortpflanzung dienten, und dieses Exemplar machte seinem Ruf alle Ehre. Es stürzte sich auf ihn, ohne sich um seine Deckung zu kümmern. Redhorse verpasste ihm zwei wuchtige Schläge gegen den Kopf, und der Halbvater brach zusammen.

Der Rauch wurde noch dichter. Redhorse lief an einem verletzten Ganzvater und einer Mutter vorbei, die ihn nicht bemerkten, und erreichte die Menschen.

Zwei bewegten sich nicht mehr, waren ihren Verletzungen erlegen, doch der dritte atmete noch. Er hatte eine klaffende Kopfwunde, und sein rechter Arm war gebrochen. Redhorse fühlte Zorn und Verzweiflung in sich aufsteigen.

Wie damals, dachte er. *Wie damals!*

Brazos Surfat verzog das Gesicht und tastete mit einer Hand vorsichtig über seine geschwollenen Lippen. Seine Augen verdrehten sich, zeigten nur noch das Weiße.

Redhorse beugte sich bestürzt zu ihm hinab. »Brazos!«, rief er. »Machen Sie keinen Unsinn, Sie alter Halunke!«

Surfat brachte ein Grinsen zustande, riss die Augen auf und starrte Redhorse an. »Major!«, stöhnte er.

»Können Sie laufen?«, fragte Redhorse.

»Aber sicher, Jüngelchen.« Surfat richtete sich auf, befühlte seine blutverschmierte Brust. »Noch ist es nicht soweit!«

Redhorse half ihm auf die Beine, legte einen Arm um seinen Oberkörper.

Surfat taumelte, doch seine Schritte wurden immer sicherer. Sein rasselnder Atem beruhigte sich, und er verlor auch kein Blut mehr.

»Nur noch ein paar Meter den Berg hinab», sagte Redhorse. «Dann haben wir es geschafft.»

Am Fuß des Hügels wartete Honowa, und der schwarze Rappe würde sie von diesem Ort des Grauens forttragen, hinaus auf die Große Ebene, zum Pulverfluss, zu den Jagdgründen der Cheyenne, deren Häuptling Rotes Pferd war.

Veröffentlichungshinweise

In den Augen tausend Sterne
Erstmals erschienen in: Klaus N. Frick (Hrsg.): IM ZENTRUM DER MACHT, Bechtermünz 2000

Tempus Fugit
Erstmals erschienen in: Klaus Bollhöfener (Hrsg.): *Sol* 25, Perry Rhodan FanZentrale 2002

Anschlag auf die Residenz
Erstmals erschienen in: Robert Feldhoff/Ernst Vlcek, *Perry Rhodan* 2000, ES, 1999

Der Anfang
Erstmals erschienen in: Claas M. Wahlers (Hrsg.), GarchingCon 8 – *Das Conbuch*, 2009

Unser Mann im All
Erstmals erschienen in: *Twitter*, 2014; Erstveröffentlichung in Buchform

Russische Klassiker
Erstmals erschienen in: André Boyens (Hrsg.): *Sol* 72, Perry Rhodan FanZentrale 2013

Verschlusszustand
Erstmals erschienen in: Ekkehardt Brux (Hrsg.), GarchingCon 10 – *Das Conbuch*, 2015

Das Grab in Ogygia
Erstmals erschienen in: Christian Montillon, ZWISCHEN ZWEI ZEITEN, Perry Rhodan Kompakt 6, E-Book, 2015; Erstveröffentlichung in Buchform

Kriegstanz
Erstveröffentlichung

Nachwort

Es ist nicht das erste Mal, dass wir in den »neuen Planetenromanen« ein neues Manuskript veröffentlichen – den Anfang machte im September 2011 Band 14, »Der Killer von Terra« von Michael Marcus Thurner. Zwar war eine (deutlich kürzere) Vorabversion davon bereits zehn Jahre früher als Band 6 der Fan-Edition der PERRY RHODAN-FanZentrale (PRFZ) erschienen, doch das Endprodukt war neu.

Nun legen wir mit »Tempus fugit« erneut eine Ausgabe vor, die zumindest in Teilen »frisches« Material enthält – und altes, das über die verschiedensten Quellen verstreut ist, zusammenträgt. Und all das passend zum fünfzigsten Jubiläum unserer Reihe. Neun Kurzgeschichten enthält dieser Band, verteilt in jeder Hinsicht (zeitlich wie inhaltlich) über die gesamte Bandbreite des Perryversums. Die Auftaktgeschichte spielt lange vor der Handlungszeit des ersten PERRY RHODAN-Romans, während die letzten Texte in der Epoche des Zyklus »Die Jenzeitigen Lande« angesiedelt sind, der zum Zeitpunkt der Abfassung dieses Textes aktuell veröffentlicht wird.

Doch da ist noch mehr: Jede der neun Geschichten ist einem verstorbenen Autor der PERRY RHODAN-Serie gewidmet, fängt also Elemente dessen Wirkens ein und transportiert sie in ein anderes Umfeld der Serie, beleuchtet gleichsam dessen Eigenheiten vor einem modernen Hintergrund.

Dies wollen wir uns Geschichte für Geschichte ansehen.

In den Augen tausend Sterne

Der Band eröffnet mit »In den Augen tausend Sterne«, gewidmet Rainer Castor (1961 – 2015) und angesiedelt im Jahre 5792 v. Chr.. Die Handlung kann als eine Art Prolog zu den zwölf Romanen des »Traversan«-Zyklus angesehen werden, der, noch von Robert Feldhoff konzipiert, von Oktober bis Dezember 1998 veröffentlicht wurde und letztlich die Tradition der AT-

LAN-Miniserien begründete. Im Jahre 2001 erschien bei Moewig Fantastic mit Frank Borschs »Fluchtpunkt Schemmenstern« eine Fortsetzung in Buchform, deren Handlung 21 Jahre nach dem Ende der Miniserie ansetzt. Die vorliegende Geschichte kam erstmals im von Klaus N. Frick herausgegebenen Band »Im Zentrum der Macht« (Bechtermünz, 2000) zum Abdruck, einem Hardcover-Buch mit neuen Kurzgeschichten zu Traversan.

Was hat das nun alles mit Rainer Castor zu tun?

Nun, er trug große Teile des Hintergrunds zu diesem Zyklus bei – ganz davon abgesehen, dass er mit den Bänden 4, 6 und 12 die meisten Romane dazu verfasste. Der Autor, zu diesem Zeitpunkt in erster Linie durch seine drei Planetenromane um die altlemurischen Anlagen des 103. Tamaniums bekannt (die »Temur«-Trilogie mit den Bänden 396, 402 und 411), vertiefte sich in die Kultur der Arkoniden und brachte sie auf den Stand, der seitdem die anerkannte Sicht des arkonidischen Imperiums ist.

Mit seinen drei Romanen der »Arkon«-Trilogie setzte er 1999 diese Arbeit fort. Erst dann, im Juni 1999, erschien mit Heft 1973 (»MATERIA«) sein erster PR-Heftroman. So grundlegend waren seine Recherchen, dass parallel zum »Traversan«-Zyklus ein 112-seitiges »ATLAN-Extra« in den Zeitschriftenhandel kam: »Alles über Atlan und die Welt der Arkoniden«.

»In den Augen tausend Sterne« spielt zwanzig Jahre vor der Handlung der Miniserie und schildert eine Episode aus dem Leben Tamarena da Traversans, zu diesem Zeitpunkt zwölf Jahre alt. Später würde sie Atlans Gefährtin im Mini-Zyklus werden.

Aktuell betrachtet, ist dies eine besinnliche, melancholische Kurzgeschichte über Abschiede – passend angesichts des kürzlichen Todes von Rainer Castor. Und ohne dessen Arkon-Material hätte es die Erzählung ohnehin nicht gegeben.

Tempus fugit

Die titelgebende Geschichte »Tempus fugit« erschien erstmalig Anfang 2002 in der »SOL«, der Mitgliederzeitschrift der PERRY

RHODAN-FanZentrale. Gewidmet ist sie Clark Darlton (1920–2005), dessen Biografie wir in Band 30 dieser Reihe abgedruckt haben.

Die Erzählung nimmt den beliebten Zyklus »Die Meister der Insel« (Band 200 bis 299) zum Ausgangspunkt. Hier findet sich eine der Hochzeiten Darltonschen Schaffens, er verfasste neunzehn der einhundert Romane. Die bei Darlton so häufigen Expeditionen durch Raum und insbesondere Zeit waren an der Tagesordnung, Harno war wieder unterwegs, dazu der Mausbiber Gucky, der »Überall-zugleich-Töter« die erklärte Lieblingsfigur des Autors. Kein Wunder, dass Hope Schwag den Multimutanten so prominent erwähnt.

Und überhaupt … die Namen. Hope Schwag. Teikubird Steinfalke. Der Kreuzer MÜLHEIM. All diese Namen mit ihrem deutschen Einschlag sind typisch für einen »Darlton«. Auch dass »Ho« Schwag sich mit den Germanen abgibt, einem im fünfundzwanzigsten Jahrhundert sicherlich von den meisten vergessenen Volksstamm, passt zu Clark Darlton, der in einer Zeit groß geworden ist, in der die Abstammung von den Germanen noch als wichtig erachtet wurde.

Natürlich IST Hope Schwag ein Darlton-Name. Die Geschichte nimmt nämlich Bezug auf Band 232 (»Die Zeitfalle« von … na …?), wo Leutnant Schwag Erster Offizier der CREST-Kaulquappe C-5 ist. Über diesen Roman hinaus haben wir nie wieder etwas von ihm gehört – bis jetzt.

Am Ende seines 2500 Jahre dauernden Aufenthaltes im Stasisfeld erkennt Leutnant Schwag, Ho, dass »seine« Zeit vorbei ist und für ihn in der Liga Freier Terraner des Jahres 1288 der »neuen Zeitrechnung« kein Platz mehr ist. Und dass es nicht genügt, zusammen mit Leutnant Guck in einem Einsatz gewesen zu sein, um sich einen Platz in den Geschichtsbüchern zu sichern. Noch nicht einmal in Thiesens Historie des Andromeda-Kriegs – was natürlich auf den PR-Experten Michael Thiesen anspielt, den wir im Nachwort zu Band 49 bereits erwähnt haben.

Anschlag auf die Residenz

»Anschlag auf die Residenz« ist Ernst Vlcek (1941 – 2008) gewidmet, der von 1984 (Band 1211) bis 2000 (Band 1999) die Exposéredaktion innehatte, zusammen mit wechselnden Partnern (Thomas Ziegler, Kurt Mahr, Robert Feldhoff). Ein Porträt des österreichischen Autors findet sich im Nachwort zu Band 37 unserer Reihe.

Das ist eine lange Zeit: fünfzehn Jahre Realzeit, 863 Jahre im Perryversum – gleichwohl 695 darunter durch den Zeitsprung zwischen Band 1399 und 1400 abgedeckt wurden. Und dennoch ist während Vlceks »Amtszeit« als Exposéautor so einiges geschehen: der Bruch mit den Kosmokraten; die Vironauten und ihre Expedition ins Reich der zwölf Galaxien; die Wiedererstehung von ESTARTU; der Transfer der Galaxis Hangay; die Dunklen Jahrhunderte und die Abschottung der Milchstraße; die Ausschaltung von Monos; die Verwirrung von ES mit dem Aufstieg der Linguiden; die Expeditionen nach Truillau und an die Große Leere; die Geschehnisse um Thoregon. Nicht zuletzt deshalb trägt die vorliegende Erzählung Züge eines Geschichtsabrisses.

Ernst Vlcek war unter anderem an der Entwicklung der Solaren Residenz beteiligt, die seit dem gleichnamigen Zyklus das Wahrzeichen der Liga Freier Terraner ist. Zusammen mit Robert Feldhoff schrieb er den Roman, in dem die »stählerne Orchidee« zum ersten Mal dem Leser vorgestellt wird: Band 2000, »ES«, vom 21. Dezember 1999. Der Roman leitet den neuen Zyklus ein und deckt dabei die Jahre 1291 bis 1303 Neuer Galaktischer Zeitrechnung ab. Gegen Ende dieser Periode ist auch »Anschlag auf die Residenz« angesiedelt – die Geschichte hätte also gut und gerne Teil jenes Romans sein können. Was sie irgendwo sogar tat, war sie doch ursprünglich Teil des Beihefters zum Jubiläumsband. Auch hierzu passt die Darstellung der terranischen Geschichte – historische Information ist ja ein Teil des Konzeptes hinter der Solaren Residenz.

Reta Baretus ist ebenfalls eine Figur aus dieser Zeit. Sie hat ihren ersten Auftritt in Band 2003 (»Blockadegeschwader« von Rainer Castor), als ebenjene »Abteilungsleiterin für Außenoperationen« (will meinen: Befehlshaberin der Landetruppen), die am Ende der Geschichte erwähnt wird (nur noch ein Jahr vom Zyklusstart entfernt). Später wird sie auf die RICHARD BURTON versetzt und uns noch bis zum »Sternenozean«-Zyklus erhalten bleiben; bei der Expedition der BURTON nach Hangay im »TERRANOVA«- sowie dem »Negasphäre«-Zyklus vierzehn Jahre später nimmt der Oxtorner Limram Varmdalen ihren Posten ein.

Der Anfang

Robert Feldhoff erfährt seine Würdigung mit »Der Anfang«, einer Geschichte, die bereits 2009 im Con-Buch des 8. Fan-Treffens (»Con«) in Garching veröffentlicht wurde. Sie schließt direkt an das Ende des »Negasphäre«-Zyklus an, des letzten, für den Robert Feldhoff komplett verantwortlich zeichnete – irgendwie also sein Erbe.

Elf Jahre nach dem Abzug der Terminalen Kolonne TRAITOR aus der Milchstraße sind wir direkt wieder in einer Handlung mit einer Vielzahl bekannter Elemente, die unter der Regie von Feldhoff über die Jahre aufgebaut wurden: Wir begegnen einem Dualen Vizekapitän, sehen bekannte Kolonnenvölker sowie ihre Technik wieder und erhalten Rückblicke auf die Handlung der letzten zweihundert Bände.

Und auch hier begegnet uns ein alter Bekannter: Zarmaur taucht in den Romanen 2322, 2323, 2325, 2348 und 2349 auf. Der hier erwähnte Angriff auf den TERRANOVA-Schirm fand am 2. November 1344 in Band 2323 (»Kinder der Erde« von Horst Hoffmann) statt; in Band 2349 (»Wurmloch ins Solsystem«, ebenfalls von Horst Hoffmann) geht dann das erwähnte Chaosgeschwader verloren.

Nebenbei wird klar, dass die Terminale Kolonne von ihrer

Niederlage in der Milchstraße letztlich unbeeindruckt ist. Längst ist sie wieder in einer anderen Galaxis unterwegs, um Rohstoffe für den Bau eines Chaotenders zu sichern. Zudem erfahren wir, dass nach dem von Perry Rhodan verschuldeten (und von Uwe Anton in Heft 2499 beschriebenen) Tod der negativen Superintelligenz KOLTOROC längst ein anderer »Chaopressor« (also eine negative Superintelligenz) die Leitung der Kolonne übernommen hat.

Alles beim Alten also – wäre da nicht die Überraschung am Ende: Der erfahrene Leser erkennt den »übergelaufenen« Dual Ekatus Atimoss sofort, und dass sein »Haustier« Kantiran Rhodan sein muss, den mit Band 2499 aus der Handlung genommene Sohn unseres Haupthelden mit der arkonidischen Admiralin Ascari da Vivo, wird spätestens klar, als der Duale Vizekapitän von ihm nicht mehr als Terraner denkt, sondern als einem Angehörigen eines ihrer »unbedeutenden Vetternvölker«, ein ... »Terraner-Arkonide«.

Ein schönes Wiedersehen mit einer Figur, die uns seit ihrer Einführung in Robert Feldhoffs Band 2200 (»Der Sternenbastard« von 2003) sechs Jahre lang begleitete. Und eine Verbeugung vor dem langjährigen Exposéautor Feldhoff.

Unser Mann im All

»Unser Mann im All«, gewidmet Wolfpeter Ritter alias Peter Terrid (1949 – 1998) und erstveröffentlicht im Mai 2014 auf der PERRY RHODAN-Homepage, ist die erste von zwei Geschichten, die während Uwe Antons eigener Tätigkeit als Exposéautor spielen. Diese hier ist im Jahre 1465 angesiedelt, zwei Jahre nach dem Sieg über die Frequenz-Monarchie, aber noch vor den Ereignissen, die mit Band 2600 die Erschaffung des Neuroversums einleiten sollten. Perry Rhodan ist bereits Sonderbeauftragter des Galaktikums für die Polyport-Domäne, doch sein schicksalhafter Flug zur umgebauten BASIS liegt noch vier Jahre in der Zukunft.

Und wer ist der sonderbare »Botschafter«? Sein Name wird nicht genannt, aber ein Blick in Uwe Antons Band 2600 (»Das Thanatos-Programm« von 2011) verrät es uns: »Kaum hatte Rhodan wieder freie Sicht, sah er eine Gestalt, die das violette Schillern bislang verborgen hatte. Es war ein Humanoide, zwei Meter groß und muskulös. Seine grünblaue Montur lag so eng am Körper, dass sie wie eine zweite Haut wirkte. Auf dem Gesicht und den Händen schien seine eigentliche pechschwarze, glatte Haut von einem Feuchtigkeitsfilm überzogen zu sein. Der Mann hatte schwarze, bis zur Schulter reichende glatte Haare und kam Rhodan auf den ersten Blick wie der kleine Bruder eines Mächtigen vor. Er wirkte hinsichtlich seiner Proportionen und der Ebenmäßigkeit seiner Züge wie die Verkörperung eines idealen Humanoiden.«

Also: »›Mein Name ist Ennerhahl‹, antwortete der Fremde.« Ennerhahl – keinesfalls der Avatar einer Superintelligenz aus Anthuresta, sondern ein Agent von ES, der zu diesem Zeitpunkt bereits in der Handlung aufgetaucht ist, wenn auch an anderem Ort und in anderer Funktion. Aber das verrät er hier natürlich nicht.

Was das mit Wolfpeter Ritter zu tun hat? Ennerhahl sicherlich nichts. Aber der Perry Rhodan, den wir hier sehen, der Perry Rhodan, der einfach nur Spaß und Faszination am Abenteuer Universum verspürt … diesen Perry Rhodan hätte auch Peter Terrid beschreiben können. Wir haben Terrid im Nachwort zum Taschenheft 17, dem Nachdruck des legendären »Schmied der Unendlichkeit«, ausführlich gewürdigt. Er war eher ein Mann für die »kleinen Dinge« des Perryversums, die Details, den Spaß am Leben: so wie hier Perry Rhodan als Risikopilot, fast losgelöst von all seiner Verantwortung – aber immer er selbst, immer mit sich in Einklang.

Zu Wolfpeter Ritter/Peter Terrid schrieb Uwe Anton in einer Mail vom 29. Oktober 2015: »Ich habe Peter noch kennengelernt, einmal sogar zu einer PR-Konferenz mitgenommen …

Die Fahrt verstrich wie im Flug, wir haben uns ununterbrochen unterhalten …«

Russische Klassiker

Hans Kneifel wird in »Russische Klassiker« gewürdigt. Einige Leser haben diese Geschichte vielleicht noch aus der Zeitschrift »SOL« – die Nummer 72 wurde im letzten Quartal 2013 veröffentlicht – in guter Erinnerung. Perry Rhodan und Gucky reflektieren nach den Ereignissen in Band 2699 (»Das Neuroversum«, 2013) der Heftromanserie über die Ereignisse in Chanda und Escalion. Unser Perry ist verständlicherweise missmutig, da er am Ende nichts erreicht hat. Denkt er zumindest. Gucky kann ihn aufmuntern.

Ein Mann sinniert, reflektiert über die Geschehnisse, kämpft mit seinen Selbstzweifeln – und ein anderer (na gut: ein Ilt) kommt hinzu, redet mit ihm, weist ihn auf Dinge hin, die ihm entgangen sind, sodass am Ende ein korrigiertes Bild der größeren Zusammenhänge steht: Ein solches »Gespräch unter Männern« ist ein typisches Kneifel-Thema. Auch Guckys Vergleich von QIN SHI mit einem Landhai, sonst in der Serie nicht gefallen, passt in die Kneifel-Hommage. Und am Ende lesen wir: »Mit einem leisen *Plopp!* strömte die Luft in das gerade entstandene Vakuum.« So muss das sein in Kneifel-Zeiten.

Aber wir haben keine Kneifel-Zeiten mehr. Uwe Anton macht dies sehr schön mit einem Vergleich »seiner« Geschichte zur Odyssee Perry Rhodans in M 87 deutlich, damals, in den Bänden zwischen 300 und 399: »Die alten Zeiten sind vorbei, Großer … Die Zeiten, in denen du mit einem einzigen Schiff nach M 87 oder Gruelfin geflogen bist und dort etwas verändern konntest. Damals hast du unter ganz anderen Voraussetzungen agiert. Wir wussten nichts von Superintelligenzen, hatten nicht einmal den Hauch einer Ahnung, dass es sie überhaupt gab. QIN SHI war ein ganz anderes Kaliber, und TANEDRAR ebenfalls. Deine Gegner sind nicht mehr wie früher. Sie sind … gewachsen.« Diesen Vergleich hat er auch in seinem letzten Roman als Exposéautor bemüht, er ist sehr passend.

Und somit ist »Russische Klassiker« eine schöne Koda für Uwe Antons Exposéwirken.

Es »kneifelt« aber noch mehr. Auf Anweisung Rhodans öffnet sich in der Kabinenwand ein »Paneel« (ein typisches Kneifel-Wort), und es gibt echten Rotwein: »Er hatte die genau richtige Temperatur, nicht zu warm, nicht zu kalt. Rhodan roch daran, nahm das schwere Aroma wahr, das ihn an sonnenüberflutete Weinberge erinnerte, an dickes, fettes Erdreich auf einem steilen Hügel, an Trauben, die genau zur richtigen Stunde von robotischen Erntehelfern gepflückt wurden. An die Erde. Die Heimat. Der Rotwein war ein Stück Heimat.«

Da hört man ihn förmlich, den Altmeister Kneifel. Seine Vita findet sich im Nachwort zu Band 21 unserer Reihe, »Atlans Mörder« von 2012. Zum Thema »Hans Kneifel und Genuss« vermerkte Uwe Anton in seiner Mail vom 29. Oktober: »Ich weiß noch, wie Hans mir beim letzten WeltCon steckte, dass er einen Ort im Congebäude gefunden hatte, wo man rauchen konnte, und wir uns dann immer da getroffen haben …«

Verschlusszustand

Kommen wir zu »Verschlusszustand«, in memoriam Karl-Herbert Scheer (1928 – 1991), bereits zuvor veröffentlicht 2015 im Con-Buch des 10. GarchingCons. Die Geschichte spielt gegen Ende des Zyklus »Das Atopische Tribunal« (des ersten »Post-Anton-Zyklus«, wenn man so möchte) und läuft praktisch parallel zur Rückeroberung der GOS'TUSSAN II durch Imperator Bostich, wie in den Bänden 2791und 2792 der Heftromanserie (»Die Hasardeure von Arkon« und »Finsterfieber«, beide 2015) von Uwe Anton höchstselbst geschildert.

Warum die gleiche Geschichte noch einmal? Uwe Anton gibt die Antwort in seinem eigenen Hoschpian-Prolog selbst: »Bislang ist diese Aktion nur aus der Sicht der Sieger erzählt worden. Dieser Bericht schildert sie aus der Sicht der Unterlegenen.«

Für eine Hommage an K. H. Scheer ist die Geschichte in zweierlei Hinsicht ungewöhnlich. Zum einen beginnt sie mit der Schilderung eines onryonischen Geschlechtsaktes – unerwartet bei einem Autor, der in seinen Exposés selbst kleinsten Anflügen von »Schleicherotik« eine klare Absage erteilte. In einem Exposé schrieb Scheer: »... auch die sogenannte Schleicherotik muß vermieden werden. Unter Schleicherotik versteht man die Schilderung von Blicken auf weibliche Personen, Schilderungen von Gedanken und Überlegungen, die mit den Vertreterinnen des ›schönen Geschlechts‹ etwas zu tun haben könnten.«

Hier findet man das durchgehende Thema dieser Reminiszenzen wieder: Die Serie hat sich seit den Tagen des gerade geehrten Autors verändert, heute gelten andere Richtlinien.

Auch der zweite Unterschied ist augenfällig: Die Handlungsträger verlieren. Scheer schrieb stets von den siegreichen Terranern. Dieser Perspektivwechsel ist in höchstem Maße interessant. Den ganzen Zyklus über werden die Onryonen gern als die »besseren Terraner« beschrieben: Ihre Aktionen sind kühn und gut geplant, sie bringen die Terraner häufig in Bedrängnis, sind ernst zu nehmende Gegner.

In Anbetracht des arkonidischen Angriffs denkt Verdai Taycner, der Handlungsträger der Geschichte, logisch und konsequent – jeder Terraner Scheerscher Prägung hätte es ebenso getan! Es nutzt ihm nichts, da der Ausgang der Geschichte, beschrieben aus der anderen Perspektive, bereits feststeht – aber Taycner analysiert die Situation und nutzt die Möglichkeiten, die sich ihm bieten.

Und wie er dies tut, wie er reagiert und denkt, erinnert schon stark an Scheer. Sätze wie »Der Schmerz war auszuhalten.« hätten auch von diesem stammen können. Es ist nun einmal Verdai Taycners Pech, dass er auf der falschen Seite steht.

Das Grab in Ogygia

Mit »Das Grab in Ogygia« begeben wir uns in den seit Band 2800 laufenden Zyklus »Die Jenzeitigen Lande«. Die Geschichte ist Thomas Ziegler (1956 – 2004) gewidmet und spielt nach der Versetzung der RAS TSCHUBAI in die Milchstraße der fernen Vergangenheit: Phariske-Erigon. Ogygia (abgeleitet von einer Insel aus der griechischen Mythologie), das ist die Erholungslandschaft in der RAS TSCHUBAI. Erstmals erschienen ist die Geschichte 2015 in PERRY RHODAN-Kompakt 6, »Zwischen den Zeiten«, als E-Book.

Protagonist ist Oberstleutnant Sergio Kakulkan, seit dem Transfer von Jawna Togoya an Bord der ATLANC Kommandant des terranischen Fernerkunders. Nach dem Gefecht mit einem Sterngewerk der Tiuphoren (beschrieben in Heftroman 2801, »Der Kodex«, von Uwe Anton), bei dem er sich Vorhaltungen über falsche Entscheidungen macht, stürzt er in eine Identitätskrise. Diese kann er nur lösen, indem er sich mit seiner eigenen Vergangenheit auseinandersetzt.

Zu dieser gehört seine Ex-Frau Sarah, die er zufällig an Bord der RAS TSCHUBAI wiedertraf, welche dann aber in Larhaaton bei einem Unfall starb und in Ogygia begraben wurde – eine Information, die uns aus der Heftromanserie noch unbekannt war. Dies erklärt den Schlusssatz: »In Ogygia war ein Grab schon genug.«

Solche »kleinen« Geschichten, die die inneren Konflikte ihrer Personen beleuchten, gehörten zu den Spezialitäten von Thomas Ziegler, wie bereits sein Erstlingswerk (Band 1124, »Das Armadafloß« von 1983) zeigte: Wer denkt nicht gleich an die Probleme des Flößers Cruun in jenem Band, die zwar für das kosmische Geschehen des Zyklus absolut unerheblich waren, aber den Roman ungemein bereicherten?

Typisch für Ziegler ist zudem die angemessene Berücksichtigung des Essens, wobei den Älteren von uns sicherlich der Murt-Wurm aus Band 1185 (Zieglers »Feind der Kosmokraten«) in

Erinnerung geblieben ist. Auch Sergio Kakulkan legt Wert auf geschmackvolle Ernährung: »Es lag nicht am Kalbsgeschnetzelten in Weißweinsauce mit frischen Steinpilzen und Quinoa, dass sich bei ihm kein Appetit einstellen wollte. Das Gericht war hervorragend.« Auch die kleinen Details aus dem Bordleben wecken Erinnerungen.

Aber das Grab hat noch eine andere Bedeutung: Uwe Anton und Rainer Zubeil (Zieglers wirklicher Name) waren eng befreundet, sein Tod traf ihn schwer. Und so ist das Grab in Ogygia auch ein wenig das von Rainer Zubeil. In dem ersten seiner leider nur drei PR-Romane seines Wiedereinstiegs in die Serie (Heft 2235, »Todesspiele« von 2004) schrieb Zubeil: »Er musste kühl bleiben, durfte kein Gefühl zeigen. Er war der Kommandant, und die Besatzung verließ sich auf ihn. Sie sah zu ihm auf, erwartete Autorität und Führung in einer Zeit, in der das Chaos herrschte und der Tod triumphierte.« Sergio Kakulkan klingt hier durchaus ähnlich.

Kriegstanz

Die letzte Geschichte unseres Bandes ist zugleich auch die längste. »Kriegstanz« nimmt Motive von William Voltz (1938 – 1984) auf. Mit Voltz, einem der größten und einflussreichsten Autoren der Serie, haben wir uns 2013 ausführlich im Nachwort des neuen Planetenromans 24, »Ich, Rhodans Mörder«, eingehend beschäftigt.

Der Bezug zu Voltz bringt uns – nicht überraschend – zu Don Redhorse, ab dem Zyklus »Meister der Insel« zuerst Chef der Landetruppen der CREST II, dann auf der CREST III Kommandant der Ersten Korvettenflottille (eine leicht sonderbare Karriere für einen Raumlandeoffizier, aber so waren damals die Zeiten) und letztlich, im Zyklus »M 87«, Raumschiffkommandant im Rang eines Oberst. Aufgrund seiner Neigung zu Risikoeinsätzen verlief seine Karriere wechselhaft, weshalb er wohl auch nie zum Flaggoffizier befördert wurde.

William Voltz mochte den Charakter so sehr, dass er ihm noch vier Taschenbücher spendierte. Schließlich ließ der Autor ihn 1980 in der Kurzgeschichte »Der Häuptling« im PERRY RHODAN- Jubiläumsband 1 im Handlungsjahr 2485 seinen Geist in eine alte Positronik transferieren, wie am Ende der Hoschpian-Einleitung der vorliegenden Geschichte beschrieben.

Und hier setzt »Kriegstanz« an, als im Rahmen einer Computersimulation das frühe Leben des Cheyenne aufbereitet wird. Aber wie man es ebenso von William Voltz erwarten könnte, verläuft nicht alles glatt, vermischt sich die Realität mit der Simulation. Ein wenig erinnert das Szenario nicht zuletzt an Roland Rosenbauers SF-Anthologie »Computerspiele« von 1980 – an der auch Uwe Anton mitgearbeitet hat.

Es steckt viel Voltz in der Geschichte: »Er wirkt trotz der militärischen Straffheit immer gelöst und sprungbereit wie ein Puma.« zum Beispiel. Die Schlüsselszene der Geschichte, die Erinnerung an Brazos Surfats Tod auf Forril-Station im Ritualkampf gegen einen Forril, entstammt natürlich einem Voltz-Roman: »Der Bahnhof im Weltraum«, Heft 292 von 1967. Die Szene zwischen Redhorse und Surfat am Ende ist teilweise direkt aus dem Roman. Ohne den Hügel natürlich.

Und so endet der Band mit einer stimmigen Würdigung jenes Autors, der die PERRY RHODAN-Serie geprägt hat wie kaum ein anderer. Insofern ist es nicht nur für Don Redhorse beruhigend, dass man sich an ihn und Brazos Surfat auch in der aktuellen Zeit noch so erinnert, dass sogar eine Straße und ein Raumhafen nach ihnen benannt sind …

Rainer Nagel

VORSCHAU

In der frühen Phase seiner Ausbreitung legt das Solare Imperium Kolonien in der Galaxis an. Man siedelt auf fremden Welten und muss sich deren Gefahren stellen – und den Begehrlichkeiten anderer Völker. An der Spitze dieser Aktionen stehen die Agenten Terras. Um zwei ihrer Missionen geht es hier.

Zuerst begleiten wir Julian Tifflor im Jahr 2388 auf den Planeten Filchner in der Westside der Galaxis. Zusammen mit Meech Hannigan, dem »Robotsergeant«, muss er die kleine Kolonie dort vor den Fremden schützen, die aus ihrem eigenen Kosmos in den Lebensbereich der Menschen vorstoßen …

Dann begleiten wir Stoke Derringer, Agent der Solaren Abwehr, im Jahr 2400 auf die Kolonialwelt Karson. Diese wird von mysteriösen Hyperfeldern bedroht, die eine unbekannte Zivilisation gegen den Planeten einsetzt – womit sie dessen Existenz gefährdet …

Autor dieser beiden Romane ist Kurt Mahr, einer der Autoren der »ersten Stunde« der PERRY RHODAN-Serie. Ihre Titel sind

DIE FREMDEN AUS DEM MIKRONEBEL
sowie
BOMBEN AUF KARSON